教|育|知|库

读书，遇见更好的自己

王卫国 —— 主编

光明日报出版社

图书在版编目（CIP）数据

读书，遇见更好的自己 / 王卫国主编 . -- 北京：
光明日报出版社，2022.3
ISBN 978 - 7 - 5194 - 6536 - 0

Ⅰ.①读… Ⅱ.①王… Ⅲ.①读后感—作品集—中国
—当代 Ⅳ.①I267

中国版本图书馆 CIP 数据核字（2022）第 062921 号

读书，遇见更好的自己

DUSHU，YUJIAN GENGHAO DE ZIJI

主　　编：王卫国

责任编辑：杨　茹　　　　　　　责任校对：李　兵
封面设计：中联华文　　　　　　责任印制：曹　净

出版发行：光明日报出版社
地　　址：北京市西城区永安路 106 号，100050
电　　话：010-63169890（咨询），010-63131930（邮购）
传　　真：010-63131930
网　　址：http://book. gmw. cn
E - mail：gmrbcbs@ gmw. cn
法律顾问：北京市兰台律师事务所龚柳方律师

印　　刷：三河市华东印刷有限公司
装　　订：三河市华东印刷有限公司
本书如有破损、缺页、装订错误，请与本社联系调换，电话：010-63131930

开　　本：170mm×240mm
字　　数：314 千字　　　　　　印　　张：17.5
版　　次：2023 年 1 月第 1 版　　印　　次：2023 年 1 月第 1 次印刷
书　　号：ISBN 978 - 7 - 5194 - 6536 - 0
定　　价：75.00 元

编 委 会

序言1　在书香中赏一世花开

刘绍辉

稻盛和夫曾说过："人生不是一场物质的盛宴，而是一次灵魂的修炼，使它在谢幕之时比开幕之初更加高尚。"我认为人生修炼的方法除了读书，别无他法。

我们可能无法做到像苏轼那样与书卷晨昏相亲，情同故人，却可以每天挤出一点儿时间去阅读。著名学者张中行曾说："我主张多读书，念的书多了，脑子里装着孔子、老子、孟子、庄子，甚至西方的康德、爱因斯坦，等等，一般的几张钞票是看不起的。"阅读虽不能改变一个人的容貌，但可以改变其气质，净化一个人的精神，实现灵魂的泅渡。

在氤氲书香中，一个人自可潜移默化地提升气质。变浊俗为清雅，转奢华为淡薄，化促狭为开阔，令偏激为平和。曾国藩曾说："人之气质，由于天生，本难改变，唯读书则可以变其气质，古之精于相法者，并言读书可以变换骨相。"他还说："书味深者，面自粹润。"林语堂就说过："章太炎脸孔虽不漂亮，王国维虽有一根辫子，但是他们是有风韵的。"

一个人不可能回到过去，也不可能提前进入将来，但书籍可以把你带到过去和未来。有人说，阅读的妙处就是可以让人同时生活在三个时代—过去、现在和未来，而不读书的人只能生活在现在。正如林语堂先生在《读书的艺术》中所说的，"没有养成读书习惯的人，受着他眼前的世界所禁锢，可是当他拿起一本书的时候，就立刻走进一个不同的世界"。阅读还可使我们走出小我世界，了解外面丰富多彩的世界，结识生活中我们不可能认识的人，比如，一些伟人、大师。正如歌德所说："读一本好书，就是和许多高尚的人谈话。"阅读的广度将延伸生命历程的长度，阅读的宽度将改变思想的深度。

林清玄在《生命的化妆》中介绍中国台湾地区一位化妆师的化妆理论："化妆只是最末的一个枝节，它能改变的事实很少。深一层的化妆是改变体质，让一个人改变生活方式、睡眠充足、注意运动与营养，这样她的皮肤改善、精神充足，比化妆有效得多。再深一层的化妆是改变气质，多读书、多欣赏艺术、多思考、对生活乐观、对生命有信心、心地善良、关怀别人、自爱而有尊严，这样的人就是不化妆也丑不到哪里去，脸上的化妆只是化妆最后的一件小事。我用三句简单的话来说明，三流的化妆是脸上的化妆，二流的化妆是精神的化妆，一流的化妆是生命的化妆。"

据此我把阅读也简单分成几个层次。三流的阅读是身体在场的阅读，内心没有阅读的需求，完全是一种被迫的、被外在的要求追着赶着的阅读，虽有收获，但很了了，同时苦趣难挨，这种阅读很难持久。二流的阅读是思想在场的阅读，内心有阅读的需求，能主动去读，但生活是生活，阅读是阅读，把阅读读成了刻意而为，收获渐多，苦趣渐减，但收获和乐趣却都有限，这种阅读也很难坚持一生。一流的阅读是灵魂在场的阅读，内心阅读的需求比其他任何需求都强烈，灵魂参与其中，把阅读完全变成了生活的一部分，不阅读无生活，生活中的喜怒哀乐全和阅读有关，唯其如此，阅读才可能成为一种习惯、一种爱好，甚或一种信仰。

生活中，最需要把阅读变成一种信仰的就是教师。受知识更新速度的影响，教师这一职业需要终身阅读。教师只有多读书，多读好书，才能丰厚自己的知识底蕴，完善自己的学术体系，获得教学智慧，提升教学能力。教师的阅读还会对学生产生重要影响。这不仅在于爱阅读的教师能够为学生提供高质量的教学，更在于他能对学生产生精神层面的启迪和影响。学生会因为教师对阅读的热爱而喜欢上阅读。

车尔尼雪夫斯基说："教师把学生教成什么人，自己就应当是这种人。"教师面对渴望知识的学生，身教胜于言教，教师好的言行往往能对学生起到示范引领作用，教师的人生观、世界观甚至对某一问题的看法，都会给学生的行为习惯、思想认知带来巨大影响。只有老师热爱读书，学生才有可能喜欢读书；一个人只有做学生时喜欢读书，走向社会后才会去读书。

说到这里，我很自然地联想到唐山一中开展的读书活动。自2010年唐山一中党委开始在全体党员中开展"书香校园，文化唐一"系列读书交流活动，截至目前，已成功举办了十二届。为打造书香校园，他们提出了"日读经典三十分，不辞长做读书人"的口号，目的是建设一支理想信念坚定、道德情操高尚、学识广修养高的党员教师队伍，从而带动周围教师乃至所有学生，让学习成为习惯，营造书香校园，促进良好学风、校风、教风的形成。

他们的具体做法是每年举行一届共读一本书活动，活动伊始，学校党委都会推荐一本经典图书，并把图书下发到支部，供广大党员传阅，最后撰写读书心得，以支部为单位向党委推荐好的读后感。党委再组织评审委员会进行审议，最终评选出一等奖、二等奖、三等奖若干名，并根据各支部推荐稿件的数量和质量评选出优秀党支部颁发优秀组织奖。每年七一或十一，学校党委都会在报告厅组织全体党员举行大型读书交流活动，通过多样、新颖又富有创意的活动形式实现了交流分享、共同提升。

起初，这是他们的特色党建活动，现在已进一步升级为特色学校管理的一部分。今年寒假，他们倡议每个老师多读书，读好书，开学初收集读后感、教学设计、教学反思，进行评比。

所有过往，皆为序章。为了总结过往，开启新篇，他们年后把十二届读书交流活动中获奖的作品进行了整理，准备编印成册。我有机会读了里面的文章。读着这些文字，我内心很温暖，因为我感受到了这些文章背后那一个个喜欢阅读的灵魂。虽然不同的人对所读著作的感悟各不相同，但每篇都感情真挚，饱含深情，对所读文字有独到的理解和感悟，都堪称佳作。

阳春三月，红入桃花，青归柳叶。春暖花开，万物萌发，一年伊始，正好读书。希望能有更多的人加入阅读的行列，每天进行灵魂在场的阅读，在氤氲书香中赏一世花开。

序言2 氤氲书香伴我行

唐山一中　王卫国

近日，在《人民教育》上，我读到南京孙双金老师的一篇文章，题目是"成功，就是多读一本书"，文章中讲述这样一个故事：

某商人在资产1亿元时欲与另一家资产120多亿元的企业争取荷兰设在中国的总代理商。一日，荷兰总裁来中国实地考察。他第一站先来见这位商人，谈完商务之后，在商人的办公室发现了一本解读《道德经》的书。荷兰总裁顿时来了兴致，原来这位荷兰人特别崇拜中国老子的道家思想，于是他就和这位商人谈论起了道家思想。恰巧，这位中国商人对他也极为崇拜，对老子颇有研究。两人越谈越投机，真是"人逢知己"啊！荷兰总裁当即表态：不去考察第二家了，中国代理商非你莫属。

当文章作者采访这位成功商人时，他由衷地感慨：什么叫成功？成功就是比别人多读一本书！

同时也是在那个午后，我在报上看到《从每年4.5本说起》这篇文章，里面写道：最近调查显示，我国国民每年人均阅读图书仅4.5本，远低于韩国11本，法国20本，日本40本，以色列64本。

通过这组数据，我联想到了"钱学森之问"，不喜欢读书或少读书的民族，一定与诺贝尔奖的缘分不会太深；不读书的国家，其国民的综合素质一定会大打折扣。读书关系到一个人的思想境界和修养、一个民族的素质、一个国家的兴旺发达。一个不读书的人是没有前途的，一个不读书的民族也是没有前途的。

为人师者所从事的是一种激励、浸染、带动、影响青年学子和谐成长的工作，因此，更需要我们在教书育人的路上读书，更要多读书、读好书。同时，这也是时代飞速发展的需要，是新课程改革的需要，是自身专业成长的需要；作为党员教师更应该自觉做读书的楷模，由于我们正在进行的创先争优活动中，五个模范中的第一条就是做学习钻研的模范，我校党委也在积极推进学习型党组织建设，更需要我们把学习作为第一要务，让书香溢满校园。

　　朱永新说过：一个人的精神发育史就是他的阅读史。我们教师要成为"精神的富翁"，就要博览群书。因此，我们积极倡导"日读经典三十分，不辞长做读书人"活动，每天再忙也要挤出一点时间，走进经典，吸精纳华。读些教育理论的书，让自己的课堂永远荡漾着时代的春水；读些专业方面的书，让自己的学术之树常青；读些关于学生成长等方面的书，让自己与孩子能有共同的话题，走近他们的心灵，聆听花开的声音；让我们读些人文方面的书籍，丰厚自己精神，澄澈自己的心灵。多读书吧，她会把你由狭隘引向宽阔无边的海洋！

　　腹有诗书气自华。让我们把读书培养成为一个习惯，让读书成为我们的自觉行动，多读书不单单能引领我们走向成功，更重要的是读书能使我们不断地走向卓越！

　　让氤氲的书香溢满我们专业成长之路！

2010 年 5 月 27 日

目 录
CONTENTS

2010 年第一届推荐书目：《你在为谁工作》

简介：

    每个人只有首先对自己负责，才有能力对别人负责，对自己的父母以及工作的单位负责。而这一切的前提在于你要首先认清自己，知道你是谁，你能做什么，你和别人有什么与众不同的地方。知道了这三点以后，就要马上去行动了，那时的你就会很厉害了。因为你已经是最好的自己，是独特的自己，更是真正有能力来负起责任的自己了！

热爱工作　追求卓越

——《你在为谁工作》读后感

郭　娟

《你在为谁工作》一书虽然是针对企业员工的一本书，但它也引发了我——一名普通高中教师对职业、对生活的深入思考。

"劳动是人的需要"这一观念被人们普遍接受，每一项工作都是劳动的一种形式，因此，工作对每一个人社会价值的实现和"人的全面发展"的实现来说，其作用是不言而喻的。但是为什么生活中各行各业都有杰出的精英，也有碌碌无为的平庸之辈呢？同样作为一所学校的教师，为什么有的人教育教学成绩突出，备受家长、学生欢迎；有的人则各项成绩平平，难以得到学校和学生的认可呢？这本书给出了问题的答案，那就是明确工作的目的，端正工作态度，才能使自己得到他人的认可，使工作出类拔萃，才有可能让自己不断在更广阔的平台上实现自身生命的价值。

虽然此书更多强调的是个人的成长，但不可否认的是，个人的成长是集体发展的前提与基础，所以它的观点还是很有借鉴意义的。结合自己的工作体会进行阅读，我对以下几个章节的内容颇有感触。

首先是工作的态度。"敬业是最好的工作态度"一章中分"工作中无小事""心中常存责任感"和"接受工作的全部，不只是益处和快乐"等几个部分来阐述这个问题。高中教师的工作的确清贫又辛苦，别人也许可以五点半下班与家人朋友谈天说地，但是我们不能；别人也许可以歇双休日、小长假，出游，逛街，但是我们不能……但是，哪一项工作只有利处没有缺憾呢？工作是自己选择的，既然愿意从事，就应该接受它的全部。这就好像与一个人结婚，不可能只接受他（她）的一部分是同样的道理。我想这是任何工作的前提。我自己从前也会抱怨工作时间长、压力太大等问题，现在想明白这个道理，也就觉得释然了。

"心中常存责任感"，才会认真负责，不忽视每一名学生、每一个细节，对自己的工作精益求精，力求"只有更好"。教师是教育人、影响人的职业。仅仅把我们的工作看成帮助学生考上大学就太狭隘了。当我在课堂上与学生们解读一篇篇经典时，我觉得我正在传承着中华民族辉煌灿烂的文化；当我与孩子们交流时看到他们眼中闪动的灵光，我真切地感受到了他们心灵的震颤。我想这些才是教师心中应存的责任感。引导人，培养人，塑造人，只有教师才有这样的光荣，所以我又怎么能不把每一节课备好，怎么能不把每一份作业认真批阅，怎么能不与孩子们倾心交谈呢？日常工作无小事，"积土成山，风雨兴焉；积水成渊，蛟龙生焉；积善成德而神明自得，圣心备焉"。

其次是"拖延是一种恶习"。在这个问题上我可以说是有着教训。因为自己的懒惰作祟，事前拖拖拉拉，事到临头加班加点。这样既难以保证工作质量，又对自己的身体造成伤害，实在不可取。文中有一句话说"最佳的工作完成时间是昨天"，对我的触动很大。语文教学备课、批改作业的任务量都很大，的确应该早做准备并努力提高效率。

最后一点是"激情是工作的灵魂"。想一想上面的几点，我认为之所以很多人总是抱怨工作，一个基本原因是他可能根本不喜欢或不热爱自己的职业。有些人会因看一本书废寝忘食，有些人会因踢一场球大汗淋漓，自己却并不感到劳累，这是由于我们乐于做这件事并享受其中。同样，只有热爱工作并饱含激情去工作，才可能全身心投入并要求自己做到最好，即使遇到挫折也不会气馁。"好之者不如乐之者"，如果每个人讲课都像朱崇伦老师、朱建新老师那样激情澎湃，如果每个人当班主任都像谷艳霞老师那样"一天看不见学生，心里就空落落的"，怎么还会得不到学校和社会的认可呢？

以上几点是我的一些感想，我也会从中汲取营养，力争使自己早日成熟，使自己的职业生命迸发出闪耀的火花！

借口是失败的温床
——《你在为谁工作》读后感
赵邑丰

古人云"开卷有益"，学习完《你在为谁工作》一书，我感触很深，从中受到很大的启示。书中的每一个观点、建议都像一面面镜子，从不同的角度把自己思想上的懈怠、浅见和误区都折射出来，让我清楚地认识自己、反省自己，同时一点一点地修正自己。特别是"借口是失败的温床"这一节内容，更是给我以极大的震撼。

从事教育工作一晃已有十几年了，最初的激情已渐渐退却，刚毕业时的那种工作热情已快消失殆尽。取而代之的是浮躁、懈怠，以及为自己的不如意找的各种借口。如学科成绩不好，会说"学生太笨"；班级纪律出问题，会说"学生太不听话"；工作状态不好，会说"心情欠佳"……自己缺少很多东西，唯独不缺的好像就是借口。

《你在为谁工作》一书明确指出——借口是失败的温床。找借口是世界上最容易办到的事情。如果你存心逃避，你总能找到理由。把"事情太困难、太昂贵、太花时间"等种种理由合理化，要比相信"只要我们更努力、更聪明、信心更强，就能完成任何事情"的信念容易得多。但是，任何一项事业（包括教育事业），要想取得成功就要付出一切努力去克服困难、解决问题，而不是听你对困难进行长篇累牍的分析。现实生活中，需要的是想尽办法去完成任务，而不是去找借口。

"没有任何借口"是西点军校奉行的最重要的行为准则。不管什么时候遇到学长或军官问话，西点的学生只能有四种回答："报告长官，是。""报告长官，不是。""报告长官，没有任何借口。""报告长官，我不知道"。它强化的是每一位学员想尽办法去完成任何一项任务，而不是为没有完成任务寻找任何借口，哪怕看似合理的借口。其目的是让学员学会适应压力，培养他们不达目的不罢休的毅力。它让每一个学员懂得：工作中是没有任何借口的，失败是没有任何借口的，人生也没有任何借口。

找借口是逃避责任的表现。作为一名教师，我们需要做的，就是想尽一切可能的办法、利用一切可以利用的手段去帮助学生学会学习、掌握知识，引导学生树立正确的世界观和价值观，这是作为一名教师的最基本的责任。正所谓"师者，所以传道受业解惑也"，面对学生学习成绩不理想，思想行为上出现偏差的时候，不是反思自己是否尽心尽力、方法是否得当，而是简单归结为"学生太笨""太不听话""社会太乱"，然后蔑视之、放任之。谁能知道，这会将多少未来的"爱因斯坦""爱迪生"们扼杀在摇篮中呢？寻找借口唯一的好处，就是把属于自己的过失掩饰掉，把教师自己应该承担的责任转嫁给学生或社会。这样的教师，辜负了社会的期待和信任，绝不是称职的教师，在社会上也得不到大家的信赖和尊重。这样的人，注定只能是一事无成的失败者。

找借口是拖延的温床。回想自己这些年的工作和学习，拖延好像成了一种常态：我总是把开始完成任务的时间推到明天，还满嘴理由，不是"今天太忙、太累"，就是"准备工作不充分"等。每项工作总是在规定的时间到来时才草草收尾，还美其名曰"效率高"。如果没有时间限制，那么这件任务就可能永远不会完成。《你在为谁工作》告诉我们：找借口是拖延的温床，拖延的背后是懒惰。本应该今天的事情今天做，但由于种种合理的、非合理的借口而搁置，变成"明天再做吧"。借口总是能为自己的懒惰找到合理的解释，如果成瘾了，它比海洛因要毒万千倍,古人说"苛政猛于虎也",现在可以说"借口猛于虎也",多少有才智的人被借口毁于一旦,多少本来可以取得成就的人却名落孙山。借口导致拖延,拖延的是幸福到来的时间,拖延的是你成功的脚步,拖延的是社会对你的信任。拖延成为失败的温床,你越拖延,失败离你越近。

找借口是不思进取的表现。每当在工作中面对新问题、新变化的时候,不是去主动探索和尝试,而是以种种借口来回避。比如,面对新教材总是怀念老教材的"成熟系统";面对新课标,总认为其"脱离实际"。这些借口直接导致自己对新课标、新教材采取一种消极的态度,被动地接受而不是主动探索,其本质就是害怕创新。有人说,一流的教师创造变化,二流的教师适应变化,三流的教师被动变化。一个不思进取、害怕创新的教师,一定不会适应社会发展的需要,必将被时代淘汰。

找借口是缺乏自信的表现。在面对困难和挫折的时候,有的人总是先为自己的失败寻找借口,如"任务难度太大""时间太紧张"等,这实际上是一种缺乏自信的表现。自信的人总是义无反顾、全身心地投入自己的事业中,集中所有的智慧和力量去解决前进道路上的困难。他们不会为一时的成功而沾沾自喜,也不会为一时的挫折而消沉、放弃,更不屑为暂时的失败寻找借口。他们会不断地学习和总结,不断去提高自己的能力,不懈地寻找克服困难的新途径。正所谓"无志者千难万难,有志者千方百计"。这是一句值得我们每个人一生追求的格言。

总之,"没有任何借口"体现的是一种负责、敬业的精神,一种自信、诚实的态度,一种积极、进取的力量。社会需要的正是具备这种精神的人:他们想尽办法完成任务,而不是去找任何借口,哪怕是看似合理的借口。作为一名教师,我们需要把我们的学生培养成这种人,那么我们首先就要成为这样一种人,只有这样才能以身作则,成为学生的榜样,真正做到为人师表。

读《你在为谁工作》有感

李桂兰

在这个世界上,最有力量的东西,莫过于书了。一本好书能改变人的一生,让一个人从失败走向成功,从忧伤走向快乐,从灰心失意走向奋发图强。《你在为谁工作》就是这样一本好书。让我感悟最深的是书封面上的一段话:在工作中,不管做任何事,都应该把心态回归到零,把自己放空,抱着学习的态度,将每个任务都视为一个新的开始，一段新的体验，一扇通往成功的机会之门……

我是怀着朝圣般的心来到了唐山一中，渴望遇良师，得益友，获教学真经，惠一方弟子。回首四年工作经历，感觉真是不虚此行。

这里荟萃了无数睿智、博学的人。"不讲假话，不做假事，待事认真；明辨是非，躬身践行，待人以善；追求高雅，摒弃低俗，待心以美。"这是刘校长对我们的希望，也是校领导的一贯行事风格。改陋习、树新风，在唐山一中树立了良好的教风学风；三驾马车的办学理念，让学校的办学目标更上一层楼；名人进校，师生共同追求高雅，摒弃低俗……每一项新制度，每一次改革，让我们感到这是一个高瞻远瞩的领导班子，是一个有远大理想抱负的领导班子，追随这样的智者，我无比荣幸。

有一次在回家的路上，我问博士郁辉老师："你自己孤身来到唐山，不害怕吗？"他回答："为什么害怕？有一份稳定的工作，还与志同道合的同事一起共事，是最开心的事了。"是啊，在唐山一中，我们遇到这么多饱学之士，这么多良师益友，该是多么令人开怀的事啊！张再香老师思维敏捷，授课精练；朱崇伦老师广征博引，经验丰富；张桂贤老师与徐金凤老师兢兢业业，一丝不苟；鲍芳老师与方丽宏老师对教材重难点把握精准。他们身上有许多值得我学习的地方，每一天，我都觉得自己像夏季的秧苗，不断地汲取着知识与经验的营养，不断地成长着，工作中的每一天都如此充实、快乐。

我喜欢自己的工作，我更爱我的学生。三年的朝夕相处，我是如此熟悉并从内心深处爱着他们，他们也给了我最大的理解和支持。去年冬天，我遭遇了人生的一次挫折，心灰意冷，对生活丧失信心。每一个不眠之夜，望着黑沉沉的夜空，我曾想过要放弃，但想到自己还是一位母亲，还是一名教师，明天教室里还有一百多个学生在等我上课，他们即将参加高考，即将面对决定自己命运的时刻，而每个学生都是家长的希望。我是一名教师，我还有一份沉甸甸的责任，比起一百多个学生的未来，我个人的痛苦又算得了什么。我必须备好课、上好课，对得起"教师"这个光荣的称号，忘记痛苦，投入工作，做题，做题，再做题……走过那段阴霾的日子，感觉是工作帮我渡过了难关，也是教师的责任，让我不敢轻言放弃。

《你在为谁工作》中用大量事实告诉我们：我们在为他人工作的同时，也在为自己工作。我更想说：工作更像我们呼吸的空气，我们每个人都离不开工作，只有在工作中，才能体现我们的价值，才能让我们的人生更加精彩。记得有人说过：工作着是美丽的，让我们一起快乐地工作，让我们的生命更美丽！

工作，用生命去做
——读《你在为谁工作》有感

李艳华

> 紫薇花开高考近，又是一年岁月更。华发暗生人已老，薪火相传慰平生。

——题记

前些天，爱人表姐家的外甥跳楼自杀了，爱人有好几天都在痛骂这个孩子，骂他不知体谅父母，毁了原本幸福和充满希望的家。我听说之后也很心痛，既心疼表姐，不知她如何才能跨过丧子之痛这道坎儿；又痛心于一个年轻生命的逝去。同时也在思考：一个北京大学刚刚毕业两年的学生，在北京有着一份稳定的工作，这都是让人羡慕的，到底是什么使外甥放弃了生的权利，而选择了死亡？

正好，前些日子党委推荐给党员一本书——《你在为谁工作》，并要求每个党员写一篇读书心得。我默默地问自己：我们到底为谁在工作？又为谁而活着？我也曾无数次地问过自己：为什么活着和工作？为谁活着和工作？生活和工作的意义到底是什么？一直以来我总是这样告诉自己：为亲人、为自己所惦念和惦念自己的所有人，我要努力地工作，好好地活着。今天再次思考这个问题的时候，我又有了更深的体验。

一、换一种角度思考工作

可能有许多人并不喜欢眼下的工作，可能是在工作中没有得到价值认同，因而感受不到丝毫的乐趣，也毫无创造性可言。生活中常常听到这样一些怨言：工作的工资太低事又太多，得到远远抵不上付出多；有太多的人天天东逛西逛却腰缠万贯；这个职业太清贫，太劳累，太没有尊严。我认为这是由于他们对待工作、对待人生的态度发生了偏差，或者他们只站在了一个狭隘的角度去看待自己的工作。甚至许多人对工作的理解：工作只是一种简单的雇佣关系，我来上班，单位就应该给我工资。我不求当官，做多做少，做好做坏，对自己意义不大，只要我能把一个月的工资拿回家就行，单位的发展与自己没有太大的关系。这些人只想对得起自己目前的薪水，从未想过是否对得起自己将来的薪水，甚至是将来的前途。殊不知，单位支付给人的是金钱，工作赋予人的却是可以令你终身受益的能力，你不能因为不受重视而不努力工作，埋没自己的才华，最终毁了自己的未来。

二、抱阳光心态面对工作

也许有人认为工作的意义首先是生存，要生存就必须赚钱，养家糊口；在此基础上才是展示自我的才华，体现自我的价值。读了这本书以后，我才体会到工作并不是如此简单。很喜欢文中这句话："如果工作是一种乐趣，人生就是天堂；当一个人用工作去迎接光明，光明很快就会来照耀着他；衡量一天工作的质量，不是看你有多疲倦，而是看你有多不疲倦。"它折射出了工作的态度和生活的方向。

心态决定行动，行动成就命运。如果不调整好自己的心态，如果没有为他人、为事业彻底付出的心态，如果不想让别人得到好结果，那么，我们自己也不会得到任何好结果的。在工作中，不管做任何事情都应将心态归到零位。把自己放空，抱着学习的态度，将每一次的任务都视为一个新的开始，一段新的体验，一扇通往成功的机会之门。

三、以共赢理念进行工作

要知道，艰难的任务锻炼我们的意志，新的工作能拓展我们的才能，与同事的合作能培养我们的人格，与学生的交流能训练我们的品格。不要担心自己的努力会被忽视，相信一个人的能力有征服别人的力量。只要我们足够努力，总有一天会引起领导的重视，得到同事的敬重，随之而来的价值认同、升职加薪都会水到渠成。如果我们把工作当作一种谋生的手段，当作混碗饭吃的一件差事，我们肯定不会去重视、喜欢它，更不会感受到工作的乐趣，最终也会因为工作的倦怠感而将工作做得越来越差，早晚有一天会把最想得到的工资留给他人去赚。所以我们应该把眼光放长远，着眼于未来。将工作视作深化、拓宽我们自身阅历的一种途径，工作才会成为最愉快的事情，也才会有把工作持续做好的发展后劲。

工作中我们要学会与人合作，没有一百分的另一半，只有五十分的两个人。现代社会，越来越需要人与人的合作。成功源于团队力量，成功也需要别人的帮助，别人的力量也许是促进我们成功的一种重要力量，帮助别人，也就是帮助自己。化为一句话就是帮助对手是风度，帮助同事是本分，帮助下属是美德，帮助所有人是修养。因为助人者人恒助之，爱人者人恒爱之。工作中，我们会接触各种各样的人，当交流遇到困难时，我们要有耐心并宽容对待对方，要从他们身上学到知识，因为与同事的合作能培养我们的人格，与学生的交流能训练我们的品行。更重要的是我们要学会在工作中寻找到乐趣，要珍惜工作机会，从而体验人生的意义。

四、用点滴行动完善工作

知而后行，在工作中运用，在运用中反思提高。明白了工作的意义和端正了工作态度后，就要运用到工作中去。首先要珍惜工作机会，要对工作心怀感激，尽职尽责地做好当前的工作就能找到属于自己的宝藏；要爱岗敬业，对工作要有高度的责任感和忠诚感，要以主人翁的心态来对待自己的本职工作。另外，工作中办事要有效率决不拖沓，积极努力地完成自己的本职工作，不要寻找任何借口；和同事相互协作寻求良好的凝聚力，发挥好团结合作精神。

这本书让我受益匪浅。书中的每一个小故事都触动着我，每句话都警策着我。它如一盏明灯，让我看清了怎样对待工作、对待人生。世界上大多数人都在为薪水而工作，如果你能为自己的成长而工作，你就超越了芸芸众生，也就迈出了成功的第一步。在工作中陶冶情操，提升人格，担当责任，尽情地去享受工作和生活带来的快乐。

相信今天的成就来自昨天的积累，明天的成功源于今天的努力。乌云散尽，雪山依旧圣洁，为了我们的未来，让我们用生命去工作！

《你在为谁工作》读后感

赵雅君

在党委的号召下，近段时间，我认真研读了《你在为谁工作》，这是本激励人向上的书。我看完后感觉震动极大，感想颇多，并从中悟到很多的道理，可谓深受裨益。此书主要从"为什么要努力工作？""你珍惜目前的工作机会了吗？""敬业，是最完美的工作态度""决不拖延，立即行动""从优秀到卓越"这五个方面阐述了在工作中应有的工作态度，以及自身的心态。我认为此书不仅可以用在工作上，也可以放在生活的角度去思考，因为心态决定成败，工作质量决定生活质量。

正如书中所讲："在工作中，不管做任何事，都应将心态回归到零，把自己放空，抱着学习的态度，将每一次任务都视为一个新的开始，一段新的体验，一扇通往成功的机会之门。"这提示我们要认真对待每一次机会，只要能从心理上承认"为别人工作的同时，也为自己工作"，就会体会到工作中的乐趣，并使自己能在工作中不断超越自我，体现自我价值。虽然不能肯定地说，一旦拥有了积极的工作和人生态度，就一定能够成功，但是，成功的人士一般都有着相同的工作态度。反思工作，就是反思人生。

自 1992 年毕业以来，我一直在教学第一线奋斗。我也曾青春年少，满怀激情，工作中力求完美，无论是教育还是教学成绩，总是力争最优；准备各种场合的公开课，总是通宵达旦。我的教学成绩有了，学校也给了我很多荣誉，应该说工作一直很顺利、很顺心。工作是一个施展自己才能的舞台，我们寒窗苦读来的知识将在这样的一个舞台上得到展示。我从工作中真正得到了快乐，因为我热爱我从事的工作和专业，每一次成功使我身心舒畅，同时也得到了我赖以生存的薪水。我们在工作中不断完善自己，不断地学习，汲取他人之长，补自己之短，是一种进步、一种升华。这也是从其他渠道无法获得的，只有从工作中慢慢得到。因此我认为工作是一种快乐，而不是负担。

可是从教十几年后，无可避免地进入了职业倦怠期。开始思索我为谁工作，这样值得吗？在实际工作中有许多不如意的事情，也时常听到一些抱怨，自己也不免有些同感，并时常苦恼。但看了这本书，我有了新的看法，有茅塞顿开之感。确实，有的人抱着得过且过的想法，视工作如鸡肋。凡事想当然，只认为自己付出了多少，就该回报多少，没达目的就心怀不满，不从公正的角度看问题，不考虑是否为学校做了自己应该做的，更不懂得丰厚的物质报酬是建立在认真工作的基础上的，当然也不会懂得即使薪水微薄，也可以充分利用工作的机会提高自己的技能。抱怨使人思想肤浅、心胸狭隘，将自己的发展道路越走越窄，最后将会一事无成。我认为，任何指责与抱怨都不能提高自己，只会破坏自己的进取心。

为他人工作的同时，也是在为自己工作。人生离不开工作，工作不仅能赚取养家糊口的薪水，工作中困难的事务也能锻炼我们的意志，新的任务能拓展我们的才能，与同事的合作能培养我们的人格，与客户的交流能训练我们的品行。如此看来，工作也是为了自己。有了正确的答案，就该调整心态，重燃工作激情，使人生从平庸走向杰出。丢掉过去工作中互相推诿、不负责任、得过且过的思想，心平气和地将后面的事情做好，从自己工作的点点滴滴做起，有了健康的心态，才会对工作心怀感恩，才会认识到是工作为你展示了广阔的发展空间，是工作为你提供了施展才华的平台。对工作心怀感激不仅仅有利于企业和老板，也会给个人带来更多更好的工作机会和成功机会。多花一些时间，想想自己还有哪些需要改进和提高的地方、工作是否做得很完美，用这样一颗感恩的心去工作，就会很快乐，心态就会积极而上进，令同事刮目相看。

为自己工作，把这个简单的道理弄懂了，就可以把工作当作一个学习机会，从中学习处理业务，学习人际交往。长此以往，不但可以获得很多知识，还为以后的工作打下坚实的基础。认真工作的人不会为自己的前途操心，因为他们已经养成了良好的习惯，到任何单位都会受到欢迎。

机会只对勤奋工作的人有意义。每一天，都要尽心尽力地工作，每一件小事情，都要力争高效地完成。尝试着超越自己，努力做一些分外的事情，不为别的，而是为了自身的不断进步。

态度决定一切。现在，我担任高二两个班的英语课，同时也任班主任、科研处副主任。工作任务相当繁重。但是，在班级工作中，我感觉自己收获了很多。在班级管理中，我获得了宝贵的经验、珍贵的感情、成功的喜悦；在科研处工作中，我多了一份责任，也学到了很多知识。我感到自己每天都有提高，"我不能增加生命的长度，但我尽力增加生命的宽度"。可以说我是累并快乐着。

以艺术的心态点燃工作的激情
——《你在为谁工作》读后感
史艳丰

在这个世界上，最有力量的东西莫过于书了。一本好书能改变人的一生，让一个人从失败走向成功，从忧伤走向快乐，从灰心失意走向奋发图强。《你在为谁工作》就是这样一本好书。我是一口气读完的，不是不愿放下而是无法放下。它似乎有某种魔力在吸引着我，让我欲罢不能。我知道那是因为它所陈述的现象正是我无法释怀的烦恼；它所解答的问题正是我心中长久以来的困惑；它所提出的理念正是我迫切需要建立的观念，这本书里面朴实的话语、真实的例子，让我深深地体会到了工作的意义，解决了我工作中的困惑，调整了我的心态，重燃了我工作的激情。

有什么样的目标，就有什么样的人生，态度决定一切。可能有许多人很不喜欢眼下的工作，可能从工作中得不到丝毫的乐趣，也毫无创造性可言。但不管工作是怎样的微不足道或者枯燥，我们都应该抱有更好的心态去面对它。世界上没有卑微的工作，只有卑微的工作态度，就像希尔顿说的："世界上没有卑微的职业，只有卑微的人。"

有人问三个砌砖的工人，问他们："你们在做什么呢？"第一个工人没好气地嘀咕："你没看见吗，我正在砌墙啊。"第二个工人有气无力地说："嗨，我正在做一项每小时 12 元的工作呢。"第三个工人哼着小调，欢快地说："你问我啊朋友，我不妨坦白告诉你，我正在建造这世界上最伟大的殿堂！"

"知之者不如好之者，好之者不如乐之者。"了解一件事的人不如喜欢一件事的人，喜欢一件事的人不如以这件事为乐趣的人。如果一个人抱怨、鄙视自己的工作，那么他很少会得到真正的成功。结果恐怕他只能是一个"今天工作不努力，明天努力找工作"的人。

每天都是一个新的开始。我们不应该仅仅把工作视作取得面包、衣服、房子、养家糊口的一种讨厌的"需要"、一种无可避免的苦役，而应该把工作当作一个锻炼能力的东西、一个训练建造品格的大学校。同时，困难的事物可以锻炼我们的意志，新的任务能拓展我们的才能，与同事的合作能培养我们的人格，从某种意义上来说，工作真正是为了自己。

如果我们对工作能有浓郁的趣味而贯注热诚，如果我们决意做每一件事情，必须竭尽自己的全力，我们对于工作就不会产生厌恶或痛苦的感觉。充沛的精神，可以使最卑微的工作变得趣味横生。颓废的精神，可以使人对于最高尚的事物，产生厌恶的感觉。

我在一本书上见过这样一个故事：曾经有个愤世嫉俗、心中无法平静的人，求见作家海伦·舒克曼，向她请教如何消除心中不快的念头。海伦只回答："从今天起，请你每天写下一件令你感激的事。"刚开始这个人得思索很久，才能想出今天有什么好感激的事，但随着时间的推移，他逐渐对大自然的美好产生了感激的心情，进而他发现，有许多人和事都值得他感谢。到了后来，他看见这世界上一切都是赐予，一切都是光明，他的胸怀无限开阔，从此他的愤恨也消失无踪。

一个人的工作态度折射出他的人生态度，而人生态度决定一个人一生的成就。我们的工作，就是生命的投影。它的美与丑、可爱与可憎，操纵权在自己手中。一个天性乐观，对工作充满热忱的老师，无论他手下带的是怎样让人头疼的班级，怎样调皮的孩子，怎样没完没了待批的作业，他都会认为自己的工作是一项神圣的天职，并怀着浓厚的兴趣，把在学校的喜怒哀乐、点点滴滴化成教育生命中的一笔财富，予以珍藏并呵护。

如果人人都能从内心深处承认并接受"我们在为他人工作的同时，也在为自己工作"这个朴素的理念，责任、忠诚、敬业，将不再是空洞的口号。在工作中，不管做任何事，都应将心态归于零，把自己放空，抱着学习的态度，把每一次都视为一个新的开始，一段新的经验，一扇通往成功的机会之门。要有积极的工作态度，做任何事情不要拖延，因为拖延不能使问题消失，也不能使问题变得容易，只能给自己的工作带来影响，扰乱自己已经安排好的工作和生活。书中说"一个有责任感的员工，不仅仅要完成自己分内的工作，而且时刻为企业着想"。我想做一个有艺术家胸怀的教师，不仅仅要完成分内的工作，而且时刻为学校和教育着想。

相信自己，勇于向不可能完成的事情发起挑战，经常换位思考问题，有做教师的职业道德和职业素养。只有付出了才能得到回报，在工作中要充满激情，改掉自身的一些坏习惯，不断追求更高的自我定位，做一个有进取心的人，我相信今天的成就是昨天的积累，明天的成功则赖于今天的努力。

我们为谁工作？我们是为自己而工作，为自己的人生工作。既然如此，我们就应该担负起自己的责任，义不容辞以守信为立身之本，尽心尽力，诚实坦率，坦荡处世，为自己的理想、为自己的将来、为自己的成功而奋斗！

感恩·激情·敬业·学习
——读《你在为谁工作》有感

王卫国

读完这本用于培训卓越员工的书，我深深地被书中俯拾皆是的催人上进的观点激励，诸如工作上人们用生命去做的事，勤奋是通往荣誉的必经之路，每一份工作都是一座宝贵的钻石矿，最理想的任务完成日期是昨天，把最重要的事情放在第一位，等等。读这样的书，对我们这样一所百年名校的教师群体也大有裨益，它会让我们更懂得感恩，更加充满激情地授课，更加勤勉敬业、更加努力地把学习锤炼成为一种习惯。在我们强力推进课程改革的今天，在我们着力建设学习型校园的当下，让我们在平淡有味的生活中融入感恩、激情、敬业、学习这四个关键词，它会使我们阔步行走在通往幸福与卓越的途中！

关键词一：感恩

书中谈道：感恩不但是一种美德，而且是一个人之所以为人的基本条件。感恩也像其他受人欢迎的特质一样，是一种习惯和态度。

落叶在空中盘旋，谱写着一曲感恩的乐章，那是大树对滋养它的大地的感恩；白云在蔚蓝的天空飘荡，绘画着一幅幅美丽的图卷，那是白云对哺育它的蓝天的感恩。每个人都从婴儿的"呱呱"落地到哺育长大成人，父母花了多少的心血与汗水；从小学到大学，又有多少老师为我们呕心沥血，默默奉献。在我们成长中勤劳的农民为我们提供食粮，我们的朋友为我们提供帮助，还有我们周围的世界，为我们提供充足的阳光、和煦的春风，等等。故而，我们要学会感恩。感谢父母，给了我们这一次生命，让我们能来到这个世界走一回；感谢老师，教会了我们知识，让我们从幼稚走向成熟；感谢朋友，给了我们友谊，让我们在生命的旅程中不再孤独；感谢坎坷，让我们在一次次失败中变得坚强；感谢对手，是他们，让我们不断完善自己，不断朝前进步；感谢领导，是他们的一次次指引，让我们找到了人生的坐标和前进的方向；感恩自然，感恩世上的万事万物，让我们与之和谐相处。

我们唐山人最懂得感恩，我们的人文精神内核就是感恩、博爱、开放、超越。感恩既是一种良好的心态，又是一种奉献精神。当我们每天以感恩的心态工作时，就会珍惜现在的工作。以我之努力，让周围的人生活得更美好；以我之努力，让事业快速地向前发展。带着一颗感恩的心去生活吧，你会看到世界美如画。

关键词二：激情

激情来自自身潜质，是一种心理内在固有的基因，是我们自身品质、精神状态和对事物认知程度的一种外化表现。从这个意义上来讲，我们每个人都富有激情，激情是我们自身潜在的无穷无尽的财富。书中谈道：激情是不断鞭策和激励我们向前奋进的动力，对工作充满高度激情，可以使我们不畏惧现实中所遇到的重重困难和阻碍。可以说激情就是工作的灵魂，甚至是工作本身。

激情是成功者必备的不可或缺的因子。当拿破仑带领法兰西士兵翻越阿尔卑斯山，向敌人挺进的时候，当爱迪生醉心于自己的奇思妙想，虽经历上百次失败但仍坚持不懈的时候，当罗丹沉浸在自己的雕塑世界到物我两忘的程度，废寝忘食时，是他们胸中熊熊燃烧的激情之火，支撑着他们的信念，让他们勇往直前，最终获得了令人瞩目的成就。古往今来，无数成功者的经历告诉我们，激情是成就人生的基石，没有激情，就不可能有成功。激情也是团队前进的助推剂，也是学校发展的活力之源。

在事业的道路上走得最远的人，往往是那些对事业永葆激情的人。如何保持对事业的持续的激情？首先，我们要保持对所从事工作的浓厚的兴趣。孔子曰："知之者不如好知者，好之者不如乐知者。"其次，要把从事的工作当成一种事业，不断设定高远的目标去攀登。最后，还要学会适度减压，保证自己身心愉悦；还要谦虚谨慎，戒骄戒躁。

关键词三：敬业

一个人无论从事何种职业，心中都应该常存责任感，敬重自己的工作，在工作中要有忠于职守、尽心尽责的精神，这才是真正的敬业，此乃书中对"敬业"内涵的诠释。

我们教育者的敬业表现为教真育爱，即要教育我们的学生追求真理，探求真知，学做真人，力做真事；培育他们爱自己、爱他人、爱班级、爱学校、爱党、爱国家、爱民族、爱人类、爱世界。关爱每一位学生，刻苦钻研，严谨笃学，勇于创新；认真上好每一节课，仔细地批阅每一份作业，为孩子们的幸福成长奠定基础。

真正的敬业一定是怀揣着责任与梦想，仰望星空，追求高远；真正的敬业与勤奋和努力相连，脚踏实地，默默耕耘。真正的敬业是像吉姆·墨菲那样"为铁路工作"，每天提前两个小时来到铁路工地，默默无闻地做事。他的成功也证实了"多一盎司定律"的正确。让我们在自己平凡的工作中，多一点自觉的付出，尽全力把每件平凡的小事都做得尽善尽美。我们为了学校明媚的未来、祖国美好的明天而工作，这是我们工作的动力和源泉，我们为之而工作，自动自发、自觉自愿，不断地推陈出新、不断地奋力前行！

关键词四：学习

学习的脚步丝毫都不能停歇，要把工作视为学习的殿堂。学习是现代人的一个基本素质、一个良好的习惯。谁学会了终身学习，谁就会时刻把握时代的脉搏，始终走在时代的前列。

我们这些为师者更要不断地学习，这是时代发展的需要，知识以几何级数的方式突飞猛进，使传递知识者要终身学习；新课程改革需要我们不断地学习新的理念，以更好地适应学生发展、学校发展的需要；我们自身的专业成长也需要我们要时刻与学习相伴。学习是我们须臾也不能停止的事情，要自觉地将学习和工作融为一体，工作就是带薪的学习，我们为学习而工作。

学习之重要性，在《为什么要学习》中用《两个和尚的故事》描述：南山的和尚正是体会到学习是快乐的事情，觉得以前的自己是那么浅薄，而学习又正好可以弥补自己的浅薄。他读完藏经阁里所有的书，从他亲历过的每一件细微的事情中，看清楚世间的一切。正是不断地学习，使他不断地体悟，让他得以圆满，得以均衡。而北山的和尚安于现状，远离学习，而庸庸碌碌一生。学习可以载我们驶向宽阔的海洋，使我们不断地挖掘自己的潜能，站在前人的肩膀上，收获成功果实。

怀感恩心，会让我们谦和待人、真诚做事；燃激情火，会让我们精力充沛、愈战愈勇；常敬业行，会让我们的工作日趋完美、日进日上；处学习态，会让我们与时俱进、开拓进取。我们在教育改革的路上，揣着这四个关键词行走，一定会奔向崇高，走向卓越。

带着愉快的心情工作
——《你在为谁工作》读后感

于四川

校长在全体会上推荐了《你在为谁工作》这本书，我在闲暇之时细细读来，深深地被书中的话感染，由衷地感到受益匪浅。总结起来主要有以下几点。

第一是感恩。感恩是自然的情感流露，是不求回报的。时常怀有感恩的心情，你会变得更谦和、可敬且高尚。我每天都为自己能在一中工作而感恩。坦诚地讲，我在一中工作的近七年时间里，可以说是一路摸爬滚打，跌跌撞撞，然而去年年底能够顺利入编真让我感激不尽。感恩既是一种良好的心态，又是一种奉献精神。当你以一种感恩图报的心情工作时，你会工作得更愉快，更出色。

第二是忠诚。"士为知己者死。"既然选择了一中，一中也给予我足够多的东西，我就没有理由不为母校竭尽我的智慧和汗水，校兴我荣，校衰我耻。为此我除了做好分内的事情之外，还应该关心学校事务，为学校的兴旺和成功尽一份力，在学校困难时，与学校同舟共济。

第三是珍惜。"今天工作不努力，明天必定要努力找工作。"从现在开始我要努力工作，不是为了那些薪水和工资，而是为了自己以后的发展，为了自己以后的事业而努力。

第四是接受工作的全部，不只是益处和快乐。工作如生活，酸甜苦辣咸，五味俱全。宿舍管理中，充满了艰辛与挑战，要坦然地去面对，勇敢地积极地想办法，相信办法永远比困难多。

第五是不断进取。每一天都要尽心尽力地工作，对于每一件小事情，都要力争高效地完成。尝试着超越自己，努力做一些分外的事情，不是为了看到别人的笑脸,而是为了自身的不断进步。在为机会的来临而时刻准备的行动的同时,其能力会得到扩展和加强。

第六是把工作当作事业来做。一个人所做的工作是他人生态度的表现,一生的职业,就是他志向的表示、理想的所在。所以,了解一个人的工作态度,在某种程度上就是了解了那个人。

有位哲人曾经说过:生命是没有意义的,除非有工作;所有的工作都是辛苦的,除非有知识;所有的知识都是空虚的,除非有热望;所有的热望都是盲目的,除非有爱。有爱的工作才是生命的具体化。人的境界不同,工作的目的也不同,而每个人都要工作,这却是客观的。书中多次警醒我们:"在工作中,不管做任何事,都应将心态回归于零:把自己放空,抱着学习的态度,把每一次任务都视为一个新的开始、一段新的经验、一扇通往成功的机会之门。千万不要视工作如鸡肋,食之无味,弃之可惜,结果做得心不甘情不愿,于公于私都没有裨益。"不管我们愿不愿意,每天我们都要工作,这是现实,我们无法回避,那么我们为什么不高高兴兴地工作呢?

努力干好自己现在所拥有的工作,这就是一大笔财富,珍惜眼前所拥有的,因为它会让自己体会到成就感,多花一些时间,想想自己还有哪些需要改进和提高的地方,看看自己的工作是不是已经做得很完美,如果每天你都能怀着一颗感恩的心去工作,而不是抱怨,相信工作的心情自然是愉快而积极的,工作的结果也将大不相同。

带着愉快的心情去工作吧,我们将会有意想不到的收获!

我在为谁工作?

张玲玲

我最初是在全校后备班主任会上校长选读小段后才了解《我在为谁工作》这本书。后从网上查阅了相关内容,也读了几篇相关的读后感,感触颇深。但仔细想想,自己以前真的没有用心考虑过这个问题,只知道每天忙忙碌碌,起早贪黑,像完成任务一样,一直在做自己应该做的事。

作为一名教师,我始终觉得我的工作不像一些企业那样为老板工作,而是为自己的学生、为自己的良心工作。虽然这份职业在很大程度上也是为了谋生(每个人都得这样),但更多的是出于对自己的学生负责,对自己良心的负责。我也曾羡慕每天楼下那群悠闲的女士带着自己的孩子玩耍,闲聊,羡慕其他行业的清闲自得，羡慕有钱人的潇洒自在。但自从我第一天走进校园，步入教育这个行业，我就告诉自己，既然自己选择了，就要负责任、义无反顾地走下去。因此，在从教的十多年中，我时时刻刻严格要求自己，上好每一节课，认真对待每一位学生，尤其在当班主任期间，我深深体会到学生的辛苦、家长的不易。每当看到学生因考试成绩不理想而沮丧失落时，每当看到父母们满含泪水的眼睛时，我的内心深处总是涌动出对孩子和家长强烈的同情，这种同情始终鞭策着我、激励着我！记得上届高三在我班的一个女孩，由于她在高一、高二没有好好学习，所以基础非常差，尤其理科的东西根本没有入门，每次考后都在班里排名倒数。在一次家长会上，我见到了她的妈妈，她那忧郁的表情，强忍的泪水给我留下了深刻的印象，也刺痛了我的心。我能理解，作为母亲，她极不愿意在老师面前流下眼泪，但内心的痛苦又让她难以控制，所以她才会有那样的表情。从那以后，我就下定决心要帮助这个孩子，帮助这位母亲。在以后的日子里，我处处留心、时时关注，常常鼓励这个孩子，给她指出学习方法上的不足，时间利用上的不适，考后精神状态的不妥。经过反复几次的磨炼，她终于步入正轨，找到了适合自己的学习方法，慢慢地把自己以前落下的知识一点点地补了上来，并在最后的高考中顺利地考入一所二本学校。或许上个二本学校对于一中的学生来说算不了什么，但对于这个女孩，却让她非常意外，当分数下来时我看到她欣喜的表情，听到她用愉悦的声音对我由衷地说了句"谢谢"，我深深体会到了成功后的喜悦。就在这个时候，我更加意识到自己的责任、自己的使命，它不是来自领导施加的压力，也不是来自金钱的诱惑，而是一种发自内心的、纯洁的责任心。正是这种责任心才使得我们每一位教师可以不去照顾家里年迈的老人，不去呵护年幼的孩子，而是始终坚持在自己的工作岗位上，坚守在自己的班里关注着每一位自己的学生。

《我在为谁工作》中多次提道："在工作中，不管做任何事，都应将心态回归于零；把自己放空，抱着学习的态度，把每一次任务都视为一个新的开始、一段新的经验、一扇通往成功的机会之门。千万不要视工作如鸡肋，食之无味，弃之可惜，结果做得心不甘情不愿，于公于私都没有裨益。"我想，对于教师这份职业更是如此，因为我们背负着教育下一代的重任。作为教师，我会用自己的辛勤付出对得起自己的学生；作为母亲，我也要对得起含辛茹苦带大孩子、寄自己一辈子的希望于孩子的每一位像我一样的母亲！

做一只燃烧的火鸟

——读《你在为谁工作》有感

潘晓丽

从一个满怀激情的大学生到一名为人师表的中学英语教师，屈指算来，也有九个年头了。我经常为了工作放弃了自己的爱好，经常为了加班而放弃休息日，每天都认认真真、辛辛苦苦。可是慢慢地，我工作的激情被岁月侵蚀，觉得自己整日像个陀螺，不停地转。可这是为了什么呢？"工作到底是为了什么？"是为了一日三餐，维持生计？是为了有更多的钱，让生活有更高的水准？是为了让爱我们的和我们爱的人放心？

工作之余，我读了《你在为谁工作》这本书。刚看到这个书名，我就在心里想：我在为谁工作？当然是为了学校，为了学校的发展，尽自己最大的努力把工作做好。当我随意翻开这本书看了一下，里面的内容立即吸引了我。书中朴实的话语、真实的例子，深深地让我体会到：我们都应在工作中享受乐趣，做个快乐的工作者。这本书让我重新看到了生活和教育的希望。如果没有这本书，可能我还是会糊里糊涂地上班，没有明确的目标，也没有清醒的头脑；如果没有这本书，我可能还在为工作中出现的失误找理由和借口，而不是积极地从自我出发检讨自己；如果没有这本书，可能在领工资时，我会抱怨工资太少，而自己又干得太多，而不是认真检讨自己的态度不好。

这本书主要从"为什么要努力工作？""是否珍惜目前的工作机会？""敬业，是最完美的工作态度""决不拖延""从优秀到卓越"五个方面叙述了一个优秀员工在工作中应有的工作态度，以及自身的心态。如果能认真对待每一次机会，在自己心里承认"为别人工作的同时，也为自己工作"，就会体会到工作的乐趣，使自己在工作中不断超越自我，体现自我价值。《你在为谁工作》这本书，不仅让我明白了我为谁工作，更让我明白了如何工作、工作的重要性、对工作的态度、工作的意义。虽然不能说，一旦拥有了积极的工作和人生态度，就一定能够成功，但是，成功的人往往都有着相同的工作态度。

书中写道"有着宗教色彩的西方国家把工作定义为上帝的安排，是上天赋予的使命"，可见工作给人带来的不是麻烦和痛苦，而应该是一种对美好生活的享受。如果没有了工作，生活的花园就不会姹紫嫣红，生命的天空也不会有蓝天白云。一个人所做的工作是他人生态度的表现，是一生的职业，是志向的展示，是理想的所在。工作没有贵贱，人也没有高低之分，生活中总有对老板的抱怨、对现实环境的不满。可是流年似水，我们在无垠的宇宙、在时间的荒野中都是一粒微小的尘埃。如何才能让自己成为耀眼的那粒尘埃，散发出最大能量的光芒，只有微笑着工作，微笑着面对人生，用激情来点燃工作，不断鞭策和激励自己向前奋进，这样生命中才能不断地燃起希望的火花。

　　只有想着我是"为自己工作"，才能心平气和地将工作做好。工作是一个施展自己才能的舞台。我们的知识、我们的应变力、我们的判断力、我们的适应力以及我们的协调能力都将在这样的舞台上得以展示。除了工作，没有哪项活动能提供这样充实自我、表达自我的机会，背负着如此重的个人使命，工作表达了一种活着的理由。工作的过程让我们拥有了力量，拥有了舞台，给了我们对明天的向往和期待，因为有了工作生命才有了勃勃生机。只有"为自己工作"才会让我们懂得工作的真谛。只有抱着"为自己工作"的态度，我们才会将心态回归和平衡，把每一次任务都看作一个新的开始、一段新的体验、一扇通往成功的机会之门。这样才不会视工作为鸡肋，食之无味，弃之可惜。

　　虽然我只是一名普通的教师，但是"为自己工作"可以让我放下抱怨、埋头苦干，并怀着对工作的感激，享受工作的乐趣。对于"为谁工作"的正确回答，解决了我的困惑让我调整心态，重燃对工作的激情。"为人生、更为自己"的理念使我拥有了更好的工作心态，我将把握每一次机遇，爱岗敬业。作为一名普通教师，我从来没有像今天这样明白我和学校的关系，学校是水我是鱼，没有水鱼无法生存，没有了学校，哪有教师施展才华的舞台？我必须努力使学校这水清澈和充满活力。我不能做一个旁观者，而是要有忧患意识和危机感，树立"学校兴亡，教师有责"的思想。我会把学校当作自己实现抱负的舞台，以学校主人翁的心态去对待工作。我会有更强的责任心、上进心，以及和学校一同发展的事业心。我明白我这棵小树只有把根深深地扎在学校的土壤里，才会有希望长成参天大树。工作不要拖拉，当天的事一定要在当天完成，只有完成今天的工作，才是对明天最大的回报。所以我们要养成工作不拖拉的习惯，千万不要说明天再做这种话，因为明日复明日，谁知道到底还有多少个明天？

　　我们在生活、工作中往往会遇到失败。失败了不要紧，也不要找借口，要总结一下失败的原因是什么，这些经验积累起来，在往后的工作中失败率就会降低。在工作中要不断地进取，肯学习、肯吃苦，多总结、多思考、多问问题，把工作当作一种责任，把激情当作工作的灵魂，然后去点燃激情，让它尽情地燃烧。

　　最后，也是很重要的一点，工作不是你一个人工作，是很多人在一起工作，那就是一个团队,工作的时候不仅仅是你把自己的工作做好就算是完成了工作,还要配合好你的团队工作,要有团队协作精神,只有这样,你才会进步。

我不会再抱怨我的工作不理想,也不会艳羡别人工资高、生活安逸。我开始珍惜现在的工作机会,因为我已经清楚地知道自己平凡的工作深藏着无限的宝藏,只要毫不懈怠,全力以赴、尽心尽责地做好目前所做的工作,就能找到属于自己的"宝藏":我的每一位学生都是我的宝藏,他们的每一次进步都相当于我的"加薪"!

在合上这本书最后一页时,"我在为谁工作"这个问题的答案在我心里也变得异常清晰起来:我在为自己的成长而工作,为我热爱的事业而工作!如今,我已尝到了教书育人工作中的甜头,我在一天天地成长,为我热爱的事业默默耕耘着。我想,我会让这份执着和快乐延续下去,做一只燃烧的火鸟,在工作中燃烧,燃烧,燃烧!

调整脚步,快乐前进
——读《你在为谁工作》有感

江　晖

"只有投入,思想才能燃烧。一旦开始,完成在即。"

——歌德

"从'不错'迈入'杰出'的境界,关键在于自己的心态。"

——迈克尔·乔丹

以上两句话是我读《你在为谁工作》这本书时最受触动的句子。它们让我更清晰地意识到了究竟应该以一种怎样的状态来面对工作、投入工作。

"只有投入,思想才能燃烧。一旦开始,完成在即。"歌德的这句话充满了诗意,也极富哲理,它至少告诉我两点:第一,工作需要激情,需要全身心投入;第二,无论做什么事情,都不能拖延,只有行动起来,才能成功在望。而"从'不错'迈入'杰出'的境界,关键在于自己的心态"这句话则告诉我,超越平凡走向卓越并不难,关键在于自己是否有追求卓越的进取心和自信心。

一、爱岗敬业——走向优秀、享受快乐的前提

我们常用"兴趣是最好的老师"这句话教导学生学习好的秘诀是兴趣。同

样，"热爱教育"也是我们工作的原动力，是工作好的前提。强烈的事业心和使命感，这是从事教育工作的心理背景。若没有对教育事业的挚爱，那就不可能成为一个合格的教师，优秀更是无从谈起。如果仅仅把教育当作职业、当作谋生的手段，那么我们的目光可能会被困在"装着工资的信封"里，除此之外毫无快乐可言；但如果我们能把教育当成事业来做，我们的视野就会更开阔。当谋生手段和兴趣爱好合而为一的时候，我们就能全身心地投入并乐此不疲。真正从心底热爱教育、热爱学生，奉献并乐在其中，耕耘并从中实现自我价值，那么我们的教育生涯就不会充满苦涩，我们便能在辛苦中享受其他职业无法给予我们的幸福、踏实和快乐。

二、拒绝拖延——成就优秀、摆脱困扰的妙方

很多时候，我会处于一种焦虑的状态之中，这种焦虑来自工作的压力，也来自自己的拖延。往往，由于惰性或者畏难情绪。当我面对需要做但自己又不愿意做或者怕做不好的工作的时候，就会选择拖延。拖延的危害很大，正如书中所说："拖延会侵蚀人的意志和心灵，消耗人的能量，阻碍人的潜能的发挥。处于拖延状态的人，常常陷于一种恶性循环之中，这种恶性循环就是'拖延—低效能+情绪困扰—拖延'。"因为畏难，所以拖延，而拖延又会带来更强的畏难情绪，到最后拖延就会让自己在煎熬中陷入更深的焦虑。所以想要让工作出色，想要让自己摆脱焦虑、获得更多快乐，就必须远离"拖延"。

三、自信进取——跨越平凡、走向卓越的心态

子曰：仁远乎哉？我欲仁，斯仁至矣。孔子的意思是说：仁德离我们很远吗？我想要达到仁德的境界，仁德就会到来。同样，如果我们从心底想要成为一名优秀的教师，那么我们就可以成为一名优秀的教师，正如乔丹所言，"从'不错'迈入'杰出'的境界，关键在于自己的心态"。还记得前不久教务处组织以"托起明天的太阳"为主题的青年教师演讲比赛，刚刚从学校毕业走上讲台的青年教师们意气风发、激情澎湃，真情倾吐自己对教育事业、对学生的爱。我相信他们是真诚的，因为我在初登讲台的几年里也像他们一般充满激情。但做老师时间长了，往往会产生职业倦怠心理，每每也会以老教师自居，但不再像从前那样积极进取，虚心求教，也不再像从前那样热情四溢，认真甚至较真。这种越来越麻木的状态，只能让我们在不知不觉中逐渐变得平庸，距离优秀教师越来越远。来自外部环境的压力对我们自身的发展固然有作用，但提升自身

素养的关键还是在于我们的内驱力。我们可能还并不优秀，但我们可以接近优秀；我们可能算不上先进，但我们可以学习先进；我们可能还无法进入高贵的行列，但我们可以和高贵对话；我们可能距离卓越还很遥远，但我们可以全力以赴追求卓越。当我们拥有了这样一种跨越平凡、追求卓越的心态的时候，我们的行动便会向着这个方向努力，我们将会越来越接近卓越。走向杰出并不难，只要我们从心底渴望并毫不拖延、即刻付诸行动。

开卷有益，读书总能带给我们各种启示。时常读书，时常反躬自省，我们便可以让脚步快而不乱，便可以时常调整步伐，向着心中的方向更坚定、更迅速、更快乐地前进。

2011 年第二届推荐书目：《关键在于落实》

简介：

刘玉瑛的《关键在于落实》（修订珍藏版）诠释了落实的真谛和落实的现实意义；提示了落实不力带来的危害，探寻了落实不力的根源，并为有效落实提供了建设性的意见。本书的思想观点新颖，理论与实践结合紧密，并提供了可操作性的指导建议。

说到不如做到，要做就做最好
——读《关键在于落实》有感
代保新

生动翔实的事例、深入浅出的分析、文采斐然的语言——刘玉瑛教授的《关键在于落实》让我们这些读者对成功的奥义有了进一步的理解，对工作的艺术有了进一步的认识，对事业的态度有了进一步的体会。无论是领导者还是普通员工，每一个人都会从此书中得到独到的收获，我个人对以下三个方面的内容有比较深的体会。

一、小者赢子，大者赢势——落实的前提是明确目标

大到一个国家的发展规划，小至一项校内具体活动的展开，无不首先要解决一个目标的问题。有了科学的、正确的、具体的目标，才能够统一思想、有的放矢，使一切具体的工作形成合力。也许有的工作不能取得立竿见影的效果，也许有的措施会引起个别人的不解或不满，但是只要大方向正确且明确，我相信最终一定都能拥抱成功的鲜花，品尝胜利的果实。

人大附中校长刘彭芝有一段很深刻的话，她认为制定学校的发展目标需要两个眼光：一个是历史的眼光，一个是世界的眼光。历史的眼光是知己，世界的眼光是知彼；历史的眼光发现经度，世界的眼光发现纬度。只有知己知彼、经纬交织，才能确定学校的定位。现在人大附中已经基本上实现了"国内领先、国际一流"的战略目标。同样，作为一所有着深厚历史积淀、优质设备师资、深广社会影响的学校，我们一中也正在为探索一条新的发展道路而奋战，虽然我们也面临着诸多困难，但是我相信：道路虽然是曲折的，但前途一定是光明的。

二、不做盆沿上的毛毛虫——落实的过程需要创新方法

当上级部署的任务较为笼统时，我们完全可以结合学校实际情况开展许多有新意的活动。面对发展、变化的时代与社会，我们需要更新观念、解放思想；面对具体、现实的环境与工作，我们也需要突破超越、不断创新。机械的落实并不能取得完美的效果，甚至不如不做，落实贵在创新。拜年可以用短信、视

频、微博，扫墓可以在网上祭拜，在保障工作目标主旨的前提下，具体方式方法可以不断地有突破创新。事实上也只有不断创新才能够适应新环境的新需求，才能够对活生生的个体起到更满意的效果。我们文明办是学校的新生部门，根本没有成形的工作模式和方法可以学习借鉴。这就更要求我们在工作中合理利用外界条件，摆脱墨守成规，力争达到最佳的工作效果。

三、影响前行的只是鞋里的一粒沙——落实的表现是关注细节

一块脱落的小小隔热瓦导致了"哥伦比亚"号功亏一篑，七个优秀鲜活的生命魂飞太空；相反，微笑时露出八颗牙、"天天低价"的促销方式等看似微小的经营原则经过沃尔玛公司不懈、极致地推行，便造就了销售奇迹、商业龙头。

成功离不开细节的积淀，细节虽"细"，但集腋能成裘，积土能成山，"细"中见精神，"细"中见功力。要知道，魔鬼在细节中，天使也在细节中。工作要想做得细就要做到：计划要周全，过程要无误，有一双慧眼随处发现，有一颗细心及时体会。

总之，工作充满了艺术，只有忠于落实才能结出艺术的花朵。喊口号可以引人遐想，做实事才能确有收获。

说到不如做到，要做就做最好。

"落实"是成功的基石
——读《关键在于落实》有感

耿立平

中央党校教授刘玉瑛在其新著《关键在于落实》中开宗明义地提出："细节决定成败，关键在于落实。"没有有效的落实，任何缜密的计划、宏伟的蓝图、科学的制度、伟大的理想都只能是空谈，甚至是痴心妄想。所以，时时用落实的观念指导工作，刻刻负起落实的责任，事事坚持落实的原则，处处形成落实的文化，这是我们每个中层领导干部必须具备的职业素养，更是一名优秀党员先进党性的具体体现。

作为一名教育工作的管理者，除了对处室工作进行统筹规划外，更重要的就是不折不扣地落实各项规章制度，脚踏实地干好本职工作，才能充分履行教书育人的神圣职责，才能在工作中有所作为，才能使自己的人生价值有所体现。

一、时时用落实的观念指导工作

树立正确的职业观是首要条件。一个人如果没有强烈的"落实"观念，不能时时刻刻想到落实，不能时时刻刻注意落实，那么，在工作中，就会忽视落实，就会只唱高调，不管实效；就会喊得凶、抓得松，落实，自然也就成了一句空话。制度确定之后关键在于抓落实，重要的是在工作实践中树立起落实的观念。作为一名教务主任，要时刻树立"坚持一切服务学生，一切服务教师，一切为学校服务"的服务意识，以积极的姿态开展工作，主动落实各项工作措施，不断发挥自己的才能和潜能，圆满完成各项工作任务。每次新学期伊始，我都在认真盘点上学期工作的基础之上，做好全校的教学工作计划，来进一步有效指导三个年级部的具体的教学工作；与此同时，采取各种创新形式调动全校教师的干劲；关注青年教师的成长，不断提高百年名校的教育教学质量。在新课程改革的大背景下，积极进取、不断创新，认真抓好素质教育，为学生的终身发展奠基。在学校的正确领导下，教务处克服万难开发好校本课程，为同学们的个性、特长发展提供了平台。总之，教务处是学校教育、教学的门户和窗口，所以时时用落实的观念指导工作才能确保学校日常教学有条不紊地运行。

二、刻刻负起落实的责任

责任是一种态度，在不同的领域有不同的理解。对于教师来说，对于教育工作的管理者来说，责任就是爱岗敬业，而爱岗敬业是做好落实的关键。怎样才能做一名落实型的教育工作者？首先在工作中要有责任心，要全身心地热爱、全身心地投入，保持高度负责、尽心竭力的精神。美国著名思想家巴士卡雅说过："你在什么位置，就应该热爱这个位置，因为这里就是你发展的起点。"的确，在工作中有了责任，才能对工作怀有满腔的热诚；用100%的热诚去做事情，才能把工作做得更好，这点我体会颇深。

工作中，我始终坚定一个信念："没有最好的，只有更好。"无论对于哪项工作，我都是首先找准目标，然后制定具体措施，最后环环紧扣，步步不离地抓落实，真正做到有始有终。小到教师查岗，大到教师培养工程的落实，我都用心去做，用智慧去完成。每周必须达到的十节左右的深入课堂的听课指导，每周几乎天天到教务处年级部早晚值班，在这个过程中，我始终坚持着落实为人民服务的原则。教务处主抓的名师培养工程在落实原则的指导下开展得有声有色，而且成效显著。校本培训促进教师队伍专业化成长，抓好系列工程助青年教师快速成长，学校每年组织"春华杯教学大奖赛"，以此检验"七个一工程"的效果，为青年教师提供交流和展示的舞台；为了推行新课标，我们组织所有教师积极参加省师教处组织的网上培训，先后聘请湖南师范学校教授汪佩青、北大附中副校长张思明、原厦门一中校长任勇来我校为全体教师做报告，学校王卫国书记也为大家做了题为"新课标背景下一节好课的标准"的报告。窦连挥副校长以"高考背景下的高中课程改革"为题对全校教师进行培训。这些活动为教师提升了理念，理清了思路，在教学实践中发挥了至关重要的作用。正是因为一步一步地落实，一中教师屡创佳绩，扬名省内外。近年来，我校先后有 4 名教师在全国性学科教学大赛中获一等奖；2009 年在首届名师评比中，有 1 名教师被评为国家级名师，3 名教师被评为河北省名师，日前又有 7 位来自不同学科的教师被评为河北省名师；2008 年第十二届唐山市职工技能大赛，我校荣摘三甲，刚刚结束的第十三届技能大赛上我校教师再创佳绩，有 4 人夺得学科第一名，状元、榜眼均花落一中。大量的事实证明，一个工作者的态度和责任心，往往在工作质量的好坏、工作效率的高低上起决定性的作用——抓"落实"至关重要！

三、事事坚持落实的原则

服从组织决定是做好落实的有力保障。作为一名人民教师，我应以服从组织分工为己任，以完成好本职工作为追求，在岗位上坚定不移地抓好落实，事事坚持落实的原则。否则，即便是再好的措施、制度也只是一纸空文，描绘的美好蓝图自然也就不会顺利实现。在工作落实的过程中可能会出现这样或那样意想不到的问题、困难甚至挫折，这就需要我们在执行过程中既要增强预见力，结合学校实际需要不断修正错误，又要瞄准目标、坚定信念、增强毅力，"不达目的决不罢休"。

四、处处形成落实的文化

养成良好的职业行为习惯能有效促进落实。召开动员会、部署工作，出台措施只是落实工作的开端，起一个抛砖引玉的作用。落实若要成为一种单位文化，就需要全体成员在工作实践中长期坚持落实的观念、责任和意志，并养成一种职业行为习惯。具体地讲，要将各个岗位工作责任制、工作标准、操作规程、检查考核制度等内容落到实处，成为全体成员自觉的执行行为。管理人员和一般成员虽然各有分工，各司其职，但要发扬协作精神、增强团队意识，要在增强成员个体"落实意识"的同时增强整体协作的落实氛围。如我校每学期修订管理制度、管理办法、考核等制度的及时落实（除检查评比外，师生的各项成绩及时兑现），才确保了我校师生工作、学习积极性的提高。愿我们学校在落实的文化氛围中，励精图治，再创辉煌。

换言之，对于我校的每个成员而言，落实就是对本职工作出色地完成，落实就是对自己所负使命的忠诚和信守。我要坚持"落实是关键"的理念，努力成为一个落实型的教务主任，坚持做好本职工作，养成勤于落实、善于落实的工作作风，为推动学校工作持续稳定发展做出自己最大的努力。

一步实际运动比一打纲领更重要
——读《关键在于落实》有感

洪　杰

最近，我认真学习了中央党校刘玉瑛教授的研究专著《关键在于落实》，心中感慨万千：人类历史浩瀚无边，无论是叱咤风云的英雄豪杰还是默默无闻的平民百姓，想要成就自己或宏伟博大或安然平凡的人生理想，都离不开"落实"二字。

一、革命导师更重落实

1. 落实胜于纲领

记得无产阶级和劳动人民的伟大导师马克思曾经说过：一步实际运动比一打纲领更重要。今天，当我们手捧《共产党宣言》惊叹于导师的睿智与深刻时，当我们夜读《资本论》揣摩导师对资本主义的剖析与批判时，当我们觉察出导师的《法兰西内战》简直就是现实版的 1871 巴黎公社时，我们更敬佩的是导师马克思以自己的方式亲自去参与无产阶级的伟大斗争实践，去亲自落实无产阶级革命纲领中所涉及的每一项具体活动。

马克思一生都致力于落实。恩格斯在马克思墓前的讲话指出：他毕生的真正使命，就是以这种或那种方式，参加推翻资本主义社会及其所建立的国家的事业，参加现代无产阶级的解放事业。马克思通过自己的文章使无产阶级受到教育，进而意识到自身的地位和需要，意识到自身解放的条件。更重要的是马克思还亲自参与革命斗争、参与落实。可以说，斗争是马克思的生命要素。正如恩格斯所指出的那样：很少有人像他那样满腔热情、坚忍不拔和卓有成效地进行斗争、进行落实。

2. 纲领在落实中升华

《共产党宣言》发表后，受到全世界无产者的广泛欢迎。但马克思与恩格斯并没有沉浸在喜悦中，而是继续展开革命实践。1848年维也纳和柏林爆发革命时期，马克思和恩格斯回到德意志，在科隆创办了《新莱茵报》，用科学理论指导了德国和欧洲革命，声援各国人民的革命斗争。1864年9月，马克思创建了国际工人协会（第一国际），带领各国工人，同形形色色机会主义派别进行坚决斗争。1871年3月18日巴黎公社建立，马克思不仅高度评价巴黎无产阶级的革命首创精神，并给予热情的歌颂和支持，还辗转帮助公社成员通过地下途径，逃出梯也尔的魔爪。不断的革命斗争实践，丰富了马克思主义理论，也使无产阶级革命斗争纲领更为科学。

二、落实是一种责任

1. 落实责任，不畏牺牲

在《关键在于落实》中，作者将落实阐释为一种观念、一种责任。责任，就是分内事。中国自古就有"天下兴亡，匹夫有责"的古训，即个人要为国家兴旺尽责；民间流传"一人做事，一人当"的说法，即每个人要为自己的人生负责；西方流行的谚语"生活如契约，每个人都有着不可推脱的责任"，同样强调的是每个人应该具备的责任意识。正因为责任，谭嗣同才毅然走向刑场，高唱："我自横刀向天笑，去留肝胆两昆仑。"正因为责任，孙中山才在屡败屡战中，以羸弱之躯培育共和民主之花；正因为责任，共产党人才在腥风苦雨中流血牺牲，换来新中国的灿烂曙光。

2. 落实责任，尽职尽责

早在两千多年前，荀子就说过："凡百事之成也，必在敬之；其败也，必在慢之。"用我们今天的话来说就是，对工作怀有敬畏之心，是各项事业成功的基础；怠慢、轻视自己的工作，是导致事业失败的关键。作为教育工作者，我们的责任在于用爱的付出，促使学生群体最终成为有益于社会的公众，促使学生个体身心健康发展。我们应该以身作则带动学生，使他们成为积极向上、学识渊博、弘扬正气、维护公德的有志青年。落实，说来简单，但要真正以实际行动来实践我们的教育目标，却不是一蹴而就的事情，需要我们教育工作者，具备坚持不懈的韧劲，具备坚定不移的意志，具备知难而进的豪情，具备相信胜利的决心。只有这样，我们才会不辞辛苦、孜孜以求；只有这样我们才会以苦为乐、爱生如子；也只有这样，我们才能完成国家和民族赋予每一位教师的崇高历史使命！

三、落实每一个细节

1. 反思自己，找出落实不力的原因

在《关键在于落实》一书中，作者探寻了落实不力的根源。主要表现在如下两个方面：只图形式，不管实效；抓而不实，抓而不力及缺乏强烈的落实意识。作者也强调，每个人都要经常对落实不力进行必要的反思。结合自己的日常的班主任工作，我觉得自己的工作有时也会出现一些问题，比如，学生宿舍的管理。虽然我每天都要去查宿，但由于在宿舍的时间短，对学生要求相对较松，工作比较简单。我没有深入宿舍管理的每一件小事中去，工作效果有时也不理想。

2. 一丝不苟，精益求精

美国巴顿将军说过："任何人，不管他从事何种职业，如果满足于碌碌无为，就是不忠于自己。"我们教师应该一丝不苟地做好我们所担负的工作，将自己的全部精力、全部知识、全部智慧都奉献给我们所从事的职业。通过反思，我认为在具体教育教学的工作中，我们应遵照马克思"一步实际运动比一打纲领更重要"的教导，将我们的行动纲领也就是教育职责，分解成若干个小的细节。追求行动纲领细节的完美，讲求教育职责细节的落实。只有落实了日常的每一个细节，我们的教育教学水平才会不断提高，才会让唐山一中"全国领先，世界知名"的美好愿景早日实现！

阅读中感悟　落实中完善
——《关键在于落实》读后感

李艳华

时光流转中，需要做的事多了，读书的时间少了。年前，学校党委推荐给全体党员一本书——《关键在于落实》。我在初读时是被迫的，因为我认为这类说教的文字没有什么好看的，我比作者懂得并不少。但是随着文字跃入眼帘，我一点点地被其吸引，再读时已是捧卷难放。细细品味其中讲述的哲理，我深受教育和启迪。

有人说："我们无法改变人生的长度，却可以改变人生的厚度。"反思人生，短短的几十年，为什么每个人在经历了相同的出生、成长、求学、工作之后，成就会有很大不同。大家在同一片蓝天下，有着相同的生活环境，结局却千差万别。有人刚参加工作不久，就成为行业新星；有人工作了几十年，却依然没有取得什么可以夸耀于人的成就。我想最根本的原因在于每个人不同的人生态度。

我们常对学生说：播种一个行动，收获一个习惯；播种一个习惯，收获一种性格；播种一种性格，收获一种命运。所谓的播种就是在人生行走的过程中注重落实，把思想转化为行动。作为学生就该把自己的学习计划一步步完成，认真完成每一项作业、每一课的预习、每一个知识点的复习，唯其如此，才能学业进步，青春无悔。对于老师又何尝不是如此？古语说："其身正不令而行，其身不正虽令不从。"作为从事教育工作的唐山一中教师，更应该以身作则，各项工作落到实处，做学校的一名好员工，做学生的一名好老师。真正做到"一世寒窗执着追求，朝朝工作勤奋耕耘；相处三年诲人不倦，负责一生注重落实"，使唐山一中成为代代新人站起、棵棵劲松挺立的教苑名地。

我对"落实"一词的理解如下。

首先，要有正确的人生观、价值观和职业观，这是做好落实的前提。在学校这样一个育人的地方，工作只有分工的不同，没有高低之别、重要不重要之分，每项工作都是为学生服务，为教学服务。作为一名教师，我们肩负着教书育人的责任，只有正确对待自己的岗位，对待自己的工作职业，才能挖掘出自身潜能，积极主动落实工作要求，完成教育教学任务，培育出具有世界眼光和中国灵魂的时代精英。

其次，对自己的职业和岗位要无限热爱，这是做好落实的关键。古语说："知之者不如好之者，好之者不如乐之者。"美国著名思想家巴士卡雅也说过："你在什么位置，就应该热爱这个位置，因为这里就是你发展的起点。"不论从事什么工作，都应该全身心地热爱、全身心地投入。当一个人长期从事重复性工作时，最容易产生职业倦怠，而职业倦怠是工作的最强杀手。人一旦倦怠了自己的工作，没有了工作热情，就容易得过且过，从而消极怠工。行走于人生之路、从业之路，必须如学走路的婴儿一样，快乐地走稳走好每一步，注重落实，才能走得越来越稳。作为唐山一中的教师，我更应该爱岗敬业，滋兰树蕙，在平凡的岗位上做出不平凡的业绩。

最后，工作中要服从管理，自觉遵守各项规定，这是做好落实的保障。现代社会重合作，任何一项工作的完成都是很多人共同努力的结果。每一个从业人员都隶属于一个团队，团队的战斗力取决于执行力，即各项规章制度的落实情况。学校新近出台了一系列的考核措施和行为规范，这都需要我们每一位教师能够认真学习，自觉遵守，真正地去落实。以青春之我，创造青春之一中，这才无愧于教师这一职业，无愧于"大钊传人"这一称号。

昨日之日不可追，今日之日尚可为。掩卷深思，我知道今后的每一天都要善待人生，珍惜工作，注重落实。无论大事小事，都要努力去完成；无论难事易事，都要努力去落实。花开不喜，只为自己的每一个计划去认真落实；花落不悲，只用自己的每一个行动去完善人生。我相信今天的成就来自昨天的行动，明天的成功源于今天的落实。为了明天，让我们行动起来，把一切都落到实处。

把握好时间，攥紧落实的拳头
——读《关键在于落实》有感

史艳丰

"洗手的时候，日子从水盆里过去；吃饭的时候，日子从饭碗里过去；默默时，便从凝然的双眼前过去。"朱自清先生的《匆匆》告诉我们时光荏苒、岁月无情，面对匆匆的时间，我们是选择徒劳地掩面叹息、盲目地随之流转，抑或其他？在拜读了刘玉瑛教授的《关键在于落实》这本书后，我找到了答案——把握好时间，攥紧落实的拳头。

作为一名高中教师，三点一线的生活，或许常常让我们感到疲惫，总是感叹时间过得太快，还没来得及调整好假期节奏，新的学期已经来临；还没判完上次的作文，学生的周记本又涌了上来；还没来得及对上一课进行彻底的教学反思，明天的新授课又摆在面前；还没来得及和班上每一名学生谈心，一学期又匆匆过去……时间好像是冷漠的，总是一如既往地不尽人意，不舍下半点人情。这本书的第十四章"管理好时间，保证落实"给了我启示，或许我们要从时间管理上找找原因。首先理解时间的特性，理解时间管理的含义。书中说："时间是无法节流、无法逆转、无法取代的。"对于学者来讲，"一寸光阴一寸金"，只有珍惜时间才能创造自己的价值。对于军事学家来讲，珍惜时间就是胜利。对于经济学者来说，时间就是效率，就是金钱。"明日复明日，明日何其多；我生待明日，万事成蹉跎"，短短几句诗，是先辈千曲百折、历经磨难的生活体验的结晶。相反，对有些人来说，时间像日历，撕了这张，还有下一张，撕完了这一本还有下一本，却不知在洁白如雪的日历上留下自己辛勤奋斗的汗水。他们从初懂生活到长眠地下，都是在闲散、观望和等待之中度过的。如果人的一生如此度过，那么消逝的岁月将如一场凄凉的悲剧。珍惜时间，对师者是一个警示，更重要的是我们要时时向学生传达这个概念，做好学生的导师。

当然，珍惜时间，并不意味着像葛朗台一样丧失理智，而是查明时间管理的误区，掌握有效管理时间的方法。书中举到这样的例子：有一回，马克·吐温走进教堂去听一个牧师布道。最初，他觉得牧师讲得很有力量，打算在捐款时拿出他带来的所有钱。可是，十分钟过去了。牧师还在没完没了地讲。于是，马克·吐温改变了主意，准备只捐出很少的零碎钱。又过了十分钟，牧师还在啰唆，马克·吐温决定一元钱也不给了。等到牧师终于讲完，收款的盘子递到他的眼前时，他气得不仅没有捐款，反而从盘子里拿走了两美元。这个小故事很有意思，反观自身，我们在说教学生时是否像那个啰唆的牧师一样，不仅没起到作用，反而适得其反呢？时机的把握，时间的合理应用，重要性或许不次于做事的本身内容。一节班会，我们应该怎样高效地组织？四十分钟的课堂，我们应该怎样合理地分配教学时间？学生犯错误，我们的教育工作有没有落到实处？督促学生学习，我们有没有负责任地告诉学生如何制订学习计划，充分利用每一分钟，并细致地把行动落实到每一分钟？

把握好时间，攥紧落实的拳头。君子的力量永远是行动的力量，而不是语言的力量。这本书带给每一个党员的除了这些还有许多方面的启示。我相信每一种启示都是一份宝贵的精神力量，鞭策我们把行动落到实处。

学校年级部管理执行力初探
——读《关键在于落实》有感

孙 江

学习《关键在于落实》一书，我收获很多。尤其对于执行力问题。今天我要跟大家交流的是执行力问题。什么是执行力？我认为执行力就是看你有没有将计划措施落实到底的决心和毅力。简单来说就是"全心全意、立即行动"。

世界首富比尔·盖茨认为："微软未来十年内，所面临的挑战就是执行力。"海信总裁周厚健也说过："企业在做大过程中会有很多问题，但海信目前急需解决的问题是执行力不强。"作为一个团体，我们会常常看到，我们的计划写在了纸上，贴在了墙上，说在了口头上，但实际上议而不决，决而不办，流于"口号管理"，没有落实到具体的目标、计划上，没有列出完成的时间表，没有赏罚标准的现象比比皆是。也就是说，整个集体患上了"组织末梢神经麻痹症"，越到执行关键的时候，越是工作拖拉，马马虎虎、得过且过、敷衍了事。这种病症如果不治，许多本该进入快速发展期的团体就会飞不起来，甚至慢慢湮灭。

执行力的高低决定着一个团体的成败。

学校年级部作为一个团体，应该在全体人员中牢固树立一个原则，即要想尽一切办法，完成任何一项计划中规定的任务。其核心是敬业、责任、服从、落实。这也是众多杰出团队、提升集体凝聚力的最重要的准则。

毫不例外，学校作为一个团体，由各个职能部门构成，各个职能部门在工作中同样存在着执行力的问题。而作为学校教育教学管理的基层核心，年级部的管理的好坏至关重要。

在这里首先举一个小例子来说明执行力的高低对结果的影响。

某学期初全市要举行高三摸底考试。这是进入高三的第一个全市重要考试，成绩要公开，结果要排队，显然这对一个学校的社会影响、一个班级的校内地位、一个学生学习自信心都具有重要的影响。根据以往经验，年级部提早动作，倡议各备课组将往年摸底考试试卷印发给同学们作为复习参考。实施执行中，大多数备课组执行了这一倡议。考试结果较好。但是，也有一些备课组由于种种考虑，没有执行，其结果是该科成绩很不理想，在家长、学生中造成了很大的负面影响，执行力高低的差距在这次考试中显示了它的作用。

年级部的执行力的实质是如何打造一支来之能战、战之能胜的队伍。我认为除了加强年级部本身的建设，牢牢树立以学校方针政策为工作中心，在实际工作中，针对年级特点，认真谋划好年级工作计划外，抓好两个关键点、疏通好一个关系、坚持一个标准、督促落实是关键。

两个关键点：

教师管理中备课组长点：备课组长是一个备课组的灵魂，组长的动作决定着该学科的行动力度。所以充分依靠和团结备课组长，尽最大努力发挥他们的作用，是做好教师管理的前提。

（1）选人：要坚决启用道德品质好、业务素质能力强、甘于奉献的教师作为组长，这一点十分关键。

电视剧《亮剑》中有一段精彩的台词：任何一支部队都有自己的传统，传统是一种性格，是一种气质，这种传统和性格是由这支部队组建时首任军事首长的性格和气质决定的，他给这支部队注入了灵魂，从此，不管岁月流逝，人员更迭，这支部队灵魂永在！

其实这个道理对任何一个团队都是一样的，常言道：千军易得，一将难寻！我们组建团队必须遵循这个道理。

我校几个教研组，能够长期红旗不倒的原因就是它们的组长德高为师、学高为范，树立了过硬的组风。在这种环境下，必然人人向上，具有坚强的战斗力。

（2）信任：用人之道，为疑者不用，用者不疑。信任为先，应该说备课组长是一个小集体的核心，应该放手运用，给予信任，给予能力施展空间，让其感到上级的信任，俗语道：士为知己者死。

（3）依靠：要充分依靠本备课组长开展工作。备课组长始终与本组教师工作在一起，对每一位成员知根知底，由于工作的场所、时间一致，对每一位成员工作精神、态度、业绩一清二楚，所以做起工作来针对性强，工作效果好。

（4）指导监督：信任不等于放任。对于备课组长的工作必须给予必要的指导和监督，备课组言行举动必须与年级集体性吻合。所以实施必要的指导和监督是必需的。

年级部管理的另一个群体就是班级群体，班级群体的核心是班主任。学校的各项目标、要求必须通过班主任实施到每一个学生。另外，对于班主任而言，其品德、言行对于学生的成长具有终生的影响。班主任能否坚决贯彻学校及年级部的各项要求，是学校的教育教学效果起决定性的因素之一。所以抓好班主任的工作，是年级部执行力更有作用的关键点。

一个关系：学校各部门的关系，上下要联通，信息要通畅。年级部需要学校各部门给予配合，这一点不容置疑。

一个标准：凡事公正公平！

国不患穷，但患不均。公正公平不仅仅是衡量考评工作的一个标准，也是一个团队能否保持旺盛的活力源泉。试想，优秀得不到表彰，落后得不到批评，踏实肯干得不到实惠，偷奸耍滑却屡屡受益，那么这个团队必将走向涣散直至衰亡。年级管理坚持公正公平原则也是年级执行力效果大小的重要影响因素。

脚踏实地　认真做好本职工作
——读《关键在于落实》一书有感

王司宇

闲暇时间翻阅《关键在于落实》的部分章节，感触颇深，这是一本内容丰富、现实意义深远的好书，值得一读。在三月初召开的全国政协十一届四次会议闭幕式上，全国政协主席贾庆林同志讲话的主题就是"心无旁骛抓落实"，他多次强调"蓝图已绘就，关键是抓落实"，可见大到一个国家，小到一个单位乃至每个人，狠抓落实十分重要。

对照《关键在于落实》一书中的有关章节，联系本人实际，认真反思，我有以下感想和体会。

一、加强计划性，减少随意性，是落实各项工作的前提

俗话说:凡事预则立，不预则废。任何工作，没有事先的谋划，就谈不上落实。如每个学期初，我都要制订一个计划，德育处所分管的工作如何进一步做好;帮带青年教师方面如何发挥老同志的作用;科研课题如何按实施方案进行，撰写多少篇论文;工会开展哪些适合教职工特点的体育活动等，都要做到胸中有数。我还习惯把一个学期需要做的几项主要工作，写在校历表备注栏内，随时提醒自己不要忘记，不断加强工作的计划性，尽量减少盲目性和随意性。

二、工作不拖拉，准时按点高质量完成，养成良好习惯

《关键在于落实》第十五章"提高工作效率促落实"一节，作者反复谈到"今日事必须今日毕"，这种提法很好。时间就像海绵里的水，靠挤。今天的事情决不拖到明天，这也是我的一贯做法，否则心里总是不踏实，甚至寝食不安。凡是领导交给我的工作，都能够准时完成，从不用领导来催问，同时确保工作质量，绝不敷衍凑合，否则过不了自己这一关。我想德育处、科研处、工会领导以及和我接触过的同志，都会感觉到这一点。通常我还要把一周需要做的几项工作列一个清单，放在办公桌抽屉里，几乎每天都要看一看，每完成一项工作就在单子上画掉一项。我时常问自己，今天我做了些什么，有哪些收获，不能虚度每一天。

三、干工作要有认真负责的态度和脚踏实地的作风

德育处的工作比较繁杂，我们做具体工作的同志，就要本着对上负责和为下服务的精神，事事狠抓落实，从点滴小事做起。如每月各班卫生量化评比，反复核算多次，确保不出差错。学生违纪培训认真检查出勤，反复核对名单，不漏一人。冬天组织学生扫雪，如遇哪个班的任务完成得不好，除了及时提醒以外，还要亲自带头干。国旗班学生穿的服装不合体，我就骑着自行车利用业余时间几次到外边调换，不怕麻烦。总之，平凡小事，件件有着落。

四、办任何事情都要有韧劲和毅力，要持之以恒

这是《关键在于落实》倡导的观点之一，也是落实好各项工作所必备的品质和精神，否则，工作就要打折扣、受影响，我想每个人都会有同样感觉。如

我在德育处负责学校环境卫生工作，多年如一日，每天早晨 7 点以前，督促检查各班学生一小扫情况，发现问题及时处理，从不懈怠和放松。寒假春节期间除了走亲访友以外，我的多数时间用于写作，连续十多年都是如此，这需要一种精神和毅力，我在今年又创编了 12 个体育游戏并撰写了 14 篇教学经验体会文章，其中由我设计的"兔年兔跳"游戏，已在国家级刊物上发表。多年来，我在国家级刊物上共发表文章 100 余篇。

五、今后需要改进的两个方面

1. 向身边的榜样学习，把平凡小事认真做好

在本学期开学初的一次值班人员会议上，王卫国书记表扬了我校信息处王芳老师，对领导交给的工作精益求精，具有创造性，步步落实。我听后深受教育和启发，事情虽小，但体现了王老师对工作一丝不苟、认真负责的精神。我要虚心向她学习，把每项平凡的工作高质量高标准认真做好。此外，德育处的朱崇伦、毕开金、高爱国三位主任和处直的其他同志以及以师国臣老师为代表的一大批优秀班主任，都是我学习的榜样。

2. 事事要考虑周全，注重工作细节

"细"中见精神，"细"中见功力。这是《关键在于落实》一书中阐述的又一重要观点，我很赞成。下面举一个例子：在 2010 年 12 月我校举行的迎新年教职工趣味体育比赛中，出现了一个小的纰漏，大家可能没有觉察到，在中老年组垒球掷准比赛中，老师们使用的是小实心球。可能由于垒球事先没有准备好，临时用实心球代替。也就是说，比赛前把器材准备这个细节忽略了。因此，我们无论干什么工作，都必须考虑周全，注重工作中的每个细节，尽量减少失误、力求完美。

让落实成为我们工作中的经典动作
——读《关键在于落实》有感

王卫国

近日读了刘玉瑛教授的《关键在于落实》，书中用经典的一些案例做铺垫、做解释，使得该书并不像一些管理方面的专注那样晦涩难懂，而是读起来让人感觉亲切，让人手不释卷。读完这本书，我对落实的概念、意义，以及如何有效地落实有了较清晰的把握，让我更加坚定了要自觉自发地抓好落实，同时又

有效地推动团队落实，提升执行力。

要让落实成为我们工作中的经典动作，应如何而为？

首先，厘定"落实"的内涵。"落实"在汉英词典中的解释：

1. practicable；workable

2. to fix in advance；to ascertain；to make sure

3. to carry out；to fulfill；to implement；to put into effect

4. to feel at ease

本书的封面有对书名英文的翻译：The key is how to carry it out。由此判断应将其译为 carry out。

书中开篇就介绍了作者的观点，即落实就是把口头上讲的、纸上写的东西，如理论、路线、方针、政策、计划、规划、方案、意见等，付诸实施，并达到预期目标。

可我更倾向将其译为 fulfill。其有不折不扣地完成、出色地完成之意。落实是一种观念、一种责任、一种意志、一种文化、一种有效的执行力。

其次，明晰"落实"的意义。

本书封面就有这样非常醒目的五句话：

· 任何一项工作任务的完成，都是抓落实的结果！

· 没有落实，再好的文件也是一纸空文！

· 没有落实，再理想的目标也不会实现！

· 没有落实，再正确的政策也不会发挥作用！

· 大政方针、宏伟目标明确后，关键的问题是要落实、落实、再落实！

本书题目就揭示了一个工作、一项工程等的圆满完成的关键在于落实，落实是将宏伟的蓝图变成现实的"工具"；落实是由现实的此岸驶向成功的彼岸的舟楫；"落实"应该是一个动词，载着人们大步前行。所以要落实出竞争力，落实出生产力，落实出创造力。

最后，推进"落实"的行动。其一，要打造落实型组织。其关键环节要有一个落实型领导团队，率先垂范，科学谋划，善于挖掘、培养"安德鲁·罗文"型员工；科学有效地分配给成员工作，各司其职，各负其责；领导除了战略规划外，重要的环节还有督促"落实"情况，发现不落实的事和抓住不落实的人就是领导的"落实"。其二，完善制度，构建落实文化。制度，是一个组织和团队中，要求成员共同遵守的办事规程或行动准则。构建完善的制度是落实的保证。落实文化包括求实文化、责任文化、诚信文化和细节文化，实事求是、忠于职守、诚实守信、完善细节等是落实到位的坚固的支撑。其三，加强督导，及时反馈。要想落实在平时工作中生根，需要主要领导务实到位，走进教室，走进课堂，低重心管理，近距离服务，见微知著，及时检查督导，让每一个环节通畅有序运行；要想落实在平凡工作中发芽，还需要中层领导提升执行力，做好上传下达、下情上晓工作，做好桥梁和纽带作用，确保信息不衰减，确保执行强力度；要想落实在琐碎的工作中遍地生花，需要每位教师员工满怀激情地工作，把每件平凡的小事做得精细、精彩、精致，做任何事情都精益求精，把工作当作事业用心经营。

落实型的团队和组织有完整充实的愿景召唤，有系统完善、充满人文关怀的制度保证，有科学严密的激励奖惩机制做支撑，使每位成员都自觉维护团队利益、自动前行、自发工作。

让我们不断地提升组织的凝聚力，提高团队的战斗力，携手将"落实"砥砺成为我们平时工作中的经典动作。

2012 年第三届推荐书目：《如何做最好的教师》

简介：

《如何做最好的教师：影响教师一生的中外教育家经典感言》在教师如何修炼师之贤方面给出了有益的建议，值得学习和借鉴，广大教师不妨一读。修炼教师之贤主要在于修炼师之贤能、贤明和贤品，其价值和意义不仅在于教师之名，更在于教育，在于国家和社会。那么，我们教师在实践工作中如何进行点滴之修炼？如何成为最好的教师？

为师者的思考

李艳华

偶然听到一个顺口溜："上辈子杀了猪，这辈子来教书。上辈子杀了人，这辈子教语文。"听后内心酸酸的，在感叹命运的同时，更多的是对教师这个行业的思考。古语有所谓的"师道尊严""一日为师，终身为父"，人们心中一个仅次于天、地、君、亲的群体何时变成了前世的屠夫，甚至杀人犯？

我想最根本的原因是教育的最终结果使学生在学习过程中产生了逃学欲望，所以也就有了学生在常规放假前欢愉的表情，有了偶尔听到放假消息时的群情激动……所以也就有了学生见到老师时绕道而行，有了学生对老师布置的作业极力逃避，有了学生在老师的严格管教下成绩仍然奇差……这种现象正常吗？我多年来一直在思考这样两个问题：什么样的教育才是成功的教育？什么样的教师才是合格的教师？

一、秉烛夜照

我非常喜欢苏轼的一首诗："东风袅袅泛崇光，香雾空蒙月转廊。只恐夜深花睡去，故烧高烛照红妆。"诗人夜以继日，深夜不眠，只为欣赏那未眠之花。没有对花的爱如何能做到这点，我想学习也该达到这种境界才对。

我的学生去年创办了《薪火》班刊，当一本设计精美、图文并茂的杂志放到我眼前时，我惊讶和赧然了，惊讶于他们的出众才华，赧然于我平时对他们能力的漠视和误读。"最失败的教学是使学生厌学，最成功的教学是使学生乐学。"这话说得实在，可谓一语中的。一个老师的好坏不应该以传授知识的数量为考核指标，而应以其是否激发了学生学习的兴趣为标准。一个老师如果能使学生对学习始终充满激情，并乐于主动探索，那么他一定是一名好老师。

心所欲之，己先行之。一个好的老师首先应该是对自己从事的工作充满热情，不管教育多难、多枯燥，要始终如苏轼般充满欣喜。

二、撒网自捕

一个老人打鱼为生，多年的历练使老人成为一名打鱼高手，他把捕鱼技巧悉心传授给了几个儿子，但他们却都技术平平，老人百思不得其解，后有一人问他:"孩子们每次出海,都有你在身边吗?"老人回答:"是的,我指点他们每一个细节,并把我所有的心得都告诉了他们。"对方说:"可你却从没有让他们自己去真正捕过鱼。"

一句话点醒了老人,也点醒了从事教育的我。教学也是如此,学生的亲身实践和总结很重要。教师应该给他们充分的自由和足够的空间,让他们自己去发现学习中的问题,并尝试自己解决,这样获得的不仅是知识,更是能力。称职的教师引导学生走路,不称职的教师代替学生走路。学生独立思考能力的丧失,是教育最大的悲哀。

美国一所著名大学的校长曾幽默地说:"一个人大学毕业时,如果认为自己什么问题都弄懂了,可以授予他学士学位;如果认为自己有一些问题弄懂了而有一些问题还没有弄懂,可以授予他硕士学位;如果认为自己什么问题都没有弄懂,可以授予他博士学位。"这段话虽不乏戏谑的味道,却也说到了教育的根源问题。成功的教学,不只是要让学生回答问题,更重要的是让学生提出问题;不只是让学生验证真理,更重要的是让学生寻找真理。正如李政道所言:"'学问'就是学习提问,切莫将'学问'变成'学答'。"不高明的教师,使学生头脑里的问号变成句号;高明的教师,使学生头脑里的问号越变越多。

不高明的教师教学生时,将学生从善于提出问题教成不善于提出问题;高明的教师教学生时,将学生从不善于提出问题教成善于提出问题。以老人为鉴,一个好老师一定要学会放手,让学生在实践中自己学会知识技能。

三、普雅花魂

本人多年为师,常与学生交流,其中谈及最多的是学习乐趣问题,结果发现真正对学习感兴趣的孩子少之又少,能真正体验到知识魅力的孩子也不多,几乎每个孩子都渴望逃出学校这个牢笼,逃离学习这件让他们头疼的事情。为什么越教孩子们越不爱学?这难道是教育想要的结果?

我想这与当前的教育观念和教育方式有关,现在的教育过分看重分数,看重阶段学习的表象,对学生的评价几乎是唯分数论的,考出好成绩的学生在施教者眼中一好百好,从来不考虑学生是否产生了持续学习的需求,离开外在力量的约束后他们能否坚持学习。

南美洲的安第斯高原上生长着一种巨型草本植物,寿命是一百年,它的青春鼎盛期是一百岁。花开将死,花落即亡,它的一生都是在等待花开、积蓄力量中度过的。我第一次知道这种花时就被它震撼了,谁能用一生的时间都去做一件事?什么样的事又该用一生的时间去坚持?时代在发展,新事物、新知识不断涌现，我越来越深地体会到学习就该是终其一生而为之的。

古语道："骐骥一跃，不能十步；驽马十驾，功在不舍。锲而舍之，朽木不折；锲而不舍，金石可镂。"学习需要持之以恒的行动与一以贯之的执着，而这种执着精神和行动毅力除了需要内在需求的动力促成，还需要外在环境的影响规范。教师作为学生日常生活接触最多的人，是组成学生学习外在环境的主要构成要素，所以在学生学习的过程中，教师的角色地位非常重要。

一个好的老师应该是身体力行、终身学习的老师；一个好的老师应该是教给学生学习境界，使学生终身向学的老师。

教育是一门艺术，教师是一种人生。行走于教育之途，把学生放在左，把学习放在右，秉烛夜照充满激情，给学生以足够的发展空间，做好教育过程中的每件小事，提升为师境界，那么在生活中我们就会少一些痛苦，多很多幸福。

《如何做最好的教师》读书心得

代保新

"君子治其内，不治其外。"教师之贤如何修炼？《如何做最好的教师》这本书详细地阐述了修炼的三方面——师之贤能、师之贤明、师之贤品。语言朴实而富有诗意，形象而充满激情。书中结合中外教育家 27 个经典感言，通过生动的实际事例及精辟的深刻启示，让我明白了许多鲜明的教育观点，我也有许多心灵感触。

一、教师要用心去"懒"

在魏书生老师的课堂教学中有"三不讲"原则，它包含着一个非常重要的教学观念——给学生更多的锻炼机会。老师不做，不是当老师的偷懒，而是尽可能多地给学生锻炼机会。跟魏老师相比，自己有时实在是太"勤快"了。总是放心不下学生自学，事必躬亲，能包办的包办，不能包办的抢占。所以我经常有这样的感慨：有些操作我讲了很多遍他们都不会，如果我不讲学生就更不会了。其实每组都有会的学生，可以让他们在组内互教互学。这样对于教的学生，他们就有了归纳、概括、分析、整理、总结、表述的机会，让他们不但对这道题有了更深的理解，同时还培养了他们很多方面的能力；对于被教的学生更能近距离地接触知识，可以以一种放松、平等的心态多维地学习知识、理解知识，加强了同学之间的情感交流，增强了友情，形成了其乐融融的课堂学习环境。

二、做一个富有激情的教师

列·符·赞科夫认为，"一个优秀的教师应该是充满激情的。教师本身先要具备这种品质，成功的课堂教学应该是充满情感的教学，教师的教学方法一旦触及学生的情感领域，就会发挥巨大的作用"。回想自己的教学，在我刚踏上工作岗位时，就摆出一副"师道尊严"表情，严厉、认真地去讲授知识，当时我并没有感受到同学们的激情和兴趣；反而，一个充满鼓励的眼神、一组充满温情的动作、一些微不足道的帮助，却使同学们更靠近我，享受到他们发自内心的喜悦和眼神中传递的激情，心灵的碰撞就在不经意中萌发了火花。正像列·符·赞科夫所说："爱是激情的基础，没有对学生的爱，教学也就没有激情；没有课堂上师生间心的相通、情的交融，也就不可能产生教学所需的智慧和吸引学生的技巧。"

做最好的自己
——读《如何做最好的教师》心得

于四川

近期拜读了魏书生主编的《如何做最好的教师》，感触颇多。书里很多内容都是那样的朴实而自然，不少案例就像是和自己的内心在交流，是那样的真实而生动，让我找到了自己努力的方向，找到了那份久违的激情。我深深地感到——要做最好的自己。

一、做心中有爱的教育者

"没有爱，便没有教育。"教育者只有爱孩子，才能理解孩子，才能培育孩子的爱心，才能成为孩子的亲密朋友，真正走进孩子的内心世界。每个人都会有缺点，我们看学生，就如家长看孩子，他们即使是满脸泥巴也万分可爱。浮躁的心、生硬的态度，永远也不可能换来心与心真诚的沟通。在以后的工作中我会更多地从学生的角度考虑问题，用"学生的眼光"看待，用"学生的情感"体验，用真心、爱心、诚心、耐心，换来学生们纯真的笑容，赢得学生们的尊敬和爱戴。当学生生病时多问寒问暖，及时与班主任或家长联系，主动给学生打热水、提供体温计等；宿舍里若有需要维修的地方，总是第一时间报告给总务处，有时自己能修的尽量自己来修；每当我看到有学生追逐打闹或玩球时，就会马上上前制止，防止出现意外伤害事件。

二、做一名快乐的教育者

我很赞同英国著名教育家赫伯特·斯宾塞的观点，教育应该是快乐的，当一个孩子处于不快乐的情绪中时，他的智力和潜能就会大大降低。呵斥和指责不会带来好的结果。教育的目的是让孩子成为快乐的人，教育的手段和方法也应该是快乐的。要想"示教"孩子，教育者自己首先就应该是快乐的。不要在自己情绪糟糕时教育孩子，否则很容易会把这种情绪发泄到孩子身上；不要在孩子情绪低落或者刚刚闹之后开始教育或强迫他学什么。要努力营造快乐的气氛，多鼓励孩子让孩子有实现感和成就感，努力做一个快乐乐观的人。一个快乐的人看孩子的时候，更多的是看到他的优点。有人说过，和成年人在一起，领略的往往是对方的冷漠和虚伪；和孩子们在一起，感染的是他们的快乐和纯真，而快乐是无法用金钱买到的。快乐是一种平和的心态，也是一种激情的行动；是对某种物质欲望的放弃，也是对某种理想的追求；是平凡的细节，也是辉煌的人生。每个人都是一棵树。你也许不是最美丽的，但你可以最可爱；你也许不是最聪明的，但你可以最勤奋；你也许不是最富有的，但你可以最充实；你也许不是最顺利的，但你可以最乐观……

三、以身作则、为人师表

"亲其师，信其道。"一名合格的、能够起榜样育人作用的优秀教育者应该是关爱、理解、尊重和信任学生的人；是以身作则、为人师表，使学生信赖、信服的人；是学识渊博，能做学生求知的促进者；既是学生的向导，又是学生的心理医生，能帮助学生树立正确的世界观、人生观，解答学生心中的疑难，引导学生健康成长。正如有人所说："说服人的力量有两种，一种是真理的力量，一种是人格的力量。"教育更是一种以人格塑造人格的事业。教育者的献身精神、责任感，教育者的乐学务实，教育者的情趣爱好，教育者的善良真诚，都是教师教育学生、塑造学生的潜在力量。苏霍姆林斯基说："我们的工作对象是正在形成中的个性最细腻的精神生活领域，即智慧、感情、意志、个性。这些领域也只能用同样的东西去施加影响。"所以我们要用自己细腻的心灵去打开学生的心智，认真培养自己健全的心理与高尚的人格，以健康的心理培养健康的心理，以高尚的人格塑造高尚的人格，把我们的学生培养成符合社会要求的人才。

"己立立人。"平时，我坚持用自己的言行来教育学生，感染学生：当看到楼道里有纸屑、塑料袋时，我就弯腰捡起来扔到垃圾箱里；白天看到楼道的灯还亮着，就随手关上；水房有漏水声，我就走过去及时关好水龙头，看到学生在楼里玩球，我就及时上前制止。我对待学生平等公正，严爱结合，耐心开导。

四、做有哲学精神的教育者

日本教育家小原国芳认为，好的教育者要具有哲学精神，要对学生进行全面的人格教育：学问教育要求真，道德教育要向善，艺术教育在于美，宗教的教育在于圣，生活的教育在于富（不是为了追求财富而富，更不是为富不仁）。这不禁让我想起了孙维刚老师，想起他与学生一起制定的班规：第一，做一个诚实、正派、正直的人；第二，做有远大理想的人，让学生们懂得上学不是为考上大学，没有理想考上大学又能怎样，我们的远大理想是要为人民多做贡献；第三，做有丰富感情的人，因为我来到世界上而使别人更幸福。一个追求为别人谋幸福的人，一个把给予作为幸福的人，他的心态总是满足的、平衡的、向上的，与那种追逐个人利益、欲壑难填的人相比，他们才享有真正幸福的人生。我深深地赞同孙老师的话，我想，教育者教书育人，我们可以不把每一位学生都培养成大学生，但一定要把每位学生都培养成为一名合格的公民、一名合格的劳动者，一个懂得感恩的人、一个懂得回报社会的人、一个真正快乐的人、一个真正享受幸福人生的人。

做最好的自己，便意味着要尽可能在自己的职业中达到自己力所能及的最好程度，每天都反省自己的行为。做最好的自己其实是一种平和的心态。所谓"最好"就是"更好"，虽然这个"最好"，可能永远也达不到，但一个个"更好"，便汇成了一个人一生的"最好"。俗话说得好，"没有最好，只有更好"。要拿昨天的自己和今天的自己相比，要不断地超越自己。所以说，只要我从每天最平凡的小事做起，"吾日三省吾身"，即使成不了红花，也定能成为一片绿油油的叶子，在属于自己的枝杈上，婆娑起舞。在今后的人生中，无论做什么事情，让我们都尽自己最大的努力，献出自己最大的爱心，做最好的老师，做孩子最喜欢的老师，让自己无悔。

《如何做最好的教师》有感

赵永泉

我有幸读了魏书生老师的《如何做最好的教师》，书中汇总了古今中外27位著名教育家的经典感言，他们从多个角度阐述了各自精辟的教育观点。这本书给我的触动很大，读完之后，在带给我震撼的同时，也引发了我深深地思索：做最好的教师应如何去做？我结合自己工作九年来的点滴经验写下几点体会，和大家一起交流、探讨。

一、做最好的教师，要有高度的敬业精神

苏联著名教育家苏霍姆林斯基说过："教师对于学生来说，应当成为精神生活极其丰富的榜样，只有在这样的条件下，我们才有道德上的权利来教育学生，才能承担起教育学生的职责。"在日常教学之中，我们要有高度敬业精神。想想我们的课堂，是不是每一节课都认真备好课，有没有临时抱佛脚、匆忙上阵的时候，是不是有时因为课太多就让学生自由活动？有时教学上一个细小的环节出现问题是由于我们课前考虑不周，造成整个课堂一团糟。可能我们觉得一次两次是正常现象，但是偶尔的一次教育失误也可能会影响一个孩子一生的命运。教育无小事，我们要用自己的责任心把每一件事情做细、做好。

二、做最好的教师，要有自身的人格魅力

都说学生是老师的影子，这句话足可以看出教师对学生的影响之深。我认为一个好教师首先要是一个快乐的、富有激情的人。快乐的人，看学生时，更多的是看到他的优点，而不快乐的人看到的更多的是学生的缺点。我在平时上课时也有感触，当我心情愉快地在操场上等学生，课堂上我快乐的心情、积极向上的情绪就会感染学生，学生的学习积极性很高，师生之间配合默契，课堂效率自然而然就提高了。我们还要学会"微笑教育"，我们用一张笑脸面对学生时，收获的却是几十张笑脸，这也是"快乐教育"。由此我也感到，作为一名教师，我们还要在自身的工作生活中学会适时适度对自己进行心理调节，用乐观的心态面对自己的人生和事业，面对学生和家长。只有保持这种积极向上的心态，才会感到自己的每一天都是充实幸福的。其次，教师要有职业魅力，教师

必须有教养，熟悉自己的业务，提高自己的知识水平和教育技巧。

三、做最好的教师，就要做好学之师

一个好教师，必须要有渊博的知识和深厚的积累。现在提倡"终身学习"，我们也要经常性地"充电"，多给自己创造学习的机会。"要给学生一杯水，教师就要有一桶水"的观点已经不适应新课改的要求了，我们要由"一桶水"向"生生不息的大河"转变，和学生共同成长。正如著名教育家陶行知所说："一位进步的教师，一定是越教越要学，越学越快乐。"

感谢有这样一本好书，我再一次坚定了自己的教育信念：努力成为学生心目中最好的老师！

2013 年第四届推荐书目：
《爱心与教育》《高万祥与人文教育》

简介：

　　本书为著名教育家李镇西的成名作、代表作。它以手记的形式，叙述了李镇西老师教书育人的感人故事。他在语文素质教育、青春期教育、班级民主管理、后进生转化方面成绩卓著，提出了一系列在全国产生轰动效应的理念，其教育思想和实践模式在广大教师中有巨大的号召力和影响力。

简介：

在教育发展史上，能够成为教育家的人，应该有自己独创的教育思想和独特的教育教学方法。这种教育思想和教育方法，应当顺应人的全面发展方向、遵循人才成长规律，在全面提高人的素质的同时，在推进社会进步中发挥着重要的促进作用。

本年度读书交流活动党委推荐了以上两本书。老师们也可以自选传统文化典籍阅读。在本届读书交流活动中，党委邀请语文组的李艳华老师为老师们做了如何写好读书心得的经验介绍。

以生为本，用爱育人
——读李镇西《爱心与教育》有感

蓝小军

近日，我拜读了当代著名教育家李镇西的《爱心与教育》，被李老师一个个鲜活的教书育人故事深深吸引。与以往读过的各种教育论著最大的不同在于，该书以教育手记的方式还原了李老师以生为本、用爱育人的教育历程，为我等教育战线的后来者提供了鲜活可行的育人范式，也为我打开了"素质教育"的实践之门。

一、"素质教育"是目中有人的教育

思想引领行动。在应试教育大行其道的当下，李镇西老师旗帜鲜明地指出，在素质教育的大旗上，有一个大写的"人"字：它是目中有"人"的教育，是充满人性、人情和人道的教育，是为了一切人全面发展的教育。李老师这一论断的理论来源是苏联著名教育家苏霍姆林斯基的有关论述，如"教育者的使命，就是让孩子各方面和谐地发展""把每一个学生培养成幸福的人"，等等。在苏霍姆林斯基"要培养真正的人"教育理论的引领下，李老师认为素质教育首先是充满感情的教育，为师者要拥有一颗爱学生的心。在教育实践中，李老师在每次上课前都向学生深深鞠躬；天冷了提醒学生"多穿一件衣服"；学生生日时，给学生送生日贺卡；节假日和学生一起去郊游；课余和学生一起纵论天下……李老师的真诚对待换来的不仅仅是教师的尊严，更有朋友的尊严、同志的尊严、兄长的尊严、父亲的尊严。

回首自己十余年的教育经历，我也深刻地意识到：真心爱生，必获真心。刚来唐山工作时我便获知，唐山是一座充满爱心的城市，而我要做、能做的就是将爱传递、用爱育人。于是，我的"爱心教育"也立体起来：爱学生，做他们三年高中生活的良师益友，在教学上循循善诱，在生活中引领陪伴；爱老师，班级的温馨讲台和节日问候是所有同事最美好的回忆；爱父母，班级联合市邮政局组织了母亲节、父亲节前的"把爱寄回家"活动；爱同学，每一份生日贺卡里都体现了全班的浓浓关爱；爱自己，班级通过值日班长制度和文明积分制度逐步实现民主管理；爱他人，我们首创了"青阳计划"，发起并组织了赴滦南"爱心小院"献爱心活动，等等。所以，我的学生从不缺乏爱心，所带的班级也总是温暖如家。

二、"素质教育"呼唤民主、科学与个性

李镇西老师认为，素质教育的第一要义是面向全体学生，而"面向全体"就必然是面向为数不多的"后进学生"。为此，李老师提出转化后进生的基本教育思想是"民主、科学和个性"精神。要民主，就要用心灵赢得心灵；要科学，就要把教育主动权还给学生；要个性，就要不以分数论英雄。

生活中，每个人都有自己的价值，也都渴望获得别人的肯定。作为教育工作者，只要我们及时地说出"你很重要"这句话，或许所有人都会好起来。

上一届我带的高一（1）班是个普通班，正取生不足三分之二，特长生和补录生超过三分之一，语文和数学成绩从第一次月考就明显落后，班级在很多方面都处于年级的中下游。经向班干部和学生代表征求意见，我打算从民主推选班歌做起。在一次班会课上，学生们从五首入围歌曲中选出了刘德华为残奥会精心制作的 *Everyone is No.*1。此后，这首班歌每天早中晚都在班内唱响，在运动会等公共活动中更是反复被学生齐唱，极大地鼓舞了班级士气，很多特长生和后进生也有明显进步。我在这个班里第一次感受到了民主的力量。

班级里有个孩子叫天马，单亲随母，从高一入学就处处与人不睦，进入高三成绩也是稳居榜尾，人称"死马"。作为教他三年的老师，我始终没有放弃他。我和他谈过为人、谈过爱好、谈过远方，他的表现却总是好几天、坏一阵。然而我在高三寒假的一次电话家访，却令他变化不小。在和他的通话中，我说："天马，你知道你妈妈为什么那么爱给你炖红烧肉吗？因为在她眼里，你是最重要的。不仅如此，我也认为你是最有潜力的！"此后，他每天给我汇报作业进展，高三下学期也奋起直追。最终，他以超一本线 15 分的成绩考上了一所心仪的大学。临上大学前，天马向我深鞠一躬。那一刻，我感觉他真的长大了。

三、"素质教育"锻造卓越人格

关于"优秀学生"的培养，李镇西老师强调要锻造卓越人格。要想实现这个目标，李老师提出了两个有效途径：第一，通过各种实践让学生激活潜能；第二，鼓励他们积小成为大成。而最大的智慧莫过于教育者有意识地设置一些难题让他们找到超越自我的快感。

2008 年秋期，我所任课的班级迎来了一位叫"小阳"的复读女生。初识该生，发现她有些懒惰，眼高手低。后来通过进一步了解得知，她在应届高三之

初突然萌生了报考中传播音主持的想法，于是用了 4 个多月的时间攻克专业考试，但后来因为文化课成绩不佳铩羽而归。得知此事后，我和她进行了一次长谈。我首先向她分享了自己大学本科期间两年半的校园广播站经历以及最后考研失利的教训，然后帮她制定了"放弃中传、主攻北大"的复读目标。此后，小阳在班内学习更有劲头，各方面表现更为主动。在复读下学期的全市二模考试中，小阳以政治 92 分在班内遥遥领先。正当她沾沾自喜时，我突然给她一个任务：二模试卷讲评课由她主讲。在仅有的一天准备时间里，她征求同学疑问，查阅多种资料，三次向我求助，最终战战兢兢地完成了本次讲评任务。这次讲评任务既锻炼了她的综合素养，也让她进一步发现了自己心态上的薄弱环节，为后期备考找到了发展方向。最终，她以全省第五名的优异成绩拿到了北京大学新闻专业的录取通知书，梦圆未名湖畔。

好风凭借力，送我上青云。我承认，每个教育工作者都是理想主义者，而每一个成功的教育家同时也是教育实干者。读完李镇西老师的《爱心与教育》，我在自己选定的"以生为本，用爱育人"的教育之路上如获至宝、策马扬鞭。加油吧，每一个奔跑的逐梦者！

好成绩是好课堂的副产品
——读《高万祥与人文教育》有感

江　晖

对于高万祥来说，教育是一种宗教。他认为，"人生最神圣的行为，就是我们每天做着的事情"。他说，"人本精神是教育最重要的本质内涵"，人本精神就是要尊重"人"、表现"人"、造就"人"、培养真正意义上的"人"，它应以文化为底蕴，以价值为指向，并具有呵护人的生命的独特品质。在读北京师范大学出版社出版的《高万祥与人文教育》的过程中，我无时无刻不被高老师的这种真诚与热情深深感染着。

作为一名语文老师，高万祥老师的理想是"让学生因为语文而幸福，让语文成为学生终身的力量"。他有一个梦想，一个"从书香校园到书香社会"的梦想，有一个书香中国、文化中国的教育梦想。在高老师看来，当前社会的许多问题，都源于不读书和人文教育的缺失。如果"精神血液中本无多少足以立身的养分"，那么"其人格的瘫痪也就不足为奇"。他认为，世界上凡是发达国家和先进民族，都有良好的读书传统。换言之，良好的学习型社会机制和全民读书氛围，能促进国民素质和民族竞争力的提高。因此，他提出了"为新世纪培养'读书人口'"的口号。他说，"不阅读或者说不喜欢阅读的人，犹如一个一辈子未能走出过深山老林的人，他永远不知道外面的世界有多么精彩""不阅读或者不喜欢阅读的人，也一定读不好教科书"。而语文老师天经地义的责任，便是帮助学生培养阅读好书的兴趣。当然，要想很好地培养学生，教师本人首先应该是一个真正的读书人。苏霍姆林斯基认为，"读书不是为了应付明天的课，而是出自内心的需要和对知识的渴求"。对于教育者而言，阅读可以拯救自己，"因为不读书的教师最终会沦为简单的劳动力。而一个简单的劳动力想要得到人们的尊重则是很难的"。高老师的这种思想给我的触动很大，他让我认识到，要真正地实施素质教育，首先必须提高教师自身的素质，而提高教师自身素质最好的方法就是阅读。教师必须坚持每天阅读，不断开拓心灵的原野，不断垫高精神的堤坝，不断充盈思想的背囊，不断地刷新自己，这样，才能胜任引路人、引导者的角色。阅读，这是教师和教育应有的力量。

高老师一直有一种"以素质教育对付高考教学的理想和行动"。他在书中描述了这样一种情况：在长江三峡，原先暗礁没有炸灭时，船工有如此经验，即在激流险阻之中，你的船员应向暗礁开去，因为在水力作用下，至礁石时正好能绕过它而行；相反，如果你一开始就盯着石之左右掌舵，结果到达时恰恰会撞上礁石。这个现象引发了他对于高考教育的思考。如果我们一味地以应试教学对付高考教育，则很可能像千方百计想要绕过暗礁的船员一样被撞得头破血流，而如果坚持以素质教育应对高考，却可能"无心插柳柳成荫"，真正立于不败之地。高老师的这个观点让我感到心有戚戚。很多老师总是抱怨高考，好像是因为高考的"指挥棒"影响了自己语文课的水平。的确，目前各个中学追求高分的大环境对于我们不可能不造成影响，但这并不能成为语文课枯燥无趣的理由。事实上，把语文课讲成精彩的课，让语文课堂充满诗意、充满人文精神，这与高考并不矛盾。

记得周国平先生说过这样一句话："把优秀当作第一目标，而把成功当作优秀的副产品，这是最恰当的态度。"这句话本是针对个人追求成功而言的，但如果用"精彩课堂"和"高考成绩"来置换"优秀"和"成功"，我们会发现同样成立。倘若你的语文课堂精彩，那么就不愁吸引不了学生，就不愁学生对语文没有兴趣。兴趣是最好的老师，好学不如乐学，有了兴趣，有了热爱，当然也就不愁有好的成绩。因此，好成绩只是好课堂的副产品。

那么怎样经营理想的语文课堂呢？我想，一个理想的语文教师，应该一辈子都在积淀、更新他的知识结构。这样，我们才能创造出有生命的语文课堂。

有生命的语文课堂必然是生动的、灵活的，而绝不是呆板的、被模式化了的。形象地说，上语文课就像带领学生进入一座美丽而神秘的城堡。城堡中会有花园，也会有迷宫；会有"茂林修竹""清流激湍"，也会有柳暗花明、曲径通幽。教师是把学生带入神秘城堡的引路人，但教师的任务到此并未结束，因为要想让这次精神旅行或是思想探秘行动真正兴味盎然，教师必须得煞费苦心。如果经营好这样一个过程，那么这样的语文课堂必然是高效的、充满生机的，是弥漫着人文精神的理想语文课堂。

做一个热爱教育的教师，做一个热爱学生的教师，做一个热爱读书的教师，做一个能让语文成为学生终身力量的教师。这就是我读这本书最大的收获。

浅议儒、释、道的梅雪争春

高爱国

我在假期又读了儒家、佛家、道家的几部书，深深被中国传统文化折服，心灵仿佛开了几扇窗，吹拂进几阵清风，感觉无比的舒畅。中国传统文化源远流长，博大精深。在其长期的历史发展过程中，逐渐确立了以儒家为主体，儒、释、道三教鼎足而立，相互融合、相互补充以应用社会的基本格局。粗浅谈谈对"三教"鼎足而立的学习所得。明了一点，三教的"教"不是宗教的"教"，而是指教化的意思。

儒家思想对中国社会影响至深，多数时间充当着管理社会的文化角色。我个人的成长受其影响也很大，甚至塑造了我的人生观和价值观。儒家文化的核心讲"仁爱""己所不欲，勿施于人""己欲立而立人，己欲达而达人"；方法是"中庸"之道，不走极端；目标是"格物、致知、诚意、正心、修身、齐家、治国、平天下"，即"内圣外王"；强调"以礼克己"，规范人性，规划人生；基本人生方向是"有为"，即入世的态度，强调以己之力最大限度地影响他人、影响社会，甚至改变世界；强调个人服从社会是天经地义的事，因而特别看重个人对社会的责任和义务，人生在世应建功立业，死后为他人所敬仰。正如宋代张载所言："为天地立心，为生民立命，为往圣继绝学，为万世开太平。"这就是儒家的志向。

也正是因为儒家追求主观能动性的发挥和个人意志力，所以人的灵魂和躯体往往为其所用，方法虽然"用中"，国家社会管理者"外儒内法"，但事件的结果往往你成我败，破坏生态平衡，反而不特别"中庸"。一家企业规模越来大，市场份额越来越多，甚至于垄断，对经济发展是好事吗？一个国家发展成超级帝国，到处推行强权政治和霸权主义，对人类文明多样化是好事吗？

佛教是两汉时期传入中国的外来文化，其基本教义认为，人生是"无常"的，充满痛苦，只有信奉佛教，努力修行，才能彻底摆脱生死苦恼，进入"涅槃"境界。为了追求这种"永恒寂静的最安乐的境界"，教徒必须坚信四条真理，即"苦、集、灭、道"四谛。苦谛，就是人生到处都是苦；集谛，就是人生充满着各种各样的欲望，满足欲望付诸实践，于是有了因果报应，这就是苦的原因；灭谛，就是要想方设法消灭欲望，摆脱困苦；道谛，就是消灭欲望，消灭苦因，就得修道。修行方法因派别不同有快有慢，像禅宗主张顿悟成佛。无论男女，修道者必须遵守"五戒"：不杀生，不偷盗，不淫邪，不妄语，不饮酒。

佛教是教化人心的，修善心、修慈心。讲众生平等，慈悲为怀。主张用般若的智慧消除掉内心的贪、嗔、痴"三毒"。贪，就是对顺境的贪欲，贪得无厌；嗔就是对逆境生嗔恨，没称心如意就发脾气，不理智、意气用事；痴，就是不明白事理，是非不明、善恶不分。对于坏人，佛教劝人放下屠刀，立地成佛。佛教讲因果报应，就像通常百姓讲的：善有善报，恶有恶报。不是不报，时候未到。时候一到，一切皆报。从这种意义上说，佛教教人向善，作用不浅。

但佛家的出世主义和出家制度是儒家极力反对的。出世主义教人四大皆空、不理民生、不事君王，这违背了儒家的忠道；出家制度教人不娶妻、不生子、不赡养父母，还要剃发穿袈裟，这是不讲孝道。不忠不孝，于国、于家无益，所以历史上曾发生过几次大规模的灭佛运动。

儒家追求"有为"，佛家强调"慈悲"，各有益处。名师培训时，几位大师不约而同地讲到了道家，结合历史史实，我对道家有了新的认识，又通过课后研习，才有了另一种收获。

道家的创始人是老子，他写了一部书叫《道德经》，据说此书是世界上除了《圣经》外，发行数量最多的一本书，被喻为"万经之王"。道家的核心思想是"道"，认为大道无为，主张"道法自然"，其基本方法是"无为而治"和"柔以胜刚"，目标是"天人合一"，追求人性朴真和精神自由。

老子主张："人法地，地法天，天法道，道法自然。"人要向大地学习，以大地的法则为法则，大地以宇宙的法则为法则，宇宙运行以道的法则为法则，道的运行是以自然而然为法则。"道法自然"中的"自然"，不是现代人所说的自然界概念，而是说事物的自然而然、本然的状态，强调人应尊重事物的本然状态。

　　道家的"无为而治"不是无所作为，什么也不去干，而是指不要主观去强加干涉客观事物，要充分把握客观事物发展的趋势，然后顺应这种趋势，推动世界的发展。道家内部分积极的无为和消极的无为两种派别，如庄子学派偏向于消极的无为，追求的是一种自我陶醉的精神境界。我更喜欢老子的"无为"，主张"辅万物之自然而不敢为"，强调"不自见""不自是""不自伐""不自矜"，即不自作聪明，不自以为是，不自居功劳，不自我夸耀，而是要像大地一样"生而不有，为而不恃，长而不宰"，即生长万物而不据为己有，抚育万物而不自恃有功，导引万物而不主宰。这就叫作"无为而无不为"。大家都知道"塞翁失马"的故事，故事中老翁的处世态度就可以称作"无为"，他面对发生在自己身上、自己家里的各种幸运的、不幸的事件都是淡然处之，完全没有大悲大喜之情，而只是顺其自然地、平和地来看待。有了这种心态，就不会对世俗之中的利害得失看得那么重要了。范仲淹在《岳阳楼记》中说："不以物喜，不以己悲。"《菜根谭》里讲："宠辱不惊，闲看庭前花开花落；去留无意，漫观天外云卷云舒。"这些话表达的不都是此般境界吗？而这种境界就是通常所谓的达观。

　　道家的另一个做到"无不为"的方法是"柔以胜刚"。老子认为，"柔弱"是生存之道，是有为之道。老子一再说，不要以为强大的就强大，弱小的就弱小。想想看，一个人，什么时候最软，活着的时候；什么时候最硬，死了以后。暴风雨来了，大树很容易被连根拔起，而柔软的小草却表现了极强的生命力。可见"坚强者死之徒，柔弱者生之徒"。老子一再说，最柔弱的东西里面，蓄积着人们看不见的巨大力量，使最坚强的东西无法抵挡。天底下最柔弱的是什么？水。最能攻坚胜强的又是什么？还是水。水滴石穿！所以，最弱小的，其实是最强大的；最坚强的，其实是最脆弱的。"天下之至柔，驰骋天下之至坚"，即柔弱可以战胜刚强。他告诫我们，为国之道，应"大国者下流""国之利器不可以示人"，为人之道，有了作为要做到"光而不耀""水善利万物而不争"，没有作为要"韬光养晦"，积蓄力量。

　　无论是"无为而治"，还是"柔以胜刚"，都蕴含着辩证法思想，矛盾的双方在一定条件下向自己的对立面转化。但道家宣扬"道可道，非常道"这样的神秘主义、不可知论、客观唯心主义，把人引入歧途，又是不可取的。

　　总体而言，虽然儒、释、道都是滋养中华民族的传统文化，但是"梅须逊雪三分白，雪却输梅一段香"，它们各有千秋、各有所长，"以佛治心，以道治身，以儒治世"是很有代表性观点。它们在中华民族长期的精神生活中发挥着支柱作用，中国人的人格形成也离不开三家的教化，中华人文精神也是在三家共同作用下得以形成。

在氤氲书香中，我们走过生命的四季

——第三届读书交流会上的经验分享

李艳华

各位领导老师，大家好！受党委委托我为大家介绍写读书心得的方法，虽说是阳春三月，玉兰花开，站在这里的我，内心却如龚琳娜演唱的那首网络神曲般忐忑。因为说到写东西，自己写得最多的就是教案，其他方面平时极少动笔，读书心得写得更是少之又少。所以谈不上什么介绍写作方法，仅把在党委组织的这两次读书心得写作评比活动中自己的一点感受向大家做一汇报，不妥之处请大家批评指正。

我汇报的题目是《在氤氲书香中，我们走过生命的四季》，仅用几句诗来概括自己的写作感受。

一、好峰山水随处改，幽径路人独行迷

生活中的我们，每日忙碌于工作和生活。总觉得教材与我们很近，书籍离我们很远；写教案离我们很近，写读书心得离我们很远。通过这几次的写作，以及对生活的思考，我突然发现，其实读书心得离我们也很近很近，近到我们完全漠视了它的存在。

开学初，安文君老师到我们办公室检查计算机的运行情况，给我讲过这样一件事，对我触动很大。她说她的女儿很喜欢吃糖，糖被吃完时小丫头都非常不高兴，并吵着还要吃，每次小安都要哄半天，但孩子往往还是吵闹不止。后来小安看了一本育儿知识方面的书，并对里面的一种育儿方法进行了尝试，那就是在女儿吃完糖时不再哄孩子，而是告诉孩子妈妈也特别特别喜欢吃糖，可惜吃没了，问女儿该怎么办，出人意料的是孩子这次没有哭闹，反而回过头来安慰小安说："吃完了没关系，等我长大了，买给妈妈吃。"说完就很欢快地跑去玩了。

听完这个故事，也许你会为孩子的懂事而感动，为小安在教育孩子方面的智慧而钦佩。我却还有另外一重感触，那就是原来读书心得离我们是如此之近。只不过通常意义上的读书心得是用文字表述成一篇文章，而小安把读书心得诠释成了一次尝试、一个行动罢了。

心得有多少之分、隐显之别。但不可否认，只要读，总会有心得体会和收

获。读完一篇文章，看完一本书，或得之于心，提升思想认识、提高做人境界；或践之在行，改进做事方法、提高做事效果。无论得之于心还是践之在行，都属于读书心得。所以在动手写作之前首先要改变对读书心得的常规认识，相信自己有过读书心得的头脑写作锻炼，自然具备手写读书心得的能力。

二、恼乱横波秋一寸，斜阳只与黄昏近

要想写出一篇像样的读书心得，仅仅有对自身能力的认同是不够的，还需要在阅读中变无意注意为有意注意，变粗读为精读。因为"读"是"得"和"写"的基础，走马观花地读，或把阅读只当一种休闲娱乐，都不可能有较深的感受，心得体会就会少之又少，那么在写读书心得时就只能空谈应付，不可能写好。毕竟一篇读书心得一般情况下不能简单地写成一句话，甚至一个字。只有读得认真仔细，才能深入文章内部，抓住重点，有所体会、有所收获。此外，在读的过程中还要注意摘录里面的句子，牢记书中的相关内容。做阅读的有心人，注重阅读和积累，这样写读书心得时方能有东西可写。

三、众芳摇落独暄妍，占尽风情向小园

一篇文章、一部书读完之后，我们的心得体会可能会很多，这就需要条分缕析，找出对自己触动最大、占有材料最多、最有可说的内容来写，通过筛选，找准写作切入点。当然，如果是参加读书心得写作评比，在这一筛选过程中，还要注意到评比的主题、评比的目的以及评委们的个人喜好等相关因素。

比如，咱们学校第一、二届读书心得评比，要求阅读《你在为谁工作》《关键在于落实》两本书，党委组织这次活动的目的更多的是配合学校的各项工作对全体教职工进行爱岗敬业教育。所以我很自然地以作为一名从业人员如何理解自己的工作岗位，如何理解自己的职业，以及如何对待自己的工作为主要阐释内容。并把两篇读书心得的标题分别拟写为"工作，用生命去做""阅读中感悟，落实中完善"，同时结合自己的工作谈了以后怎样做。

暑假后，党委要求各支部报几篇假期读书心得，由于这次检查只是希望大家多读书，读好书，所以我就把获茅盾文学奖的熊召政的作品《张居正》作为写作对象，选取张居正这个人物的命运作为感点，写了题为"生如劲松，死若衰草"的一篇评论型文章。

四、雪映珠帘漫天舞，轻倚斜阳看落花

有人说"文有定法"，也有人说"文无定法"。我更深的体会是"有法在思

路、结构，无法在语言和表达方式"。读书心得要思路清晰，结构完整，一般情况下除了自己的心得体会外，还应有对作品内容或阅读背景的简单介绍，常放在开头第一段，结尾与第一段照应，中间要联系自己的生活实际来写心得体会。至于在写作时用什么风格的语言、什么样的表达方式完全可以根据自己写作时的感觉来决定，因为此情此景下的文字表述在它情它境下无论如何写不出来，怀素可醉书《圣母帖》，难醒成《千字文》。所以没有必要刻意去想怎么写，手随心动，笔任心情，只要能把自己的心得体会思路清晰、逻辑严密地说清楚就足够了。

五、绿荫不减来时路，添得黄鹂四五声

一个蓬头垢面的乞丐站在街头，我相信更多的人是唯恐避之不及。如果是穿着入时、身材姣好的俊男靓女从身旁走过，我同样相信大家更愿意把目光在他们身上多停留一会儿，因为悦目往往可以起到赏心的作用。写一篇读书心得如果要让人认同并欣赏，同样需要在语言方面略加修饰，或浓妆，或淡抹。男士的化妆品可以是大宝，女士的化妆品可以选择玉兰油、自然堂、欧莱雅，读书心得可以用什么化妆品呢？我个人的体会：①引用或化用名言警句；②多使用对偶或排比句；③把内容分点，使条理更清晰，并且每点首句用句式相同、字数大体相等的句子表述，单列成行；④开头结尾注意前后照应。

一直以来我都有这样的梦想：独坐书斋，执一杯香茗，捧一卷书，在文字间游走，含英咀华；静对明窗，铺一张素笺，握一管笔，在格子上爬行，文不加点。我喜欢"掬水月在手，弄花香满衣"的诗句，也相信总在河边行走的孩子总有一天会拾到精美的贝壳。所以我坚信多读书、常思考、勤动笔，那氤氲的书香，终会成为我们人生的香水，芬芳我们的生命四季。

2014 年第五届推荐书目：《爱国四章》

简介：

　　本书紧紧围绕着"爱国"的主题，分为美丽中国、文化中国、不忘前贤、还忧国事四个部分，选取了著名学者、作家梁衡先生几十篇散文，包括其经典之作及最新力作。

　　全书不论描述名山大川，还是抒写人物事理；不论谈及历史，还是讲述现实；不论赞颂开国元勋的丰功伟绩，还是弘扬普通民众的崇高人格，都饱含深情，充满了朴素而又强烈的爱国感情。全书文字或典雅或朴实，或严肃或轻松，或古意盎然或现代明快，极具艺术性和可读性。

美在身边　与美同行

——读梁衡先生《爱国四章》有感

代保新

梁衡先生的《爱国四章》是一本老少咸宜的书，这里面既有选入中学教材的美文，又有评析时政的杂文，篇篇思想深入，文字优美，读来满口留香。我看到：山川景观美不胜收，文化思考回味悠长，追忆前贤高山仰止，时事国事匹夫担当。书中的内容包罗万象，本文只结合我的工作和生活，谈谈对《美是什么》这篇文章的一点感受。若有不妥之处，敬请大家批评指正！

美学是一门专门的学科，我并没有做过什么专门的研究。但是，在日常生活中、工作的校园里，"美"的身影常常吸引我驻足欣赏，细细体会。西方谚语说"鸟美在羽毛，人美在心灵"，但实际上我们每个人都会首先被艳丽的羽毛吸引，然后才慢慢深入人的内心，被久久地打动。梁衡先生说"美是人的本性"，我觉得不仅是人，任何有生命、有灵性的东西都会追求美，小动物们为了追求异性而唱歌、跳舞，不都是因为美吗？只不过有时我们不了解它们的表现语言罢了。

梁衡先生在《美是什么》这篇文章里总结"怎么才美"有以下几个方面：一是美在真实，二是美在结构，三是美在距离。我同意梁衡先生的观点，这应该是比较普遍的概括了。那么，我身边的美又体现在哪里呢？

一、美在知识

科学严肃、呆板，定理、定律是一个字也不能动的，实验是一个数也不能丢的，科学必须是条理清晰、对错分明的。但是美的角度丰富多样，换一个视角来看，你会发现景象大不相同。复杂的受力分析"和谐"地融于一物、多变的电磁关系"灵活"地作用发生、神秘莫测的宇宙天体、威力无穷的粒子撞击、摇曳多姿的光影交替……这些都在美的范畴之内，都能引起我们对科学无穷无尽的世界的求知、探索和兴趣。在我们的课堂上，和学生们一起去了解、去探究、去实验，这个过程正体现着我们对美的追求。

二、美在环境

传说中的三山五岳、古迹枯松固然令人神往，但是离我们太远。实际上，我们身处其中的一中校园就很美：硕果累累的祥云山、姹紫嫣红的花朵、郁郁葱葱的松柏、荷香四溢的静园荷塘都让我们仿佛置身于花园之中。在正午阳光的照耀下，花猫在走廊上懒洋洋地打着瞌睡。在清早的晨光中，喜鹊高声鸣叫着飞过头顶，更不用说憨态可掬的小香猪和萌萌的羊驼了。在这里，我们与大自然和谐相处，接受着最无私的馈赠，也给了紧张忙碌的心灵一片休憩的天地。

三、美在人文

王书记曾说："一中美好，其中有我。"这个"美好"当然不仅仅是自然环境美好，更重要的应该是人文环境美好。

远足路上留下的笑声和汗水，特色班集体争创时的大胆设计，成人礼上的加冠仪式，毕业典礼的祝福视频……太多的记忆和感动会留在从一中走出去的每一名学生的脑海中，给他们的一生打下不可磨灭的印记，陶冶其情操、净化其心灵、塑造其人格、熏染其气质、升华其精神。这就是美好人文的力量。我以能够策划或者参与这些教育活动为荣，因为我把美留在了别人的生命之中。

每天在大钊像前走过，先辈深沉的目光总能让我们想一想肩上的重任，让孩子们加快奋进的步伐。我们高二年级各个办公室门口备课组老师们的合影照片体现着一中人昂扬的精神风貌，老师们深入讨论、精心提炼的备课组精神每天指导、鞭策着我们的工作和学习，广泛征集的、凝结着高二年级老师们智慧火花的原创自勉自律格言更是令人耳目一新……我们高二年级的悦读书屋偏安于四层的一隅，没有咖啡，没有音乐，只有爱书的我们和弥散开来的淡淡书香。窗外是繁华的尘世，读书的你我心静如水，世间的喧嚣就这样被挡在了窗外。一书一世界，一语一天堂。那些优美的文字带给我们的不仅是流金岁月、百态人生，还有坚定的信念与昂扬的斗志。对于我，这就是幸福，是一种简单的幸福。

四、美在心灵

能带给我们感动的东西一定是美的。想想范仲淹的"忧乐之别"，林则徐的负罪尽职，陶渊明的桃源憧憬，周恩来的"大无大有"，真的是仰之弥高，我们的心灵一次又一次地被震撼。其实，就在我们身边的老师们、学生们不也常常把"美"呈现在我们眼前吗？所以每天都会有各种各样的感动包围着我们。孩子们递上的一杯水是一份感恩，默默为老师打扫办公室是一份关心，蹒跚着坚持工作的人诠释了敬业，每晚主动放弃休息与学生谈心的人闪耀着师德……

　　陈玉珍老师的老母亲病重住院,她晚上在医院陪床,白天出色完成学校的工作,没有耽误学生一节课,她带的班,班风正、学风浓,各方面表现都很突出;毕开金、李建梅、师国臣、李颖等几位老师,身兼班主任、备课组长双重职责,他们通过自身模范的表率作用,带领全体备课组老师和所带班级如一条大船,乘风破浪,勇往直前;洪杰老师腿部严重受伤,她往往是刚刚做完针灸和理疗,就拖着病腿到学校上课,备课组长和班主任工作一点都没有受到影响,她乐观向上的精神让我们既心疼又感动。

　　在我们高二年级这样的老师还有很多,像陈凯、杨伟利、郭娟、张健,不胜枚举。这些,只是我看到的一部分"感动",我知道,每一个老师身上都有一串令人感动的故事。今天我在写这些文字的时候,内心仍充满了温暖和感激。感谢高二年级全体教师。

　　每每想到老师们早出晚归,每每看到老师们顶烈日冒寒风的真心陪伴,我一次又一次地在这熙熙攘攘的世界里重温人性的美好,我以生活在这样的人群中感到幸福。

　　很多年以前,海子告诉我,幸福是件极其简单的事情;我读到了这样的句子:"从明天起,做一个幸福的人:喂马,劈柴,周游世界。"还有一句甚至让我感动得热泪盈眶,那就是"给每一条河、每一座山,取一个温暖的名字"。我们高二年级的老师们"给每一个备课组、每一间办公室,取了一个温暖的名字"。不仅在办公室门口备课组文化展牌上,更在我们每一个人的心里。咫尺之内是风景,视觉所至皆风情。在我们的视觉里,每一条河、每一座山都有了温暖的名字,每当我们的眼睛和它们在一起的时候,它们是我们的朋友、爱人和忠诚的伙伴。

　　梁衡先生说:美的用途就是"专门调节人的感官、情绪,进而修炼人的道德"。我每天观察着美,体会着美,便觉得自己是个幸福的人,是个生命充盈的人。

也谈爱国

——读《爱国四章》有感

戚　兵

　　近年来,学校党委开展了打造书香校园活动,其中一个重要载体是向各支部推荐优秀书目,以"书非借不能读也"为指导,限量购买,实行不饱和供应,鼓励党员同志们阅读，效果非常好，让唐山一中这所百年名校不仅弥漫着花香、饭香，更荡漾着浓郁的墨香书香。

本学期推荐的书目是著名学者、作家梁衡先生的《爱国四章》。利用课余时间，我认真阅读了这部以爱国为主题的散文集，可谓是爱不释手，感触颇深，受益匪浅。

全书分为美丽中国、文化中国、不忘前贤、还忧国事四个部分，书中的每一篇散文，无论是写景，还是叙事，无论是谈古，还是论今，都饱含深情地抒发了作者深深的爱国情怀，发人深省，感人至深。特别是书中的代序《爱国的理由》——关于爱国的几个问题，深深地触动了我的心灵，让我对爱国有了更加深刻的认识。

梁先生的《爱国的理由》从为什么要爱国、爱国要爱什么、如何去爱国这三个方面对爱国进行了系统的阐述，读完后我的内心豁然开朗。为什么要爱国？因为国家养育了我，国家就是我的家。爱国要爱什么？要爱祖国的河山，爱祖国的人民，爱祖国的文化。如何去爱国？要忧国、救国和报国。

而我的爱国情怀也是一步步成长起来的。记得小时候，和每个孩子一样，在我幼小的心灵中便有懵懂的爱国意识。每当有大人问我，长大以后要干什么的时候，我总会毫不犹豫地回答：当解放军，保卫祖国！上学后，从小学的"我爱北京天安门，我爱五星红旗"，到中学反复诵读范仲淹《岳阳楼记》的"先天下之忧而忧，后天下之乐而乐"，再到大学的痛恨那些出了国就不回来的"叛徒"，举着条幅和同学们一起抗议美国轰炸我国驻南斯拉夫联盟大使馆，通宵观看香港、澳门回归祖国电视直播。从小到大，我的爱国热情从未消减，而且与日俱增。

参加工作之后，我把爱国的热情投入工作之中，认真工作、专心教书，尊重同事，热爱学生，并于2003年光荣地加入了中国共产党。当我举起右拳，在党旗下宣誓那一刻，我的眼中饱含泪水，这是对党和祖国无限热爱的感情升华。但是近年来，随着经济的发展、社会的转型，腐败问题日益严重，各种社会矛盾开始凸显。追求级别的人越来越多，追求真理的人越来越少；讲待遇的人越来越多，讲理想的人越来越少；大官越来越多，大师越来越少。很多人开始出现不满情绪，我也一度对党和国家的前途和命运感到担忧。但是，作为党员，我知道我必须坚定自己曾经的激情和理想，在这个大时代，我们更加需要信仰。党的十八大之后，新一届国家领导人以坚定的决心和前所未有的力度深入开展了反腐败斗争，提出"老虎苍蝇一起打"，落实"八项规定"，全面解决当前群众深恶痛绝、反映最强烈的"四风"问题，各级腐败官员纷纷落马，其中不乏

"大老虎"。在党的群众教育路线实践活动中，我校党委按照上级部署认真谋划、精心安排，不走过场，不搞形式主义，根据学校实际情况，深入开展接地气的教育实践活动。我深信全体党员将在这次活动中经受一次心灵的洗礼，中国共产党将焕发出新的活力和勃勃生机。而作为一名党员教师，我们更该成为理想的守护者和正能量的传播者，为每个学生注入爱国的力量。教师对学生的影响是潜移默化的，爱国的思想在我们的言行中体现，必然也会渗入学生的血液，生长成实现中国梦的巨大力量。

一部好书可以洗涤人的心灵、坚定人的信念、增强人的力量。我相信爱国的力量，因此我郑重地向您推荐这部旨在培育和践行社会主义核心价值观的政治散文——《爱国四章》。

读梁衡先生《永恒的岳阳楼》有感

郭 娟

范仲淹的《岳阳楼记》我们在中学课本里都见过。从其诞生至今已经近千年了，但它没有因历史的变迁而被冷落、淘汰；相反，它如一棵千年古槐，经岁月的沧桑，愈显其旺盛的生命力。这不仅仅是因为其文字精美，更重要的是它思想的含量。梁衡先生认为：此文的现实意义归纳起来有三条，一是教我们怎样写文章，二是教我们怎样做人，三是教我们怎样做官。

文章之美我们不多谈，梁衡先生的另外两点论述，一是我们该怎样做人，即独立、理性、牺牲的人格之美；二是我们该怎样做官，即忧民、忧君的为政之道。作者在大量史实的基础上对范仲淹的高尚人格进行评析。在这里，我谈几个自己印象比较深刻的方面。

一、求学志坚

在范仲淹很小的时候，他的父亲就去世了，母亲改嫁到山东。他少年时在附近的庙里借宿读书，每晚煮粥一小锅，次日用刀划为四块，早晚各取两块，拌一点咸韭菜为食。这样苦读三年，直到附近的书都已被他搜读得再无可读。23 岁时范仲淹开始外出游学来到应天书院昼夜苦读。一次真宗皇帝巡幸这里，同学们都争先出去观瞻圣容，他却仍闭门读书，别人怪之，他说："日后再见，也不晚！"可知其志之大，其心之静。有富家子弟送他美食，他竟一口不吃，任其发霉。人家怪罪，他谢曰："我已安于喝粥的清苦，一旦吃了美味怕日后再吃不得苦。"真是天降大任于斯人也，必先苦其心志，劳其筋骨。他四年后中进士，在殿试时终于见到了真宗皇帝，并赴御宴。

这两则小故事我们应该都比较熟悉，但是真的能够静下心来，明确目标，孜孜不断以求学的人，无论是老师还是学生都不能算常见。"不以物喜"指不被外界打扰，不为利动。锦衣玉食、香车宝马，人人都会喜欢，但是"五色令人目盲，五味令人口爽"，心里装满了这些东西，恐怕也就闻不到书香了，对于我们教师来说恐怕也就失去了职业的根基。

二、实事求是，精神独立

范仲淹的独立精神绝不是桀骜不驯的自我标榜和逞一时之快的匹夫之勇。他是按自己的信仰办事，是知识分子那种理性的勇敢。

亚里士多德说："吾爱吾师，更爱真理。"范仲淹一向站在为国为民的立场上，积极进谏或态度鲜明地反对。他从不考虑自己的话是否符合皇帝与权贵的心意，甚至从没想过的意见可能会牵连自己的前辈或家人。

他刚到西北前线时，朝野上下出于报仇心理和抗战激情，都高喊出兵。主帅命令出兵，皇上不断催问，左右不停地劝说。但他认为备战还不成熟，坚持不出兵。主帅说："大凡用兵，先得置胜负于度外。"他说："大军一动就是千万人的性命，怎置之度外？"朝廷严词催促出兵，他反复申诉，自知"不从众议则得罪必速""奈何成败安危之机，国家大事，岂敢避罪于其间！"结果，上面不听他的意见，仁宗庆历元年（1041）好水川一战，宋军损失6000人。此后宋军再不敢盲动，最终按范仲淹的策略取得了胜利。

作为一个封建士大夫，范仲淹在一千年前坚持的独立精神难能可贵。纵观范仲淹一生为官，无论在朝、在野、打仗、理政，从不人云亦云，就是对上级、对皇帝，他也实事求是，敢于坚持。这里固然有负责精神，但不改信仰、按规律办事，却是他的为人标准。事实上，即便是当代，许多人也在变着法媚上。做人就应该"宠而不惊，弃而不伤，丈夫立世，独对八荒"。陈云同志讲："不唯上，不唯书，只唯实。""不为物喜"，就是不随波逐流，这种对独立的人格追求，仍然是我们现在最需要的。

三、忧国忧民，牺牲精神

怎样处理公与私关系，是判断一个人的道德高下的最基本标准。我们熟悉的林则徐的一句"苟利国家生死以,岂因祸福避趋之"讲的就是这个道理。有的人,苟利天下,一毫而不拔,宁可我负人,决不人负我;有的人处处为国着想,为别人着想,关键时刻可以牺牲自己。如果社会上都是第一种人,那么,这个世界成天尔虞我诈、偷砖拆瓦,早就毁灭了。幸好还有这第二种人,社会才和谐,才进步。范仲淹一生为官不滑,为人不奸。他的道德标准是只要为国家、为百姓、为正义,都可牺牲自己。

宋夏战事不断。边防主帅范雍无能,庆历元年(1041)仁宗不得不重组一线指挥机构,任命范仲淹为陕西经略招讨副使(副总指挥)赶赴前线,这年他已52岁,这之前他从未带过兵。范仲淹一路兼程,赶到延州(今延安)。延州经兵火之后,前面36寨都被荡平,孤悬于敌阵前。朝廷曾先后任命数人,都因畏敌而找借口不去到任。范仲淹说,形势危急,延州不能无守,就挺身而出,自请兼知延州。后来果然取胜,使西夏不得不议和。

乾兴元年(1021),范仲淹调泰州,任一个管理盐仓的小官。当时海堤年久失修,海水倒灌,冲毁盐场,淹没良田,不但政府盐利受损,百姓亦流离失所、逃荒他乡。范仲淹只是一个看盐场的小史,这些地方上的政务属于经济上的事,本不归他管,但他见民受其苦、国损其利,便一再建议复修海堤,政府就干脆任他为灾区中心兴化县的县令。他制订规划,亲率几万民工日夜劳作在筑堤工地。一次大浪淹来,百多人顿时被卷入海底。一时各种非议四起,要求停工罢修,范仲淹力排众议,身先民工,亲自督战,前后三年,终使大堤告成。地方经济恢复,国家增收盐利,流离的百姓又回到故乡。人们感谢范仲淹,将此堤称为"范堤",甚至有不少人改姓范,以之为荣。历代,就是直到今天,能为范仲淹之后仍是一种光荣。明朝朱元璋一次审查犯人名单,见一叫范从文的人,疑是范仲淹之后,一问,果是12世孙,便特赦了他。有一土匪绑票,见苦主名范希荣,再问是仲淹之后,立即放掉。可见范仲淹在民间的影响之大之远。现在全国为纪念他而建的"景范希望小学"就有39所。

范仲淹敢说真话,犯颜直谏。"敢与天子争是非"。封建社会伴君如伴虎,真正的忧君是要以生命做抵押的。范仲淹不是不知道这一点,每次被贬时他就说:"臣非不知逆龙鳞者,掇葅粉之患;忤天威者,负雷霆之诛。理或当言,死无所避。"他将一切置之度外,一生四起四落,前后四次被贬出京城。他从27岁中进士,到64岁去世,一生为官37年。同时他大胆改革,付诸行动,为民生奔走实践,政绩卓越。

也许有的人会说,忧国忧民,那应该是当官的想的事,我一个平头百姓,我也就担忧我自己吧。但天下兴亡,匹夫有责。如果我们教师都只局限在个人的小天地里，又怎么能指望学生成为未来国家的主人呢？现实中一个人可能无法在战场上杀敌，也没有过人的才智做经天纬地的大事业，但是踏踏实实、兢兢业业做好本职总是可以的，在社会的公益活动中做些力所能及的事总是可以的。每个人都做好、做精分内的事，一个集体、一个国家就能飞速运转，个人的生命也就在生老病死之外有了更大的价值。

我爱中华文化经典
——北大学习与读《爱国四章》有感

高爱国

什么是经典？当代作家梁衡在他的著作《爱国四章》中谈到，常念为经，常数为典。经典就是经得起重复，常被人想起，不会忘记。百度百科中解释：经久不衰的万世之作，后人尊敬它称之为经典。经典是指具有典范性、权威性的著作。经典就是经过历史选择出来的"最有价值的书"。

古今中外，各个知识领域中那些典范性、权威性的著作，就是经典。尤其是那些重大的原创性、奠基性的著作，更被单称为"经"，如《圣经》《金刚经》。"典"是个会意字。从甲骨文字形看，上面是"册"字，下面是大，合起来就是大本大册的书。典的本义是指重要的文献、典籍。

前些时日去北大学习，我领略到了当代国学大师级人物的风采，他们引经据典，让我再次感受到了中华文化尤其是经典文化的源远流长、博大精深，再次感受到了中华经典文化是我们这个民族生生不息、团结奋进的不竭动力，是民族的瑰宝。

中华经典文化对中国人的一生影响巨大，它能丰富我们的精神世界，能培养健全我们的人格，能促进人的全面发展。它不是宗教，但却有着宗教般的功能，中华儿女的心灵信仰、精神依托尽在其中。如中国人贵"中"尚"和"，儒家经典《中庸》首章便说："喜怒哀乐之未发，谓之中；发而皆中节，谓之和。中也者，天下之大本也。和也者，天下之达道也。致中和，天地位焉，万物育焉。"《中庸》31章又云："万物并育而不相害，道并行而不相悖，此天地之所以为大也。"这种思想传承下来，便有了我们认识世界时"和实生物""和而不同"的包容性，便有了我们干事业时和气生财、以和为贵的实用性，便有了我们与人相处时和衷共济、家和万事兴的团结性。中华经典，穿越了千年时空，滋润着我们的心灵，是我们举手投足、为人处世的参照系。

中华经典是至今仍然有着活泼生命力的世界文化遗产。人类今天所拥有的很多哲学、科学、文化、艺术等方面的知识，都可以追溯到古巴比伦、古埃及、古印度、古中国等古代文明。但许多优秀文明因异族人的入侵而中断。如印度文明因雅利安人的入侵而雅利安化；希腊、罗马文明因日耳曼人的入侵而中断并沉睡上千年；埃及文明先希腊化，后罗马化，再后又伊斯兰化，已经面目全非。原因是多方面的，其中一个重要原因就是因为这些文明少了一些文化经典，传承过程中少了一些载体，导致自身的生命力衰竭、创造力衰微、凝聚力消解。

世界文明发展史中，只有中华文明源远流长，走过了自己独具特色的辉煌的历程。原因也是多方面的，但一个重要原因是，中国有《周易》《尚书》《诗经》《老子》《论语》等一大批文化经典，并由此一脉而下，不断丰富和发展。这些经典裹挟着这个民族所有的文化遗传密码、精神特质，成为中国人之为中国人的标志。中华经典中的思想，早已渗透进我们的血液，是整个华人社会运行发展的"潜意识"。

中华经典还是有着巨大应用价值的人类共同的精神财富。世界各国很多地方设立了孔子学院。这是为什么呢？原因之一是孔子及其弟子留下来的经典文化，不仅是民族的，也是世界的，它不仅是中华民族历史文化成就的重要标志，也是人类共同的文化财富。

北大终身教授季羡林说："只有东方文化，能够拯救人类。"东、西方文化最大的区别，基础在于思维方式，西方注重分析，东方注重综合。西方自古希腊以来，以分析的方法对待自然，把人与自然对立起来，主张征服自然。虽然我们上天入地无所不能，但是，西方滥用科技的弊端已日益显著，如大气污染、环境污染、生态平衡破坏、臭氧层破坏、淡水资源匮乏、自然资源匮乏，等等，不一而足。怎么办呢？只有采用东方"天人合一"思想才能拯救人类，就是要天人浑然一体，人天相爱。《易经》中说："夫'大人'者与天地合其德，与日月合其明，与四时合其序，与鬼神合其吉凶。"《中庸》说："能尽人之性，则能尽物之性；能尽物之性，则可以赞天地之化育，则可以与天地参矣。"董仲舒的"天人之际，合而为一"，张载的"民，吾同胞；物，吾与也"更是典型的"天人合一"思想。可见，中华经典文化早已告诉人类：人与大自然不是敌人，而是朋友。你如果非要把大自然当成敌人，大自然就会惩罚你。

作家梁衡在谈到爱国的内容时说："一爱祖国山河，二爱祖国人民，三爱祖国文化。"中华经典文化思想达到了空前的高度，有了绝后的效果，上升到了理性，有长远的指导意义。读经典文化也是爱国的表现，因为它们是中华民族文化的"金字塔"。

让我们一起读中华文化经典吧，从中汲取无穷的智慧。

从作品认识梁衡
——读《爱国四章》有感

蔡 云

初识梁衡先生的文章是在几年前的一个夏天。那天，我在教室里看着学生们在夏天的夜晚挥汗埋头苦读，被这燥热的天气所染，自己怎么也不能静下心来看书，于是在教室中信步巡视。偶然间在学生的案头发现了一本《梁衡散文中学生读本》，便信手翻了起来，于是《晋祠》就闯入了我的阅读视野。

梁衡十分擅长描摹山水，"晋祠的美，在山、在树、在水……""这里的水多、清、静、柔"。简短的几个字揭开了晋祠美之所在，一句四顿道出流水诱人之处。后面还有写树："那周柏，树干劲直，树皮皴裂，冠顶挑着几根青青的疏枝，偃卧于石阶旁，宛如老者说古；那唐槐，腰粗三围，苍枝屈虬，老干上却发出一簇簇柔条，绿叶如盖，微风拂动，一派鹤发童颜的仙人风度……""也有造型奇特的，如圣母殿前的左扭柏，拔地而起，直冲云霄，它的树皮却一齐向左边拧去；一圈一圈，纹丝不乱，像地下旋起了一股烟，又似天上垂下了一根绳。其余有的偃如老妪负水，有的挺如壮士托天，不一而足。祠在古木的荫护下，显得分外幽静、典雅。"他用了多种修辞手法，把树的姿态写得具体生动，各不相同，令人拍案叫绝。炎炎盛夏读起来却好似丝丝清凉，沁人心脾。古人道"名胜所在贵乎心得"，写好山水，作者一定是对它的美进行了一番认真的研究发现。

近些天又读梁衡先生的《爱国四章》，让我对其文章又有了新的认识。初看这高端、大气的书名，让我对这部作品心存畏惧之心，自从拿到这本书就没有翻看过。2015 年 1 月在学校党委的读书交流活动的督促下，我才不得不拿起这本读起来。只有真正读到这本书才发现，这本书取材广泛，立意高远，意境宏阔，既有理性与大气，又有哲理与形式之美，确实是一部不同于以往谈理性爱国的书籍。

本书紧紧围绕着"爱国"的主题，分为美丽中国、文化中国、不忘前贤、还忧国事四个部分，记录了作者多年的所游、所观、所思、所感，整体内容在规整中透着活泼。在"美丽中国"部分除了《晋祠》，还有包括在泰山、壶口瀑布、云南等地梁衡先生的所见所闻、心灵感受，而他的"游"不是简单的

"游记",不局限于所游之地的自然风光,而意在挖掘其文化内涵,让纯然客观的自然物象承载着深厚的民族文化积淀。本书中所写的多处地方我们也都游览过,因此在阅读时便刻意去对照体验,发现作者对于所游之地的文化思考是我们所不曾有过,或者即便有也未曾深思过的。

作者对于祖国山水的热爱、祖国文化的传承,在本书的一丝一毫间都体现着他的爱国情怀。曾经,爱国是一份燃烧在中华儿女内心深处的情感火苗。从王昌龄的"黄沙百战穿金甲,不破楼兰终不还"到陆游的"王师北定中原日,家祭无忘告乃翁",从顾炎武的"天下兴亡,匹夫有责"到谭嗣同的"我自横刀向天笑,去留肝胆两昆仑"……无数仁人志士用自己的言行甚至生命对爱国进行了诠释。现在,我们生活在和平年代,远离了山河破碎与社会动荡。那么,时代的和平与生活的富足,是否减少了爱国的必要?爱国是不是已成为一个抽象和"高大上"的概念,离我们越来越远?作为普通人,我们又该如何表达和实践对祖国的爱呢?

其实,爱国并不抽象,也并不遥远。它不仅体现在国家安危、民族存亡时刻的奋不顾身,也体现在我们日常生活中的一点一滴、一言一行。我们普通人的爱国情怀也许无法用轰轰烈烈的方式来表达,却可以从身边的小事做起,把爱国之心、报国之志转化为具体、实在的行动,在点滴的生活细节中彰显爱国情怀。在基层岗位上,踏实工作、无私奉献是爱国;在科研领域,潜心钻研、执着探索是爱国;在政府机关,为民服务、勤勉自律也是爱国;在我们的学生身边,用我们的人格魅力、深厚的知识感召、鼓励学生也是爱国……

爱国的理由
——《爱国四章》读后感

安　芳

"假如我是一只鸟,我也应该用嘶哑的喉咙歌唱:这被暴风雨打击着的土地,这永远汹涌着我们的悲愤的河流,这无止息地吹刮着的激怒的风,和那来自林间的无比温柔的黎明……然后我死了,连羽毛也腐烂在土地里面。为什么我的眼里常含泪水?因为我对这土地爱得深沉……"

每当读到艾青的这首诗《我爱这土地》时,一种悲壮的情绪便如潮水一般涌上我的心头。它没有"间关莺语花底滑"的流丽婉转,却在用嘶哑的喉咙发出生命最后的悲啼;它不见"是爱是暖是希望"的人间四月天,却在狂风暴雨肆虐的土地上挣扎求生，只为那终将到来的"无比温柔的黎明"。我的心被深深震撼着，同时也深深思考着，是什么让艾青对祖国爱得如此深沉，是什么赋予了他在蒙昧黑暗中依然坚信黎明到来的信念和力量？从小，我们的父母老师就一遍遍地告诉我们，要爱自己的祖国，可是爱国的理由到底是什么呢？

当代知名散文作家梁衡先生用他的《爱国四章》回答了这些问题。《爱国四章》是梁衡晚年的作品，它紧紧围绕着"爱国"的主题，分为美丽中国、文化中国、不忘前贤、还忧国事四个部分，以充满灵性的笔触，阐释了作者心中朴素而又强烈的家国情怀。

爱国，因为祖国的大好河山。他的散文描绘了各种美丽的自然画卷，尽情地讲述着祖国大地上的故事。如《壶口瀑布记》里的一组句子："原来黄河在这里，先因山逼而势急，后依滩泻而狂放，排山倒海，万马奔腾，喧声盈天。却正当她得意扬眉之时，突以数里之阔跌入百尺之峡，如水入壶，腾荡急旋。于是飞沫起虹，溅珠落盘，成瀑成潊，如挂如帘。裂坚石而炸雷，飞轻雾而吐烟，虎吼震川，隆隆千里，龙腾搅谷，巍巍地颤。"毛主席说："江山如此多娇，引无数英雄竞折腰。"一个"引"字恰到好处，祖国山河，气象万千，美不胜收，岂容他人觊觎践踏？怎不引得贤达赞叹，英雄折腰？

爱国，因为祖国的灿烂文化。古老的中华民族自古以来就享有"文明古国"的美称，文化灿若星辰。在爬满甲骨文的钟鼎上，刻写着祖先最瑰丽的遐想；在狼烟纷起的烽火台上，燃烧着壮士最澎湃的激情；在缀满诗歌的大地上，耕耘着先贤最浪漫的情思。在《说经典》一文中，梁衡写道："一块黄土，风一吹、雨一打就碎，而一颗钻石，岁月的打磨只能使它愈见光亮。"在五千年岁月的打磨下，人文的钻石、艺术的钻石、科学的钻石……将我们的祖国的文化宝库点缀得满目生辉，只不过，坐拥如此宝贵财富的我们，是否能珍惜拥有，再创辉煌呢？

爱国，因为祖国的传奇人物。记得王勃的《滕王阁序》里有这样两句："物华天宝，龙光射牛斗之墟；人杰地灵，徐孺下陈蕃之榻。"我们的祖国，不仅有物华天宝，更有人杰地灵。梁衡散文写的大多是家喻户晓的伟人，还有传之百代的文人。生命有限，但精神不死，透过历史的眼眸，站在岁月的肩膀上回望，这些传奇人物，如同在深夜看守心灵月亮的树，因为他们的执着守候，让我们的民族之魂虽历经磨难但没有丢失。

爱国，因为祖国的美好未来。梁衡的散文倾注了浓厚的时代精神和忧患意识，熔铸了强烈的情感和理性的思考。如《百年明镜季羡老》中，他问季老："您研究的那些外国的古代的学问，总是让人觉得很遥远，对现在的社会有什么用?"季老没有正面回答,说:"学问,不能拿有用还是无用的标准来衡量,只要精深就行。当年牛顿研究万有引力有什么用?"事实上,所有的科学家在开始研究一个原理时都没有功利主义地问有何用,只要是未知,他就去探寻。在季老这面镜子里,照出了百年来国家民族的命运,也照见了我们自己的人生。

爱国的理由到底是什么?是对美丽家园的眷恋,是对精彩文化的守护,是对人文精神的传承,是对美好未来的期盼。爱国,是融入炎黄子孙血脉中的基因图谱,已经根深蒂固,更加习以为常。对祖国的爱,不仅体现在乱世的抗争,更体现在和平年代的坚守、思考、创造、奋斗。

为何我的心充实饱满,因为我对祖国爱得深沉。

情在山川书海
——读《爱国四章》有感

赵丽云

刚拿到这本书时,我的第一印象:这是一部主题宏伟的讲座一类作品,翻开却发现并非如此。本书是作者多年的随笔散文集,内容分为四个部分——"美丽中国""文化中国""不忘前贤""还忧国事",包括了作者多年的所游、所观、所感、所思,内容规整中透着灵动,潇洒中蕴含沉稳。

由于我爱好旅游,"美丽中国"部分一下子吸引了我的眼光。在这一部分中,作者带我们访名山、探幽谷、阅秋色、赏明月,将祖国之奇伟、瑰怪、非常之观,尽揽笔下。说是游记又不仅限于游览记录。作者的"游"不限于所游之地的自然风光,而意在挖掘其文化内涵,让客观的自然物象承载着深厚的民族文化。比如,在《泰山:人向天的倾诉》中,作者记述了经石峪、卧龙槐等泰山景观的历史渊源及负载其上的文化意蕴。我没去过泰山,但通过作者所描绘出的泰山的雄伟壮丽,我心中无限向往。比如,在读《壶口瀑布记》时,我的心情立刻与作者产生共鸣,回想起自己身临在壶口瀑布前,脑海中浮现出的是冼星海谱曲、光未然填词的《保卫黄河》壮美诗篇,此情此景怎能不被黄河惊涛拍岸的气势震撼。读了作者赞美中华民族的这些江山胜景的华彩篇章,我从内心真正理解了作者"要热爱祖国的土地,这是我们生存的根基"这句话的真正内涵。如果没有这根基,我们就成为流离失所的游子,失去了灵魂的家园;如果没有这根基,我们的精神世界将无比苍白,失去了生命的斑斓。本书中所写的多处地方我都没有游览过,因此在阅读时都是一句一句地感受、一段一段地领悟、一篇一篇地思考，我在为作者的生花妙笔赞叹的同时，更为我们的祖国拥有这样的大好河山而感到无比自豪。

泱泱大国，除了江山如画，我们还拥有五千年的文明，当古巴比伦、古埃及、古罗马——消失在历史的风烟中时，唯有古老的东方文明依然长存不衰。作者在书中对"文化中国"进行了精辟解读，不论是重返桃花源，还是再登岳阳楼；无论是对李清照的赏论，还是对"美"的理解，作者无不睿智精妙，鞭辟入里。《说经典》一篇尤其给我留下了深刻的印象。"常念为经，常数为典。经典就是经得起重复。常被人想起，不会忘记……经典又是绝后的，你可以重复它、超越它，但不能复制它。"《说经典》用寥寥数语，将一个文化理论问题解读得清楚，诠释得深刻。在这个浮躁的、充斥着感官刺激的时代，"经典"以其沉稳厚重、凭其经久不衰，成为文化中的中流砥柱。当浮躁成为无用的泡沫，当低劣被时光的长河淘洗，存留依然永远的是经典的厚味。

瑰丽的大自然赋予我们健美的体魄，古老的东方文化孕育了我们丰富细腻的灵魂。人，永远是创造的主体。地大物博会引来豺狼的觊觎，古老悠久也只是祖先的荣光，唯有人的思想和精神才是一个国家最汩汩不绝的源头活水。"不忘前贤"为我们讲述的就是伟人们的故事。他们先天下之忧而忧，后天下之乐而乐，他们用热血青春书写历史，用殚精竭虑创造奇迹。在书中我读到的是林觉民的情真意切，是聂荣臻的镇静乐观，是毛泽东的高瞻远瞩，是周恩来的鞠躬尽瘁……他们的情怀，在峥嵘岁月中熠熠生辉，更让后世的我们仰慕不已。

正所谓"天下兴亡，匹夫有责"。一个有良知的知识分子，应该是手中有软笔，胸中有正气，不仅描绘美丽，也揭露丑恶。中央取消北戴河暑期办公一事，就是党中央采纳了梁衡提出的建议。《就取消北戴河暑期办公给党中央的一封信》中五条理由义正词严，无不体现对国家的真挚感情，确是忧国爱党、为公为民的真诚谏言。此外如《让形式不再只是形式》《普京独行在空旷的大街上》《警惕学习的异化》《大干部最要戒小私》等时评，不仅能体味到作者朴实无华的文字，还能感悟隐烛微的道理，这一切无不体现作者精湛的文学功底、多年新闻工作者机敏的洞察力、高尚的职业道德和高贵的知识分子的良心。

梁衡的文章之所以能激发我的阅读激情、触动我的灵魂，除了其丰富的内容、独特的艺术风格外，更重要的是他对祖国的一片赤子之心。身处在这个多元而又浮华的时代，我们需要传播更多的正能量，需要如梁衡《爱国四章》这样的书让我们齿颊留香、内心清净、灵魂安宁。

2015 年第六届推荐书目：
《就在你所在的地方生根开花》

简介：

渡边和子，36 岁时从国外修习归来。初来乍到的城市，毫无准备的任职，困难重重的任务，这一切与她想象中的生活相去甚远，苦不堪言。在不知不觉中，她成了"委屈一族"，抱怨连天。正当她考虑退出时，一位传教士送给她一首英文短诗，第一句便是"就在你所在的地方生根开花"。在她撑不下去的日子、不能入眠的夜晚，诗中的话激励着她，让她受益。在所在的地方活出自我，就会有一种"被守护"的安心感。或许一生中，残酷无情的事太多，拼尽全力也无法绽放，那就深深向下"扎根"吧。

无论身处何方，请保护好你渴望绽放的心。你在哪里，哪里就是你的家。如果你觉得，这不是我想要的人生。

请翻开这本书，你的看法将会彻底颠覆。

因为深爱，所以坚守
——读《就在你所在的地方生根开花》

周　霞

当第一眼看到这本绿色的小书，当初读这本书的书名"就在你所在的地方生根开花"；当细品"你在哪里，就把哪里当成你的家——前面的路还很远，你可能会累，但请一定要坚持下去，直到终点""没有那么多的在路上，找到属于你的领土，向下扎根，向上开花吧"封面上这两段文字……我的心不由地从酸楚难过到激动兴奋，竟如同面对一位心灵的导师，她能看穿我的心灵、明晰我的感受、理解我的执着，那瞬间涌上来的泪花，好像在说："谢谢你懂我，谢谢你懂我因为深爱所以坚守的一颗心！"

在我的心里，我做着的这份工作是一份神圣的工作，它关乎人心灵的成长、人格的健全、人生的幸福，甚至关乎一个家庭、一个家族几代人的命运……因为我做的可是关于青少年心理健康的工作。为此，我不仅感受着身上沉重的责任，体味着内心深处助人的迫切，却也感到了助人后的欣喜和快乐。我感谢每一位来访的孩子和家长，当他们离开比来时更好的时候，我更加清晰地感受到自己的存在、自己的人生价值和生命的意义。

曾经，我就这样沉浸在助人的快乐和喜悦之中……

可是，五年过去了，十年过去了，十五年过去了，我的热情、我的专注在日复一日的咨询、上课的过程中，慢慢地发生了变化，我体会到的是内心的凄惶和精力的耗尽。有一段时间每当周五来临的时候，我都偷偷地祈祷，预约挂号的学生不要来才好！对此，我曾努力振奋自己，尽可能做好准备，继续在咨询的战场上"冲锋陷阵"。但每当预约挂号的学生走后，我都会感到疲惫不堪，心情无比抑郁低落；我也曾找过理由拒绝满眼期待等待救赎的孩子，事后却内心焦虑无比自责。

我知道，我正在耗竭；我知道，再这样下去，我就会在来访者的病理性情绪的冲击下，早早垮掉。我终于知道原来咨询师必须要有自己的咨询师，自己的案例督导师、个人成长分析师；我终于认同，一个人的咨询师一定不是一个正规军，咨询师必须要有一个团体，不断学习、不断成长、持续充电，在团体中去梳理和清理各种职业情绪。可是我犹豫，我要坚持吗？我真的要花上这么多的时间、精力甚至金钱去做这样一件事吗？我可不可以就此止步，安于现状或者原地踏步？

来访的学生很多，我读出了他们内心的无助、眼里的期待；来访的家长困惑迷茫，他们心疼孩子，却茫然无措，甚至在这里啜泣流泪；学校又投入了资金增设了相关的教室、设备……最重要的是，我的心里有一个声音就从来没有停止过，那就是我爱这里，我爱我的工作，我爱这些孩子们！因为这些孩子、家长需要我，而我也需要他们，他们的存在和需要让我知道了生命的价值。我渴望我可以帮助更多的人生活得更好、更幸福，心灵更自由。

在这本充满希望和哲思的小书里，《纯粹、温柔的活着》《无愧于心的活法让心灵生辉》《为爱的人找寻生命的真谛》《上天不会拒绝有信念的人》《你最重要》等几篇文章，印证了我的理想，在尽心制胜的路上，我倔强得很美丽！

因为爱，我认为每个人都很重要；因为爱，我坚持我的理想、坚持我的人生方向。为了靠近理想中的自己，我会风雨无阻，无怨无悔！

寻找身边的幸福
——读《就在你所在的地方生根开花》有感

戚　兵

还差一个月我就工作整整15年了，15年的确是一段不短的人生历程，在这个值得纪念的日子，我阅读了学校党委推荐的渡边和子女士的《就在你所在的地方生根开花》，不禁回想起我工作15年来的点点滴滴，回想起这段寻找幸福的人生旅程。

2000年的那个夏季，23岁的我带着忐忑和喜悦，从北国春城来到了华北重镇唐山，来到了唐山一中这所有着悠久历史的百年名校。汉白玉的大钊雕像，高耸的雪松，满墙的爬山虎，严爱勤朴的校训是这所学校留给我的第一印象。自从踏入校园的那一刻起，就注定了我的人生与唐山一中再也无法分割。

接待我们的是丁校长，她当时是教务处副主任，丁校长和蔼可亲，有着邻家姐姐般的亲切。她带着我们几个新人图书馆、保管室、教研组楼上楼下跑了小半天，我们都非常感动，一下就有了家的感觉。到了组里，殷军、王仲华、闻有红等老师给予我们真挚的欢迎和细致的叮嘱，让我不禁涌起阵阵暖流，心中想唐山人真好、一中人真好。

那一年是一中有史以来招聘和调入教师最多的一年，在新教师见面会上，32名新人把会议室坐得满满当当。学校领导班子做了一个前无古人、后无来者的大胆决策，除两个省奥和两个市奥外，其余的 12 个班主任均由新毕业教师担任，自愿报名，并安排于素云和陈玉珍两位资深班主任作为大班主任，指导我们工作。当时我和很多人一样高高地举起了手，所以在工作的第一年，我成了高一（16）班的班主任。于是，在运动会入场式上，"高一十六，一枝独秀"的经典口号响彻校园。那一年，青葱的我和比自己小七八岁的学生们摸爬滚打在一起，办公室、教室、宿舍三点一线的生活简单而快乐。学年末，我的班级被评为文明班集体，我在学生灿烂的笑容中找到了班主任工作的幸福。

还记得 2001 年 6 月的一个晚自习，代主任把我叫到教师休息室，他问我愿不愿意到德育处，我毫不犹豫地回答，当然愿意。于是，在参加工作的第二年，我成了一名兼职的德育处干事，3 年后，我竞聘为德育处副主任，那一年我 27 岁。德育处的工作辛苦繁杂，每天早来晚走，杂事儿不断，但在田书记、代主任、耿主任、赵主席的带领下，我迅速进入了角色：早晨抓迟到，中午抓跑饭，晚上查自习，大课间查早恋。我还曾单枪匹马深入"福乐园"网吧，在 10 分钟内揪出 11 名打游戏的学生，吓傻了老板。一个学生惊讶地问我，老师，我们也没穿校服你咋认出来的？我说，你们有一中学生独有的气质。那几年，一中的处分决定多数是由我宣布的，但学生背后还偷偷地喊我"兵哥哥"。记得那时在一中贴吧中有一个学生骂我，下面立刻有一大帮学生出来挺我，其中一个学生写到，"兵哥哥"其实挺好的，他批评我们是真心为了我们好，不要记恨。于是我在学生的理解与成长中找到了德育处工作的幸福。

2007 年到 2009 年，我兼任年级部主任，那是我最繁忙的两年，德育处、年级部和历史教学任务交织在一起，有一种分身乏术的感觉。特别是期中考试之后的学生会、家长会、教师会、学生座谈、教师测评，忙得不亦乐乎。幸运的是代主任给予了我最大的体谅，高主任和毕主任鼎力支持我的工作，让我有了主心骨。记得在年级的楼道的公示栏里，我每天坚持更换各班的卫生纪律情况，纸的最上面总是写着，今天你努力了吗？那既是用来激励学生的，也是用来激励自己的。那两年，我和班主任、老师、学生接触得特别多，在大家的理解、支持和信任中，我找到了在年级部工作的幸福。

2009 年，因工作需要我到办公室工作，那一年我 32 岁。办公室工作繁杂，人事、职称、招聘、出勤、聘用、奖金等事无巨细，每天电话不断，临时事务一个接着一个，有时几件事儿堆在一起，忙得脚打后脑勺。为了不忘事儿，我每天都把要处理的事写在旧答题卡背面，办完一件画掉一件，一天能为十几件事跑好几趟。令人欣慰的是，我碰到了宽容大度的好领导和踏实能干的好同事，刘校长的运筹帷幄、王书记的敬业博学、丁校长的热情亲切、窦校长的善良睿智、田书记的朴实真诚，无不深深地感染着我。小晋的勤恳、小马的朴实、吕宁的细致、司机师傅们的付出，无不深深地打动着我。当我看到各项工作都得到了有序开展，并开展得井井有条，看到老师们解决了疑惑和困难满意离开的时候，我找到了办公室工作的幸福。

2014 年，我轮岗到餐饮中心工作，那一年我 37 岁。这对我来说是一个全新的领域。在家做过饭，在食堂吃过饭，但带领 2 名正式工管理 93 名临时工，每天为 5000 人次的师生准备饭菜，这对于即将步入不惑之年的我来说无疑是一个新的挑战。庆幸的是王书记亲自到食堂给我坐镇，杨主任也打下了好基础，并且耐心地交接和指导，管理员赵姐、谷哥辛勤付出，细致周到，临时工们个个朴实能干，让我快速地融入了这个团队。就在庆幸与感动中，我找到了食堂工作的幸福。

记得一个同事和我说，原来认为你是天生干德育的，后来认为你是天生干办公室的，现在看来你是天生做饭的。如此高的评价，让我都有些飘飘然了。

昨天下了一场中雨，今天的空气格外清新。早晨 5 点 20 分我来到学校，虽然工人们是五点半上班，但他们已经在后厨忙碌起来了，切菜的、擀面的、和馅儿的、煮豆浆的，井然有序。他们很辛苦，每天早起，收入不多，但他们没有怨言，因为他们把一中当成了自己的家，他们也找到了属于自己的幸福。

6 点 10 分，我回到家里，看着孩子在妈妈身边酣睡，身子几乎横了过来，枕头象征性地放在那里，大脚丫搭在妈妈腿上，地上的拖鞋已傻傻分不清了，我的眼中不觉泛起幸福的泪花。昨天看到孩子穿着印有唐山一中的红 T 恤，特别合身，我不禁感慨孩子真的长大了。在爱人的牵挂和孩子的成长中，我找到了家庭的温暖与幸福。

这就是我生活的唐山，这就是我工作的一中，这就是我深爱的妻儿。上天无私地赐予了我这么多美好的东西，幸福时刻围绕在我的身边，我一定会心怀感恩，让幸福生根开花，结出更多的幸福，和自己身边的每个人一起分享。

微笑的力量
——读《就在你所在的地方生根开花》有感

代保新

拿到这本《就在你所在的地方生根开花》，我先看了看腰封上的几句引言，感觉这本书的关键词似乎是"坚持"两个字。没想到通读全书后令我印象最深的却是"微笑"这个词。书中的很多文章标题都与微笑有关，比如，《艰辛的日子总与欢笑相连》《为了保持微笑》《用微笑抚慰对方的心》，等等。

我认真地思考了"坚持"与"微笑"的关系，终于渐渐体会出个中滋味。这两个貌似不相关的词其实是相互依存的。没有心甘情愿的坚守和坚持不懈的韧劲，我们就会每天被无数烦琐的杂事打扰，不胜其烦，怎么可能带着动人的微笑？反过来说，看似最简单的一个笑容，恰恰传达的就是我们心中乐观、积极、不畏艰辛、心无挂碍的境界，如果在任何困境、不快面前都能面带笑容的话，那么还有什么坚持不下来的理由呢？

一、面对繁重的工作要微笑

"什么都做不好也没有关系，只是别忘了保持笑容。"这句话真是一句医治心灵疾病的良药。我想起了自己的过往经历。初执教鞭，经验不足，备课上课已经手忙脚乱，班主任工作又增添无数负担，再加上学校安排年轻教师的种种其他工作，简直是过得天昏地暗，不辨西东。这个时候我难免心中烦乱，忙中出错，笑容还能挂在脸上吗？几次干部轮岗，我被调整到新的岗位，全无过往经验，又面临一个个市级任务。这个时候难免加班加点，我只有担忧焦虑，笑容还能挂在脸上吗？还好，我能给自己一个肯定的答复。越是没有经验越可以发挥创造性，越是困难棘手越能提高自己的能力，就如同医生正是在诊治众多疑难病症后才成为名医，科技工作者正是在攻坚克难的科研任务中才成长为科学家。正是那份自信心、责任心和对未来的美好憧憬让我微笑着迎接了一个又一个任务，我也收获了工作上的进步与成熟。

二、面对艰难的生活要微笑

书中的许多小故事都给我留下了深刻的印象。特蕾莎修女不顾年事已高、身体虚弱，仍高密度地参加多项活动，她拖着疲累的身体，面对恼人的镁光灯，却总是态度温和、笑容不断。她在用微笑做筹码，和神明交换拯救世人灵魂的愿望。"即使摆出一副暗淡的神情，事情也不会因此顺利进行，更没道理将他人的生活也拖累得黯然失色。"作者作为特蕾莎修女的随身翻译一定已经得其精髓。她幼年丧父，被教会安排来到陌生的城市，担任重要的工作，晚年患病胸椎溃烂，行动不便，却依然身兼数职。哪一样不是让人困扰、忧愁、沮丧的呢？但是这位 85 岁的老太太却每天面带微笑，有条不紊地做着手头力所能及的工作，感恩着上帝的赐予。我相信宗教的力量净化了她的内心，其实生活中有很多人都在用微笑面对着常人难以想象、难以战胜的艰辛。无臂的刘伟用双脚在维也纳的金色大厅奏响生命的最强音;没有四肢的力克·胡哲用激情的演讲感染着每一颗受伤的心灵;柔弱女子朱晓辉放下惯用的笔挑起生活的重担,只为照顾瘫痪在床的父亲;本可安享晚年的外交官朱敏才走入条件极端恶劣的崇山峻岭,只为把知识和希望带给山沟里的孩子……太多感动我们的事情每天都在发生着。我们与他们相比似乎眼前的一点不如意都算不了什么,他们的脸上都能常挂笑容,我们又有什么不能够度过的呢?

三、面对陌生的他人要微笑

"若没得到自己期待的微笑,不要感到不快。不如主动向对方微笑吧。因为笑不出来的对方,才是真正需要从你那里获取笑容的人。"作者的这句话深深触动了我。是的,放眼去看,在这熙熙攘攘的世界里每个人都在奔忙劳碌,有多少人能带上面具与别人交往已经很体面了,哪还有什么心情挤出一副笑容?可是这样的交往能得到知心的朋友吗,能感受到生活的魅力吗?面对带着问题而来的学生,我的笑容让他们有了主心骨,帮他们指点了迷津;面对带着问题而来的家长,我的笑容给他们送去了学校的温暖,帮他们解决了困惑;面对身边的同事,我的笑容给了他们亲人般的支持和鼓励;面对每一个陌生人,我的笑容也能给予他们尊重和温馨。我觉得充满笑容的日子阳光才更灿烂,空气才更清新,红花绿柳才更可爱,每一个人才更亲切。

这本书让我重新思考了微笑的作用与坚持的意义。正像作者所说"上天不会给我们力不能及的考验""现实若无从更改,不如试着变换面对苦累的姿态"。而微笑正是最好的姿态。

希望我自己能让微笑常驻脸庞,也希望微笑时时洋溢在一中校园每个人的脸上。

做一棵开花的树
——读《就在你所在的地方生根开花》有感
史艳丰

对日本文学,我其实是有偏见的,读他们的作品,仿佛在浓密的森林里穿行,扑面一股阴森的气息。而我校党委推荐的这本日本作家的小册子却令人耳目一新,书的装帧便是文艺小清新的样子,内容更是明亮自然,娓娓道来,温婉蕴藉,让我不禁暗笑自己的鄙陋了。

《就在你所在的地方生根开花》让我蓦然就想起了席慕蓉的那首小诗《一棵开花的树》，遂以此为题。

作者渡边和子在书中说："无论身在何处，请保护好你渴望绽放的心。"一道命令把年轻的渡边架上冈山修道院校长的位子，困难重重、考验不断，与她想象的生活相去甚远。好在一位传教士的赠诗改变了她。诗的第一句便是"就在你所在的地方生根开花"。

我不禁想到自己，曾经也有一段这样的日子充满了沮丧。嗷嗷待哺的幼女、毫无准备的就任、前途未卜的迷茫、陌生事务本能的排斥……对我来说，国际部是一块充满未知的土壤。这里有散漫难管的学生、语言不通的老外、跨头任课的不便，还有与我高三教学理想的渐行渐远……很显然这一切不是我想要的。最初的国际部还有早晚自习与周六补课，后来一点点地调整，摸着石头过河，每一次的改革都可能引起家长和学生极大的波动，对加方老师的质疑更是排山倒海，品娜和玲玲主任不卑不亢从容应对，让人惊叹小小躯体里包裹着怎样坚强果敢的心。正是这样坚强果敢的心，也激励了我的勇气，才有了深夜家长群的舌战群儒、据理力争，才有了对刁钻家长和桀骜学生的毫不妥协。那真是一场没有硝烟的战争。当用从容和微笑面对一切时，只有我们自己知道一次次危机的化解需要倾注多少心智和勇气，真庆幸我做到了。所以当读到渡边和子在书中说"上天不会给我们力不能及的考验"时，便心有戚戚焉。

新学期收拾办公室，学生的手工作业、活动道具，一沓沓违纪单、卫生单、检查……弃之不忍，让我想起那些哭笑不得的过往。不会忘记那个清晨，任老师在教室门口热情张开双臂的拥抱，祝贺我班纪律卫生全优。那一份拨云见日的喜悦，如渡边和子所言"艰辛的日子总与欢笑相连"，感谢与我并肩而行的师友，怀念那些曾让我歇斯底里的顽皮孩子，感恩我们一起走过的波折而欢乐的日子。

犹记得老党员张玉娟老师在国际部走完了退休前最后一年的点点滴滴，学期初全校大会结束，天色已晚，张老师把我留下来，因为中加班的课要另备。在国际楼小小办公室里，进行着只有两个人的教研组活动。考试张老师从不用老题成题，而是带着我创新设计。感动于老教师的敬业如一。薪火相传。教育这份工作永远是无法量化的，它也绝不单纯取决于学生的多少、基础的高低和高考压力的轻重。这是一份良心活。

我很欣赏作者在《从岁月中学》一文的话："在岁月的沉淀里，你还会渐渐懂得：这个世界绝不会与自己的想象完全一致，每个人各不相同……若是能体会这一切，并怀着喜悦、虔诚和感激生活，你就会真真切切地成长了起来，你的岁月变成了财富。"在岁月中学,任课王珺老师睿智和善,用他长者的平和渊博影响着学生,也宽慰着我,他总说:"不要着急,不睡觉的孩子总能学到点东西。"可爱的世民老师激情澎湃,他站在高高的讲台上做实验的照片,将永远留在 19 班的相册里;刘溪老师比较酷,开朗大方不服输,她把每一个孩子的作业和小测统计进成绩单,百分比核算,将琐碎的工程"变"成搞定学生的撒手锏;还有最后一年接手的安秀谊老师,用安静的、恬淡的笑打败那些调皮狂躁的男生。每日大课间小聚成为大家解压的方式,"男神"爱民大叔总会用他特有的幽默传达对生活的理解。我喜欢沉浸其中,感染着高姐的积极向上、付老师的娴静优雅、秋波大姐的铿锵活力、徐老师妈妈般的自然平和、玮喆姐的乐观坚强无所不能,还有刘佳、李雷、黄蕊、小张泽……这些毫无怨言奔波在普班和国际楼间的年轻身影,还有肖宁,这个走到哪里就把阳光带到哪里的可爱"小肉肉",她说:"亲,咱们再攒点废纸,就可以捐一个'母亲水窖'了!"这些人偏安于校园一隅,他们自谦不是封疆大吏,无缘成为高考的功勋,但我相信,用心生活的人永远是自己精神世界的无冕之王。

教师节,远在海外的学生发来祝福:老师,您的桃李版图是最大的,横跨亚欧、纵贯南北美澳啊。是的,经历岁月,过往的纠结和不快都成了浮云。生命的树一旦真正长大,风雨就会变成掌声。

"你如果流泪,没有人替你坚强。"渡边和子从面带一个微笑开始,改变了她苦不堪言的校长生涯。"点点滴滴的这些汇聚在一起,就能在你所在的地方生根开花。"我忽然感到一种高山流水的唱和,从心底引起了共鸣。这就是文学的力量。想起大学时代已故的恩师陈超教授留给我们文学社的寄语:"文学是灵魂的沟通与对话,它不能使你活得更好,但能使你活得更'多'。"渡边和子的文字做到了。

忘不了 danny 校长每日清晨的微笑问候,忘不了长情的光辉之旅,忘不了新年逆天的舞蹈串烧,忘不了孩子们在阳台上的挥手致敬……不再惋惜把最好的青春给了唐山一中,因为同样它也把最好的青春还给了我。轻轻地吟诵起席慕蓉的诗句:"如何让你遇见我,在我最美丽的时刻……"就在你所在的地方生根开花,心沐阳光,岁月静好。

谨以此文纪念我和我的同事们在国际部幸福花开的一千多个日夜。不谈辛劳,只道芬芳。

用微笑感悟人生

——读《就在你所在的地方生根开花》有感

赵丽云

　　微笑像春风拂面，微笑像细雨润物，微笑像小溪滋养心田，微笑像花草点缀田野。读完此书，最触动我灵魂的地方就是"笑在心中"。

　　渡边和子是《就在你所在的地方生根开花》的作者，她在书中提到英年早逝的八木重吉留下的一首小诗：愤怒时，我仍然要做美丽的我，哭泣着，哭泣着，我仍然要做美丽的我。我认为，"这美丽的我"就是心中有微笑的人。

　　很多时候，会常常发现这个现实我们无法改变，智者或许可以用长远且睿智的眼光看待生活中的挫折和委屈，但是平凡的我们却只能在命运中苦苦挣扎。而微笑就是上天赐予我们战胜困难的礼物。我们无法改变世界，只好改变自己的态度，正如我们无法改变花开的时间，可是却能欣赏花开花落在不同时节的美好。登上山巅，微笑会将成功的喜悦记载；摔倒在地，微笑的我们会闻到泥土的芬芳。对亲人微笑，重拾血脉相系的美好；对朋友微笑，体会休戚与共的深情；对对手微笑，创造化干戈为玉帛的奇迹。微笑，把自己得到的快乐献给别人，把自己拥有的幸福与别人分享，把爱传递、将善践行，让心灵生辉。

　　作为教师，微笑是无往不利的秘密武器。我们的学生有的活泼可爱，有的任性顽皮，有的聪颖，有的木讷。无论是谁，无论他来自什么样的家庭，无论他表现如何，他们都不会对微笑免疫。当他们因违纪而忐忑不安，因学习退步而着急流泪时，微笑是最好的安慰剂。以真情与之相处，心存爱意，微笑自然流露，学生们也自会真心待你。

　　几十年的教育生涯让我深刻地领悟到，教育是生机盎然的过程，是人与人心灵的相遇和对话。教育是牵手，教育是期待，教育是澄明，教育是心动，教育里饱含着真情的问候，教育里洋溢着微笑的面孔。面对我的学生们，我愿微笑每一天。

　　同事间，尽管似乎每个人总有着做不完的事情，但其乐融融。我微笑着和同事们共处，我微笑着与同事们合作。人与人相遇，本身就是一种缘，我们又岂能不微笑着去珍惜？我们岂能不微笑地去经营？微笑是源自心底的一泓泉水，会让陌生的心灵沟通，会将孤独的空洞填满。在本书中提到《微笑》这首诗：若没得到自己期待的微笑，不要感到不快。不如主动向对方微笑吧。因为笑不出来的对方，才是真正需要从你那里获取笑容的人。

自从成为工会主席以来，我用微笑面对所有人，竭尽全力为广大教职工做好服务，让老师们在紧张繁忙的工作之余参与各项文体活动，愉悦身心，感受工会大家庭的温暖。教师有困难，我主动帮助；教师有需求，我快速行动；教师有愿望，我努力满足。我用微笑面对工作，我的工作就是为大家创造快乐，让所有人都能会心微笑。

作为党员，作为人民群众中的先进群体，我们时刻不忘自己党员的身份和职责。我们支部组织了党员和入党积极分子开展帮扶志愿活动，定期为活动不便的退休教师义务服务。我们多次到我校退休老领导崔绍曾校长家看望两位老人，老两口看到党员们又来陪他们聊天格外高兴，总有说不完的话。我们每次都将学校取得的重要成绩跟二老做汇报，他们听到学校的发展与进步都十分欢喜。虽然他们已经离开了工作岗位，可血液里流淌着的依然是对一中的热爱和眷恋。

我们在春节前还开展了爱心之旅——赴滦县榛子镇去看望两名小学生。一名是榛子镇小学的何同学，小学六年级，父母离异，母亲经常要外出打工；另一名是榛子镇河南庄小学的杨同学。我们此行达到了三个目的：一是给孩子带去了我们的爱心助学金、文具；二是给孩子带去了信心和鼓励，让他们明白了虽然不能选择出身，但可以通过努力掌握命运；三是带动更多的人来关注这些寒门学子，激发了社会的正能量。

每次读《就在你所在的地方生根开花》，我感觉我不仅是在听作者讲她的故事，更是在和自己的内心世界对话。作者的文字很美，很有深意："若没有得到你期待的某人的微笑，与其不快，不如主动向对方微笑，因为，忘了微笑的人，一定最需要它。"作者与这首诗的邂逅改变了笑容对她的意义，我从中也更加深刻地认识到笑容的强大力量，那笑容既是给失去微笑的人以温暖，更传递着友善，丰盛着心灵。

作者三十多岁时，出乎意料地被任命为大学校长，在她心慌意乱时，一位传教士赠给她一首英文短诗"Bloom where God has planted you"（就在你所在的地方生根开花），这首诗写道："不要因为难过，就忘了散发芳香。要绽放，让生命满载欢笑，让福祉传播四方。"是啊，无论我们身处何地，无论我们从事哪项工作，只需要经营好我们渴望绽放的心。你若盛开，蝴蝶自来；你若微笑，幸福永在。

洋芋花开赛牡丹

李艳华

"就在你所在的地方生根开花"，初见这句话是在王学红老师的 QQ 签名中，我对它一见钟情，马上记在了自己的摘抄本上。没想到前些日子党委组织学习的书名竟然就是这句话，有了对这句话的喜爱，当天晚上就把整本书读完了。书中的故事很简单，讲的道理却让我心动不已。"Bloom where God has planted you"，就在你所在的地方生根开花，这句话好像是从我心灵深处流淌出来的，说中了我内心最深刻的人生体验。

一、"需得用相当的苦难，才能酝酿美丽的邂逅"

当医生和军人是我年轻时的梦想，由于身高和阴差阳错的文科选择，我失去了当兵和学医的机会。上学时想过无数的职业，唯独没有想过要当教师。我至今还记得到学校去取大学录取通知书，半路碰到班主任告诉我被河北师院录取的那一刻，我内心的失落。

由于前些天女儿报志愿，我反思了自己的人生道路，最后得出的结论是教师这个职业应该是最适合自己的职业。我感谢上天让我做了一名教师，每天和学生在一起，我的心情都是愉悦的。如果生活再给我一次选择职业的机会，我会毫不犹豫地选择当一名老师。在学校这个圣洁的地方，通过多年的努力，我看到了自己的成长，找到了那个真实的最好的自己。就在你所在的地方生根开花，走过来，竟然如此美好。

二、"你在哪里，就把哪里当成你的家"

现在生活条件好了，但人们却普遍认为生存压力大了，幸福指数低了。我认为这与人的心态有关，生活在别处，每个人都对自己拥有的生活不满。有人这样总结人类的奇怪之处：他们急于成长，然后又哀叹失去的童年；他们以健康换金钱，不久后又想用金钱恢复健康；他们对未来焦虑不已，却又无视现在的幸福。因此，他们既未活在当下，也未活在未来。他们活着仿佛从来不会死亡，临死前，又仿佛他们从未活过。

如果能学会欣赏自己所拥有的生活，不要总觉得这山望着那山高，压力自然会减轻，幸福感也会随之提升。诗人顾城说："草在结它的种子，风在摇它的叶子，我们站着不说话，就十分美好。"既然无处可逃，不如喜悦；既然没有如愿，不如释然。

三、"为了靠近理想中的自己，尽管意志薄弱的我有时败给诱惑，吃掉零食，基督依然耐心地用温暖的目光守护着我"

时间很瘦，指缝很宽，要想在你所在的地方生根开花并不容易。首先，要有一个明确的目标，没有方向的行动是盲动，可能误打误撞与目标不期而遇，也有可能南辕北辙与目标背道而驰。"心若有了支撑，便能耐受一切苦难。"作为一个老师，"做学生的贵人，做教育的信徒"理应成为我们的职业目标。

其次，要有一种敬畏心理，"一次邂逅无法建立起人与人的信赖，请告诉自己'珍视这段缘分吧'"。教师是一个和孩子打交道的职业，我们的一言一行都可能影响他们的一生，所以片言不可忽，寸行不可轻。我至今记得崔永元讲过的一件事，他说自己有数字恐惧症，出门买菜，师傅如果让他自己算价钱他会歇斯底里，精神瞬间失去常态，而这都源于上中学时数学老师在他上课走神时用粉笔头砸向了他。

最后，要有执着的精神。"前面的路还很远，你可能会累，但请一定要坚持下去，直到终点。"既然选择了教师这个职业，其间的辛苦就只能默默承受，自己选择的路，跪着也要把它走完。

被吹到哪块土地上，种子没有选择的权利，它能做的就是在那里生根发芽、开花结果。人又何尝不是如此，我们的生活往往不是我们所希望的生活，但明智做法只能是在我们所在的地方生根开花。要知道哪怕是一朵普普通通的洋芋花，它盛放时的美在洋芋心中远远超过了国色天香的牡丹。"没有那么多的在别处，找到属于你的领土，向下扎根，向上开花吧。"

无论身处何方，总能寻得幸福
——《就在你所在的地方生根开花》读后感

于四川

《就在你所在的地方生根开花》的作者渡边和子是一位八十多岁的修女，曾任圣母清心女子大学校长。她说：在哪里生存，就在哪里绽放。向下扎根，向上开花，无论身处何方，总能寻得幸福。面对困难，要努力"开花"。认真生活就是伸出双手，连同困难一并恭敬地领受命运交予的一切。既生而为人，无论身处何方，我都要做环境的主人，绽放属于自己的那朵花。

宿舍管理是个比较复杂的工作，我们面对的是活生生的人，他们有血有肉，有思想，有感情，千差万别，这就决定了教育教学具有创造性、周期性、复杂性等特点。平时，我坚持用自己的言行来教育学生、感染学生：当看到楼道里有纸屑、塑料袋时，我就弯腰把它捡起来扔到垃圾箱里；白天看到楼道的灯还亮着我就随手关上；水房有漏水声，我就走过去及时关好水龙头；看到学生要闹时我就及时上前制止；对待学生平等公正，严爱结合，耐心开导……

现实无法改变，我们不妨改变看待烦恼的心态。这本书带给我们的，不仅是心灵上的慰藉，更让我们领悟到若我们想要得到就要付出努力和宽恕。

每个人都会有缺点，我们看学生，应如家长看孩子，即使他们满脸泥巴也万分可爱。浮躁的心、生硬的态度，永远也不可能换来心与心真诚的沟通。以后的工作中我会更多地从学生的角度考虑问题，用"学生的眼光"看待，用"学生的情感"体验，用真心、爱心、诚心、耐心，换来学生们纯真的笑容，赢得学生们的尊敬和爱戴。当学生生病时多问寒问暖，及时与班主任或家长联系，主动给学生打热水、打饭、提供体温计等；宿舍有哪里需要维修的，我就第一时间报告给计财处，有时自己能修的尽量自己来修；看到有学生追逐打闹或玩球时，马上上前制止；有时学生不小心受伤，血流不止，我就陪学生去医院，尽可能帮助学生，为他们服务。

请别忘记，糟糕的心情是破坏环境的利器。我们的脸上、口中、举手投足间，也会不时放出二氧化碳。它们污染了大气，破坏了环境，侵蚀了人心。保持笑容，是再好不过的环保。

教育的目的是让孩子成为快乐的人，教育的手段和方法也应该是快乐的。要想快乐地教育孩子，教育者自己首先就得是快乐的。不要在自己情绪糟糕时教育孩子，否则很容易把这种情绪发泄到孩子身上。我不禁反思起自己平时在对待犯了错误的同学时，要更能够有耐心，更能够心平气和。学生犯了错，经常会找一些客观理由不想减分，甚至有时的情绪会激动失控，而我总感到时间紧迫，着急关门，着急查宿，总是很严厉，语气也难免生硬，而学生也年轻气盛，并且由于原来宿管老师管理不是很严，有学生甚至乐于跟我"打游击"。出现这些情况，有学生的因素，但主要跟我的管理水平不高、说话生硬、心态不够平和有关。以后的我一定要深刻反思，尽可能避免这样的尴尬情况发生。我想，教育者教书育人，我们可以不把每一位学生都培养成大学生，但一定要把每位学生都培养成为一名合格的公民、一名合格的劳动者，一个懂得感恩的人、一个懂得回报社会的人、一个真正快乐的人、一个真正享受幸福人生的人。

苔花如米小，也学牡丹开

赵梁丹

就在你所在的地方，生根开花。

什么是生根？书中传达的意思是要热爱当下的生活，要坚守你的工作，但是看到生根，我首先想起的是古人说的三十而立。生根就是要"立"住，先要安身立命。我快要 30 岁了，我是否能"立"？我是一个普通的老师，平凡地教着课，工作不算差，也算不上多优秀。工作两年，我手里只有一万元的存款，仍然寄居在姐姐家。我想，我应该攒些钱，给自己买套贷款的房子，有了自己住的地方，才算"立"了。可是如果我一个月拿出一半的工资存起来买房，一年能存两万多，即使物价不飞涨，至少也要再过七八年，我才能付一套小公寓的首付。从这个意义上说，我还没有能完全"立"住，能"立"住的日子似乎也很遥远。

很多人和我一样，作为普通的 80 后，我们就像是旷野中的不起眼的野花，你想要更多的阳光、和风、细雨，想要一棵遮阴的大树，但事与愿违，你却常常不得不在狂风暴雨中瑟瑟发抖。不扎根就会灭亡，世界都不会为你发出一声叹息。所以，在你所在的地方，生根开花。这个"生根"，我更愿意理解为生生地扎根。就如多年前我的高中老师所说，生活，就是生生地活着。她讲课的内容大都已随着时间磨灭，然而这句话却深深刻在我的心里。年少的时候，总要前边有些美丽的诱惑，我们才甘心努力、甘于寂寞。就像读书时，家长要告诉我们，未来很美好，只要考上好大学，世界一片光明。而长大后，我们才发现，考上好大学，不代表今后的世界一片光明；找到好工作，也一样不是，因为生活本身就是起起伏伏，没有永远的一片光明。事实是，我们都要在生活的起起伏伏中，默然努力生活，前方也许光辉灿烂，也许不是，但是你必须努力生根，因为这就是生活的本质。

有人说女性 25 岁开始，身体和容颜开始走下坡路，我今年 28 岁了，开始用价格不菲的化妆品套装，但还是抵不住眼角淡淡的细纹。我有时在想，如果每个女孩都是一朵花，单从外表上说，我最旺盛美丽的花期已过。但生命的绽放并不仅仅是容颜的美丽，我们的容貌渐渐不再年轻，但迎来的是一个更优秀的自己。我有时会想，自己的岁月过去了，除了脸上的细纹，留下了什么？

　　只要我努力生根，我的生命会开出大家眼中美丽的花朵吗？不是每一个坚持教书 30 年的老师都可以成为魏书生，也不是每一个修女都可以成为渡边和子。很多人的绽放或许都只是自己知道，尽管花朵不为人注意，但是人生亦无悔。梁朝伟在《我是路人甲》的影评里说："在大多数人看来，路人甲只是路人甲，就像偶尔擦过夜空的流星，即使微弱如流星，也会有它的轨迹，也会在夜深人静时，借着划过夜空的那一秒钟，发出属于它自己的声音。"也许在世界的大舞台里，我终其一生，也连路人甲都算不上，永远只是不留名的路人。但是我仍然愿意满怀热情地提升自己，愿意很努力地工作，每天读书、看新闻，愿意每天坚持健身，愿意在假期满怀热情地出去旅行，感受不同的世界。苔花如米小，也学牡丹开，即使我仍然平凡，至少对我自己来说，我已在努力开放。

2016年第七届推荐书目:《不辩,是一种智慧》

简介:

　　身为华语知名的散文大家,林清玄作品的最大特色是既能把禅理写进生活,又能从生活中品出禅机。林清玄的文风清雅温馨,宛如春雨滋润万物,用朴实语言中蕴含的或深或浅的哲理启迪着众生、感悟着世人。同时,林清玄还用一颗菩提之心关注着世间疾苦,创作多立足于"爱与美""情与义""善的循环",希望能激发读者温柔、感动、浪漫、理想等正面的能量。

　　这套禅意散文精选集(全四册),是林清玄四十余年创作之路的智慧结晶,除了亲自作序推荐,表明写作的中心思想外,还增加了部分未曾发表的新作与有缘的朋友分享,这在所有的选集中是绝无仅有的。

生命中有这样一份情缘

——和林清玄的人生邂逅

李艳华

看似本不应在一起的相逢，其实是冥冥中早已注定的轮回。

一、混沌不觉山川好，雨后方晓青山娇

初识林清玄，始于读他的散文《生命的化妆》。那时的自己还年轻，对化妆有着一种从内心认知到外在行动的双重不屑。"化妆能改变的事实很少；深一层的化妆是改变体质，睡眠充足、注意运动和营养比化妆有效得多……再深一层的化妆是改变气质，多读书，对生活乐观，心地善良，关怀别人，自爱而有尊严，这样的人就是不化妆也丑不到哪里去。"读到这些语句时，我内心的惊喜不亚于久渴的人终于喝到了甘甜的泉水。从那时开始，生活中我总是以进行生命的化妆为借口掩饰自己的懒。虽是掩饰，但因为内心的坦然也确实很快乐，同时也省了很多买化妆品和做美容的钱。想起这些，心中总是窃喜读过这样一篇文章。

二、杖藜桥东阴古木，吹面杨柳湿杏花

再识林清玄，是在 2011 年河北移动唐山分公司举办的名师大讲堂上。一个形貌干瘪的瘦弱老头，留着长长的、艺术家的那种发式，说实话，当时看到他的样貌的我很失望，心想一个依靠外在艺术家的形象来武装自己的人能厉害到哪儿去？但接下来他对自己人生的梳理和感悟的分享，却渐渐吸引了我。在那次的讲座中，我听到了他用语言对《幸福的开关》《心田上的百合花》《桃花心木》等篇目的演绎；记住了"即使你把树摇死，明天的树叶也不会在今天落下""当你有一个想法时，会有很多小事可以触动你""渴望成功的坚持，命运会终出现奇迹"的人生哲言。也是在那次讲座上，我第一次知道了早晨是莲花盛开最好的时刻，早晨没开的莲花不会再开，而早晨开的莲花下午会闭合，第二天还会再开，而且一直会连续开放七天；第一次听人说穷人还有五宝（每餐饭香，每晚睡着，随时随地可笑出来，处处无家处处家，不害怕生命的转弯），心一直向上走就成了仙，心一直向谷底走就成了俗，只有人认识到了人性的负面继而

否定掉负面就成了佛。心想，难怪他能成为一个作家，他对生活竟有如此细腻的体察，对生命竟有如此深刻的领悟。

三、心中若有桃花源，何处不是水云闲

深入地了解林清玄，应该说是通过这次读他的散文集。我很喜欢"云自无心水自闲"这句话，近日细读《不辩，是一种智慧》，"水云闲"三个字突然就占据了大脑的整个空间，总觉得要描述这本书给我的总体感受，没有比"心中若有桃花源，何处不是水云闲"更恰当的了。

1. "凡是树就会努力生长，凡是人就不会无端堕落。"林清玄心中有爱，他不仅爱自己、爱他人，更爱我们生活的这个世界中的万事万物。

生活中我们都遇到过各式各样的乞丐，但往往因为乞丐多假的社会舆论而拒绝伸出我们的帮助之手。面对这类现象，林清玄在《乞丐的钵子》中说："只要做了乞丐就没有假的，因为他伸手要钱的时候，心情就是乞丐了。心情是乞丐的人，即使他四肢完好，孔武有力，家财万贯，他仍然是个乞丐。同样的，一个穷人只要有富有的心情，他就是一个富人了。"

温哥华海边公园的大雁因为人们的喂食不再南飞，候鸟变成了留鸟。林清玄在《不南飞的大雁》中思考这样喂食大雁的对错，并且在内心产生了深深的不安。因为"如果为了一时的娱乐，而使大雁无法飞行，不再南飞，实在是令人不安的"。

一日三餐，食米无数，有几人想过果腹之外的幸福？又有几人知道这一粒米与下一粒米的滋味有什么不同？在《每一粒米都充满幸福的香气》中，他说"舔一碗热腾腾的白饭，浇一匙猪油，一匙酱油，坐在厅门的石阶前细细品味猪油拌饭的芳香，那每一粒米都充满了幸福的香气"。他居然用"舔"这个字来描述吃。读林清玄的文字很有感觉。在《垂丝千尺，意在深潭》中林清玄更是极为推崇现代诗人周梦蝶吃饭要用两个多小时品味两粒米之间的不同滋味。林清玄认为好好地吃饭、好好地睡觉就是我们最大的幸福、最深远的修行。

2. "坐在夜市喝甩头仔米酒配猪头肉的人，他感受到的幸福往往不逊于坐在大饭店里喝 XO 的富豪；蹲在寺庙门口喝一斤二十元粗茶的农夫，他得到的快乐也不逊于喝冠军茶的名流。"林清玄能在细微的生活中品味到生活的美，感知到生命给予的乐趣。

我们每个人对某种事物有特别奇妙的向往，很多时候不是因为这个东西有多好，而是我们很难拥有。再读《幸福的开关》一文，听林清玄讲他小时候对汽水的渴望，不禁莞尔。他说在堂兄结婚时有汽水可喝时，他提了两大瓶汽水

跑到茅房以一种虔诚的心情把汽水灌进腹中，只为了能打一个充满汽水味道的嗝儿，并认为"这个世界上再也没比喝汽水喝到怄气更幸福的事了"。林清玄对汽水的向往也不在汽水有多好喝，而是由于喝不到。

我们习惯了红灯停，绿灯行。安然于早起八点上班，晚上六点下班。可是面对众多的生活常态，谁又想过这是为什么？崇尚双数的人们在插花时却习惯用单不用双，林清玄在《插花》一文中探究其原因：单数插出来的花是生花，是有希望的花，由于不圆满，才显得有希望；双数插出来的花是死花，因为太满了。报纸杂志上的钟表广告大部分的指针都指在一个接近的时间，十点八分四十五秒最普遍，时针和分针一定呈 V 字形。在《十点八分四十五秒》中他揣度原因：这个时间是人精神和效率的巅峰时段，主管会议和许多决策多在这个时间做。这个点不只是最好的时刻，也是最善良、最清净的时刻。

3. "即使这世界有了飞机，我总是还羡慕着鸟。因为即使我有飞机，也不能看到一片芦苇美丽就随兴飞入。"生活中的林清玄身上有浓郁的浪漫精神。

前天母亲节，我发现路边花店里的花卖得比往常快。在衣食无忧的当今，浪漫可能是唯一能给我们带来更多幸福感的东西。在《榉树和香樟的牵手》一文中林清玄向我们介绍了南方庭院中的小小榉树和香樟，这两种庭院树竟然是古代的婚姻密码，循着密码，就还可以找到古代父母那些美丽的心愿，看见南方人的浪漫精神。文中他一方面对南方人身上的浪漫精神赞赏不已，一方面要求自己能有这种浪漫精神，在人群中静观谛听，在独处的时候保持灵敏。

生活中更多人欣赏着花开，很少有人用心去倾听花谢，林清玄就是那很少人中的一个。在《飞翔的木棉子》一文中，他非常清晰地听到一朵木棉离枝、破风、落地的响声，如果心地足够沉静，连它落下滚动的声息都明晰可闻。大部分人都以为木棉花掉落是一种必然，甚至忘记这世界上有飞翔的木棉了。

白开水被陕西人叫作牡丹花水。和陕西的牡丹花水有异曲同工之妙的是林清玄笔下的华严清品，如果以为是什么上品香茗或佳肴就大错特错了，那就是再普通不过的青菜豆腐汤。在细细品尝中，最平凡的事物也能有最富丽堂皇的境界。随着时代的发展，生活中一个人的浪漫情调已不多见，深植于众人中的这种普适浪漫情怀更是少见。面对当前人们浪漫精神丧失的现状，林清玄痛苦地悲吟："浪漫之心早已不是一点一滴地流失，而是一大片一大片地崩解了。"

"白鹭立雪，愚人见鹭，聪者见雪，智者见白。"透过"信为第一财，正法最为乐，实语第一味，智慧命第一"，我看到了一个有大智慧的林清玄；透过"终日寻春不见春，芒鞋踏破岭头云，归来偶遇梅花嗅，春在枝头已十分"，我看到了正在走向生命的大美的林清玄；透过"一切烦恼业障，本来空寂，一切因果，皆如梦幻""饿来吃饭，困来眠，无缚无垢无生死"，我看到了达到了快乐无忧是佛境界的林清玄。

林清玄说自己是"观点先行"的作家，他的作品是为了人生的观点而存在的，希望能激发温柔、感动、浪漫、理想等正面的能量。读书可交挚友，识人能知己为。生命中有这场情缘，真好！

生命的幸福
——读《不辩，是一种智慧》有感

张德智

什么是幸福？这个问题不仅听起来好像挺难回答，有时即使自己亲身经历了，也是未曾领悟。幸福是突然的，却又是悄无声息的，是人生中短暂而又漫长的感觉，是生活里平凡又难忘的片段。

一声清脆莺啼奏响的一树蝉鸣，一个和煦午后手捧的一杯淡茶，一帮久未谋面的好友相见时的一段回忆，一句家中老母的嘱托……每一个对幸福的美好体会，都是人生历程中一次次刻骨铭心的经历，却又都是那样的让人倍感温暖。

幸福感的产生不仅存在于结果中，也存在于过程中。就像清玄所说："幸福的开关有两个，一个是直观，一个是心灵的品位。这两者不是来自远方，而是由生活的体会得到的。"

这一生我们都在成长，我们在成长中学习，在成长中感悟。所以提高幸福感的关键词即是"成长"，我们在成长中感受幸福，在幸福中促进成长。

我没有模特的身材，但我很幸福；我没有超人的智慧，但我很幸福；我没有太多的财富，但我依然很幸福——因为我是一名光荣的人民教师。

从业之初，我每天欣喜地徜徉于学生之间，对未来充满了希望。每天带着学生跑操，带领他们训练，参与他们的比赛。然而工作一段时间后才深深体会到"醉后方知酒味浓，为师方知育人难"的深刻含义。当教学和竞赛的担子沉甸甸地压在我肩头的时候，当教育的烦琐深深地困扰着我心的时候，面对没有进步的眼前，没有方向的未来，我彷徨过、犹豫过。这时，身边的老教师们及时帮助我、开导我，他们以身作则，为我树立了最好的榜样。他们无论是在工作上还是在生活上，都给予了我无私的指导与关心，让我又重新找到了奋斗的目标。通过思考常规课程的教学模式、探究合理的教学方法、组织编排大型团体操、组建健美操队并参加省市大赛、参加各类专项培训、阅读大量的专业书籍等来提升自身的业务水平和专业素养，慢慢地我在工作中找到了自己的价值，也通过自己的努力有了一点小小的成绩，从中了解到生命的幸福不在于炫耀和享受，而在于精神上的充实和事业上的拼搏。

要说工作的苦和累，也许只有自己才能体会得到，尽管有种种痛苦，但痛苦是可以造就和升华幸福的，它使得教师的职业生涯更为充实，也使得我们更加努力地追求幸福。痛苦最主要还是来自我们能力的不足，因而发展和学习就是通向幸福最为重要的路径。在这条通向幸福的路上，尽管我们付出了很多，但我们获得了成长，其中的力量来自我们不断发展的学校，来自我们充满朝气的体育组，来自我们培养高素质的人才。在近二十年的教学生涯中，每当有毕业的学生或者运动员回到母校的时候，共同回忆一起度过的美好画面，一幕幕宛如昨日——这是我和学生共同拥有的幸福，是我们付出努力的结晶，是我们积攒的深厚师生情谊，更是我陪伴学生一起成长的见证。起始于辛劳，收结于平淡，这就是我们教育工作者的幸福所在。

有些非教育人员会对体育教师有偏见，觉得练体育出身的人修养不那么高，只是四肢发达、头脑简单的人。对此，我不以为然。每每有人问及我的职业时，我总会很骄傲地告诉他们"我是一名体育老师"，而在大家面前的我也总会通过自己的言谈举止让人们觉得——体育老师并不是他们常规印象中的仅有发达的运动细胞的头脑简单的白丁。在坚持锻炼以拥有强健体魄的同时，还不忘读书以提高自身的思想道德素质，将自己塑造成为一个全面发展的"四有公民"，这其中的幸福也只有我自己才能够体会。

冰心说："情在左，爱在右，走在生命的两旁，随时撒种，随时开花，将这一径长途点缀得花香弥漫，使得穿花拂叶的行人，踏着荆棘，不觉痛苦，有泪可挥，不觉悲凉！"这种爱是教育的桥梁，是教育的推动力，是学生转变的催化剂，我试图以平等的尊重和真诚的爱心去打开每个学生的心门，因为我知道，在每一扇门的后面，都是一个不可估量的宇宙，每一扇门的开启，都是一个无法预测的未来。在我眼里，每个学生都是一座宝藏，而教师就是发掘宝藏的人；每个学生都是含苞的花蕾，而教师就是辛勤的园丁；每个学生都是千里马，而教师就是那慧眼的伯乐。我深知我的一举一动会给学生带来不同程度的影响，甚至影响学生的一生。所以，我努力做到德高为师，身正为范，德高身正，为人师表。在培育学生的过程中，我享受着自己的幸福！

我爱我的体育，我爱我的事业，认真负责就是我的座右铭，不管是教学工作还是德育工作，我都力争做得更好，时代的号角已经吹响，终生学习的时代已经来到，迎接它，就要做好各方面的准备。我不是诗人，不能用漂亮的诗句讴歌我的职业；我不是学者，不能用深邃的思想思考我的价值；我不是歌手，不能用动听的歌喉歌唱我的岗位。我是一名教师，我要在脑海中采撷如花的词汇，构筑心中最美好的诗篇；我要用深深的思索，推演心中最奥秘的哲理；我要用凝重的感情，唱出心中最动人的颂歌——执着着我的追求，幸福着我的幸福！

不惑之年求智慧
——读《不辩，是一种智慧》有感

代保新

当一个人进入 40 岁，便会被称为进入了"不惑之年"，可是真正想要做到"不惑"可真不是件容易的事。在这个年龄段，谁没有过经历亲人、故友生老病死之际的痛心无助？谁没有过跟伴侣争执、跟孩子怄气之时的急躁发怒？谁没有过孜孜以求了许久却偏偏天不遂人愿地出现了失败失误时的挫败沮丧？大文豪苏轼尚且感伤"多情应笑我，早生华发"，风流洒脱的孟浩然尚且抱怨"不才明主弃，多病故人疏"，那么我们又如何能够在面对时间、成败、琐碎、粗鄙时"不惑"呢？

阅读林清玄如清风静水般的文字常常能给我们以启示。

在《不辩，是一种智慧》的序言中，作者林清玄说："浪漫与感动，如鸟之双翼，使我在平凡的山水中，随风鼓翅，飞越群山，观照了山水的不凡。"并且说自己的作品是"立基于'爱与美''情与义''善的循环'，希望能散发温柔、感动、浪漫、理想等正面的能量"。也许这些就是他能够在熙熙攘攘的大都市中保持一颗明净心灵不受玷污的原因，也是他能在喧嚣鼎沸之中让我们每一位读者真切感受到气定神闲的原因。的确，要让一杯污水变洁净的最好的方法便是倒掉污水，重新注满净水。要让我们的心灵纯净、思想不惑，最好的方法也应该是明善思乐，懂得分辨并珍惜幸福。其实，生活的过程经历千事万事，有那么几步想得通、辨得明，也就能得欢喜、得不惑了。

智慧之一：坦然自在地面对自我

普通人要有一颗平常心，总觉得能够向别人、向外界证明自己如何成功才是最有价值的，所以不免期待心强、执着心强。年轻时往往心高气傲，一旦自己的意志受挫，被别人不理解也好，事业有不顺利也好，难免会灰心丧气。

作者在《胸怀千万里》一文中为我们讲述了两个佛经中的小故事。《华严经》里说有的人就像一只老鼠，当他手里拿满了东西，他就会向别人炫耀自己能拿很多东西，十分可笑。《百喻经》里又说一个养了250头牛的人因为老虎吃掉了自己的一头牛，就感觉自己养的牛已经不是全数了，就把剩下的牛都赶到悬崖，推到坑谷里，全部杀掉了，想来这也是真够愚笨。故事里的前者傲慢、自大，盲目夸大自己的能力，认为自己能掌握人生，甚至能掌握别人的人生。后者自暴自弃，对人生感到无望，甚至放弃了人生。两种人其实正是现实生活中的人心态的真实写照。

现在想想，人生都是有限的，无论是生命还是别的方面。所以做人无须张狂也无须自卑，不忧不喜，坦然自在才好。上品的瓷器，收敛、温厚、宁静、含蓄，下品的瓶子艳俗、夸张、讨巧、粗陋。越是不谙世事的人越爱张牙舞爪，越是历经了风雨的人越会不卑不亢。

前段时间看第三季《中国好歌曲》，满江的一首《归来》带给了观众们很大的惊喜。这位曾经的青春偶像蓄起了长发，消瘦了面庞，沉寂多年的他并没有在曾经的闪耀和荣誉面前沾沾自喜，也没有因现实的音乐环境与自己的音乐追求不合拍而抱怨指责。他学太极、练书法、画油画，同时不间歇地制作自己钟情的音乐，那份沉稳淡然可能就是那个年纪的男人应有的风度和最大的魅力。其实，我们只有静心自观才能看见最深处的自己，明白到底为什么做事，需要做什么事。教师这个职业不能让我们人前显贵，甚至有很多时候难免生气郁闷，可是还在继续做着这份工作的人应该都是经过深思熟虑的，不管是因为童年的梦想还是传播知识、培育灵魂的期待……我想只有能够坦然自在地面对自我的人，才会愿意继续做下去吧。

智慧之二：快乐无忧地观照世界

我们的上一辈都经历过物质的贫乏、国家的动荡，无论是物质供给还是求学就业，很多时候他们都没有什么选择的余地，自然有他们的烦恼。我们这一辈衣食无忧，甚至可以选择的机会多到令人眼花缭乱，可是大家依然有数不清的烦恼。所以歌曲里才唱："借我一双慧眼吧，让我把这纷扰看个清清楚楚、明明白白、真真切切。"

在《一个茶壶一个杯》一文中，作者通过一位老者的讲述阐明了这种现实。"从前的人一把伞可以用很多年，现在的人一年要用很多把伞。从前的人一双皮鞋可以穿十几年，现在的人一年要买很多双皮鞋。"可不是吗，一个选择影响很多年，怎么会不认真思考、谨慎做出决定并悉心呵护所拥有的事物和感情呢？

反过来，用不了多久就有可能淘汰，谁又会费心琢磨，爱如珍宝呢？

文中又说："现代人的生活就是好几个茶壶，倒在几十个茶杯，大家总会想，别人的茶壶里不知道是什么茶，想喝一口看看。喝不到就用抢的。久了以后，即使是坐在一起喝茶的人，心里也充满了怨恨和嫉妒，很少有人得到平安。"怪不得我们的烦恼不减反增，这不能责怪"乱花渐欲迷人眼"，并不是外在世界的改变，而是我们内心的不安定从而生出了更多的烦恼。所以《快乐无忧是佛》这篇文章真的值得反反复复看上几遍。"快乐无忧乃不是感官欲望满足的层次，而是任心自在，遇到任何的因缘都是佛法的妙用。"这是万里无云、浩浩青天的境界。正如达摩祖师说的："亦不睹恶而生嫌，亦不观善而勤措；亦不舍智而近愚，亦不抛迷而求悟。"一面清明的镜子能照出外物最真实的样貌，可是如果镜子脏了，它照出的一切都是脏的，一旦镜子破碎了，它就完全失去了功能。所以与其选择换个环境，不如选择换种心境。一旦我们明白人间的喜乐要看得清楚，生命的苦难也必须承受，也就能够常得快乐了，活得明白，也算是一种人生的智慧。

《不辩，是一种智慧》一书用禅学看人生，为我们躁动的心灵吹来一阵清爽的风。虽然"智慧"的境界不易求得，不过在"不惑"之年能读到它，还是丰盈了我的生命，开启了我的思想，希望自己也能够在求得智慧的旅途找到属于自己的一片明月、花香。

律己与无辩

郭　娟

《不辩，是一种智慧》的封皮上写着的一段话困扰了我很长时间。"白鹭立雪，愚人见鹭，聪者见雪，智者见白。"全书中没有哪篇文章阐释了这个意象，这段话到底与书名有怎样的联系呢？直到不久前发生了一件小事，我又对这本书中的《无辩》一文细细看了几遍，似乎得到了些启发。

这件小事是在世园会开幕之后，微信的朋友群里有人张罗着卖优惠的游园票，另一个人随即发了一个新闻链接。新闻中提到市面上出现了世园会假门票，提醒市民们要注意。这则新闻马上引发了前一人的不满，指名道姓地批评后一人针对自己发此消息，怀疑自己的人品，辜负自己的好心。后一个人也很不满，觉得又没点你的名字说你是卖假票的，提醒朋友们注意一下又怎么了，何必大惊小怪、自作多情。两人言语冲突不断，虽然后来被群主制止了，但是想来心里的不快总不会那么容易平息吧。

　　类似的小事可能在现实生活中随处可见，各种不理解、误会、猜忌、龃龉充斥在耳畔，日子总也不得清净。且看看《无辩》一文是怎么说的。"弘一法师在湛山寺读戒律，他第一天给学生开示，就说学律的人先要律己，不要拿戒律律人，天天只见人家不对，不见自己不对，是绝对错误的……他又说'息谤'之法，在于'无辩'，越辩谤越深，倒不如不辩为好。譬如一张白纸，忽然滴墨水，如果不去动它，它不会再往四周溅污，假若立时要它干净，马上去揩拭，结果污染一大片……生活在现代的人，人际关系之复杂已到了古人难以想象的地步，人与人之间的攀缘、纠缠，相互依赖也已到了顶点。复杂的人际关系，难免使我们对别人生出一些评判、怨气、不满等，我们容易去要求别人如何如何，却很少想到自己应该怎样怎样，现代人的议论太多，争端与智慧成反比，终日讲一百句话，九十九句都是废话……律己极难，受谤而无辩更难，现代人律人不律己，因此活得满心怨气；每谤必争，所以活得非常纷乱。但是我们应该知道，要亲君子，只有律己；要远小人，只有无辩。"

　　弘一法师这样的高僧大德的境界我们常人是难以企及的，但是像作者一样寻一份淡然平和的心态却是每一个生活在纷扰红尘中的人不可少的修炼。细细想来"无辩"真是种大智慧，懂得此种道理，省去多少忧愁。

　　对待有善心、有慧根的人，我们无须多言。你若盛开，清风自来，桃李不言，下自成蹊。在家庭中家长的为人做派就是孩子最好的榜样。我常常在送孩子上学时批评她出门前太磨蹭，可是想想自己也总是踩着学校的上班铃声进大门；有时候孩子跟我耍脾气让我火冒三丈，上去就打两下，过后想想，估计小朋友在大哭一场之后也就只能记住妈妈爱发脾气、爱打人，不但没能教会她在有负面情绪时进行情绪管理，反而好像明白了暴力可以解决问题，这种教育方式起不到正面效果。在学校里也是一样，一位教师严谨勤奋，孩子们自然也会受到影响。如果我的桌面也能像师国臣老师、陈凯老师那样干净整洁，估计我班里的卫生也差不了；如果我也能像蔡宝宏老师那样比孩子们先到校，估计我班里迟到的情况也会大有改善啊。所以在很多时候我们真的不需要言语上的"辩"，身教胜于言传，有效的行动比天花乱坠的解释有用得多。

　　另外，道不同不相与谋，不相信你的人自然有不能相信的道理和不愿相信的理由，与其越描越黑，不如息谤于无辩。你工作积极主动一些，一定会有人说你沽名钓誉；你对人热情周到一点，一定会有人说你巴结逢迎；你在捐款捐物时二话不说，一定会有人念叨这些钱会被中饱私囊；你在力不能及时不得不默默关注，一定会有人指责你袖手旁观道德低下……如此种种，说明了又能怎么样呢,辩解了又能被对方接受多少呢?想到自己一年前经历了家庭的变故,至今依然时不时地会产生一些懊恼和愁怨,也恰恰是因为在矛盾中越是争辩越发现两个人的人生观、价值观差距越大,不愿将就,不如决绝。

现在回过头来看书封皮上的这首禅诗,我明白了一些道理。世俗的人看见了雪中的白鹭,便会忘记雪的存在;看见了追逐,忘失了平静;看见了与众不同之处,忽略了芸芸众生之心。总急着证明自己是对的,却看不清自己只是如此普通的一花一草一颗星。聪明的人知道白鹭伫于雪中,只是一时的、短暂的,因此常常会提醒自己,不要丢失了可贵的纯净,不要偏执、计较、自以为是。而有智慧的人,只是静观,因为了知白雪与白鹭都是天地的偶然,不需分别,无须争辩。当一个人明心见性,不为外来的情况所转动的时候,他才能时时无碍,处处自在。一个人能"律己"才能反观自照,一个人能"无辩"才能放下自在,这是生活在现代社会多么必要的智慧!

悟大智慧,迎新挑战
——读《不辩,是一种智慧》有感

刘爱娇

读林清玄作品《不辩,是一种智慧》时感触最深的就是作者把禅理写进生活,又能从生活中品出禅机。其清雅温馨的文风,宛如春雨滋润万物,朴实的语言中蕴含的或深或浅的哲理启迪着众生,感悟着世人。

不争辩的人通常是以"海纳百川"般的胸怀做事待人,不拘泥于小节,看淡得与失,用"厚德载物"的心态面对一切。这类人是"大智若愚"的。不争辩是一种处惊不变的心态,是一种成就大事的智慧,是一种包容万物的人格。读后我的心情久久不能平静,回想一年来的班主任工作生活,我深受触动。

2015年9月,我担任了高一(25)班班主任,25班的学生是没有考上中加班但是家长希望孩子上学愿望比较强烈的,这样一批学生组成的集体。其中很多学生学习成绩差,习惯不好,自控力不强,家里娇生惯养,独立性较差。我在接手后按照普班管理的方式方法进行管理。但我渐渐发现在普班积累的带班经验几乎用不上,和学生谈心的效果过不了半天就烟消云散了,精心准备的班会起到的作用微乎其微。我几乎每天都在处理着迟到、上课说话、不穿校服、不做宿舍卫生、不出课间操等大大小小的学生生活或者日常管理中发生的小事,有时还要面对着部分家长的责问、质疑和寻求帮助等,嘴上出泡、鼻孔生疮是我生理上的反应。我当时觉得我的生活一团糟。我不止一次地向品娜和玲玲两位主任倾诉，甚至提出过我担任不了 25 班班主任。

读《不辩，是一种智慧》时，一句话点醒了我：生命的幸福原来不在于人的环境、人的地位、人所能享受的物质，而在于人的心灵如何与生活对应。是啊，接手 25 班是学校的工作，也是校长和两位主任对我的信任，我为什么不换一种思维和心情呢。愉快地接受，寻求适合这批孩子的方式方法去解决问题，也许会收到不一样的效果。经过一段时间的摸索，我认识到对待这样的班级没有捷径可走，没有灵丹妙药可用，唯有"坚持"二字，唯有用爱心、耐心和恒心，和学生比决心，方能修成正果。我就从平时的点点滴滴开始，把工作做好，认真做好属于班主任岗位的任何工作内容，如认真指导学生甚至和学生一起做值日，盯着学生上好每一节自习课，让学生能够无声坚持自习 40 分钟，力争了解每一位学生的心理和思想变化，关注每一位家长的需要和请求，面对质疑和责问坚持自己的原则……虽然累，但也快乐地收获着。现在 25 班由最初的考试 6 个人过关到 16 人过关，上课和自习课都发生了可喜的变化，班里的学习气氛较以前有了很大的改观。但是和其他中加班相比，25 班的管理工作仍然任重而道远。不过我已经没有了最初的烦躁和不安。我给自己这一年的班级管理工作做了一句话的总结：带 25 班是我艰难而幸福的一年班主任工作。

幸福的开关有两个：一个是直观，一个是心灵的品位。这个世界一切的表象都不是独立自存的，一定有它深刻的内在意义，那么，改变表象最好的方法，不是在表象下功夫，一定要从内在里改革。班主任是一份全面而系统的工作，我会一路走，一路总结反思，也期望一路花开！

乱花渐欲迷人眼，人生难得是平常
——读《平常心不是道》有感

赵丽云

"水光潋滟晴方好，山色空蒙雨亦奇。欲把西湖比西子，淡妆浓抹总相宜。"这诗句出自宋代诗人苏轼的《饮湖上初晴后雨》。在善于领略自然美景的诗人眼中，西湖不管晴姿雨态还是花朝月夕，都美妙无比，令人神往，正如传说中的西施无论浓施粉黛还是淡描蛾眉，总是风姿绰约。也是作者的玲珑慧心使然，这是作者本真心境使然，美妙之至。而我在读中国台湾地区华语知名散文大家林清玄的作品时也有同样的感受。无论生活是精致优美的，还是朴实粗粝的，他都能将其点拨幻化，既能把禅理写进生活，又能从生活中品出禅机。其文风淡雅温馨，犹如春雨涵养万物，如同清泉滋润心田。他不仅用眼睛敏锐地观察生活，更重要的是他还用一颗菩提之心关注着世间疾苦，捕捉着世间冷暖温情，传递着人间温柔、感动、浪漫、理想等这些无比美好的东西。尤其是当我读到本书第三卷《平常心不是道》一文时，深深被林先生精辟的见解折服，在这里我也来谈谈自己的感悟。

文章的开始，作者给我们提出了一个词——"平常心"，这是生活中经常会听到的一个词，当生活出了什么变故，我们深陷痛苦中无法自拔时，有人会安慰"平常心"；当我们面对名利渴求而不得失落愤慨时，有人会劝诫"平常心"；当我们获得成功志得意满时，有人会提醒"平常心"。很多人对平常心的理解：就这样吧，顺其自然，平平淡淡才是真啊。再文化一点的就会上升一个层次，说："平常心是道。"这些，挂在很多人的嘴边，或劝人或自勉，似乎很有道理。

说实话，我对于平常心的理解也是如此，但林先生似乎有着完全不同的见解。他说"平常心不是道"。能够逆潮流而行的人是勇敢的，能够逆潮流而思更需要真知和勇气，我带着疑问细读林先生的文章，越读越有滋味。

所谓不破不立，林先生首先对人们的错误理解进行了剖析："对于学禅的人，认为历来祖师都告诉我们，道在寻常日用间，饥来吃饭，困来即眠是道；行住坐卧，应机接物是道，喝茶、吃粥、洗钵也是道。因此，大家吃饱穿暖睡好，根本不用拼老命地修炼自我。对于不学禅的人，他们从禅宗里盗来'平常心是道'的话，就因此为借口，认为天下无道可学，只要一天三顿饭，顿顿能吃饱即可，甚至会嘲笑那些平时刻苦修行的人，说：你们的祖师不是经常告诫你们'平常心是道'吗？何必这样的劳累和辛苦修炼自己。"这段话归根结底是说，很多人误解了"平常心是道"，他们将"平常心"与"平常"等同，认为不必执着不必追求，只要过着平常的日子，并且安于过平常的日子，就可以参悟所谓的"平常心是道"了。

可是，世上哪有这么简单容易的事情，佛理禅趣岂是吃喝拉撒就可参透的？生活哲学岂是不求不思即可明了的？明白了"平常心"等于"平常"的荒谬之后，林先生通过生动的语言为我们揭示"平常心是道"的真正含义："当一个人明心见性，不为外来的情况所转动的时候，他才能时时无碍，处处自在，事理双通，进入平常的世界。"也就是说，平常心不是不修不行，恰恰是修行的极致，世上多少得道高僧不是不经世事的纯洁少年，而是经历过红尘的起伏跌宕、体会过情感的大悲大喜的沧桑老者。他们经历了一切，看透了一切，才能醍醐灌顶，豁然开朗。因而对于那些刚刚开始修行的人来说，"平常心"恰恰"不是道"，而是流血奋斗的事业，要透过非常努力追求心性的开悟，需要不断修炼自身心性，达到心性一致的境界，见得心性，方得"平常"。

文章很短，作者点到即止，然而我却不由得掩卷沉思。或许我不去研习佛法，通得灵窍，但是明白这个道理对我的生活工作同样意义非凡。

可能很多人都听过一个故事：居里夫人一生获得过各种奖金、奖章和荣誉，但她都是以平常心来对待这些荣誉。有一天，一位朋友来家做客，发现她的小女儿在玩英国皇家协会刚刚颁给她的一枚金质奖章，朋友大惊道，现在得到这么高贵的奖章极其珍贵，怎么会让孩子玩？居里夫人笑笑说："我是想让孩子从小知道，荣誉就像玩具，只能玩玩而已，绝不能永远地守着它，否则就将一事无成。"不仅如此，居里夫人还拒绝了诸多荣誉称号。正是她对待荣誉和名利的这种态度，才使得她获得第二次诺贝尔奖。

现在的社会诱惑太多，处处都是名利场，人生若看不透"名利"二字，就会束缚自己的本真，迷失自己的心性，让自己身心俱疲。古人所说"非淡泊无以明志，非宁静无以致远"，道出了淡泊名利方得长久的人生真谛。居里夫人之所以为人称道，一是因为名利对她来说唾手可得，但她却能抵制诱惑，转身而去；二是她看透了名利虚无的本质，遵从心灵的选择，这才方显淡泊本色。但是如果人们像以前那样曲解"平常心"，甚至有些觊觎名利的小人，怀着自己得不到就诋毁的阴暗心理，抬出"平常心""淡泊"的幌子，或是不思进取、碌碌无为的庸人，把它当作不想努力的借口，这就"谬以千里"了。

在名利面前心如止水，在挫折面前也应从容应对。从容是"平常心"的另一种表现形式。人生的一切不会都是美好的，我们只有经历了挫折，才能体会真正的美好。中国有句成语叫"蚌病成珠"，如果说珍珠是蚌在痛苦中艰难磨炼的结晶，那么从容就是人们在战胜一次又一次挫折后得到的最宝贵礼物。正如林清玄所说，"平常心"的开始是流血奋斗的事业，是不断地自我修炼。挫折固然对人是一种打击，但同时还能给人一个再次成长的机会——磨炼人的意志和毅力，造就人才。"自古英雄多磨难，从来纨绔少伟男"。苏东坡就是一个鲜活的例子。乌台诗案让一个心高气傲的名臣、才华横溢的诗人从神坛一下子跌落到尘埃里，君王的无情、同僚的发难、朋友的背叛让他转瞬间失去了所有，长途押解和通宵拷打的耻辱与牵连家人的痛苦更让他几度想要轻生。然而也正是一次又一次的不幸与挫折，逐渐磨砺着他的精神与心性，使他彻底洗去了人生的喧嚣，如同顽石被磨掉了丑陋的外壳，晶莹温润的美玉方才显现。我最喜欢他的那首《定风波》："莫听穿林打叶声，何妨吟啸且徐行。竹杖芒鞋轻胜马，谁怕？一蓑烟雨任平生。料峭春风吹酒醒，微冷，山头斜照却相迎。回首向来萧瑟处，归去，也无风雨也无晴。"当人生的风雨已经成为路上的插曲，当我们终于学会在风雨中"吟啸徐行"，我们才有资格说，我们已经拥有了一颗平常心，拥有了内心真正的平和与安宁。

四年前的一场大病，让我重新感悟了生命。记得在北京治疗期间，很多次我都是从噩梦中惊醒，很多次都是靠着药物睡上一两个小时，每天都是在恐慌、害怕、焦虑中度过。为此，我的主治医生告诉我，很多病都是自己吓自己，缺乏自信与坚强是疾病最喜欢的一种性格，在疾病和痛苦之中，我们不能屈服，不能低头，更不能逃避。解铃还须系铃人，恢复健康靠自己。回想这段历程让我明白很多，那就是，"要想战胜疾病，只能选择坚持与坚强！"而疾病，从另一个角度看，或许就是命运给我的一次自我修行的契机。眼睛因多留泪水而越发清澈，心境因饱含沧桑而更显温厚。它让曾经只知忙碌忽视健康的我，比以前更懂得生命的珍贵，更了解人生的意义，比以前更积极乐观地面对生活，更阳光自信地迎接未来。

"春有百花秋有月，夏有凉风冬有雪，若无闲事挂心头，便是人间好时节。"逆境不悲，顺境不喜，落花无言，人淡如菊。就像作者所言，只有平时常提醒：平常心不是道，勇猛求菩提，才有机会体验四季的每一时刻都是"好时节"的平常心。

2017 年第八届推荐书目：《精神明亮的人》

简介：

本书收录王开岭最具标志性的诗性散文和思想随笔。在思想界，王开岭被誉为新生代的旗帜人物；在文学界，王开岭被视为优美的灵魂书写者。其作品大量涌现在各类文选、年度排行榜、大（中）学语文读本和（中）高考试题中，被很多校园师生公荐为"精神启蒙书"和"美文鉴赏书"。

为何远行?

——读《精神明亮的人》有感

李　娜

　　如果说起《精神明亮的人》给我最大的感触,我认为当是让我思索起远行的问题来。

　　王开岭很形象地形容过这样一类人:在一个生存点上搁置太久,就会褪色、发馊、变质。感情会疲倦,思想和呼吸即遭到压迫,反应迟钝,目光呆滞,想象力如衰草般一天天矮下去……我以为,我肯定是这类人当中的一个。

　　天天奔波在家、办公室、教室三点之间,生活也简单成了一条线。"熟悉的地方没有风景",这是一个亘古不变的真理。在这样固定的生活模式中待久了,难免会安逸,会依赖,会随遇而安,会滋生惰怠,慢慢消磨了我对生活的激情,于是眼里只剩下一成不变而没有风景。

　　于是,走上讲台讲课是教学任务,坐在办公桌前批改作业是例行公事;于是,解决学生的疑难问题是"学术争论",辅导女儿家庭作业是"后妈进行时";于是,面带标准笑容、冷淡而平静地面对生活是常态,心底平和从容、好奇而欣喜地打量世界是奢望……

　　蓦地就想起了《精神明亮的人》中关于远行的两句话:"'为何远行?'有一次我问友人。""'渴望战栗。'他漫不经心地答道。"

　　是的,渴望战栗,这是一种形而上的精神诉求。因此远行,不是必然去向空间上的远方,它可以是思想的驰骋,心灵的眺望。是的,远行,重要的是去,而非去何处。

　　它可能是河南实验中学的老师的"世界那么大,我想去看看";它也可能是唐山一中老师的"祥云山那么高,我想去登登"。

　　它可以是墨守,即使童山秃岭、雀兽绝迹,也于心描绘"两个黄鹂鸣翠柳,一行白鹭上青天"的美景;即使霾尘浊日、黄沙漫漶,亦可用心体味"山光悦鸟性,潭影空人心"的幽境。遥迢、费力,依旧追想、翘望!

　　它可以是渴望,渴望渴了能遇见一条清洁的河,渴望累了能逢着一场好友间的邂逅,渴望地理的改变能唤醒内心淡去的东西,渴望思想的交流能清醒曾经的迷蒙。无力、挫败,依旧充满希冀!

　　有人说,成功的人是把一手臭牌打赢的人。此刻,我则觉得成功的人更是把平淡的日子过得有滋有味、把自己过得越来越积极昂扬的人。

家—办公室—教室，三点一线，只要是直线就有无限延展的可能；讲台—办公桌—孩子的写字桌，只要是倾心以注，就有发展的无限潜力。若有可能，上完课到校园转一转，看看春风中舒展着自己嫩绿叶子的小树，嗅嗅绿叶簇拥中沁香的花朵。到达了的地方用脚去丈量，暂时去不了的远方用心去想象。或许这就是"远行"或者"行"的意义。

所以，远行吧，去走走、去看看、去放松、去陶醉、去体味、去思考。脚步可以迈到操场，心灵可以到达远方！生活不止有眼前的苟且，更有诗和远方！

本真乃生命之源
——读《精神明亮的人》有感

赵丽云

作为 2017 年第 59 届格莱美奖最大赢家的英国女歌手阿黛尔曾经说过这样一句名言："我不唱不喜欢的歌，不穿不合适的衣服，更不会变来变去，我始终忠于内心。"她用她率真的个性，对自己内心的忠实以及纯粹无修饰的音乐给人们带来美妙的歌声。《精神明亮的人》就是一本忠于内心、不加雕琢、净化灵魂的书。本书收入了王开岭最具标志性的诗性散文和思想随笔。在思想界，他被誉为新生代的旗帜人物；在文学界，他被视为优美的灵魂书写者。刚拿到这本书时，我的第六感觉告诉我，一定要读完这本书，因为这能够让我们这些已步入知天命的人找回青春，只有"精神明亮"，才会富有童趣，保持天性；只有精神明亮，才能够寻回本真、不忘初心。该书内容分为四辑——"灵魂的萤火""大地的犹豫""精神路标""深夜翻书"。作者深刻的生命体验和锐利的思想与他充满着文学而又诗意的表达撼动着我，心灵着实被净化一番。

开篇《精神明亮的人》一下子就将我的注意力转移到这篇文章上。福楼拜给最亲密的女友写信内容中"按时看日出"让作者猝然绊倒。这不仅让作者打了激灵，也让我有一种继续往下读的兴奋。一位如此吝惜时间的顶级文豪，却每天惦记着"日出"，而且还把它当作一门必修课来对待，这是对大自然何等的热爱，对本真何等的向往，对生命何等的敬仰！于是作者就发出各种美妙的幻想：陪伴你的，有刚苏醒的树木、略带咸味的风、玻璃般的草叶、潮湿的土腥味、清脆的雀啼……随后，作者感叹"迎接晨曦，不仅仅是感官愉悦，更是精神体验；不仅仅是人对自然的欣赏，更是大自然以其神奇的力量作用于生命的一轮撞击。它意味着一场相遇，让我们有机会和生命完成一次对视，有机会认真地打量自己，获得对个体更细腻、清新的感受。它意味着一次洗礼，一记被照耀和沐浴的仪式，赋予生命以新的索引，新的知觉，新的闪念、启示与发现……"瞬间，我不仅被作者优美的措辞和细腻的语言以及真实的情感所叹服，更为作者发出这样的感叹而拍手叫绝。我想这种叹服，这种叫绝是对作者真爱自然、敬畏生命的一种崇拜。

记得前几年，我也曾去泰山看日出，我的感受就是作者篇中描述的那样：蹲在人海中，蜷在租来的军大衣里，无聊而焦急地看夜光表，熬上一夜。终于，当人群开始骚动，在巨大的欢呼声中，大幕拉开，期待已久的演出来了。不同的是，我当时在混乱之中杀出重围，越过无数的后脑勺，终于到达了一个看日出的绝佳地点。大家一定会觉得这很惊奇，不要以为我运气好，我能腾云驾雾，这可是我花了钱，让当地导游带着我，绕到他们事前预订和禁止的区域到达的目的地。那一次，我真的感觉到就像作者所说的那样：黎明，拥有一天中最纯澈、最鲜泽、最让人激动的光线……我庆幸，那光线照在我的身上，体验从未有过的沐浴晨曦的神奇感，我整个人都兴奋起来，难怪作者称日出象征着一种诞生，一种升跃和伊始，乃富有动感，饱含汁液和青春的一个词。泰山看日出的经历让我真切地体会到：日出真的是大自然最宏伟的画面。

想想过去的日子，几乎每天都没有想到看日出，就犹如作者所说：都市的晨曦不知从何时起早已变了质。雾霾、噪声、黑水泥与钢化砖。空气越来越差，绿地越来越少，污染越来越重，所有这一切已经让我们找不到大自然本来的面貌。与自然为伴，享受惬意的生活是一种灵魂里涌动的向往。真正热爱自然的人，才能获得那第一缕光线的温润；真正与自然亲近的人，才会寻回本真的自然。

说起"本真"，我对作者的另一篇随笔同样有所感悟，我是学音乐的，自然对我的同行有强烈的亲近感，那就是《永远的邓丽君》。作者用心灵去感受她的歌，感受她的妩媚。言语中感觉作者就像个大男孩，没有任何雕琢地将心中美美情感呈现在我们面前，丝毫没有羞涩、没有遮掩。如"一部嵌进我身体的柔软，一个我听了多年的女人""如今，我怀念她，就像怀念逝去的青春和发黄的日记，就像怀念前世生生死死的爱人"。有这样的情感真的让我很感动，一生中能遇到用音乐进行情感交流的知己非常难得，就如钟子期遇到俞伯牙，白居易遇到琵琶女，柴可夫斯基遇到梅克夫人，那种相遇是可遇而不可求的。邓丽君就是作者遇到的梦中情人、红颜知己，是不知不觉地镌刻在作者心中的"她"。我想，作者之所以能体悟邓丽君的歌，源于他童心未泯，一份至真至纯的情感，他与纯真自然的音色、妩媚动情的旋律、清纯娇柔的腔调产生共鸣。正所谓：有一种艺术，它可以超越时间和空间、突破门第和思想直抵人的心扉，撩拨到心灵中最隐秘、柔软的所在，那就是音乐。

王开岭的文章真正触动了我的灵魂，除了有他丰富的内容、独特的艺术风格外，更重要的是，他对自然、对生命敬畏的一种情怀。身处在这个多元而又浮华的时代，我们需要寻回本真。正像作者所言：沧海一粟，云天一埃。人类，不过是个偶然，不过日光和月光下的一群生命蝌蚪，不过是宇宙恩泽下的一条灵性的小溪，背叛了这一本分，才是悲剧开始。卑微，乃人类最大的美德。这样的书籍就是让我们学会卑微，童心未泯、内心纯净，灵魂安宁。不刻意雕琢的玉最珍贵，因为它美得纯粹；不刻意修剪的树最难得，因为它美得真实。生命也应如此——清新淡雅，洒脱怡然，自由惬意。

"精神明亮"是最美的人生姿态
——读王开岭《精神明亮的人》

江 晖

《精神明亮的人》——一本装帧极为简朴的书——白皮黑字，没有任何其他色彩和图案，但这书名却瞬间"晃"了一下我的眼睛，进而攫住了我的心灵。"精神明亮"，这该是一本充满阳光、引人迎向光明的书吧！

果然，第一篇文章便是《精神明亮的人》。作者被大文豪福楼拜的那句"按时看日出"猝然绊倒，被这种健康积极的生命姿态深深震撼。他为自己多年来看日出的记忆少得可怜而遗憾，为自己多年来都不曾有过"因光线而激动的生命清晨"而愧悔。

我又何尝不是如此呢？"世间何物催人老？半是鸡声半马蹄。"在日复一日、年复一年的奔波劳碌中，时光倏然而逝，转眼之间，已是人到中年。然而这半生，我又有几次因为看到日出而激动呢？想来真是惭愧。美好的清晨，自己或是蜷缩在被子里昏睡，或是已经奔波在路上却丝毫不关心日出，这就是我的生命状态，可能也是大多数人的生命状态。我们的心灵因为这种状态而越来越粗糙，我们的日常感受也因为这种状态而越来越鲁钝。好在看到了王开岭的这本书，知道了福楼拜的"日出"和巴乌斯托夫斯基眼中的"最好看的霜"。于是在麻木中昏睡的灵魂醒来了，渴望清晨迎接日出，渴望被第一缕阳光照见，渴望阳光为眼睛注入清澈、为精神注入光亮，渴望每天都给自己的生命举行一次

"升旗"仪式。

在接下去的阅读中，我更加惊喜地发现，这本书并非单纯地勾画出明媚美好，进而引导人们乐观进取、阳光向上，这里的"精神明亮"，不仅仅有精神状态的阳光，还有视野的广度、目光的锐度和思想的亮度。

"我很少看到在一册书中，由一个人的笔下竟洞开出那么大面积的精神风光。"这是吴散人在序言《阅读的盛宴》中对这本书的评价。的确，从古代到现代，从国内到国外，从自然到宇宙，从国家到个体，从伟人到凡人，从成人到孩子，作者的目光无处不到；从存在到死亡，从人性到人生，从良知到责任，从政治到文化，从战争到灾难，从宗教到信仰，作者的文字无所不包。在他笔下，我看到荆轲手中的折剑幻化成一柄人格的尺子，因喋血而陡添一份英雄的光镍；我看到华盛顿在卸任仪式上的"鞠躬"礼，在所有人含泪的目光中陡然升腾为一道尊重民主自由的道德之光；我看到俄罗斯文学中优雅的女性，以温婉的身姿和绰约的美德点燃了俄罗斯精神夜晚最动人的篝火；我看到奥威尔举起了手枪，他眼中刹那的犹豫蕴藏着人性的光辉；我看到梁漱溟挺直脊梁发出"不识时务的吁请"，他周身闪烁着捍卫独立品格和理性原则的光芒……与此同时，我也看到了面对不公正，一个民族集体失语；看到了一群被"物"占领的人，他们的血管中做人的尊严与清洁的精神正流失殆尽；看到了给世界以"最辽阔、最庄严、最有诗意和神性的覆盖"的雪，正在逐渐消融乃至消逝；看到了神秘的星空和浪漫的月光如何在现代人贪婪攫取的目光中，变得越来越稀薄、越来越苍白……这的确是一场"阅读的盛宴"！

当然，这场"盛宴"的魅力远不止其内容的包罗万象。当你坐下来慢慢品味王开岭的文章，你不得不为作者的文字和文字中所熔铸的思想由衷赞叹。它们让心灵细腻者感到欢愉，也让敏于思考者倍觉满足。他说没有雪的冬天不再有季节的尊严；他说《罗马假日》中那句"罗马，当然是罗马"是对"无精打采生活的精彩背叛"；他说"紧盯着地面觅食"，必然导致像鸡一样目光短浅；他说今天缺乏"大师级"，症结在于没有辽阔的生命关怀和硬朗的精神信仰……他膜拜纯真，鄙视虚伪；他呼唤良知，痛斥罪恶。对于少女达格妮，对于瞳仁中写满纯真的儿童，对于被逼上穷途的鹿，对于车厢中最拥挤处蜷缩酣睡着的农民工，他的目光和言语中蓄满了爱的柔光；而对于那些"操控程序的人"，对于那些贪婪的占有狂，对于那些寄生者、鄙俗者，对于自以为优越而肆意践踏别人尊严的人，他的目光和言语则迸射出如金属般锐利的锋芒。他是个浪漫又满怀悲悯的诗人，也是个目光冷峻的思想者、批判家。"精神明亮"，恰恰也体现了他思想的成色。回头再看扉页上超出边界的文字，我才恍然顿悟设计者的匠心独运——那文字欲冲出书页的姿态，不正如作者自由奔涌的诗情和辽远深邃的思想吗？

我想，是阅读与思考成就了一个目光炯炯、精神奕奕、文字灿然、思想卓然的王开岭。而王开岭又以广博的视野、细腻的心思、敏锐的洞察力、强健的思想力和亦灵动亦犀利亦深沉的笔触为读者打开了一扇窗。透过这扇窗，我想在枕边放一本《金蔷薇》，看它怎样泛起"薄荷的静，雾的涟漪，绿的香味"；透过这扇窗，我期待遇见等在远方的"那片神奇的生命风光"；透过这扇窗，我开始思考今天究竟该如何"消费星空"、究竟该怎样应对"古典之殇"；透过这扇窗，我更深入地理解了什么是尊重和敬畏，懂得了人必须学会"仰望"……这就是阅读的意义，正如余秋雨所说，它"能把辽阔的时间浇灌给你，能把一切高贵生命早已飘散的信号传递给你，能把无数的智慧和美好对比着愚昧和丑陋一起呈现给你"；它让你更智慧，更优雅，在烦扰琐碎中保持精神的澄明、保持飞翔的姿态，永不坠入庸常；它让有限的人生更有厚度，更具深度，在喧嚣尘世中永葆生命的润泽与丰盈，永不失去光亮。我们的生命需要阅读的滋养和支撑！

这个冬季，手捧《精神明亮的人》，视野随之开阔起来，心情随之豁朗起来，精神随之明亮起来。"精神明亮"——多美的人生姿态！此刻，我与吴散人心有戚戚，感到了"雪的融化、心的欢愉和春天的临近"！

做一个童心未泯的教师
——《精神明亮的人》读后感

马双民

前段时间，新入职教师演讲比赛以"我要做一个＿＿＿＿＿＿的唐山一中教师"为题，那天，他们的演讲深深感染了我。在我读了王开岭先生的散文随笔集《精神明亮的人》之后，我的读后感题目毫不犹豫地选择了"我要做一个童心未泯的唐山一中教师"！

我之所以被那天的演讲深深感染，我觉得有一个重要的原因，就是我刚参加工作时，也和这些新入职老师一样，是那样的单纯、好奇和对未来的教育之路充满憧憬，就像儿童对世界充满着强烈的好奇一样，我的童心被唤回了！

"童心是师爱的源泉。"我始终坚信拥有一颗童心，对教育至关重要。这可能是我在十几年的教学中尽管没有可以炫耀的成绩却仍能够走进学生的心灵，即使学生毕业后也能时常保持联系的重要原因。乐于保持一颗童心，善于在某种意义上把自己变成一个儿童，我认为这是我与学生产生真诚情感的心理基础。

我们常常说要多理解学生，但有时学生的言行，站在老师的角度看，是很难理解的。就如我现在带的中加班的学生，他们不爱穿校服，爱打扮。在这种情况下，只要我们有一颗童心，站在学生的角度去考虑一下，就很容易理解。如果用成人的冷漠去对待孩子，一切语重心长、高高在上的教育都会无济于事。拥有一颗童心就是会用儿童的眼睛去观察，用儿童的耳朵去听，用儿童的兴趣去探寻，用儿童的情感去热爱，能以学生的快乐而快乐、以学生的悲伤而悲伤，就如《精神明亮的人》中说的"向儿童学习"。如果我们能做到了这一点，那我们一定是学生的好老师，也一定是学生的好朋友。如果你拥有一颗童心的话，这些是自然而然的，绝不会是装腔作势或作秀。

一个拥有童心的老师在教育教学中一定充满了爱心。教师的童心意味着有儿童般的纯真。童心，表现为淳朴、真诚、自然、率直，而这些是作为老师应具备的品质。"童心在教育上的体现便是爱心；爱心是好教师的基本条件。"拥有一颗爱学生的心是作为一名教师的基本素质。离开了爱心就无从谈教育，就不配做老师。一个受孩子爱戴的老师，一定是一位有爱心的老师，一定是一位有人情味的老师。只有爱心能够滋润童心，只有童心能够唤醒爱心。只有拥有爱心的老师才愿去保持一颗童心。

现在有很多教师，都太重视高考有几个人考上了北大清华，太重视能分多少高考奖，太重视能否评优评先，其实我觉得真正的优秀不是任何人评出来的，真正的生活也远不止这些，像本书中作者所表达的，我们要做一个精神明亮的人，多给自己一些机会去看看日出，给自己的心灵放放假。

我真想教一辈子书，最终把自己教成孩子。我也希望岁月的刀能在我的脸上刻上深深的、密密的皱纹，却刻不到我的心上。

从今天开始，做一个精神明亮的人
——读《精神明亮的人》有感

戚　兵

从今天开始，做一个精神明亮的人。
按时看日出，
熬粥、煎蛋，和家人一起享用早餐，

让温馨照亮幸福的港湾。

从今天开始，做一个精神明亮的人。
认真对待每一件事，
教书、育人，努力工作，
让勤奋照亮塑造灵魂的事业。

从今天开始，做一个精神明亮的人。
愉悦地走进课堂，
交流、分享，鼓励的话语、赞许的目光，
让微笑照亮孩子们的心灵之窗。

从今天开始，做一个精神明亮的人。
让锻炼成为习惯，
打球、跑步，和朋友们一起运动，
让健康照亮青春的生命。

从今天开始，做一个精神明亮的人。
联络亲人和朋友，
聊天、品茶，倾听心与心的交流，
让感恩照亮身边的每一张脸、每一双手。

从今天开始，做一个精神明亮的人。
做自己喜欢的事，
读书、下棋，练习书法，
让品位照亮人生的优雅。

从今天开始，做一个精神明亮的人。
学会亲近自然，
看最美丽的花，寻最好看的霜，
让欣赏照亮春风十里、天地芬芳。

从今天开始，做一个精神明亮的人。

陪着孩子成长，
弹钢琴、写作业、玩魔方，
让憧憬照亮未来和理想。

从今天开始，做一个精神明亮的人！

光明在案，裁纸包书

李艳华

人到中年，对生活和生命的认知发生了很大的变化，思考问题的方式、处理事情的方法，甚至生活的态度很多时候变成了各种程式。有人说这就是成熟，也是人生之必经，但我却深感惶恐，工作生活中也遇到过诸多用这些程式难以解决的问题。

一、雪落何所似，天飘雪花膏

班里有一个孩子，开学后被分到我的班里，调研考总分445，年级排名933，月考有两科没考，如果按调研考的成绩，总分309，估计在年级得垫底，因为班里最后一名总分364，年级排名1004，他比最后一名还低55分之多。就是这个两次考试成绩都非常差，而且分数呈下降态势的孩子，在我找他谈话时，他所表现出的自信却让我大跌眼镜。

这个孩子非常贪玩，上自习课爱说话，谈话时我问他是否知道自己的成绩已经低无可低，再不扭转现状连三本都考不上了。他说知道，我问他考后的学习状况为啥没有改变，他说正在努力改。班里办板报，我发现这个孩子去帮忙画画，我就问他是不是对画画感兴趣，将来想考什么专业，他非常明确告诉我，想学设计，我问既然想学设计，前段时间学校美术特长班招生报名了吗？他说没报，他能凭文化课成绩上大学，为什么要学特长，我又接着问想考哪所大学，这么有把握凭文化课成绩能上了，他告诉我是清华大学，再问他有具体的安排计划吗，知道上清华要达到啥水平才能去吗？一问三不知，三为一未做，却觉得清华大学已是囊中之物。说实话当时"清华大学"的校名传入耳朵，内心感受到的不是仰慕、不是美好，而是痛苦和深深的忧虑。且不说考得不好309，考得好445的成绩，居然觉得能上清华，就是看他平时吊儿郎当的样子，考一个普通二本都没有十足把握。

和这个孩子谈话后好些天心里都非常郁闷，当时正读王开岭《精神明亮的人》，里面有一篇文章名为《雪白》，讲的是班里有个家境很穷的女生，又瘦又黑，在一次作文课上她把雪比喻成了"雪花膏"，她说："那天夜里，我看见天上飘起了雪花膏……"她念的时候同学们全笑了，连戴眼镜的老师也笑了，说她是"异想天开"。于是老师接着给大家讲"异想天开"是什么意思。老师讲"异想天开"的时候女生趴在水泥桌上（当时课桌是用水泥板搭的）呜呜哭出了声……不久，她因家贫便辍了学。许多年后，一个偶然的机会使我记起了这件事。我猛然发现那个"雪花膏"的比喻其实是多么生动而富有诗意啊！雪，雪花膏的雪。在我所见过的比喻中，这是最珍贵最难忘的一个，也是最伤感的一个，要知道当时穷人家的女儿是用不起雪花膏的。美丽的如诉如泣的雪花膏。

读完此文，我的心情才释然了，按照一种程式化的理解，这个孩子考清华是连门都没有的，换一个角度，不是有那样一句"即使考不上清华北大，也要死在去往清华北大的路上"吗？让这个孩子心存一份希望，有一个梦想和追求的目标，就算他考不上清华，有这样的理想支撑，他也许可以考一个不错的一本。

二、女子性如雪，永远邓丽君

班里有一个胖胖高高的女生，有一次因为上自习看小说被我叫到办公室谈话，聊纪律、学习和生活，聊理想、大学和未来，聊到中途孩子却转换话题聊起了座位问题，她说前边的孩子挡了她的视线，上课很难看到黑板，我说你也有到前面的时候，退一步讲如果你想到前面，我可以给你换到第一排靠窗的位置，她说自己坐到那里会挡住别人不道德，我说按你的说法，你让老师怎么安排？她说为什么不能按成绩排座位，他们成绩不好的就该为他们这些成绩好的让出教室中最好的位置，人都是自私的，学习不好的就应该回报给学习好的，如果不能让那些成绩不好的让出最好的位置，她就没有学习的动力，现在是弱肉强食的社会，学校也应该鼓励这样的竞争。

听完这些话，我的心沉到了谷底，我不知道是一个什么样的家庭，什么样的经历让她有这样的思想，我只能告诉她，人应该学会辩证地看待世界，要学会看生活中积极阳光的一面，给她讲社会上的志愿者，慈善事业，大家的家国情怀。并且给她讲学习的目的应该是完善自我、在社会和他人那里实现自我价值。退一万步讲，学习不好的同学没有理由回报给学习好的同学一个好的座位，因为学习好的同学并没有给他们带来利益和好处。

如果说前一个孩子是单纯幼稚，这个孩子又过于成熟世故了。这个孩子的思想问题不解决,将来她不可能有一个好的未来、一个好的前程。于是我向她推荐了王开岭的《精神明亮的人》《当她十八岁的时候》《向儿童学习》《永远的邓丽君》《罗马假日——对无精打采生活的精彩背叛》《女子如雪》等几篇文章,读后一起聊读书感受。我希望她能从知名人物邓丽君、赫本那里学到纯净,从 18 岁的女孩、懵懂的儿童那里学到看世界的纯真视角。

三、按时看日出,远地赴霜约

　　每天早出晚归,除了学生有时真的无暇他顾。读王开岭《精神明亮的人》,读到福楼拜的自我介绍:"我拼命工作,天天洗澡,不接待来访,不看报纸,按时看日出,我工作到深夜……"读到苏联作家巴乌斯托夫斯基在《金蔷薇》中引述一位画家朋友的话:"冬天,我就上列宁格勒那边的芬兰湾去,您知道吗?那儿有全俄国最好看的霜。"

　　一位以面壁写作为誓志的世界文豪,一个如此吝惜时间的人,却每天把再寻常不过的晨曦之降视为一件盛事。一个画家,每年的冬天,都不远万里,去亲赴一场和最好的霜的约会。不是因为他们有时间,而恰恰是因为他们热爱生活,有生命的激情。反思自我,才发现多年来,一直以工作忙碌、生活繁累为借口,主动放弃了因光线而激动的生命清晨。每天走在上下班的路上,挤车的当口,看到的是煮熟的光线、全天下毫无二致的霜。真如王开岭所言:"日子一天天膨胀、实用起来,想象力变成了刀叉,心灵变成了厨房,爱情变成了腊肠……精神空间正以惊人的速度萎缩、霉硬。再大再繁华的城市也只是一只盛鸡食的钵盂。"

　　生计,像一场紧盯着地面的觅食,盯久了,人的目光会变得像鸡一样短浅、黏稠,体态也因贪婪而臃肿起来。所以,我们必须仰望点什么,必须时常提醒自己,让疲倦的视线从物面上移开,从狭窄而琐碎的槽沟里昂起头,向着高远,看一看那巍峨与矗立,看一看那自由与辽阔、澄明与纯净……于是,暮春时节,课余时间去捡拾花瓣,晾晒后做成瓶饰;捡点落地的花子,洗净晒干做花盆最表层的装饰点缀;工人剪枝不要的捡一些插到花瓶里做成插花……

　　学会打点生活,挖掘生活的美好,你一定会与诗情画意的自己不期而遇。孙犁曾说:"冬日透彻,光明在案,裁纸包书,甚适。"用裁纸包书的情怀给落红一个去处,赋予它自己的思想;面向那橘色晨曦,给自己的生命举行升旗仪式。

与孩子一起，真实成长

——读《精神明亮的人》有感

张德智

《精神明亮的人》——初遇这本书，便被它的名字所吸引；翻开阅读后，更是被作者的文字和思想所折服。

正如书序中吴散人所说，题材之丰浩、细节之精准、纹理之细密、精神发现之独特、关怀视野之扩大、生命体验之深刻、言说的锐度和思路的延展性……从古至今，言情及理，国内到国外，现实与理想，在一册书之中淋漓体现，超乎读者的想象。难怪王开岭被誉为思想界的旗帜、优美的灵魂书写者。唯美的言词蕴含着真切的哲理，浪漫的表述透露出精准的理性，温润的金属感、磁性的光芒，这样的交汇编织，文思兼容，让人心灵得以共鸣，思想感到满足。

一代文学大师福楼拜以"面壁写作"为誓志，一位如此珍惜时间的人却坚持每天按时看日出。这对自然是何等的热爱，对生活是何等的热情，对生命是何等的热衷。日出，象征着一种诞生，一种升跃和伊始。黎明，拥有一天中最纯澈、最鲜泽、最让人激动的光线，那是灵魂最易受孕、最受鼓舞的时刻，也是最让青春荡漾、幻念勃发的时刻。晨曦，一切从头再来，又绝无重复，赋予生命的是新的索引、新的知觉、新的闪念、启示与发现……在作者心中，"'按时看日出'是生命健康与积极性情的一个标志，更是精神明亮的标志"。

可现实中的我们呢？还有过对"日出"的坚守和憧憬吗？在这个日新月异、高速发展的时代中，在欲望纵横、物质遍地的生活里，我们过活着，只是不再幼稚、单纯，在追逐成长的路途里我们只顾向前奔跑，又何曾停下来用心观察过我们的世界，认真思考过我们的轨迹，静心过滤过我们的精神？到底是我们的环境变质了，还是我们的灵魂沉睡了？《论自然》中说："实际上，很少有成年人能真正看到自然，多数人不会仔细地观察太阳，至多他们只是一掠而过。太阳只会照亮成年人的眼睛，但会通过眼睛照进孩子的心灵。一个真正热爱自然的人，是那种内外感觉都协调一致的人，是那种直至成年依然童心未泯的人。"

原来迎接晨曦，把握清晨这样简单的体验早已被我所忽视，自己在日常生活里的感受竟然如此的粗糙和漠然了。我突然觉得自己每天的经历中错过了那么多值得欣喜、值得激动的画面。也开始怜悯自己不再拥有孩童般的好奇与纯真，那颗童心早已被换作成人世界里的成熟，慢慢适应了成年游戏里的规则。

可是作为一名人民教师，每天面对纯真的孩子们，与他们朝夕相处，我的心岂能再如此混沌下去。我应该醒一醒了，回到原点、回归初心，找寻自己孩童般明亮的精神和清澈的目光，让自己再重拾简单纯粹的思想和天真无邪的审美，并将其融入日常教学中言传身教。与孩子一起，共同学习。让童年所赐予的幸福、勇气、快乐、鼓舞和信心，童年所教授的高尚、善良、温情、正直与诚实，时刻陪伴着孩子们，丰盛着我和孩子们的人生，不至于让我的学生过早地褪去天真，失去生命的生动。让他们清楚地知道，长大后的人生里除了有生活的艰辛、成功背后的苦涩，还有纯洁的泥土、温情的陪伴以及诗和远方的希望！让孩子们拥有精神的明亮，因为那将是以后能给予他们灵魂的萤火，赋予他们信仰的支撑，凭这颗简单、纯粹、坦然、不折不扣的心去面对未来的一切。

月挂枝头的氤氲还未散，天际边的蛋白已微露。清晨的操场上，出早操的孩子们已然有序地开始了锻炼。微冷的风拂在脸上，被欣慰的笑融化，望着天边那几颗隐约发出光亮的星，再看看孩子那张张稚嫩的脸，原来起早也可以有别样美丽的景，原来坚守是这样甜蜜的果。因为初心，今生我有幸能与这些孩子们一起，真实成长。

你愿意看一看日出吗？

孙　江

我最近看了一段话，感觉很有道理：有位木匠砍了一棵树，把它做了三个木桶。一个装粪，就叫粪桶，众人躲着；一个装水，就叫水桶，众人用着；一个装酒，就叫酒桶，众人品着。桶是一样的，因装的东西不同命运也就不同。人生亦如此！我们每个人身体就是一个桶，而阅读则是往这个桶里装酒。

我深信，好的阅读是一个灵魂唤醒另一个灵魂。备课、上课、批改作业、值班辅导终日忙碌奔波，顾不上去书店购书阅读所以也就似乎已经顾不上了灵魂，但却也深知自己的灵魂渴望被唤醒。校党委的读书阅读活动恰像一场甘雨，埋在心里的种子萌发出了向上的幼苗。打开党委所发《精神明亮的人》一书，我眼前一亮，被开书的第一篇《精神明亮的人》深深吸引，于是静下心来认真地读了王开岭先生的这篇文章。

读后我掩卷沉思，福楼拜为什么要"按时看日出"？王先生为什么会"被这句话猝然绊倒"？我看过日出，但是我静静地看过日出吗，静静地看日出那是怎样的景象和感受？

　　在王先生的笔下，那意味着内心蓬勃的生命力，意味着经过黑夜沉淀之后新的自我挑战与自我超越，意味着积极进取而又纯朴自然、不以功利为唯一目的的生活态度。

　　反观内省，我们有足够的自信面对这样的日出吗？

　　我们似乎不是王先生笔下那种日出时刻还在蒙头大睡、打着呼噜的人，我们很忙碌，几乎每天在日出之前就已经开始了工作，似乎我们应该很有机会看到日出，但事实是我们很少注意过何时日出和日出景象。俗话说：追鹿的猎人看不到山，打鱼的渔夫看不见海。作为教师忙忙碌碌，不敢说每天都在殚精竭虑忙于工作，但是可以说每天心里琢磨的并不是各种物质的功利的目标，自然就忽略了日出这些似乎对于我们日常工作和生活没有用处的事情。

　　王开诚先生说："在成人世界里，几乎已没有真正生动的自然，只剩下桌子和墙壁，只剩下了人的游戏规则，只剩下了同人打交道的经验和逻辑……值得尊敬的成年人，一定是那种'直至成年依然童心未泯的人'。"

　　扪心自问，在这个大众痴迷于荧屏上宫斗剧、崇拜"美人心计""帝王权谋"等现实中追求名利的时代，我们还有定力呵护自己的童心吗？还有勇气坚守纯真、美好、光明吗？夜深人静时，我们还敢在镜子中看一看自己的眼睛吗？

　　毋庸置疑，我们都是为了幸福而出发的。凡夫俗子、肉体凡胎，当然离不开物质的功利的追求。但是，各种物化的目标实现之后幸福如约而至了吗？我们为什么还在抱怨、焦虑、不安？鲁迅先生说过："人不能只靠吃米活着。"先生的话是对的，我们终究还要面对自己的内心。

　　"别走得太快，等一等灵魂。"这是古印第安人的一句谚语。印第安人发现人的肉身和灵魂脚步的速度有时是不一样的，如果肉身走得太快，可能会把灵魂走丢。按照他们的信仰，如果已经连续三天赶路，第四天必须停下来休息一天，以免灵魂赶不上肉身匆匆的脚步。

　　是啊，我们都走得太快，是不是应该经常停下来等一等灵魂呢？如果走得太急，我们会不会忘了当初为什么而出发呢？

　　所以，停下脚步静静地看一看日出，找一找最好看的霜吧！

　　从纷乱闲杂中抽身暂退，在自然中徜徉，于自然中体悟，既是对灵魂的涤荡，也是对精神的洗濯。

　　梭罗28岁时，在新英格兰的瓦尔登湖畔建造了一个简陋的小木屋，独自一人在那里生活了两年多。他在丛林中漫步，聆听自然曼妙的声音，欣赏湖畔四季变换的风景与色彩，思考人生的本质和意义。他坚信，一草一木都蕴含着宇宙真谛和无上法则，一个人通过内省、与自然交流，可以领悟自然界所蕴含的信息。聆听自然、寓于自然，能让人找寻到精神的新高度，赋予人无穷的智慧和力量。

也许有人会说：我没有与瓦尔登湖亲近的机缘。那么，日出呢？它每天都会按时而至，等待着与你的相遇和对视，你愿意接受这样的洗礼和照耀吗？也许，在我们的心灵与自然有了沟通之后，我们的内心会多一份从容、淡定和光芒，而我们的脚步也会更有方向、更有力量。

写完意犹未尽，忽然从哲学的角度又想到，我们每天有日出，还有日落，那么，静静地看一下日落又如何？至此脑海里闪现叶老的诗作：老夫喜作黄昏颂，满目青山夕照明。好吧！我们再静静地看一下日落吧！

一路仰望，伴一路芬芳
——读《精神明亮的人》有感
及淑颖

说来有些好笑，初读《精神明亮的人》，是为了完成孙主任"一篇读后感"的任务。之前从未真正读过王开岭的散文，只知道他的文章新锐，文笔素雅且有神韵，被很多校园师生公荐为"精神启蒙书"和"美文鉴赏书"。

这本书白底黑字的封面，反射出明亮的光；深邃细致的语言，反映出明亮的精神。细读起来，很快被作者温润、独特、深邃的文字打动，竟有些爱不释手，只想一气读完全部。

感叹于王尔德的"我们生活在阴沟里，但依然有人仰望星空"，王开岭说"仰望，是一种精神姿势"。感叹于康德的墓志铭"有两样东西，对他们的盯凝与深沉，在我心里唤起的敬畏与赞叹就愈强烈，这就是：头顶的星空和心中的道德律"，王开岭说"仰望，是一道信仰仪式"，教会了人们"迷恋与感恩"，让人"端直和挺拔"。

一直找不到一个很好的方式，来形容自己的成长。看了王开岭的《仰望：一种精神姿势》后，我惊喜地发现，原来这是仰望。仰望，不仅是一种姿势，更是一种态度。原来，这一路的成长，源自一路仰望，才会一路芬芳。

人们常说：父爱如山，母爱如灯，山在远处巍，灯在近处暖。父亲母亲都是人民教师，父亲儒雅大度，母亲温和善良，他们将青春和梦想都留在了三尺讲台。

有人说，父母是孩子的第一教师，于我而言，父母是我终身的导师，是我仰望的对象。90年代初，中小学刚刚普及计算机的时候，没有英文基础的父亲可以自学玩转DOS系统；一所中学两年内换了八位校长，父亲用了三年的时间将它治理得井井有条，成绩稳步上升，三年后这所学校成为市区直属中学。

大学时，面对顶岗支教和教育实习，父亲说"让她去吧，咱们常去看她"，于是，我毅然走上了顶岗支教的路；毕业了，面对留校和来唐山，父亲说"让她去吧，受伤了，还有我们"，于是我成了唐山的教师，唐山人的妻子。父亲在我需要的时候，他总是我坚实的后备力量。

偶然的机会，同事问起："为什么你的父母都是老师，你依然选择当老师？"我想，大概是因为再没有一个职业能够在给我物质上的回报之外，还可以给我精神上的成就。果然，我很享受这份精神上的成就。仰望父母，他们是别人抵达不了的高度。

工作后，我有幸结识了这样一位长者：他接近退休的年龄，有深厚的理论知识和丰富的教学经验，对工作依然一丝不苟，他是我的师父朱崇伦老师。对于数学教学，师父烂熟于心，对于班级管理，师父胸有丘壑。即便如此，师父每天早来晚走，精致备课，认真的程度一直感染着我，仰望师父，他激励我不断进步。

有这样一群智者，我有幸与他们并肩战斗："快来快来，看看这题有没有更好的解法"，这个人是孟征，他总能给我们带来知识上的饕餮盛宴；"我又遇到问题了，快帮我看看是怎么回事？"这个人是赵志芬老师，她是我的"点读机"，可以让我哪里不会点哪里；惊叹于刘瑜素老师"一人顶五人"的出题组卷速度、惊叹于王筱颖老师的各种试题分类储备、惊叹于李桂兰老师的细致认真、惊叹于李雪芹老师的冰雪聪明。仰望我最亲爱的同事，榜样的力量，是我进步的精神支柱。

有这样一群年轻人，他们鲜活灵动，我有幸与他们交流，共同进步，这是我的学生。数学课上，他们的观点经常使我眼前一亮；考试后，他们的进步总能使我感动；生活中，他们带给我的更是年轻蓬勃的朝气和不怕苦不服输的精神，仰望学生，他们使我永葆一颗年轻、充满阳光与活力的心。

合上《精神明亮的人》，执笔写下读后感。王开岭，可以让人审视自己并感到惭愧。他让我们的"灵魂从婴儿做起，像童年那样，咬着铅笔，对世界报以纯真、好奇和汹涌的爱意……"王开岭的文字，带有一种"淡淡的、温润的金属感"，让人不由自主想去接触，字里行间，皆是温润美好的思想。

王开岭的仰望，让他"恢复谦卑""生命获得神性的支持""心灵生出竹枝的高度与尊严"。相信仰望，也会使我谦卑而清醒，也会带我走向更高远更辽阔的境界。我愿意以这样的姿势面对万千世界。

谢谢，这一场来自灵魂的邂逅。

请"明亮"如初
——《精神明亮的人》读后感

姚洪琪

"有两样东西，对它们的盯凝越深沉，在我心里唤起的敬畏与赞叹就愈强烈，这就是：头顶的星空和心中的道德律。"康德的墓志铭完美地诠释了人的一生长存的敬畏之心，同时也与王开岭所言的"精神明亮的人"有共同之处——对光明的敬畏。我们沉迷与享受自然赋予的这份"明亮"，那么，就请做个明亮的人。

每一个灵魂都有光，那么做一个精神明亮的人。明媚而不阴郁，乐观而不哀感，积极却不暗淡，宽容而不狭隘，认真而非苟且。

《孔子家语》有言："与善人居，如入芝兰之室，久而不闻其香，即与之化矣；与不善人居，如入鲍鱼之肆，久而不闻其臭，亦与之化矣。"环境是我们的过去、现在与未来，所交之人如何，自己又将成为如何之人？我们身边常有这样一种人，他们永远看到的是别人的拥有，而看不到自己所掌握的，整日贪得无厌百般要求，留给他人的是无穷无尽的抱怨与哀叹，笑容在他的言语中僵化，愉悦碰到他纠结会瞬间消散。这样的人与"鲍鱼之肆"有何差别？再看书中谈到的世界文豪福楼拜每天"按时看日出"，一个如此吝惜时间的人却把再寻常不过的晨曦之降视若一件盛事。芸芸众生，熙熙攘攘，若在拥挤的都市或日出而作日落而息的乡村中，能还生活以明媚的人，这明亮的晨曦之光定会照进我们的身体与灵魂。

我们每一代人都有自己的任务，每一代人都有自己的一段路程要路过，我们每个人都是最重要的一部分。能够用灵魂的闪光烛照尘世，真是乐事一件。苏轼用他的诗词征服古今，而我认为最能够征服他人的，是他在命运的起起伏伏中依然坦荡的人格。朝廷对不起他，政敌甚至想置他于死地，"心似已灰之木，身如不系之舟。问汝平生功业，黄州、惠州、儋州"。何止？徐州、密州……几乎大江南北都有这位才华卓绝的文人与政客匆匆奔忙的脚步。而他呢？每到一处，造福一方，"一蓑烟雨任平生"。我们大多都是平凡人，房价、柴米、孩子、存款……生活的琐碎无时无刻不在打磨着我们，我们在这个过程中成熟了。这种所谓的成熟，"表面上是一种增值，但从生命美学的角度看，却实为一场减法：不断地交出与生俱来的美好元素与纯洁品质，去交换成人世界的某种逻辑，某种生存策略和实用技巧。就像一个懵懂的天使，不断地掏出衣兜里的宝石，去换取巫婆手中的玻璃球……"在这个过程中，每个生命的光明逐渐晦暗，"明亮"不再。

习惯了感慨人生匆匆，我们可曾真正思考过匆匆的含义？朱自清写道："像针尖上一滴水滴在大海里，我的日子滴在时间的流里，没有声音，也没有影子。我不禁头涔涔而泪潸潸了。"几十年的光阴，意味着我们只能赏几十次春花开谢，只能工作三十个年头左右带十届毕业生，只能和家人一起欢聚几十春秋。于是一种恐惧感莫名袭来，原来一生可以被我们理解得那么漫长，回过头却发现一生可以这般短暂。造化的恩赐，尘世的因缘，还有什么垂头哀叹的理由呢？年年岁岁花相似，岁岁年年人不同。唯有不辜负。

"在神性的眼里，儿童世界，是人类的天堂。"值得尊敬的成年人，一定是那种"直至成年依然童心未泯的人"。童心意味着心思澄明，天真犹在。奥黛丽·赫本是美丽的，更是天真的，了解她的人都明白这位"公主"的少女之心。据说她临终的最后一个愿望是：再看一眼瑞士的白雪。一位活得像童话的人，同时将童话带给了黑暗中的很多人。对于普通人，她也许只是高高站立在领奖台上熠熠闪光的影星，而对于那些在疾病和战争中挣扎的拉美和非洲的孩童，她是上天的使者，带来了希望的声音。所以，童心在，本心在，也许怜悯与恻隐之心可以为这个世界驱散阴霾与黑暗，为迷失的人群找回童年。就像近期很火的一句话："愿你出走半生，归来仍是少年。"

内心光亮与明媚，照亮自己，温暖他人。那时候，不会再有冷漠，有的是融化坚冰的温暖。

功成不受爵，长揖归田庐
——读王开岭《精神明亮的人》有感

肖艳红

功成之后怎样？

唐朝诗人李白曾经在诗中多次告诉我们他的答案："待我尽节报明主，然后相携卧白云""功成谢人君，从此一投钓""灭虏不言功，飘然陟蓬壶""事了拂衣去，深藏身与名""功成拂衣去，摇曳沧州傍"。然而李白在六十一年的有限生命中并没有机会实现这个美丽的梦想。在中国的历史上不乏功成身退的智者：范蠡、张良、郭子仪、贾诩、刘伯温，等等。后人不禁感叹他们的治国治军的谋略，相对功成不退而身死的文种、伍子胥、李斯等人来说，人们会叹服这些功成身退者舍弃权力的淡然，明哲保身的智慧。

但功成身退者，仅仅是出于对权势的淡然和保全的智慧吗？

翻开王开岭的《精神明亮的人》中散文《请想一想华盛顿……》，我得到了一些新的启示。提起华盛顿，我是在小学课本《砍伐樱桃树》的故事中知道他是个诚实的人；在历史课上知道了他领导了美国的独立战争，后来成为美国第一届总统；在地理课上知道美国有个城市叫"华盛顿"，除此之外，所知甚少。对他的了解加深，崇敬之情倍增源于王开岭的这篇散文。散文中记述了两件事让我震撼：一是战后遣散军队，妥善处理了军队与政府的关系；二是战事结束，把战时授予自己的权力归还国家。

谙悉历史的人都清楚，革命得手后最棘手的莫过于权力的重组与分配了，这是比革命本身更凶舛，更血雨纷飞的险情。谁掌控了军队，即等于把国家"抄进了自个儿袖筒"，克伦威尔、拿破仑、袁世凯……无不把军队视为"家产"。然而这位叱咤马背的将军，却解散军队，放弃了唾手可得的最高权力。虽然这支军队是将军临危受命，历尽艰辛，从无到有亲手缔造的。八年浴血，正是这支军队将殖民者赶下了大海，使"美国"真正成为一个名副其实的国家。正义的召唤使他们将身上的布衣竞相换成了军服，可胜利后的美国当务之急是家园建设而非斗争搏杀，无须维持如此庞大的武备。没有这些人，就没有"美国"，但为了"美国"，他们必须无言离去。最受民众拥戴的国父也会在庄严的卸职仪式上向国会归还军权，像一个凯旋的大兵，两手空空，轻松地吹着口哨，回到阔别多年的农庄。

在散文中我看到了功成身退者远离权势的淡然，看到了在社会动荡和思想激变之时最初创业者所表现的才智、胆魄、美德，也看到了他以豁达的心胸完成了对国家未来走向的指引——独立、平等、自由。

功成身退者，还拥有崇高的信仰和人文美德。华盛顿，作为一个响亮的精神名词，其理想内涵不会因光阴的淘洗而褪色变质，相反却历久弥新。他作为精神路标，指引着每一位后人。

历史的车轮已驶入 21 世纪，自由、平等、独立依然是人类追求的目标，不仅体现在政治领域，教育领域也需这样的追求。我，作为普通平凡的教育者，为高校输送人才付出着辛苦和汗水，但这谈不上功成，还需有崇高的信仰和人文美德，需有"功成不受爵，长揖归田庐"的淡然，在三尺讲台上书写属于自己的人生。

尊重可贵的想象力

代保新

王开岭先生的《精神明亮的人》是一部内容丰富的散文集，从对自然资源的保护谈到对每个生命个体的尊重，从流行歌手邓丽君的美学意义谈到叶芝的《当你老了》深藏的爱情，从知识分子独立思考的珍贵谈到一个国家面对错误的反思，包罗万象。每一篇文章都为我开启了崭新的境界。其中《对"异想天开"的隆重表彰》一文，特别引起了我的关注。

"伊格诺贝尔"俗称"搞笑诺贝尔"。它由哈佛大学的《不可能研究年刊》主办，每年评出医学、文学等10类奖项。该刊宣称此奖项旨在激发人们的想象力，特赠予那些不寻常、有幽默感的"杰出科学成果"。比如2004年度和平奖得主——卡拉OK的发明者，日本人井上大佑。其获奖理由为："卡拉OK这项伟大发明，向人们提供了互相容忍和宽谅的新工具！"年度物理学奖得主——渥太华大学的巴拉苏布拉尼亚姆、康涅狄格大学的图尔维，俩人的贡献是：揭示了呼啦圈的力学原理。年度工程学奖则授予了佛罗里达州的史密斯和他的父亲，父子通过精心计算，得出结论：秃顶者把头发蓄到一定长度，将前面一部向后梳齐，用摩丝定型，再将侧面头发顺势向顶部拢合，效果最佳。而生物学奖被四人摘得，他们集体证明：青鱼的交流方式是放屁……

这些奖的评比真是让我们国人"大跌眼镜"！中国文化有着崇尚使用价值的习性，"实"一直被奉为正统高高矗立。物用性，充当着我们对事物进行价值评估的镑砣。如果不能直接在现实生活中表现出功用，就往往被忽视，被埋没。"没用的东西"，作为一句训斥的话，既是对物的评价，也是对人的评价。烧开水扑哧作响，它早已被沸腾之水鼓舞了几千年，也被忽略了几千年，一个眼光实际的人无论如何也不会感兴趣。谁能想到那个对它心醉神驰的少年，会成为历史上的"瓦特"呢？狂暴的雷电惊心动魄，它被人类敬畏了千万年，也避之唯恐不及了千万年，谁能想到那个勇敢站出来去"采集"天火的英雄，会成为造福后世的"富兰克林"呢？西方有句谚语："如果你盯着一样东西长久地看，意义就会诞生！"这是一句很虚的话，也是一句伟大的话，许多世间的秘密和真相就蕴于此。

作者说对待想象力，对待幻想，对待自由与浪漫，"东方的态度往往比西方要苛责、刻薄得多"。比如我们的成语中，有很多都被用来描述和指摘生活中的非理性："荒诞不经""痴人说梦""华而不实""故弄玄虚""空中楼阁""不识时务""不可理喻""异想天开""匪夷所思""玩物丧志"，等等。在这种话语系统中，我们的思想都蜷缩在物质的、现实的框架之中，难以得到延展。即使是孩子读的童话，也很难品味到真正意义上的"天马行空"，想想自己小时候读过的《宝葫芦的故事》《没头脑和不高兴》，有多少能给以我们像读《爱丽丝仙境》《魔戒》类似的体验呢？现在很多家长重视对孩子传统文化的培养，唐山面向孩子搞的国学班也层出不穷，可我也没听说哪家在带着孩子们读四书五经之外，还能读一读《山海经》——虽然那些遥远的类似于神话的片段故事是如此稀少，如此迷人。

作者又说："抛开文学再看看生活，待人遇事、识物辨机，无不讲实用、取近利、求物值、重量化，贪图速效速成，追求立竿见影……于是，竭泽而渔、杀鸡取卵的短期行为，也就在'务实'的旌旗下浩浩荡荡了。"这话真是掷地有声。看看我们的教育现状，不正是这一观点的绝佳注释吗？有多少学校面对题海还有底气拒绝？有多少师生面对分数还能平心静气？课本上的内容要考的讲，不考的删；卷子上的题目分多的多做，分少的舍弃。这是应试制度下的无奈之举，却也是提分制胜的法宝。在这种功利的教育大环境下，开设选修课，听名家讲座，组织学生社团，允许学生在井盖子上画画，花费大量的时间排演情景剧等活动简直可以说"不合时宜""费力不讨好"！然而，恰恰是这些看似不能提高考试分数的活动，在"培育全面发展的人"这一教育的终极目的上做出了有益的探索，成为万千从唐山一中校门走出的学子们受益终生的宝贵财富。

也许有些人还不熟悉，像"密室逃脱""狼人杀"等游戏现在正在线下迅猛发展。它们已经由最初的线上游戏、桌游形式转变为实体经济的新项目，如雨后春笋般纷纷涌现，正在占据着一线、二线乃至三线城市的实体休闲娱乐市场。这似乎是一对矛盾：一方面重实用主义的家长老师们会批评那些痴心于游戏的孩子们不务正业；另一方面，那些会玩且敢玩的年轻人恰恰凭着不是传统意义上的"正业"的项目，发展了新的事业，挣到了实惠的钞票。究竟该如何看待事物的功用与价值，我们要学习和思考的还有太多。

美国肯尼迪宇航中心大门上镌刻着一句誓言："只要我们能梦想的，我们就能够实现。"

我愿我接触的孩子们敢于梦想，勇于探索，不仅仅为了想象力有可能转化成为推进社会前进的物质动力，更为了让我们的精神和思想获得一片广阔的伸展天地！

2018 年第九届推荐书目：
《习近平谈治国理政（第二卷）》
《改变你的服装，改变你的生活》

简介：

　　本书收入了习近平总书记在 2012 年 11 月 15 日至 2014 年 6 月 13 日这段时间内的讲话、谈话、演讲、答问、批示、贺信等 79 篇，分为 18 个专题。为帮助各国读者了解中国社会制度和历史文化，本书做了必要注释。该书还收入了习近平总书记各个时期的照片 45 幅，帮助读者了解他的工作和生活。党的十八大以来，以习近平同志为核心的党中央，带领全党全国各族人民开启了改革开放和现代化建设的新征程。在治国理政新的实践中，习近平总书记发表了一系列重要论述，提出了许多新思想新观点新论断，深刻回答了新的时代条件下党和国家发展的重大理论和现实问题，集中展示了中央领导集体的治国理念和执政方略。

简介:

　　改变人生从改变服装开始，改变服装却要从改变内心开始。改变自己对服装的偏见，改变自己对美的看法，改变自己对自己的看法，增加自信，承认自己是美丽的。这本书不让读者购物，不让读者紧跟潮流，读者只要发现自己的特点，做最美的自己就是成功。抛弃使你不自信的服装和心态，时尚与优雅就会从内至外地散发。

改变无处不在

——读《改变你的服装，改变你的生活》有感

胡彦慧

"云想衣裳，花想容"，可是我的爱美之心早年就被我的父母扼杀在萌芽状态。他们不断告诉我"女孩子不要贪慕虚荣，过分讲究吃穿""女孩子不要做花瓶，成为摆设，没有内涵"。其实他们的担心真是多余的，因为我离花瓶的气质还差着十万八千里。就是在父母这样的谆谆教诲下，我长大了。有一天，耳边没有了父母的唠叨声，经济上也独立自由了，我也发现自己不会穿衣打扮了。前不久的一天早晨，我下身穿了一条白色的休闲裤，上身搭了一件蓝色的雪纺衫，自以为还算清爽，闺女急匆匆去上学，瞟了我一眼，奚落道"妈，你怎么不带一项白帽子，再戴一顶白帽子就是海军"。十分好的心情，就让她这个"00后"整得一地稀碎。

这次学校读书活动推荐的《改变你的服装，改变你的生活》，让我有些小惊讶。以往的书目多是一些心灵的鸡汤，灵魂的唤醒，指引我们成为一个精神明亮的人，而这次读书活动学校开始从内向外关心我们了。原来逛街时，有些售货员一眼就能看出我们的职业是老师，这与我们刻板保守的服饰有很大关系，长期一板一眼的教学工作，让我们疏于尝试、疏于改变，所以《改变你的服装，改变你的生活》或许可以拯救我们。

可可·香奈儿说："如果穿得不体面，人们记住的是衣服，如果穿得光彩照人，人们记住的是人。"说得多好啊，读完全书，我的第一感觉就是自己从内到外，从上到下都穿错了。作者建议每个人都应该买 10 分的衣服，打造 10 分的衣橱，并列出了每个女生都应该拥有的 10 分单品：经典小黑裙，性感连衣裙，铅笔裙，质量上乘丝质衬衣，三件完美的 T 恤衫，套头山羊绒衫，两件完美的羊毛开衫，修身的风衣，优雅的平底芭蕾鞋，中性的手包……我感觉这些单品中的每一件我都缺，尤其是缺前面加的修饰性词语：优雅，质量上乘，修身，完美……粗略估算一下，置办其中几件单品，也得大几千，而且书中也指出像我这样年近 40 的女人，要想优雅知性，类似于赵庄早市、鹭港大集、淘宝天猫的货品真不适合我了。我不禁愁上心头：暑假将至，孩子报了一个溜冰的短期培训，英语辅导班又要续费了，还想带着老人孩子趁着暑假游玩游玩，房贷也该交了……哎，10 分的单品在孩子、老人、房贷面前统统打了折扣，那些美好

的修饰语难道注定与我无缘吗？如果学校在推荐这本书的时候，再额外给每人发上5000块，就更人性了。就在我决定放弃的时候，一位老师的身影频繁闯入我的视线。

这位老师已经是两个孩子的妈妈了，生完老二的她，并没有想象中那样行色匆匆、不修边幅，原来喜欢运动鞋、休闲服的她，如今身上多了一些小清新、时尚的元素，淡淡的妆容，毛边牛仔裤，雪纺衫，头发或卷或直都收拾得妥妥帖帖，有时再配上一顶遮阳帽，恍惚觉得她好像是从法国庄园走出来的女主。有一次碰到她，我不禁感叹道："你生完老二越来越漂亮了。"她莞尔一笑，告诉我："孩子他爸说了如今我们有两个闺女了，你首先得学会穿衣打扮，不然女儿长大了，连妆都不会化，岂不是让人笑话！"多么开明的父亲啊，多么"善变"的母亲，细观这位老师的着装，也不是书上所列的那些10分的单品，但是这些服饰和她的精神状态融合在一起就是让你觉得赏心悦目，一个字"美"，两个字"好看"。

我似乎能体会到学校当初推荐这本书的一些用心了：或许学校并不是期望我们看完这本书，每个人穿得都像那些出入高档场所的白领、金领那样优雅、得体，更不是去照单追求书上所列的那些10分的单品，而是重在"改变"二字。繁重的教学工作有时让我们喘不过气来，我们需要一些途径释放自己的垃圾情绪，偶尔淘得的一件新衣服，不管他来自大集、早市还是唯品会，只要我们穿在身上，自己觉得美滋滋的，明天的四节连排课似乎没有那么沉重了，这就很好了；偶尔跟风也绣个眉，突然发现配上新眉形，鼻子也显得挺拔了，眼睛也有神采了，迫不及待地想去上班，和大家分享一下；即便就是一身休闲服，身上没有那么多闪亮的元素，但是你阳光明媚，笑声爽朗，一天三节课，两个会，两节晚自习也没有压垮你的脊梁，依然步履生风，你就是最美的，改变无处不在，心情好就是真的好。

坚守文化自信，传播优秀文化

肖艳红

最近我认真研读了《习近平谈治国理政（第二卷）》。书里收入了习近平总书记在2014年8月18日至2017年9月29日期间的讲话、谈话、演讲、批示、贺电等99篇。该书生动地记录了以习近平同志为核心的党中央团结带领全党全国各族人民在新时代坚持和发展中国特色社会主义的伟大实践，充分体现了我们党为推动构建人类命运共同体、促进人类和平与发展事业贡献的中国智慧和中国方案。作为一名中学语文教师，我尤其对书中有关"文化自信"的论述感触颇深，谈一下自己的心得体会。

文化总以"润物细无声"的方式，融入经济、政治、社会和生态文明之中。当前，文化已经成为综合国力竞争的重要因素，文化软实力已经成为争夺发展制高点、道义制高点的关键所在。一个国家如果硬实力不行，可能一打就垮；而没有软实力的话，则可能不打自垮。正如习近平总书记指出的，"一个国家、一个民族的强盛，总是以文化兴盛为支撑的，中华民族伟大复兴需要以中华文化发展繁荣为条件""没有文明的继承和发展，没有文化的弘扬和繁荣，就没有中国梦的实现"。

而文化自信是一个民族、一个国家以及一个政党对自身文化价值的充分肯定和积极践行，并对其文化的生命力持有的坚定信心。现在，国内社会转型加快与外部环境变化加剧相互交织，人们价值观念和思想活动的独立性、选择性、多变性、差异性明显增强，维护意识形态安全、形成最大公约数，关键要靠社会主义核心价值观来立根铸魂、靠文化自信来聚气凝魂，才能在实现中华民族伟大复兴的征程中"千磨万击还坚劲，任尔东西南北风"。

最为重要的是，我们有足够的资本支撑我们的文化自信。

首先，我们有博大精深的优秀传统文化。正如习近平主席所说，在每一个历史时期，中华民族都留下了无数不朽作品。从《诗经》、楚辞、汉赋，到唐诗、宋词、元曲、明清小说等，共同铸就了灿烂的中国文艺历史星河。它能"增强做中国人的骨气和底气"，是我们最深厚的文化软实力，是我们文化发展的母体，积淀着中华民族最深沉的精神追求。正如习近平所说，中国传统思想文化"体现着中华民族世世代代在生产生活中形成和传承的世界观、人生观、价值观、审美观等，其中最核心的内容已经成为中华民族最基本的文化基因。这些最基本的文化基因，是中华民族和中国人民在修齐治平、尊时守位、知常达变、开物成务、建功立业过程中逐渐形成的有别于其他民族的独特标识"。

其次，我们有鲜明独特、奋发向上的革命文化。从井冈山精神、长征精神、延安精神、西柏坡精神，到雷锋精神、大庆精神、"两弹一星"精神，再到航天精神、北京奥运精神、抗震救灾精神，这些富有时代特征、民族特色的宝贵财富，脱胎于中华民族优秀文化传统，同时又在新形势下不断进行着再生再造、凝聚升华，从而为我们在新的历史条件下推进文化建设奠定了坚实基础。

最后，我们有承前启后、继往开来的社会主义先进文化。在短短几十年的社会主义实践中，我们创造了中国道路、中国模式、中国奇迹，这已充分说明社会主义先进文化是一种有生命力的文化，是一种体现人类文明发展进步方向的文化。我们的文化自信，不仅来自文化的积淀、传承与创新、发展，更来自当今中国特色社会主义的蓬勃生机，来自实现中国梦的光明前景。改革开放30多年来，我们创造了举世瞩目的成就。国家兴旺，文化必然兴盛，特别是党的十八大以来，我们党把建设社会主义文化强国摆到更加突出的位置，中华文化正迎来一个繁荣发展的黄金期。

出于职业的敏感，我更加关注中国社会中的各种文化现象，曾经深深地痛心于各种低俗文化的沉渣泛起，大行其道。但是，十八大以来，我惊喜地看到，由于党中央的重视和大力倡导，中国社会中弘扬中华传统文化之风盛行，人民开始关注经典，学习经典，传播优秀文化蔚然成风。坚定文化自信，增强文化自觉，实现文化自强，就要不忘本来、吸收外来、面向未来，更好地建设社会主义先进文化。"欲人勿疑，必先自信"。只有对自己的文化有坚定的信心，才能获得坚持坚守的从容，鼓起奋发进取的勇气，焕发创新创造的活力。文化立世，文化兴邦。在今后的教学工作中，我将按照党中央的要求，尽心提高教学质量，努力让广大青年学生学习、传播、创造先进文化，坚定文化自信，成为新时代中华民族伟大复兴的生力军。

穿越时空的心灵相通

李艳华

有人说："阅读，是穿越时空的心灵相通。"看圣贤书，知是非事；读睿哲文，明行止事。远离社会的是是非非，跳出俗世的纷纷扰扰。一个寂静的下午，一张简朴的桌椅，在办公室里静静地读乔治·布雷西亚《改变你的服装，改变你的生活》一书，内心一股暖流开始慢慢涌动。

以前我对穿衣打扮一直存在一种误解，以为服装只是用来遮体避寒的，穿衣打扮是个人化的行为，只要自己喜欢就行。忽略了服装是一个人和世界的沟通媒介，穿衣打扮同时也是社会化的行为，是多指向的，除了自己喜欢，还要让他人通过你的衣着了解你。乔治·布雷西亚说"你穿的每一件衣服，都在出卖你"，没错，我们身上的这"几块布"，除了满足我们爱美、耍酷的生活需求之外，还无时无刻不在对世界、向我们对面的人说着"悄悄话"。而且，它们可能在说我们的好话，也可能在说我们的坏话。从这个意义上讲，服装也是一种语言，"服装语言通过传达信息，清楚地向世界出卖你的内心，并被我们所接触的人解读。"

"我们的衣服，在我们开口之前已经替我们说话了。"我们穿的每一件衣服，都通过服装语言，向世界"出卖"着我们的思想、生活方式；在生活中，我们随时都通过别人所穿的衣服，解读与猜测他人的职业、身份等等。从观察对方的牛仔裤、衬衫、鞋子，我们的大脑不停地收集可见的线索，并且形成了一个假设，也就是我们对他人的第一印象。既然你对别人如此，别人对你也应如此。人们可以通过我们的衣服，推测我们是怎样的人。站在镜子前的我们，要问自己的问题，不是我们所穿的衣服是否合适，而是，它表明了什么？并继而思考：这件衣服所表明的，是我们在穿这件衣服的时候，想要留给他人的印象吗？

做服装的知音，学会倾听衣服发出的"声音"，然后有选择地穿着。比如，接手新班时，留给学生的印象，或许应该是干练而热情的；讲授传统古典诗词和传统小说，留给学生的印象，或许应该是从容而淡雅的；高考送考，留给学生的印象，或许应该是镇定而自信的……以此类推，作为老师，应该时刻考虑的是"希望留给学生的印象"，而不是"喜欢穿什么""觉得穿什么舒适或漂亮"。惟其如此，我们才能拥有主导权，控制自己所塑造的形象，准确地表达自己。

"你的服装所传达出来的信息，不仅向外传播，同时也会影响你对自我身份的认识。它会影响你对世界的看法，以及你在这世界中的位置。"当我们穿得越职业，我们就越会感觉自己更加职业；当我们穿得越青春，我们就会感觉自己越年轻；当我们穿得越充满活力，我们就会感觉自己越有活力……而这些感觉都会反作用于我们自己的生活轨迹，让我们与理想的自己更加靠近。所以，我们可以通过衣服来调节自己的情绪。比如当心情低落时，不屈服于心情，用深暗的颜色的衣服隐藏自己；而是选择衣橱中最鲜艳、最明媚色调的衣服，当你这么做之后，你会发现你的心情立刻好了起来，比其他方式都管用很多。

"好看的皮囊千篇一律，有趣的灵魂万里挑一。"有人用这两句话来形容精神对一个人的重要性，在读《改变你的服装，改变你的生活》之前，我也深以为然，但读过之后，我要说的是有趣的灵魂尽管重要，但如果能配以好看的皮囊，那才叫完美。所以，我们应该为我们渴望的生活而穿衣打扮，而不是现有的生活；想过什么样的人生，或许可以先从改变自己穿的衣服开始。

热情地活着

——《改变你的服装，改变你的生活》读后感

李 娜

记得昆德拉《不可承受的生命之轻》中描述的沉重的感觉——生活就是一簇又一簇的沉重：街头水泄不通，飞车溅起脏水，熊孩子调皮捣蛋，老人喧嚣硬气；或许还有飞来的横祸与疾病，有半途而废的故事甚至中途转场的主角……生活的不如意如此稀松平常，我们该如何面对？《改变你的服装，改变你的生活》给了我答案。

生活的不如意稀松平常，可我们永远希望生活中有值得我们去追求的美好事物，希望生活每一天都与昨天不同，希望转角遇到爱，希望事业有成，希望生活美满。这就是我们生活的热情。

而作者告诉我们，与其每天在随意与漫不经心的穿着中度过，不如也先整理好我们的头发，挺直我们的身板，搭配好自己的衣着，把眼神坚定地投向前方。这就是我们在转角遇到时机时，那只敢于迈出去的脚。

我们要敢于正视自己。作者主张要有一张全身镜。审视镜中的自己，其实便是审视内心的自我。看看发型是否整齐不紊乱，看看脸色是否白皙不疲惫，看看服装是否整洁不邋遢。其实，这只是关注自己的身体状态。看看今天要去什么场合，看看服装是否过于随意或者过于正式。其实，这只是关注自己的社交状态。然而，关注这些，并不意味着人人都清楚地知道在那个特定的场合呈现出什么样的自己。审视自己，呈现自己，这才是我们关注的重心。在教学比赛上，我们关注课堂上要呈现出干练、善于表达的状态，还是随和、温柔的清新状态，并为此去穿衣打扮。或许，我们该换个方式换种心态，问问自己，这件衣服表明什么？表明今天我要在上课路上迎着朝阳有一个温暖轻松的心态；表明徜徉在学生间我犹如一点青绿的抹茶点亮整个教室，去和学生进行一场心灵的交流思维的碰撞……穿衣打扮是为了凸显自己的魅力，而不是把自己藏起来，所有试图把自己缺点藏起来的穿衣，都是低级的，更不可能是充满魅力的。

我们要踮起脚。乔治·布雷西亚主张我们不是为了职位去穿衣打扮，而是为了渴望的职位去努力。他告知我们："服装风格本身并不是最终目的，相反，它是一扇大门，通往你所追求的改变。"这种生活哲学可以用到我们的生活工作中。工作疲惫时，穿上一件亮色的服装，提醒自己生活可以更炫一点。生活不

是现状本身，更是我们可以改变的美好；生活幸福时，更要注重自己的服装，新鲜、清新、亲和、欢快、严肃、知性，风格可以多变，不变的是我们通过服装传递出的一种能胜任的自信、雄心和姿态。相由心生，内心想成为什么样的人，言行举止服装之间就朝所思所想去实现，内在的精神更能支撑外在的气质。

或许，生活就是如此，不如意是稀松平常的，与之对应的则是稀松平常的美丽。为此，我们关注自己的服装，关注自己的身体语言，更关注由此呈现出的自己的个人魅力。我们踏破长路只为欣赏尽头看到的花树，我们弯腰弓背爬到山顶为的是尽赏朝阳一刹那的喷薄而出，我们解读衣橱精心穿着只为展现崭新的自我。生活需要我们的热情，而我们更应改热情地活着。

盛装起舞

代保新

小时候看《小二黑结婚》，三四十岁的三仙姑穿绣花鞋被作者一顿讽刺，似乎这个年纪的穿着就是越朴素越不显眼才越好。当然，这毕竟是几十年前的作品。前几天看了一篇图文并茂的网文，谈现在中国大妈们的典型特征，比三仙姑那时可说是天翻地覆的变化。比如说头发烫成小卷儿，各种花朵图案的衬衫，还有颜色靓丽的丝巾，等等。从现代年轻人的审美观来看，这些打扮可能并不时尚，甚至有点"土"，可是想想父辈们年轻时每天就是"黑、蓝、灰"，接受的审美教育实在微乎其微，现在要用鲜艳的色彩张扬生命力，也就可以理解了。我们中国人在很长一段时间里都推崇以朴素为美，特别是教师。教师在人们的观念之中更应该一心教学，不讲吃穿，不事雕琢，不求回报。记忆中我们学校退休的刘克让老师、鲁东升老师似乎永远穿着那么一件黑色或灰色的翻领衫，现在组里的师国臣老师、吴瑞亮老师几乎天天都是一件白衬衫。然而，时代在变化，物质丰富的前提下人们的个性需求日益凸显，服饰除了显示职业特点外，也表达着生活态度，反映着思想观念。校党委推荐党员们阅读《改变你的服装，改变你的生活》，我由书中介绍的服装的挑选、搭配等内容触类旁通，联想到了生活中的许多问题。

作为一名资深的形象顾问，乔治·布雷西亚在书中反复强调"为你希望留下的印象穿衣打扮，而不是为了某个场合"。这有一个很重要的前提就是你知道自己想追求的是什么，想给别人的印象是什么。服饰、妆容、举止、言谈等都是塑造自身形象的手段，然而我觉得有更深层次的东西在支配我们驾驭这些外在的"包装"。在留存下来的周恩来总理的影像资料中，最常见的就是那一身灰色中山装，然而我们不会因为这几乎不变的装扮而觉得他是一位古板、无趣的政客。一个人给别人的印象更需要气质修养的内在支撑。在《中国诗词大会》的比赛上，我们见到了 16 岁的武亦姝、外卖小哥雷海为两位冠军。他俩的衣着极其普通，然而面对强手从容不迫，应对难题游刃有余，两人身上那份超乎年龄与身份的沉稳和坚定却令我们钦佩。是的，我们除了要为自己希望留下的印象穿衣打扮之外，更需要为自己希望塑造的形象练好内功。那些在学生的眼中知识渊博的老师们，哪一位没有在讲台下付出艰辛的努力，在备课时下了深工夫？那些在学生心目中无所不能的班主任，哪一位不是摸透了班上每一个孩子的脾气秉性？成为自己希望成为的样子，需要大量有针对性的准备，不仅仅在衣着上，更在那些别人看不到的行动中。

作者之所以认为衣着可以改变一个人的生活，是因为他认为"做一件事情的方式就是你做所有事的方式"，对衣着的慎重态度会延伸到其他事物的态度里。一旦别人认可你的外在形象，也就会很自然地认可你的做事态度和效果。他举了一个例子："想想饮用传统日本茶所需要的谨慎，想想穿和服的礼节，为什么日本人在这些仪式上费那么大心思？就是为了培养一种从行为到生活方方面面的、无处不在的优雅。"这一观点应该是被大多数人认同的，这正是心理学上"晕轮效应"的一种表达。当然事物都是普遍联系的，中国人也讲究"一屋不扫何以扫天下"，每一件大事都由无数个与之相关的小事组合而成。雄伟的金字塔是由一块块砖石严丝合缝地堆叠形成，壮观的 FAST 射电望远镜是由千万件精密的元件严密地组合形成。严谨的态度会贯穿事件的始终。所以我们在教育过程中强调养成教育，从储物间的整理打扫着手，从每一份常规作业的检查着手，通过一件件小事，力求培养学生们良好的学习、生活习惯，让他们明白习惯养成性格，性格决定命运。干净整洁的桌面，窗台上被精心呵护的绿植都能反映一个孩子对生活品质的追求；条理清晰、字迹美观的卷面也能反映一个学生思维的逻辑鲜明、认真谨慎。对一个班级的管理同样如此，几乎所有优秀班级都是在学校的各方面考核中均表现出色，几乎从未出现一个班级卫生脏乱、纪律涣散、不愿参与集体活动、班级文化建设敷衍了事，却能在学习方面成绩突出。所以我们每组织一次活动都力求计划周密、落实到位，每一个环节都反复打磨，这样最终才能起到良好的整体教育效果。我们每一位任课教师都能在班主任的带领下全心投入、毫不懈怠，对每天的常规教育教学工作都能精益求精，这份踏实的付出必定会换来喜人的收获。

在此书的结尾部分，作者提出了一个"生命阶段评估"的概念，他说："很多事情会随着时间的推移发生改变。我们的处境、我们的职业、我们的生活方式、我们的身体、我们的开支都会发生变化。有时我们让因变化而产生的复杂情绪主宰自己对时尚的选择。衰老是件可怕的事情，我们处理恐惧的方式之一就是拒绝面对它。"事实上不仅仅是衰老，有太多不可掌握的东西在左右我们的生命轨迹。改变或危机可以说无处不在，人生总在恐惧之中。新的电子科技产品不断出现，我们有可能以后出门买菜都不知道用什么方式付款；新鲜的词汇不断涌现，我们有可能以后听不懂孙子孙女说话究竟是什么意思。如何面对改变，面对危机，面对失败，面对恐惧，实在是个难题。作家龙应台曾说："我们拼命地学习如何成功冲刺一百米，但没有人教过我们，你跌倒时怎么跌得有尊严；你一头栽下时，怎么治疗内心淌血的伤口，怎么获得心灵深层的平静；心像玻璃一样碎了一地时，怎么收拾。"这世上，有的是得意时神采飞扬的人，少的是落魄时仍然宠辱不惊的脸。我想，只有正视现实才能活得坦然，只有勇于接受才能鼓起勇气寻求改变。人生中既会有春风得意，当然也会有秋雨缠绵；既会有花好月圆，当然也会有疾风骤雨。我希望每一个年轻人都能有勇气熬过最黑暗的日子。恐惧时选择回避是人的本能，但回避与逃离无法解决任何问题。我更钦佩褚时健，这位经历了人生大起伏的老人正在用坚定的意志、非凡的勇气展现生命强者的姿态。正如美国大法官罗伯茨在参加儿子的毕业典礼时所说，没有被不公正地对待，就不会知道公正的价值；没有经历背叛，就不能领悟忠诚之重要；没有运气不佳，就不会意识到机遇难得。是的，摆正心态才能掌握生活。

　　这本《改变你的服装，改变你的生活》给予我形象、着装等方面的指点，也给予我生活态度上很多启示。我希望自己和家人、同事、朋友，每天打扮得优雅美观，每天度过得精神饱满，希望大家都能欣赏美好、享受美好，同时也能正视难题，勇于改变。尼采曾说"每一个不曾起舞的日子都是对生命的辜负"，让我们身着盛装踏入舞池翩翩起舞吧！

精致形象，活成自己想要的样子
——读《改变你的服装，改变你的生活》有感

史艳丰

　　联合国儿童基金会曾做过一个试验，他们让同一个小女孩分别以讲究和邋遢两种形象去求助路人，看人们是否会区别对待这个看似迷路的孩子。

　　结果，对于穿着讲究的小女孩大家都非常有爱心，纷纷上前询问是否需要帮助；而对衣衫褴褛的小女孩，却没有任何路人上前帮忙，甚至她去到餐厅都会被人赶走。此举想传达给我们的是平等的观念，但事实上，这样的结果也引起我们从另一个角度的反思，或许人们在看待一个孩子的时候，看到的不仅仅是他的言行穿着，更是通过他的形象看到他背后的家庭，背后的教养。一个孩子如果连最基本的穿着讲究、谈吐干净都做不到，就会有人对他的家教产生怀疑。物质是一种财富，素质和教养则是你给予孩子的另一种财富，孩子的形象由这两种财富构建而成，而这个形象决定孩子能否被外面的社会尊重。那么，成人的世界又何尝不是如此呢？

　　乔治·布雷西亚作为美国资深形象顾问，也是乔治 B 风格的掌门人，他的力作《改变你的服装，改变你的生活》，教会我们打开衣橱，解读服饰，改变生活，让我在繁忙的工作之余，获得一次心灵的闲暇，重新审视自己乱糟糟的衣橱和时常不修边幅的形象。或许，是时候改变一下了。

　　书中告诉我们，穿衣讲究，从来无关年月。风靡了一个时代的《新白娘子传奇》成为人们的集体记忆，曾经的女神赵雅芝已不再年轻，但浑身上下依旧散发着优雅和活力，每一个见到她的人依旧会心醉。一个侧身，足以吸引人，足以被震撼。在演艺界长期浸染的经历，让她由始至终都没有放弃过对美的追求，对讲究的执着。所以才能修炼出我们现在看到的洗尽铅华，优雅依旧。永远不要拿年龄作为你将就的借口，"最美天使"奥黛丽·赫本美了半个多世纪，孔雀仙子杨丽萍年近六十还满身仙气，国民女神林青霞年过花甲仍被奉为不老女神，哪怕到了 90 岁，只要讲究，你也会是最美的样子。很多人将"讲究"二字与物质紧紧联系在一起，觉得只有奢侈品才能带来品质和精致。其实不然，所谓的穿衣讲究，并不是穿大牌，而是对自己负责，将你的态度藏于细节、显于细节。细节决定女人的高度，每个女人都应该聪明而不乖觉，谨慎而不刻板，热情而不轻浮，善良而不懦弱，勇敢而不莽撞。你可以温柔，可以爽朗，可以明媚，可以慵懒，可以不拘小节，可以大大咧咧，但唯独不能邋遢！

　　王尔德说："只有肤浅的人才不会以貌取人。"这句话相信会有很多人感到不解甚至不满，因为自幼身边的人一直强调心灵美才最重要。这个观点，正确，但不全对。很大程度上，他所说的"以貌取人"，不单是外表，更是融合了眼神、谈吐、气质以及许多小细节。所以以貌取人，其实很公平。这个世界并没有哪一个人有义务，必须透过连你自己都毫不在意的邋遢外表，去发现你优秀的内在。俗话说：爱一个人，始于颜值，忠于人品，连第一关都没有过，如何指望别人看到你的才华和人品。性格写在脸上、人品映在眼中、生活方式显现在身材、情绪起伏表露在声音、态度看手势、家教看站姿、审美看衣服、层次看鞋子。着装，不仅仅代表着你的审美和品位，更多时候，还隐藏着你审美背后的行为风格与处世心态。

宋庆龄一身旗袍，静静地坐着，就是岁月风云里，一抹永恒的高贵了。你的形象是对自己的尊重，也是对别人的尊重。一代名媛郑念在"文化大革命"时期，遭受严刑拷打，遍体鳞伤，双手血肉模糊，每次如厕拉裤链都痛如刀割时，她却说我不能忍受衣不蔽体，我不能有伤风化。怀念郑念，在70年代满大街蓝黑灰里，她依旧衣着华丽，风姿绰约。美丽不需要别人来下定义，做最忠诚的自己。

"精致是讲究出来的优雅，她们接纳自己，忠于自己，坚持自己，连灵魂都有香气！"杨澜曾讲过她在英国的一次经历：某次面试因为她的随意穿着而泡汤，当时心情抑郁低沉的她披头散发，睡衣套大衣就出门去到一家咖啡馆。当时咖啡馆的人很多，她的对面坐着一个优雅得像女王，尊贵又精致的英国老太太。老太太看着她，什么话也没说，用便笺写了一行漂亮的英文字给她：洗手间在你的左后方拐弯。老太太漂亮的高跟鞋和杨澜老旧的睡裤形成鲜明对比，杨澜一直以为拥有漂亮的成绩和能力就可以一路所向披靡，实际上形象是永远走在能力前面的。去过洗手间看到邋遢的自己，她忽然意识到，自己的邋遢不仅是对自己的不尊重，也是对别人的不尊重。也是在那一天，那个优雅的英国老太太走的时候还给杨澜留了一句话，让她永生难忘：作为女人，你必须精致，这是女人的尊严。后来的杨澜开了窍，决心对自己负责，讲究一点精致一点。

作为一名教师，在课堂上，有几十双眼睛在四十多分钟望着你，你怎么可以不精致？精彩生动的讲解，淡雅干净的妆容，得体优雅的着装，亲切自然的微笑，让你的课堂活色生香充满灵动；运动会上，充满活力的装束，清爽舒适的鞋子，飒爽的运动发束，鲜艳的护腕，和学生一起喝彩欢笑，让你的青春再回来；家长会上，干练的套装，出彩而不扎眼的围巾，考究高挑的鞋子，让父母们为把孩子交给这样一位超精致高素质的班主任而感到安心和信任。一个女老师最好的状态就是：眼里写满了学识，脸上却不见沧桑，每天化个淡妆，穿上喜欢的衣裳，精致自己的形象，放大胸中的格局，改变自己也改变学生。

到了一定年纪，你的穿衣品位里就带着你走过的路、读过的书、爱过的人、历过的事、哭过的泪和洒下的汗。岁月从不败美人。改变你的形象，精致你的生活，这世上，总有人越来越好，为什么不能是你？活成自己想要的样子。

我们终将成为我们着装下的那个人

——读《改变你的服装，改变你的生活》有感

郁　辉

服装对我们的外在形象和内在性格有多大的影响？我先前也许感触不深。在 2018 年 6 月 22 日的上午，我原先不重视服装的看法有了改观。那些高三的孩子，用他们自己的服装出现在我面前的时候，我看到了他们的青春还有自信。我才明白，原来，改变了我们的服装，也许就能改变我们的生活。

曾经的我，对服装不甚在意。一个人在家的时候，个人形象有时候不得不用首如飞蓬、粗头乱服来形容。读了《改变你的服装，改变你的生活》才发现原先自以为的放旷自然是一种错觉，被褐怀玉更是无从谈起。我们终将成为我们着装下的那个人。

翻看古代的礼制书，看到古人对服装的严格规定，服装传递出与主人身份、地位相关的信息，也规范、约束主人的行为。朝服衣冠是政治家的着装，那份庄重给他们带来自信、稳重、使命和力量。方山冠是隐士的服装，传递的是采菊东篱的悠然和惬意。纤腰束素是美少女的服装，清新的着装让她顾盼生辉，青春靓丽。鲜衣怒马，是少年的服装，决不锦衣夜行的决心后面，是恣意飞扬的青春。

在现代人的生活中，如书中所言，服装仍然是有效而直接的一种传递信息的非语言途径。无论是由内而外的辐射，将个人魅力和个人风格通过服装的形式对观者进行引导，还是由外到内，对自身进行暗示和提升。最终完成自身与这个世界的和谐统一。

有了这个认知，那么积极地追求我们想要的服装风格吧。我们可以成为梦想的自己，那么的幽默、知性、欢快、强大，那么的值得信赖……

由服装的规范到行为的规范，最终内化为性格。这样一来，我们的着装风格就会成就我们自己。

从现在开始，改变我们的服装吧，我们再不能随波逐流，用新的服装来开始我们新的生活吧。

人生在世，需要一点高于柴米油盐的品相

赵丽云

看到这本《改变你的服装，改变你的生活》的时候，我以为它就是教人穿衣服的工具书，可是当我从头到尾看了一遍之后，突然觉得，这分明是在教我们以什么样的态度去面对生活，因为一个人的穿衣打扮、审美品位，不仅仅是对外在美的追求，更是内在精神气质的表现。身体是灵魂居住的殿堂，如果我们的灵魂是高贵圣洁的，我们怎么会允许它的殿堂污浊不堪？而且很多东西是一通百通的，得体的打扮，会增强我们的自信；对美好的追求，会提高我们的生活情趣和审美品位，王小波有一句话："一个人只有今生今世是不够的，他还应当有诗意的世界。"追求服饰之美，大概就是为了让我们把最平淡的日子，过出美感来，毕竟人生在世，需要一点高于柴米油盐的品相。

此时在我脑海里，浮现出两个人的名字。一个叫木心，他是中国当代文学大师、著名的画家、诗人。"文化大革命"期间，他数度入狱。有一次转移到监牢时，关他的人想：这小子该是爬着出来了吧。可他坐着，腰坚挺，裤子还有笔直的缝。坐牢期间，他受尽折磨，断了两指，但木心笑着，永远一副骄傲的派头。1982年，木心来到了美国。初抵纽约，生活贫困，有时连房租都没有着落，但即便这样，他也活得尊贵。自己裁剪制作衬衫、大衣，自己设计制作皮鞋、帽子，把鸡蛋做出十二种吃法。把灯芯绒直筒裤缝制成马裤，钉上5颗扣子，用来配马靴。无论上班劳作多么辛苦，下班一定将自己收拾得干干净净。从极其有限的生活费中省出小钱慰劳自己，买凯歌的葡萄干面包，买西海的生煎包子，咬上一口，他立马像顽童般兴高采烈。"吃了再多苦头，也要笑着活出人的样子。"

多年后，当我读到他写的那首小诗《从前慢》，里面有一句话"从前的锁也好看，钥匙精美有样子，你锁了，人家就懂了"。心中感慨，果然是木心，对美的追求早已深入骨髓。

第二个名字，便是上海永安百货郭氏家族的四小姐郭婉莹，人称"上海最后的大家闺秀"。"文化大革命"期间，她的出身让她备受折磨，然而，她穿着旗袍去清洗马桶，穿着皮鞋站在菜场里卖咸蛋，哪怕穿着粗布麻衣住在几尺见方的小屋子里，也依旧要优雅地烤面包、喝下午茶。即便到了晚年，衣着永远得体，银发永远整齐不乱，脊背永远优雅地挺直。80多岁去世的时候，也安详、

体面、干净。葬礼上有一条挽联这样写：有忍有仁，大家闺秀犹在；花开花落，金枝玉叶不败。

无论是木心还是郭婉莹，无论命运如何捉弄，无论人生如何起伏，他们都保持着优雅的姿态和对生活从不苟且的热情。他们做这些并不是做作，而是与生俱来的雅致气息，是哪怕周遭污浊难堪也依然清者自清的精神，这也是他们能够在度一切苦厄之后终得涅槃的条件，是他们能够不朽的资本。

罗曼·罗兰曾说："世界上只有一种真正的英雄主义，那就是认清生活的真相后还依然热爱生活。"那些热爱生活的人，心底向阳，眼里有光，总能在平淡抑或困苦日子里，开出一朵希望的花。毛姆在《月亮与六便士》里曾说："我用尽了全力，过着平凡的一生。"无论这个世界待你如何，"用尽全力"便是态度，我们用尽全力地生活，追求美好，未必锦衣华服，却仍然可以优雅得体，让精致成为常态，内心便住着一个高贵的公主。

愿你在捡地上的六便士时，别忘记抬头看看天上的月亮正圆。愿你在柴米油盐中，精致了自己，惊艳了时光。

2019年第十届推荐书目：《梁家河》

简介：

纪实文学《梁家河》全书10余万字，40幅图片，共分为四个部分。第一部分记录了习近平总书记两次回梁家河的生动场景及40多年来对梁家河乡亲们的绵绵深情和关心牵挂；第二部分讲述了他带领村民打坝造田、修沼气池、建铁业社等发展生产的为民情怀以及刻苦学习、不忘修身的励志故事，让读者深刻认识到青年习近平是如何在逆境中成长，在窑洞里读书求知、汲取精神力量，在实干中逐步树立"要为人民做实事"的坚定理想信念；第三部分讲述了当年与习近平交往中的小伙伴们获得了哪些人生大学问，进而提升了他们的人生境界，影响了他们的人生道路；第四部分通过梁家河40多年来，特别是党的十八大以来乡亲们的幸福生活，为读者展现了梁家河村翻天覆地的变化。

黄土地里成长的人民领袖

——读《梁家河》

代保新

2013年"五四"青年节，习近平总书记在同各界优秀青年代表座谈时，讲了一段极有文采、极富人生哲理的话："青年朋友们，人的一生只有一次青春。现在，青春是用来奋斗的；将来，青春是用来回忆的……青年时代，选择吃苦也就选择了收获，选择奉献也就选择了高尚。青年时期多经历一点摔打、挫折、考验，有利于走好一生的路。要历练宠辱不惊的心理素质，坚定百折不挠的进取意志，保持乐观向上的精神状态，变挫折为动力，用从挫折中吸取的教训启迪人生，使人生获得升华和超越。"读了《梁家河》，了解了习总书记插队时的故事和那些受过他影响的伙伴们的人生经历，我们再来回味和咀嚼这段话，更有一种跨越历史、直击人心的触动与震撼，更能体会到总书记在讲这一番话时的语重心长、殷殷嘱托。青年习近平在艰难困苦中经历摔打、挫折、考验，做到了宠辱不惊、百折不挠、乐观向上，真正实现了人生的升华和超越。

习近平总书记寄语青年："人生的扣子从一开始就要扣好。"总书记的七年知青岁月就是对这句话的最好注脚。对于每一个人来讲，扣人生第一粒扣子时的外部环境是很不一样的。有人可以在亲人的帮助下扣，有人可以在阳光下、灯光下扣，而总书记当初是在黑暗中摸索，在"苦其心志、劳其筋骨、饿其体肤"的环境下，艰难而又准确地扣好这人生第一粒扣子的。惟其艰难，更显伟大，更能够给我们以丰富的教益与启迪。

七年知青岁月里，别人做事从"零"开始，青年习近平却要从"负数"开始，深深体味了最苦、最难的生活，并在苦难中完成了人生的一次升华。从"扁担把他的肩膀磨得一层一层掉皮、出血"到"肩膀上磨出了厚厚的茧子，就不怕扁担磨了"；从"躺在跳蚤堆里睡觉，一咬一挠，浑身发肿"到"对跳蚤的毒素产生抵抗力"；从一开始劳动"连婆姨都不如的每天五六个工分"到两年后"拿到壮劳力的10个工分，成了种地的好把式"，不管多累多苦，青年习近平总是一直拼命干，从来不"撒尖儿"，一步一步地过了跳蚤关、饮食关、劳动关、思想关这"四关"。每过一关都是一份磨砺，都有一份收获，不断积蓄着人生升华与超越的能量。这种苦难的磨砺，既是物质上、身体上的，更是精神上、心灵上的。总书记从不谙世事的"知青"到自称"是个普通农民""是黄土地的儿子"，体现的是思想深处对农村和农民感情的深刻变化，证明已经完全融入了人民群众之中、深深扎根在中国的大地之中。"青年时代，选择吃苦也就选择了收获。"不同年代，吃苦的含义是不一样的。当代青年不会再有当初大规模上山下乡的那种历练，也很少会有吃不饱肚子的担忧，但是同样会碰到"苦"的环境、尝到"苦"的滋味。作为生活在新时期的青年一代，没有任何理由怨天尤人，必须像青年习近平那样，敢于吃苦、乐于吃苦、善于吃苦、不忘吃苦，在奋斗中创造属于自己的无悔青春。

梁家河的村民讲，"近平不搞形式主义，不搞那个年代时兴的学习、运动，而是立志办大事，要给群众做实实在在的事情。"村里缺地缺粮食，他就带领大家打淤地坝；村里缺水，他就带领大家挖深水井；为了方便村民缝补衣服、磨面磨粉、购买日用品和农具，他就给村里办起了缝纫社、代销店、铁业社、磨坊。"只要是村民需要的，只要是他能想到的，他都去办，而且都办得轰轰烈烈。"青年习近平的务实还体现在村民都爱听他讲话。村民们都说，"近平开会和其他干部不一样，其他干部开会，讲话的时候老百姓在下边抽旱烟的、说闲话的、纳鞋底的，基本上没有人听。唯独习近平开会，讲话的时候大家都静悄悄地听"，原因就在于青年习近平"不说空话，不说大话"，讲得"特别实在"，说的都是老百姓想说的心里话。"空谈误国、实干兴邦"，一切从实际出发，真正选择人民群众急需的事情去干，选择打基础、利长远的事情去干，特别是要把那些已经决定了的好事实事，干快、干成、干好，真正让人民群众有实实在在的获得感应该是我们工作作风的追求。

我们现在回头看，习近平总书记在梁家河一待就是七年，很不容易；但更不容易的是，总书记当初在梁家河，不知道自己要待多久，很多时候看不到未来、也设计不了自己的未来。在那种情况下，总书记仍然坚守初心、坚持学习、坚持奋斗、坚持工作，支撑这份宝贵的坚守与坚持的，就是信仰的力量、为民的情怀、务实的作风、担当的精神。现在，我们推进伟大事业、实现伟大梦想，正需要有这样一股力量、这样一份情怀、这样一种作风、这样一身担当的领袖来掌舵领航。

不畏困苦　求真务实
——读《梁家河》有感

于四川

　　读完《梁家河》,我的内心久久不能平静,梁家河的七年,是习近平世界观形成的七年,是他认识中国社会的七年,也是他树雄心、立壮志的七年。我深深地意识到,作为一名基层教育工作者,务必要学习他为民情怀以及刻苦学习、不忘修身、求真务实、不畏困苦的优秀品质。

　　"我人生第一步所学到的都是在梁家河。不要小看梁家河,这是有大学问的地方。"在梁家河的七年里,总书记常看砖头一样的书,不但在吃饭时在看,上山放羊时,手中还不忘拿书阅读。总书记把读书作为工作、生活的组成部分,从书中汲取着精神、思想上的营养,逐渐积淀成为治国理政的大智慧。总书记为我们树立了爱读书、善读书的榜样,仰望这一精神高地,我们要沉下心来学习,多读经典原著,通过学习涵养心性,通过学习增长本领,通过学习保持思想活力和与时俱进。学无止境,教育教学无止境。我们面对的是活生生的人,他们有血有肉、有思想、有感情,千差万别,这就决定了教育教学具有创造性、长周期性、复杂性等特点。教育教学没有一成不变的模式和理念,不能浅尝辄止,要不断挑战自我,超越自我。这就要求我们平时多积累,多接受新知识、新理念。

　　"从那时起就下定决心,今后有条件有机会,要做一些为百姓办好事的工作。"总书记在梁家河的七年时间里与群众一起吃玉米团子,住窑洞、睡土炕,打坝挑粪、建沼气池,和群众建立了很深厚的感情,离开梁家河的时候,家家户户与其话别。这就告诉我们只有真正的投入感情与群众交往,才能融入群众,做好群众工作。习总书记在梁家河从群众的立场出发,带头打造了陕西省第一口沼气池,创办铁业社、经销社等,赢得了群众的广泛赞誉。每一个岗位都是一个人生舞台,我们要立足现实岗位,切实为民服务,用心倾听基层心声,从点滴小事做起,从党员群众最关心、最迫切需要解决的事情做起,拓展帮扶渠道,实实在在地为帮扶群众办好事、办实事。当学生生病时多问寒问暖,及时与班主任或家长联系,主动给学生打热水、提供体温计等;宿舍有哪里需要维修的,总是第一时间报告给总务处,有时自己能修的尽量自己来修;看到有学生追逐打闹或玩球时,马上上前制止;有时学生不小心受伤,血流不止,我就陪学生找同事的车或到校外打车，尽可能帮助学生。

习近平总书记在英国访问时，回忆起梁家河时说："年轻的我，在当年陕北贫瘠的黄土地上，不断思考着'生存还是毁灭'的问题，最后我立下为祖国、为人民奉献自己的信念。"作为一名基层党员，我们要坚定信念跟党走，不怕艰苦、敢于拼搏、扎实工作，以求真务实的工作作风和坚韧不拔的顽强意志，从实际出发谋划工作，我坚持用自己的言行来教育学生，感染学生：当看到楼道里有纸屑、塑料袋时，我就弯腰捡起来扔到垃圾箱里；白天看到楼道的灯还亮着我就随手关上；水房有漏水声，我就走过去及时关好水龙头，看到学生耍闹，我就及时上前制止；对待学生平等公正，严爱结合，耐心开导……

一物不知，深以为耻
——读《梁家河》有感

李丽双

在"学习"中，在看新闻联播时，我常想，什么样的经历能够成就这样一位广博深刻、格局极高的国家领导人呢？读完纪实文学作品《梁家河》后，我找到了一些答案。《梁家河》以朴实的语言、真挚的情感、生动的情节，讲述了关于习近平主席一个个生动的故事。

《梁家河》传递出一种坚定的信念。在梁家河，习近平一面进行着他的农民化实践，一面在书中汲取着精神、思想上的营养。艰苦的生活中，他吃饭时看书，上山放羊时手中还不忘拿书阅读。天黑后，只有习近平的窑洞里还露出一丝光亮，他常常看书到深夜。煤油灯下看书，灯烟大，他的脸被熏黑，吐出的痰都是黑的。在那样艰苦的岁月里，习近平利用所有可以利用的时间，勤奋读书，没有极强的毅力和对书籍的信仰与热爱，他怎会有这样的坚持？他说"书里有更广阔的的世界，有更丰富的知识，通过学习，人增长了见识，汲取了知识，就会变得更坚强、更强大"。阅读应该是他在直面血淋淋的人生时获取的最大的心理养料吧。他说"一物不知，深以为耻"，所以他会为了借书，在山沟沟中行走三十里路去取书，那都是出自他对书籍的热爱。

习近平读书范围广，有古代的、现代的，有中国的、外国的，用他自己的话说，"毫不夸张地说，当时的文学经典，能看到的我都看到了，到现在脱口而出的都是那时读到的东西"。显然青年时期的阅读是他一生的财富，为他后来的发展奠定了坚实的基础。

习近平那时的阅读,绝不仅仅是满足于读过了,用他朋友戴明的话说:"读同一本书,对我而言就是读过了,了解了,丰富了知识,而对于习近平说,他就会思考、借鉴、有批判。"所以说他会读书,会批判地借鉴书中的东西。他读《人民日报》刊载的四川省大办沼气池的报道,他就学习、尝试借鉴,带领村民建造出了陕西省第一口沼气池。因为读书多,乡亲们说他点子多,愿意相信他。习近平爱读书,但不读死书,他将书籍与实践相结合,在读书中思考,在实践中反思,他在青年时代的读书方法是值得我们永远借鉴的。

热爱读书,思考实践这是我们每一位共产党员都应该汲取的精神与行动。作为一名教师党员,应该如何通过读书丰富自己,同时教育引导我们的学生感悟书籍的力量,树立"一物不知,深以为耻"的思想呢?在《梁家河》里我看到了一代伟人珍惜时间广泛深入地阅读,让读书成为一种生活方式,把读书的经历当成丰富自己精神世界的过程。我应该充分利用各种边角料时间,利用各种途径,广泛阅读各类书籍,在读书后学会反思和借鉴,坚持写读书笔记。相信有了这样的坚守与行动,我一定可以成为学生尊敬和追随的好老师,成为在专业上有成就感和幸福感的好老师。

回归本分,静心从教
——读《梁家河》有感

肖艳红

近日,我品读了记述习近平主席七年知青岁月的纪实文学《梁家河》中《树高千尺忘不了根》《窑洲里长满了故事》《一声声喊我小名》《我们走在阳光路上》。该书用四个部分,以朴实无华的语言,讲述了习主席在梁家河这个黄土高原上的小村庄,发生的一段段感人的故事,以及习主席在艰苦知青岁月中的自强不息和对乡亲们的深厚感情。读后,我仿佛经受了一次精神的洗礼,作为一名普通的高中教师,面对我们国家所处的"新时代",我们应该怎样做好自己的本职工作?

第一,作为一名已经从教二十余年的老教师,我认为应该响应习主席的号召,爱岗敬业,回归本分,静心从教。习主席在全国教育大会上,要求全国广大教师要做"有理想信念、有道德情操、有扎实知识、有仁爱之心的好老师",要"成为塑造学生人格、品行、品味的'大先生'"。教育部长陈宝生也提出了"四个回归"的要求。因此,我认为教师应该心怀敬畏之心,把讲好课、育好人看得无比神圣。在教学工作中，我尽力了解我的学生，熟悉他们的所思所想，因为社会发展迅速，每届学生都有新特点，只有了解了他们，才能和他们心灵相通。同时，我深知教书育人是紧密联系的，在工作中，我特别注重身体力行，用自己的言行影响学生，每个班的学生水平都是不一样的，总会有成绩差的学生，总会有犯错误的学生，我向来都是一视同仁，毫无偏见，平等地对待每位同学，心底无私天地宽，学生还是孩子，在他们纯净的心灵中应该多些爱，少些世态炎凉，我希望他们心存美好地结束中学生活，经过我的坚持，我教过的学生都很阳光、善良，他们也对我心存感激。

第二，要不断进取，勤奋学习。《围炉夜话》中说："人心统耳目官骸，而于百体为君，必随处见神明之宰；人面合眉眼鼻口，以成一字曰苦（两眉为草眼横鼻直而下承口乃苦字也），知终身无安逸之时。"习主席在艰苦的插队生活中坚持学习，每天手不离卷，晚上也借着昏黄的灯光读书，正是这种执着的精神铸就他现在的高度。"不是一番寒彻骨，怎得梅花扑鼻香。"身为教师的我们，更要深知"要给学生一杯水，自己要有一桶水"的道理。我教的是语文课，更加需要深厚、广博的知识，平时工作中，我不仅向前辈教师虚心请教，还利用工作之余阅读大量相关书籍，广闻博记，扎实基础，厚积薄发，使得我的教学深入浅出，颇受学生喜爱，也为自己赢得了尊重。

读完《梁家河》，掩卷沉思：我们国家已经成为世界第二大经济体，正处于百年未遇之大变局的战略机遇期，我们的学生即将成为建设国家的栋梁之材，我们责任重大，使命光荣，三尺讲台就是我们的舞台，择一事，终一生。"大江歌罢掉头东，邃密群科济世穷；面壁十年图破壁，难酬蹈海亦英雄。"重温周总理的诗句，我们应该向习主席学习，在自己的工作岗位上积极进取，埋头苦干，在奋斗中体会那属于自己的快意人生！

初心不改　追求不移
——读《梁家河》有感

李　娜

再黑的夜，也无法淹没一只小小蜡烛的光辉；再贫瘠的土地，也无法遏制一颗有生命力的种子的萌发。

——题记

正所谓读一书，增一智。《梁家河》用简洁的文字、朴实的语言，讲述了青年习近平在梁家河七年间摸爬滚打的峥嵘岁月。追随着我们党的新一代领航人植根于群众、历练成长的光辉足迹，我可以感受到共产党员为民造福的初心、可以明晰共产党员追求真理的精神、可以坚定自己攻坚克难的意志。

一、品读《梁家河》，让自己的初心不改

初心是什么呢？初心是北京知青习近平在梁家河，"能跟老百姓打成一片，群众需要什么，他就干什么"的一心奉献；初心是国家主席习近平随时牺牲一切，"我将无我，不负人民"的无私精神。坚定初心，所以习近平可以不远千里考察学习办成陕西省第一口沼气池，可以骑着"二八"自行车走街串巷、解决问题，兴起正定调查研究新作风。任何正确的做法都值得学习，一切高尚的德行都值得效法。虽然我只是一名普通的党员教师，没有高位可居，没有丰功可建，但这并不妨碍我有一颗坚定自守的初心——教书育人。我可以用自己朴实的话语去传道授业解惑，用真挚的微笑去温暖那喊我声声"老师"的学生。我真的愿意做这样一只小小的蜡烛，去发出一丝光亮。

二、品读《梁家河》，让自己对于真理的追求执着

车尔尼雪夫斯基说："真理之所以为真理，只是因为它是和谬误以及虚伪对立的。"从谬误中清醒过来，从虚伪中真实过来，这就是追求真理的过程。共产党人在血与火的考验下，在漫长的奋斗历程中，一直苦苦追求着真理，这个真理就是人民。夏明翰等先烈们怀着"主义真"的追求，可以不惧生命安危；陈毅等老一辈革命家在"断头"的紧要关头也坦然吟唱"意如何"；毛泽东是"无非一念救苍生"，习近平则是"要为人民做实事"。芸芸众生，所求各异，或为金钱、或为名利、或为享受、或为无忧，一切皆无可厚非。然而，若能在奉献"小我"中实现"大我"岂非幸事。若能在成就"大我"中升华"小我"不亦幸福。

三、品读《梁家河》，让自己攻坚克难的意志坚定

冰心说："成功的花儿，人们只惊羡她现时的明艳，然而当初她的芽儿，浸透了奋斗的泪泉，洒遍了牺牲的血雨。"当我们感慨总书记如今政治的成熟、思想的坚定、成就的非凡时，或许我们更应该关注一下，在梁家河那段艰苦而不平凡的岁月里，他是如何通过跳蚤关、饮食关、生活关、劳动关、思想关等重

重考验的。对于六小龄童而言，苦练七十二变，才能笑对人生八十一难；对于傅园慧而言，哪有什么洪荒之力，只不过是她在咬牙坚持；对于大扬国威的华为而言，哪有什么绝对的碾压吊打，有的只是居安思危、科技创新。在自己所在的领域，我不是最强，那又怎样？矢志不移地坚持吧、艰苦卓绝地拼搏吧、居安思危着警醒吧，当我踏过坎坷曲折、当我走过迷雾茫然，我终将突破自己。

王国维曾以诗词名句提炼为人生三境：一为"昨夜西风凋碧树。独上高楼，望尽天涯路"。此乃立。二为"衣带渐宽终不悔，为伊消得人憔悴"。此乃"守"。三为"众里寻他千百度。蓦然回首，那人却在，灯火阑珊处"。此乃"得"。或许，我可这样理解，人生无非三步，立得初心不改，为之追求不移，惨淡经营不惜。以此自勉。

晚点遇见你没关系，但愿余生都是你
——读《梁家河》有感

李艳华

走过的路越长，经历的事越多，看过的书越杂，能激起内心涟漪的文字越少。《梁家河》这本封面看起来很不起眼，文字读起来质朴无华的书，却是让我刚读到开头即落泪，读到最后感叹不已的一本书。

随着年龄的增长，生活中见多了生死离别，怀旧、恋旧成了我情感中很重要的一部分。前段时间，初中同学建了一个微信群，大家在里面聊得最多的就是曾经的青葱岁月、日常琐事、饮食起居等，说实话，这样的聊天内容我是极不感兴趣的，如果在从前，这样的群多半是会让它"冰冻"的。但人到中年的我却因为对过去的怀恋，常常挤出时间到那里去转转，静静地听听大家聊天，竟然感觉很轻松、很舒服。

读《梁家河》，里面介绍习总书记回梁家河和乡亲们聊天时，亲切地称呼大家的小名；记忆清楚地聊着当年的人事。"随娃、迎儿、成儿、春娃……""这是梁玉明的'挑担'哩""你爸可是个老实人""根民，赤脚医生，爱学习，看的书也多。""张儿，你'有肚子没嘴嘴'。""你当年劲大，摔跤是村里最好的，不过，你可摔不过我啊。""你年轻时眼睛就不好，现在咋成这样了嘛！""侯生当年才十二三岁，是我的小跟班。""卫生，你那会儿当了几年兵，现在做啥哩？有几个娃？""那边是印堂家的地方，我们常端上碗到他家窑畔上吃饭。"……四十多年过去了，日理万机的总书记，还依然能记得大家的小名、每个人的特点，记得梁家河的山山水水、生活往事，这样的深情让我落泪。我感动于总书记是平凡人，他有普通人的情感，重情重义；感动于总书记是超常人，他有异于常人的细腻心思，亲切不违和，他没有官架子，在乡亲们眼中，身为总书记的他依然还是当年那个"再粗糙的饭也吃得香，再穷的人也看得起""能吃苦、干实事、好读书的好后生"。

读《梁家河》，让我感叹不已的是总书记的人格追求和前行毅力，在那样一个特殊的年代，他在梁家河能由一个普通知青、'可教育好的子女'成长为人人信服的大队党支部书记、县第四次团代会代表、受中共延安地委奖励和表彰的知识青年上山下乡运动中做出成绩的先进个人。有人说："你现在的气质里藏着你读过的书、走过的路和爱过的人。"通过读《梁家河》，我还知道了总书记是一个酷爱读书、认真行走人生之路和心中有大爱的人。

生活可以忙碌、可以孤独，但灵魂必须有所归依，这归处便是读书。总书记酷爱读书。去陕北插队，别人带的都是衣服、食物等生活用品，他却带了整整两箱子书。他给自己定的座右铭是"先从修身开始，一物不知，深以为耻，便求知若渴"。那时晚上点着煤油灯，他爱看书，一看就是半宿，第二天早起，吐出来的痰都是黑的。白天锄地到田头，开始休息时，他就拿出《新华字典》记一个字的多种含义，一点一滴积累，他在农村的七年时光没有被荒废，很多知识的基础是那时候打下来的，读书已成为他的一种生活方式。曾国藩说："人之气质，本难改变，唯读书则可以变其气质。"三毛在《关于读书》中说，读书多了，容颜自然改变。我想，总书记的人格魅力大概就源于他的读书吧。

逆境是弱者的无底之渊，却是强者的晋身之阶。对于人生逆境，总书记能做到拂去世俗的得失，安于处境的窘迫，认真行走。当年去陕北插队，他是唯一一个高高兴兴去插队的。到了梁家河，无论是参加农业劳动，申请入党，还是作为党支部书记带领大家转变现状，摆脱贫穷，他都做得有条不紊、认认真真。带领社员在木瓜山打知青淤地坝淤出良田；创建铁业社，为村民增加了收入；带领大家开挖出陕西第一口沼气池，让村民用沼气照明做饭；打了第一口甜水井；先后办起了缝纫社、磨坊、菜园和扫盲班。他把逆境变成了华丽转身、人生逆袭的舞台，这得益于他永不屈服、积极进取的人生态度，彰显的是他大道至简、安贫乐道的人生智慧。他说："插队本身，这是一个标志，界定着一个阶段……我总感觉到了插队以后，是获得了一个升华和净化，个人确实是一种脱胎换骨的感觉。那么在之后，我们如果说有什么真知灼见，如果说我们是走向成熟，获得成功，如果说我们谙熟民情或者说贴近实际，那么都是感觉源于此、获于此。"

心中有爱，人生就不会荒寒。总书记是一个心中有大爱的人。他爱陕北，爱那里的人民，他要为陕北人民做些事情，让自己的人生焕发光彩。他说："陕北高原给了我一个信念，也可以说是注定了我人生过后的轨迹。经过了陕北这一人生课堂，就注定了我今后要做什么，它教了我做什么。""我在这里当了大队党支部书记。从那时起就下定决心，今后有条件有机会，要做一些为百姓办好事的工作。"不管走多远，也不论分别多久，有一种牵挂总能穿越千山万水，抵达心所在的地方。再次回到梁家河，他叮嘱乡亲们"山上要治理，沟里要打坝，山上要种经济林，还要种果树，既要解决肚子吃饱问题，还要解决文化问题……"

曾在一辆车的后玻璃上看到过一句很文艺的话："晚点遇见你没关系，但愿余生都是你。"总书记和陕北、和梁家河，遇见得有点晚，但这里却成为他自插队以后心心系念的地方。他说："我人生第一步所学到的都是在梁家河，不要小看梁家河，这是有大学问的地方。""……1969年1月，我迈出人生的第一步，就到了梁家河。在这里一待就是七年。当年，我人走了，但我把心留在了这里。""陕北高原是我的根……无论走到哪里，我永远是黄土地的儿子。"

任何一本书，只要我们用心体悟，都可以得到精神层面的收获。《梁家河》撇开政治的视角，单纯去看那个人，去想他做的那些事，我懂得了任何人的道路都是自己一步一个脚印走出来的，人生在世，要留一番好事业，要出一番好议论，终日饮食暖衣、无所用心是做不到的。虽然和这个道理遇见得有点晚，但没关系，我可以用余生去懂它。

心系百姓　永葆初心
——读《梁家河》有感

马玉静

纪实文学《梁家河》讲述了习总书记知青时期的艰苦生活和成长历程，直观展现了习总书记青年时期崇高的理想追求、宝贵的政治品质、深切的为民情怀、强烈的进取精神、优良的品德作风和总书记知青时期的艰苦生活和成长历程。用细腻的文笔描写了习近平和梁家河群众的深厚感情，提供了深入学习习近平新时代中国特色社会主义思想的鲜活教材，我们学习研究梁家河蕴含的精神，就是要从习近平七年知青岁月中探寻习近平新时代中国特色社会主义思想形成的源泉，进而获取投身伟大事业的强大精神力量。

一、守住初心，守住宁静

从《梁家河》中汲取人民至上的初心力量。北纬 36.8°的陕北黄土高原上，有一个小小村落，名叫梁家河，"这是有大有学问的地方"。1969 年，15 岁的习近平下乡来到梁家河成为一名知青，度过七年青春岁月。习近平曾说："15 岁来到黄土地时，我迷惘、彷徨，22 岁离开黄土地时，我已经有着坚定的人生目标，充满自信。"在梁家河插队的七年，青年习近平在与群众一块苦、一块过、一块干的过程中，实现了从迷惘、彷徨到充满自信的转变，孕育了他以人民为中心的发展思想。梁家河这个坐落在陕北的小村庄，深深包含着为民造福的初心。

作为一名教师，我们要从《梁家河》中汲取群众观点和群众路线的丰厚滋养，守住初心、守住宁静。无论教育怎么发展，无论教育技术更新有多快，无论教育思想有多么多元，我们需要做的是保留一份教育的初心，安安静静地教学，扎扎实实地躬耕教育。

教育的"真"可以上溯到两千年前的孔子，无论是他的"有教无类"还是"因材施教"，抑或是"有朋自远方来，不亦乐乎""三人行，必有我师"等，其实都在告诉我们教育的内涵就是以人为本。现在再来思考这些经典的至理名言，都完全可以用之于当下的教育；教育的"真"还可以追溯到陶行知的"千教万教教人求真，千学万学学做真人"，教的是真理，学的是真人；教育的"真"还可以从习近平总书记的"梁家河岁月"中找到答案。

教育之"真"还体现在教育的根本任务上，全面贯彻党的教育方针，落实立德树人的根本任务，发展素质教育，推进教育公平，培养德智体美全面发展的社会主义建设者和接班人，这是教育的根本任务，也是教育应该追求的目标价值。教育之"真"还体现在教育培养什么人的问题上，是培养精致的利益主义，还是合格的社会公民；是为了政绩工程，还是促进人的成长。教育之"真"还体现在如何通过教育让每一个受教育者完善心性、浸润灵魂，让受教育者通过教育获得自我提升，实现人的发展。

教育本身就是一个过程，是一个受教育者通过教育不断发展和完善的过程，所以教育必须去功利化，实现教育的培育人、影响人、成就人的初衷。再好的教育也离不开教师的言传身教、再好的教育也离不开学校环境的耳濡目染、再好的教育也不可能一蹴而就，所以教育需要我们耐心等待，静待花开。

在教学过程中，我们不排斥分数，因为分数是中高考的主要依据，但是分数不是教育的全部，我们不能沉浸于分数的"厮杀"中，更不能完全以分数来衡量教育的成效。因此，教育需要我们既充满理想，又要脚踏实地，充满理想是源于对每一个受教育者的高期待。因为期待越高受教育者成功的可能性就越大，但我们更要脚踏实地，因为我们所面对的每一个个体都有着差异性，因为知识需要消化吸收的过程，因为现实的教育中还有我们很多无法控制的因素。所以我们在怀抱教育理想的同时，要因人而异，采取有针对性的教学方式，让每一个受教育者都能在原有的基础上获得不同程度的提高，让每一个受教育者都能在教育之中感受到来自成功的快乐。

二、我将无我，不负人民

习近平总书记在 2019 年 3 月 22 日在罗马会见意大利众议长菲科。临近会议结束，习近平主席在回答菲科提出的问题时谈到责任时说"这么大一个国家，责任非常重、工作非常艰巨。我将无我，不负人民。我愿意做到一个'无我'的状态，为中国的发展奉献自己"。这一句铿锵有力又温暖的回答感动了中国人民，引发了国内外热议。

"我将无我，不负人民"的深情表达迅速火爆网络，赢得广泛赞誉。总书记的话坦诚质朴，直抒胸臆，吐露出中国最高领导人的使命担当，体现了总书记始终把人民摆在心中最高位置，为中国人民谋幸福、为中华民族谋复兴，甘于奉献、勇于担当，矢志不渝的思想境界和责任担当，深刻反映了他爱民的一腔赤诚、为民的真挚情怀。

总书记的这种担当，年轻时代在梁家河就已经体现在了具体的工作之中。从《梁家河》中汲取舍我其谁的担当力量。习近平总书记 20 岁出头就担任梁家河大队党支部书记，带领干部群众打井抗旱、打坝淤地、修建公路，件件事办到群众的心坎上，以铁般的担当推动梁家河发生了实实在在的变化。

作为一名教师，我们要从中汲取面对困难敢于担当进取的力量。苦，是习近平总书记七年知青岁月的底色。面对艰难困苦，他没有怨言，而是与群众一起开荒、种地、放羊、挑粪、打坝，闯过了跳蚤关、饮食关、生活关、劳动关、思想关。我们要学习总书记不畏艰难、百折不挠的顽强意志和自强不息、志存高远的赤子情怀，把党赋予的各项工作完成好，以苦干实干成就事业。

学高为师、身正为范是对于教师的最高标准。作为一名教师，既要守住宁静，温和从容，在学习中不断提升专业知识水平；又要牢记使命，热爱教育事业，默默奉献，勇于担当，让自己在平凡的教育岗位上也能显现行家之风、大师之范。

守望初心，感受榜样的力量

——读《梁家河》有感

赵　宇

赫尔岑说：一朝开始便能够永远将事业继续下去的人是幸福的。毕业至今，我在教师的岗位上已经工作近八年时间，随着时光的流逝，我已经变得有些浮躁，凭借自己对课本的所谓的"熟悉"而失去了要重新学习吃透课本的认真劲头，直到读了《梁家河》，静心品味习主席的言行后，我的内心深处总是有一种情绪涌动，它来自对最高领导人的敬仰，更有对自己人生经历的反思。从革命家庭出身、基层七年摸爬滚打到一步步走上党和国家领导人的岗位，习近平总书记用个人经历、个人行为展现了其个人魅力，践行了其宗旨初心，引领着国家朝着实现中华民族伟大复兴"中国梦"而不断努力。而我，也要守住自己的初心，感受榜样的力量，做一个幸福的教书人。

以挫折为"垫脚石"。"陌生的环境中，周围遭遇的又是不信任的目光，年仅 15 岁的我，最初感到十分的孤独。"这是习主席刚刚进入社会的心声，也同样是我们普通人在成长路上常常会面临的苦闷。进入唐山一中后，我从高一带到了高三，这一轮我经历了很多。由于自己第一次带高三所以显得很是力不从心，每堂课我会关注每一位学生的反应，反思自己的得失，曾多次因为自己的经验不足而充满挫败感，作为一名高考路上的新的引路人我感到很孤独，我想受挫不要紧，关键是能够迅速从苦闷中走出来，并从中成长。所以我积极听课，听取师傅和其他老师的教学经验，努力克服各个困难。始终相信一句话：每一种挫折或不利的突变，是带着同样或较大的有利的种子。我要向习主席学习，用挫折垒起人生的厚度。

以学生为"推动力"。在书中感受最深的是习主席的为民情怀。他抛掉北京来的"城里娃"姿态，与乡亲们一起打坝、修梯田，一天下来手上全是泡，"近平一直拼命干，从不'撒奸儿'"……正是因为他的努力，才得到了乡亲们这样的评价。他敢想敢干，为了改变梁家河面貌，他思考了很多办法，付出了很多努力，也因此收获了显著的成绩。我想作为一名基层的教师，"为民"也就是"为生"，要积极做到新课标讲到的以学生为主导，调动学生的主观能动性，让学生作为自己的"推动力"，"日日行，不怕千万里；常常做，不怕千万事。"若真的做到想学生之所想，急学生之所急并努力践行，定能赢得学生的尊重与好评。

以修身为"强心剂"。习主席初到梁家河，他的箱子重重的装的全是书，在忙碌的劳动之余，他充分挤出时间进行阅读，常常看书至深夜，脸都被煤油灯熏黑了。正是这些"像砖头一样的书"给了他渊博的知识、开阔的眼界、高贵的素养。作为一名语文教师更是要把修身作为重中之重，多读书，读好书，"腹有诗书气自华"，我要用书籍摞起人生的高度，在课堂上能够气定神闲地"指点江山"，教师的真正的美丽不是容颜，而是由内而外散发出的精神和文化气质。在纷繁复杂的浮躁的社会中学习榜样的精神品质，不忘初心，方得始终！

合上书，闭上眼，仍然会有感动、有震撼、有尊敬萦绕在心头，回味文章质朴的语言、感人的场景、贴近生活的画面……个个让人流连忘返，让我不禁反思自己久不审视的灵魂，我也曾一腔热血，干劲十足；也曾受困现实，渴望逃离；也曾重拾信心，迎难而上。从开始的未知、彷徨，到渐渐熟悉、前行，这是一段艰难而值得回味的日子，也是一生中最宝贵的财富。

守望初心，感受榜样的力量，感谢《梁家河》带给我的精神洗礼，我将坚定地做一名幸福的教书匠。

梁家河，有大学问的地方
——读《梁家河》有感

刘爱娇

"我人生第一步所学到的都是在梁家河。不要小看梁家河，这是有大学问的地方。"印在《梁家河》封面上的这句话，是习近平总书记回到梁家河时对年轻人和孩子们说的话。初闻这句话，心里有些疑惑和不解，它有怎样的魅力能让总书记给出如此高的评价，梁家河到底是怎样的一个地方？带着这些疑惑和不解我打开这本书细细研读。

该书讲述了习近平总书记在梁家河村插队时的工作生活，记录了他七年知青岁月的深刻体悟，让我深感触动的有以下两个方面。

一、"行走的读书郎"

习近平酷爱读书，放牛的时候牛在吃草他在读书；放羊的时候，羊在奔跑，他在读书；即使是锄草的时候，他也在读书，总结起来就是一个"行走的读书郎。哪里不会读哪里"。

黄山谷说:"人不读书,则尘俗生其间,照镜则面目可憎,对人则语言无味。"细味其言,觉得似有道理。事实上,我们所看到的人,确实有面目可憎、语言无味的。我曾思索,其中因果关系何在?何以不读书便面目可憎、语言无味?我想也许是因为读书等于是尚友,而且那些著书立说之人必定是一时才俊,与之游不知不觉受其熏染,名之曰书卷气。于我们这个时代而言,书的形式发生了巨大的变化,已经鲜少有人能够静下心来捧着一本墨香袅袅的书认真研读了。为什么呢?因为人心浮躁,欲望过剩,功利性太强,即使读书也读所谓"有用"之书,诸如如何得到领导认可、成功之道、生财有道,等等。当然这并不是否认这些书的价值,而是读书的初衷已然发生了变化,那么所谓的精神滋养就成为彻底的空谈了,当我们折服于习近平在各个国际场合演讲引经据典、信手拈来的时候,也该放下手中的手机或者游戏去读读书,滋养空虚的灵魂。

那么读什么书呢?这就要看个人的兴趣和需要。我们在学校里,党委组织过支部推荐好书,还为我们购书,这是最幸运的事。什么时候读书?一定要利用好零碎时间。关于时间管理,有个著名的四象限理论,说人每天面临四种事:紧急又重要的、紧急但不重要的、重要但不紧急的、不重要也不紧急的。很多时候,正是"重要不紧急"的事,拉开了人和人之间的差距。读书正是"重要不紧急"的事。读书的重要性很少有人怀疑,但大家抱怨工作太忙,抽不出时间来阅读。如何判断一件事是"重要不紧急"还是"紧急不重要"呢?那就是这件事对你十年后的人生有没有影响。应腾出时间去做关系长远的真正的大事。去读书,去锻炼身体,去规划未来,去提升技能,去教育孩子。如此,你的人生才会越来越美好。

二、既来之,则安之,既安之,则建之的乐观处事态度

作为当年奔赴延川梁家河最小的知青,在自知没有比这更好去处的时候,便毅然决然地调整了自己的心态,进而改变自己的观念,努力适应新的环境。梁家河地处偏远,环境恶劣是出了名的,但是倘若任由其发展而不为所动,不作为的话,长此以往,它只会更加荒凉落寞。既来之,则安之。这可能是习近平当初经过复杂的内心挣扎而迸发的唯一的念头,因此他一改大城市的饮食习惯、生活习惯,成了一个肩能扛粪手能担柴的农村小伙子。既安之,则建之,因此,才有了后来我们看到的陕西有史以来第一个沼气池。越是在艰苦的环境当中,越要磨炼意志,努力地适应环境。海明威先生曾如此说;"人不是生来要被打败的,人尽可以被毁灭,但却不能被打败。"这是一种乐观处事的原则。

一直以来,教师这一职业被认为是天底下最光辉的事业。但是随着时代的

发展，社会的进步，人们的思想观、价值观的改变，家长视自己的独生子女为掌上明珠，对教师的要求也越来越高，施予教师的压力也随之增加。学生心理脆弱、家长不好沟通，每天的家长群班主任都像在里面开小型家长会等管理上的压力；每天想要写教学设计、教学反思以增进教学进步与无休止的学生管理占用大量时间之间的矛盾接踵而来；如何处理和同事之间的关系，如何处理好家庭与工作的协调都是我们工作生活的常态……总是抱怨的人生是可悲的，总是抱怨的生活是没有色彩的，抱怨不会使我们在教育这个行业中出类拔萃，抱怨不会使我们成为孩子心中优秀的教师，反而使我们徒增许多烦恼，让我们沉迷于对美好未来的向往却生活在备感无力的恐惧之中。

作为当代教师，知识和能力不再是突出的问题，非学术方面的品质显得尤为重要，比如进取心、爱心、健康心、责任心。很多时候，不是能否胜任的能力问题，而是能否对职业产生认同和对生活、工作抱有热情和积极态度问题。我们所面对的是唐山市一流的学生，尽管他们也有许多的问题。我们要学习习主席的乐观处事态度。以学生为中心，教好书、育好人，这样才能不负师名。

读书是知识和心灵的舞蹈，在书籍中，知识越积越多，心灵越飞越高。

任何人都不可能离开环境而生存，在无法改变环境时，只有改变自己，去努力地适应环境，才能更好地生存。所以平和、乐观的心态尤为重要。

梁家河，这是有大学问的地方。一个把心留住的地方，一个让人向往的地方。

勿忘初心
——读《梁家河》有感

宁利伟

《梁家河》是深刻理解习近平新时代中国特色社会主义思想情感基础的重要参考文献之一，也是第二本了解习近平知青岁月的书籍。作为一名陕西人，阅读这本《梁家河》就更加亲切。因为书中的大量方言，真实再现了习近平当年在陕北生活的场景，故事娓娓道来，水到渠成，使人更容易理解。从陕西人的视角讲述习近平在陕北的知青岁月，饱含朴素的情感，表达无限的热爱。讲述陕北人与习近平的深厚情谊，也表达了中国老百姓与习近平的深厚感情。另外，书中每一章节的内容相对独立，一页页看下去，篇篇都是新鲜事。

习近平总书记在陕北当知青插队，经历了许多磨炼。艰苦的条件更能磨炼人的意志品质，更能让人成长和成熟。在他成长的历程中，偏远农村的贫穷与落后，让他深知生活的不易和青年一代肩上的责任。习近平沉稳的性格，或许与他年少时在梁家河受过的苦难和爱读书、爱学习、爱思考的好习惯密切相关。他过早地承受生活的重担，过早地思索社会的发展。

他心怀感恩，当年在梁家河为老百姓办了许多实事、好事，如办沼气池、淤地坝等工程，是他带领大家干下的地方民生工程；上山劳动时把白面馍分给老乡，自己却饿着肚子，是对群众竭尽全力的体现。后来平台更大，为全国老百姓着想，做了更多更大的实事好事。"一带一路"既是和平友谊之路，也是惠及百姓的大事业；精准扶贫，既是体现党的温暖和全心全意为人民服务的实际行动，更是对老百姓真真切切的关怀。这些大战略、大方略都是建立在他对中国国情和老百姓真实生活了解的基础上的。

与陕北老乡七年的共处岁月，让他与梁家河人民产生了深厚的感情，这种感情也是他与所有农民的感情，更是与全国老百姓的感情。他一直牵挂着梁家河的老乡们，梁家河人也时刻想念习近平。这种朴素又真挚的情感，是维系良好党群关系的强大基石，是人民之幸，是国家之福！

通过以上的种种深刻体悟到总书记为民造福的初心、追求真理的精神、埋头苦干的作风、攻坚克难的意志、复兴民族的梦想。留给我印象最深刻的是，习近平对知识的如饥似渴和注重修身养性的精神。还记得书中写道："那个时候的习近平，除了劳动之外，一个是融入群众，再一个就是到处找书、看书。习近平一面进行着他的农民化实践，一面在书中汲取着精神、思想上的营养。"德高为师，身正为范。作为人民教师，我们是知识的传播者，行为的示范者，我们更应该从总书记的身上汲取精神食粮，不断地充实自己，提高自己，努力从以下几方面做起。

一、为人师要做好表率

己不先行，何以导人？言传身教、为人师表对学生就是一种无声的教育，它能起到"此处无声胜有声"的效果，它爆发的内驱力是不可估量的。正人先正己，凡是要求学生做到的，教师自己率先做到；要求学生不能做的，自己坚决不能做。正如教育家苏霍姆林斯基所说：请你记住，你不仅是自己学科的教员，而且是学生的教育者、生活的导师和道德的引路人。因此，教师应以德修身，以德服人，亲其师才能信其道。

二、教师要成为一名学习者

教师要在教育实践中学习，从提高个人的业务能力入手。博学多才对我们每位教师来说都是非常重要的，知识不是静止的，它在不断地丰富和发展，每时每刻都在发生着变化。因而，为师者要让自己的知识处于不断更新的状态，跟上时代发展趋势，不断更新教育观念，改变自己的教育教学思想，不断更新自己的知识结构，完善自己的教学内容和方法，不断学习和自我提升，实现自己的专业化发展。

三、静下心来教书，潜下心来育人

静下心来教书、潜下心来育人，体现了对教师职业心态的高度关注。教师的职业心态，是教师专业发展的基础，也是教师专业发展应有的内涵，同时也应该是教师专业发展的一个重要目标。静下心来教书，才有可能提升自己，桃李满天下。只有静下心来，集中精力研究教学方法，千方百计提高教学质量，潜心致力于学术钻研，才能不断提高水平，充实自己，并把学科前沿的高精尖问题带到教学中去。走上三尺讲台，教书育人；走下三尺讲台，为人师表。因为教师不仅是精神文明的建设者和传播者，更是莘莘学子道德基因的传接者。教师的人生就是实实在在、就是默默无闻、就是不求索取。教育，是无私奉献的事业；教育，是爱的事业。教师，是一个神圣的称呼；师德，不是简单的说教，而是一种精神体现，是一种深厚的知识内涵和文化品位的体现。让我们以良好的师德，共同撑起教育的蓝天，共同托起明天的太阳！

小地方　大学问
——读《梁家河》有感

戚兵

我人生的第一步所学到的都是在梁家河。不要小看梁家河，这是有大学问的地方。

——习近平

梁家河是一个小地方，是黄土高原腹地的一个普通的小村庄。2015 年 2 月

13 日，这个小村庄来了一个大人物。

"近平回来了!"村民们惊喜地向村口跑去。习近平总书记回来了，回到了他阔别了整整 40 年的让他魂牵梦绕的地方。1969 年 1 月，习近平到陕西延安梁家河村插队，1975 年 10 月离开，整整 7 年。15 岁到 22 岁，人生中最好的青春年华，习近平在梁家河度过，在这个小地方，他收获了大学问。

读了《梁家河》，了解了习近平总书记这段不平凡的人生经历，我也从中学到了大学问。

一、不忘初心，坚定人生目标

习近平说："15 岁来到黄土地时，我迷茫、彷徨；22 岁离开黄土地时，我已经有了坚定的人生目标，充满自信。作为一个人民公仆，陕北高原是我的根，因为这里培养出了我不变的信念：要为人民做实事!""我将无我，不负人民"，习近平用行动践行着他的诺言，作为大国领袖，他愿意做到一个"无我"的状态，为中国的发展奉献自己。我们每个人都应该有自己的人生目标，且不忘初心，砥砺前行。记得考入大学时，我决心要好好学习，将来做一名好老师。记得刚走上讲台时，我决心要努力工作，做一名好老师。如今，我为人师已整整 19 年了，当年那个献完血就去打篮球的小伙子，早已变成了保温杯泡枸杞的中年大叔。每每倦怠时，我就会想起我的初心，做一名好老师，刹那间满血复活。自信人生二百年，会当水击三千里。

二、读万卷书，练就过硬本领

习近平同各界优秀青年代表座谈时说："我到农村插队后，给自己定了一个座右铭，先从修身开始。一物不知，深以为耻，便求知若渴。上山放羊，我揣着书，把羊圈在山坡上，就开始看书。锄地到田头，开始休息一会儿时，我就拿出《新华字典》记一个字的多种含义，一点一滴积累。我并不觉得农村七年时光被荒废了，很多知识的基础是在那时候打下来的。现在条件这么好，大家更要把学习、把自身的本领搞好。"的确，我们现在的学习的途径和机会太多了。教育局的名师研修、阅读行动、继续教育，学校的逢会必学、集体备课、名家进校园，党委的读书交流、学习强国、两学一做，每一项活动都是细推敲、巧安排。既有名师大家，又有身边楷模；既有网络学习，又有现场观摩；既有交流研讨，又有答疑解惑。我们应该且行且珍惜，提升自我，静待花开。

三、行万里路，上好人生课堂

回忆在延安的插队岁月，习近平说："陕北高原给了我一个信念，也可以说注定了我人生以后的轨迹。经过了陕北这一人生课堂，就注定了我今后要做什么，它教了我做什么。"在习近平看来，梁家河是一所学校，他说："最大的收获有两点：一是让我懂得了什么叫实际，什么叫实事求是，什么叫群众。二是培养了我的自信心。"陕北是习近平的课堂，学校就是我的课堂。在教学中，我学习和学生互动；在德育处，我学习和家长交流；在办公室，我学习和同事沟通；在餐饮中心，我学习和师傅们相处。正所谓，不懂得教课的管理员不是一个好厨子。这样的人生课堂，只要用心，过往中也有收获，平实中也有精彩。

习近平总书记说："脚踏在大地上，置身于人民群众中，会使人感到非常踏实，很有力量。"读了《梁家河》，我想说："脚踏在大美一中，置身于青春芳华中，会使我感到生命的活力，朝气蓬勃！"

人民领袖的赤子情怀
——读《梁家河》有感

马双民

读了《梁家河》的动人故事，我这个来自农村的"70后"教师，产生了强烈的情感共鸣，只能从电视上见到的习大大仿佛一下子被拉近到了我们的身边，他有着普通人一样的青葱岁月，有着普通人一样的摸爬滚打，也有着普通人一样的奋斗历程。相比之下，他所插队的梁家河环境更苦、与乡亲们的情感更深、让百姓过上好日子的信念更坚定。

一、人走心留　感恩图报

2015年再次回到梁家河，习近平深情地说："今天能够回来看一看，心情很激动，看到大家感到很亲切。1969年1月，我迈出人生的第一步，就到了梁家河。在这里一待就是七年。当年，我人走了，但我把心留在了这里。"此时此刻，习大大的话是发自肺腑的，我能真切地感受到他对梁家河的眷恋之情。我也是从小离开故乡在外求学，后来离开家乡在外工作，尽管家乡很偏僻、很落后，但20多年来无时无刻不关注着家乡的变化，感觉只有那里才是根，才是魂牵梦绕的地方，因为那里有我的童年，是我成长的地方！

在梁家河，他带领群众打淤地坝，修沼气池，建铁业社、裁缝铺、磨面房，改变着梁家河的面貌。离开梁家河后，他也始终没有忘记陕北群众对他的恩情，他帮村里通沟修路、拉电、修小学，帮村民吕侯生治腿病，给到北京的村民支付相关费用……

人生，就是一个不断施舍与接受的过程，施恩不指望报，受恩永不忘，是中国人最传统的美德。"受人滴水之恩，当以涌泉相报"，一个懂得感恩的人心中才会时时牵挂别人的冷暖，才能处处为别人着想。

二、真实做事　学无止境

习近平在任梁家河党支部书记后，不搞形式主义，"他不搞那个年代时兴的运动……要带着大家多打粮食，让大家都有粮食吃，还能多交公粮，给国家做贡献。"陕北到处都是山沟，良田不多，能多打粮食的地方主要是坝地，于是他通过实地测量，再加上善于做思想工作，带领大家打了淤池坝，后来又通过实地学习考察，办了沼气池。

我们在教学中也要实事求是，精益求精，不搞花架子，不糊弄事儿，认真备教材、备学生，想方设法让学生真会，想方设法让学生真懂。还要教育学生老老实实做人，认认真真做事。

"鸟欲高飞先振翅，人求上进先读书。"提到习近平，无论是知青还是村民，有一个共识，那就是热爱学习。他"带一箱子书下乡"，在煤油灯下看"砖头一样厚的书""跑30里路借书"。无论劳动有多繁重、工作有多繁忙，他都没有忘记学习、没有放弃学习。

作为一名教师，对比习大大，我感到太惭愧了。宽敞明亮的图书馆就在身边，各类优质图书不计其数，没有繁重的体力劳动、没有吃不上饭的担忧，却有那么多的借口来拒绝读书，真是无地自容！

三、岁月沧桑　初心依旧

梁家河刻骨铭心的记忆，让习近平深刻地认识到"勿忘人民"，老百姓是我们的衣食父母，要时刻将群众的衣食冷暖放在心上……要时刻像爱自己的父母那样爱父老乡亲，让老百姓能吃上肉，带着老百姓奔好日子……

岁月沧桑，初心依旧。从梁家河的黄土地出发，习近平怀着一颗"为人民谋幸福"的初心，真正与民同苦、为民分忧。他抱着"功不必在我"的态度，只求不愧苍天不愧心；他怀着"察其疾苦"的本心，但愿苍生俱饱暖。梁家河这个小村庄的变化，是改革开放以来中国社会发展进程中的一个缩影。读懂了《梁家河》，我们就不难理解40多年过去了，现在为什么习主席那么强调发展为了人民，为什么那么强调打赢脱贫攻坚战，为什么那么强调让人民过上好日子。

　　读完《梁家河》，我感受到了人民领袖爱人民的赤子情怀。作为一名教师，我们的年龄在变，能力在变，心态在变，希望不变的是对最初怀抱的教育梦想的执着守望。梦想依旧在，人生正当年！

行走在洒满阳光的路上
——读《梁家河》有感

宋立国

（一）记忆

每一座山山峁峁都知道他的名字

每一条沟沟岔岔都知道他的名字

每一块淤地坝田都知道他的名字

每一棵葱茏树木都知道他的名字

每一个温暖窑洞都知道他的名字

每一个喜悦脸庞都知道他的名字

有时候他离我们很近

如同白昼必经的笔直伫立的山梁

一直陪伴着我们

注视着成长和发展

有时候他离我们很远

如同夜晚天空中永恒闪亮的北辰

关注着每寸土地

指引着前行的方向

梁家河　陕北高原上的小村庄

因为有了他的足迹而熠熠生光

在这里　问到最多的问题

他究竟是一个什么样的人

白净　瘦高个儿

带着一大堆村里看不懂的书

黑瘦　坚毅顽强

做着一件件村里得实惠的事

这里的故事太多　太长

甜蜜的回忆回荡在山梁

人们的脸上洒满了阳光

（二）青春

我就是一个踏实农民

我就是一个吃苦的人

我就是一个陕北孩子

陕北起伏的山峁涂抹着冰冷的灰色

陕北四季的尘土填充着单调的黄色

这里没有霓虹灯光

这里没有街道纵横

这里没有车水马龙

这里没有城市味儿

可是我不相信

不相信这里一直会贫穷

不相信劳动换不来希望

昏暗的油灯照亮了书籍

行走的足迹谋划着方向

工整的字迹规划着未来

睿智的思想照亮了前方

青春就是要敢想敢干

幸福就是奋斗出来的

打坝造田

我们一直拼命干

田里劳作

我们勤苦地耕耘

植树打井

我们奋力地劳作

建沼气池

我们科学地办事

粮食多了　山川美了
生活好了　笑容多了
从心底里热爱人民
把老百姓搁在心里
挥洒青春
我要让梁家河村的土地洒满阳光
不懈奋斗
我要让伟大中国的土地洒满阳光

（三）希望

新修齐整的石窑砖房
明亮干净的农家小院
柏油铺成的村道坦途
山水融汇的自然胜景
梁家河村有了城市味
梁家河村有了现代感
青春在这片土地生根
富裕在这片土地发芽
人们都笑盈盈地说
听近平的　准没错
人们都很坚定地说
跟近平走　准没错
梁家河村是一个小地方
这是有一个大学问的地方
梁家河村有一个小变化
中国有一个可喜的大变化
我们行走在希望的田野
我们守望着美丽的村庄
我们经历着岁月的流转
我们感受到发展的辉煌
走进新时代　要有新面貌
走进新时代　要有精气神
青春　奋斗
追梦　圆梦

为民造福 追求真理
埋头苦干 甘于奉献
伟大的时代
孕育着伟大的梦想
伟大的时代
洒满了温暖的阳光

树高千尺也忘不了根

赵丽云

"我人生第一步所学到的都是在梁家河。不要小看梁家河,这是有大学问的地方"。这是习近平总书记梁家河七年知情岁月的最动情的感悟。近期,读了《梁家河》,其中的故事让我感动不已,泪水几次都在眼眶里打转,彭丽媛一首声情并茂的《父老乡亲》几乎同时浮现在我的脑海中,"谷子里长满了故事,含笑中带着乡音,一声声喊我乳名……树高千尺也忘不了根"。

一、坚守初心,不忘本色

"哎,随娃!"习近平老远就认出了跑在人群中的石春阳。一声亲切的呼唤,话音未落,两个人的手已经紧紧握在了一起。"迎儿、春娃、迎春、成儿……",虽然岁月沧桑了当年的小伙伴们的脸庞,习近平却仍能亲切地叫出他们每一个人的小名。40 年前,习近平离开梁家河。40 年后,已经成为国家主席的习近平又回到了让他魂牵梦绕的地方。当他推开门走出窑洞时,看到院子里、道路旁站满了人……大人、孩子、老人,全村人都来了。大家手里拿着红枣、小米默默地站着,他的眼泪一下流了出来,这就是"心中有百姓,百姓爱戴您"的真情回馈。习近平和小伙伴拉着家常,问得亲切细致,小伙伴告诉习近平:"现在的光景过得好了,平时吃的是白馍、白面,大米和肉想什么时候吃就什么时候吃。"习近平听了露出了舒心的微笑,满意地说:"那就好,乡亲们过上好日子,我就放心了。"

我常常想,"初心"是什么呢?初心是最开始出发的地方,那里有我们最初的样子,最初的情怀,最初的梦想。很多人走着走着,在光怪陆离的红尘俗事中迷失了双眼,忘记了初衷,忘记了来路,失之毫厘,谬以千里。但也有人,从来没有忘记自己是谁的儿子,始终擦亮自己的一双慧眼,不忘初心,方得始终。

二、因为有你，心怀感激

习近平在梁家河吃过一顿白米饭，那是习近平知青生活中仅有的一次，当时的陕北，大米很稀缺，逢年过节都吃不上，那碗米饭是李印堂送给他的。过了很长时间，调至关庄公社的王宪平回到梁家河，习近平还念念不忘说："黑子，我前几天吃上白米饭了。"习近平感受着梁家河的温暖："我饿了，乡亲们给我做饭吃；我的衣服脏了，乡亲们给我洗；裤子破了，乡亲们给我缝……"字字句句浸透着习近平对梁家河百姓的感恩之情。

"恩"这个字拆开看，可以这样理解："因为有你，心存感激。"梁家河民风淳朴，百姓朴实善良，在他们心中，这个从大城市来的小伙子，筋骨稚嫩，就像自己的孩子一样。虽然条件艰苦，虽然劳作艰辛，但老乡们用自己的方式心疼着这个年轻人。一碗白米饭，在现代人看来十分廉价的东西，却是那个时代，人们能拿出来的最好的心意。一个补丁，虽然只是不起眼的活计，却在细细密密的针脚中，缝入了对习近平这个年轻人最熨帖的关怀。

正是这份深情厚谊，一直温暖着青年习近平，也一直提醒着他：人民群众对美好生活的向往就是我们的奋斗目标。习近平访问英国时，又一次回忆起梁家河：我不到16岁就从北京来到了中国陕北的一个小村子当农民，在那里度过了七年青春时光……年轻的我，在当年陕北贫瘠的黄土地上，不断思考着"生存还是毁灭"的问题，最后我立下了为祖国、为人们奉献自己的信念。

三、坚守信念，造福百姓

在梁家河，习近平收获的不仅有深情厚谊，更有为百姓谋福利的信念和行动。梁家河乡亲们一直念念不忘的是习近平给村子打了一口甜井，又先后办起了铁业社、代销店、缝纫社。他带领村民打坝造地、退耕还林，让家家户户过上了好光景。大坝造田时，一人一天要推200车土，那时候没有手套，直接用手抓住木夯用力往下砸，一天下来，手上全是泡。第二天接着干，泡磨破了开始流血；陕北冰雪刚刚融化，寨子沟打水坠坝，习近平卷起裤腿，光着脚，站在刺骨的冰水里干活，最忙时，要从清晨干到深夜；习近平为村子建沼气池，困难重重，他身先士卒，干在前，争在先，在排查导气管是否堵塞时，一股粪水喷射出来，溅了他一脸，哧哧出气的声音紧接着响了起来。在习近平的艰苦努力下，一个容量约8立方米的沼气池建成了。

古人云："一室之不治，何以天下家国为？"虽然当年的习近平担任的只是

172

一名大队党支部书记,是祖国壮阔身躯中最细微的神经末梢,但牵一发而动全身,其中的坚定信念,家国担当,与如今的总书记身份仍一脉相承,小小的梁家河就是"中国社会发展进步的一个缩影",而习近平就是从这个小地方,一步步迈向更广阔的历史舞台,书写了更壮丽的人生篇章!

著名诗人贺敬之的《回延安》,至今我记忆犹新:"羊羔羔吃奶眼望着妈,小米饭养活我长大。""树枝树梢树根根,亲山亲水有亲人。"无论是谁,即便像我这样一名普通的人民教师,总是有自己独特的出发之地,那里有养育我们的土地、有涵养心灵的情谊、有鲜活的梦想追求、有奋斗的汗泪交织。在我们迷失的时候、困惑的时候、犹豫的时候,不妨回望过去,是否还记得当年挥斥方遒的少年意气,把纯粹的初心,轻轻拾起,待到他日零落成泥,那也是树对根的情谊。

《梁家河》带给我的丝丝暖意

周艳红

第一次拿过这本书,我就觉得它的名字很亲切很温暖,小时候在姥姥跟前度过的童年时光一下子回到眼前,那时候,爸爸在地质队工作,常年出野外;妈妈投入工作,每天早出晚归,只能在凌晨去浇麦子、去整理菜地。所以我这个懂事的女孩子除了上学、练舞蹈,还要帮七十多岁的姥姥姥爷干活:背柴火、采野菜、种豆、拔麦子、劈玉米……劳动很艰苦,但是那时我并没有觉得,反倒非常快乐。特别是秋天,看到家里收获的各种米豆入缸,坐在月光下剥着玉米,准备吊上房顶储存,觉得粮食有很多,我很幸福。所以这个温暖的书名吸引着我翻开一页又一页。

后来读到习总书记40年后第二次回到梁家河,清晰记得各个窑洞的小故事,能唤出年轻时伙伴们的小名,那股亲热劲儿一下子就让我热泪盈眶了。他对这里的记忆是怎样的深刻啊,事事处处如数家珍;他是怎样眷恋这里的乡里乡亲啊,或许在梦中经常叫着他们的名字?他是怎样怀念这片土地呀,或许他是把这里当成了老家吧?此时我才稍微明白了写在书封面上的这句话:"我人生第一步所学到的都是在梁家河……"难怪他这么感恩这片养育他的土地,在多次外交会议发言中提到梁家河对他的影响:"我总感觉到了插队以后,是获得了一个升华和净化,个人确实是一种脱胎换骨的感觉。"在习总书记的心里,梁家河是挥之不去的乡情,是他精神升华的起点,是他为民做事的信念以及将人民对美好生活的向往作为目标密密交织起来的绵绵深情。这样的地方怎能忘怀呢？

从一个侧面我看到了一个充满人情味的国家领导人，虽然是总书记，但并不是高高在上，没有趾高气扬的官架子，这么亲民爱民，就像邻居一样亲切和蔼。他毫不掩饰地感恩这片土地，这让我对他更加敬仰和爱戴。树再高，也是小苗长成的；人再厉害，也是父母生养的。自己在外再富有再成功，也是从自己的家乡走出来的。任何事物都有自己的源头，任何源头都有自己的根。知恩当报，不能忘本，从古至今就是人的一种美德，在当下更值得珍惜和发扬，因为美好的东西、正能量的东西有其强大的生命力和继承性。

有感恩之心还要用感恩之行。总书记又是怎样报答这片热土的呢？从他当上大队党支部书记举例，他一心想着为人民办实事，他大胆实践，敢于创新，创办了铁业社、代销店、缝纫社、磨坊、沼气池和水坠坝，打了甜水井。要知道，在那个年代，这些事情大多都是创举，为人民群众节约了时间和精力，做好了后勤工作，间接保证了生产，满足了生活需要。从他做的这些实事中我感到，只有心里装着人民的人才会从人民出发做事情，最终才会受到人民的拥戴。今天我是一名教师，我要把学生放在心里，教育和教学要围绕学生的需要展开，才会有密切的师生关系、融洽的课堂氛围、喜人的教学成绩。回想十九年的教学之路，我经历了很多不如意，曾经彷徨和困惑，犹豫和失落，但是好在对英语学习的热情不减，对学生的喜爱仍存，对选择的教育生涯不悔，我的快乐很多时候来自课上学生给我的一句赞许，为我课堂改革点赞；来自一行内心独白，讲讲她对我的关心和喜爱；来自一段精彩回答，学生也能讲解得要点明确；来自一阵发自内心的掌声，鼓励我再接再厉；甚至来自一杯温热的白开水和一个亲热的称呼。

作为教师，我很知足，我感到了学生传递给我的温度，他们与我没有嫌隙，直抒胸臆，我们既是师生又是朋友，和这样的学生朝夕相处，共同为着理想拼搏的日子并不辛苦，反倒笑声常伴。但是，我越发意识到，自己还不算优秀，不足以完美上好每一堂课，不能更好地回馈爱我的学生们。前路漫漫，我当加倍努力。

鸟欲高飞先振翅，人求上进先读书。习总书记给我树立了最好的榜样：多读书，广读书。记得李镇西曾经给年轻老师指出，教师的专业成长主要是通过阅读，即读本学科的书籍，丰富专业知识；读教育报刊，了解同行所思所想，以及国内外教育研究的最新成果；读文史读物，站在人类文明的高地俯瞰自己的每一堂课；读名师著作，增长智慧；读学生读物，保持童心，拥有青春的情怀。那么我就享受在阅读中吧，去体悟工作和生活的温暖与甘美。

2020 年第十一届推荐书目：
《遥远的向日葵地》《致教师》

简介：

此书为李娟近两年开始写作并发表在《文汇报》笔会的专栏——"遥远的向日葵地"的最新文字结集。

"向日葵地"在阿勒泰戈壁草原的乌伦古河南岸，是李娟母亲多年前承包耕种的一片贫瘠土地。李娟一如既往用她细腻、明亮的笔调，记录了劳作在这里的人和他们朴素而迥异的生活细节：她勤劳乐观的母亲、高龄多病的外婆，大狗丑丑、小狗赛虎，鸡鸭鹅，以及日渐茂盛，却被鹅喉羚毁了再种，种了又毁的九十亩葵花地……刻画的不只是母亲和边地人民的坚韧辛劳，更是他们内心的期冀与执着，也表达了对环境的担忧和对生存的疑虑。呈现出一种完全暴露在大自然中脆弱的，同时又富于乐趣和尊严的生存体验。

简介：

关注到每一个生命，每一个日子、每一个课程是一间教室能让人感到幸福的缘由之一。而这间教室里的引导者——教师的状态，更加值得我们去关注。

朱永新先生围绕教师提出的教师关心的重要问题和教师成长的关键问题，如"成为教师的理由""怎样具备好教师的慧眼""如何书写教师的生命传奇""怎样过一种幸福而完整的教育生活"四大方面，一一为教师"解惑"。

教师，既是一份职业，也是一个志业；既是一份职责，更是一种使命。让教师能过上幸福完整的教育生活，给教师带来职业的尊严与幸福感，点燃教师的激情，成为教育的追梦人，是朱永新先生这本书的初衷。

生活从来不将就

李艳华

"2018 第七届'鲁迅文学奖'获奖作品,2017 年度'中国好书',李娟最新长篇非虚构散文力作",拿到《遥远的向日葵地》这本书,腰封上的这些文字比封面上那绚烂的红更冲击我的眼球,在最初,我心想,又是一本炒作的书,读第一篇《荒年》更加深了我对这本书的不屑,那需要聚光半天才能看清的文字,平淡无奇的文笔,枯燥乏味的内容,激不起我一点点兴趣。但随着阅读的深入,一些章节片段却深深吸引了我,于我心有戚戚焉。

一、生活从来不将就

在《蒙古包》一文,李娟介绍了母亲在乌伦古河南岸荒野上种向日葵的生活经历。在荒野搞种植,本为短期行为,别的种植户一切用品从简,一家人就一卷铺盖一只锅,随时准备撤。甚至连需要用的农具都没带全,家畜更是没有随行,住的也因陋就简,在大地上挖个坑、盖个顶,就成了日也不见光的"地窝子"。

"在那片万亩葵花地上所有的种植户里,母亲却是那最不将就的一户。她斥巨资两千块钱买了一顶蒙古包,在葵花还没有出芽的时节里,站在蒙古包前张望,天空如盖,大地四面舒展,空无一物,母亲的蒙古包是那片大地上唯一坚定的隆起。随着葵花一天天抽枝发叶,渐渐旺壮,母亲的蒙古包便在绿色的海洋中随波荡漾。当初决定种地时,母亲便把整个家都搬进了荒野中,想到地边就是水渠,出发时还特意添置了十只鸭子两只鹅。附近所有的农户里,就她家工具种类最齐全,要锯子有锯子,要斧头有斧头。除此之外,要盆有盆,要罐有罐,要桌子有桌子,要凳子有凳子,甚至还有几大盆绿植……母亲把盆栽带到地头的理由是:眼看就快要开花了。养鸡不卖,只是为了图个看着高兴。"

作者说:"我家地种得最少,灾情最惨,日子还过得最体面。"是的,这种最体面、不将就的生活让每一个到访过母亲蒙古包的人啧啧称叹,也让我这个阅读到作者笔下这种不将就生活的读者称叹不已。

我们都是平凡人,过的是平凡日子,但再平凡的日子也不能将就度过。像作者母亲这样,无论身处何地,生活都不将就,把日子过得有声有色,有生活、有情调,是一种不将就。古人把兔子粪叫望月砂,陕西人管白开水叫牡丹花水,西藏人把玉米叫天堂果，林清玄把白菜豆腐汤叫华严清品，这也是一种不将就。无论哪种，物质层面的、精神层面的、物质精神兼有的，只要不将就，生活一定会不一样。

去年高考过后，每天抄赏诗歌，自娱自乐；疫情期间，学做花样面点，自我欣赏；捡拾落花摆摆图案，普通饭菜注意摆盘，然后起起名字……生活不将就，日子有乐趣，真的很不错。

二、城里的我有个梦

在《我》一文中，作者说自己有一个梦，就是过真正与大地相关的生活，这个梦里，她希望有一块土地，有一座结实的房子。她要这样一座房子干什么呢？是为了从此能够安心地生活吗？不是的，是为了从此能够安心地等待。

"我从未从梦中醒来。以致我后来去了城里，仍念念不忘这个梦。每当为生活杂事奔忙，焦虑疲惫，难以入睡，我便闭上眼睛，抱着枕头，在黑暗中展开庞大的梦想计划。虽然我清醒地知道，自己正在离梦中的那座房子越来越远，但即便在有了稳定的工作和收入，忙忙碌碌，我的大地上的房子仍马不停蹄地在心中营建，一砖一瓦反复修改。

"小时候住在兵团农场，家家户户的房子格局一模一样，唯一不同的是别人家室内地面上铺着红砖，我家地面什么也没铺，裸着泥地，于是直到现在，我都觉得，最高级的地面材料就是红砖，至于最好的墙面效果，什么墙纸墙衣硅藻泥都赶不上石灰刷出来的大白墙——小时候长年住在四壁糊旧报纸的房子里的人这么认为。

"石灰墙和红砖地，对我来说，几乎就是梦想之家的全部要素。可是就这样一个简单的梦，却永远无法实现了。还有房子旁边的一小块菜园，菜园边的两棵树，院墙下的鸡窝和一丛花，也永远只存在于幻想之中。"

从农村来到城里谋生的我，对农村有着很深的情感，老家的一草一木在我的记忆中已变成一种生命基因沉淀在潜意识中。就如作者所写的，小时候的生活改变了自己的审美记忆。前些天我还和女儿谈起，我非常喜欢一层前面带小院的房子，夏天的到来强化了我这种喜欢。坐在院子里乘凉，静静地感受天幕下小小的我，再有点微风袭来，那就更美。早晨和傍晚，放一张矮桌，搬几个矮凳，矮矮地坐着吃饭，饭后一家人围坐在一起聊天，晚上再赏赏天上的星星……这些一直是我认为最好的生活。

三、那些所谓好东西

在《善于到来的人和善于离别的人》中，作者介绍了母亲心目中的好东西——两根长棍。

"我妈为我带来的东西五花八门，其中最值得一提的是两根长棍，准确地说，应该是两棵小松树的树干，笔直细长。粗的一端，比网球略粗；细的一端，比乒乓球略细，大约三米多长。难以想象，她是怎样把这两根树干带上班车的。她骄傲地说，看细吧，看长吧，又长又细又直，我找了好久才找到这么好的木头，真是很少能见到这么好的，又长又细又直……于是就给我带到阿勒泰了，总之，她不辞辛苦地给我带来了两根树干，它们又长又直又匀称，最难得的是，居然还那么细！她觉得这么好的东西完全能配得上城里人，却没想到城里人随便牵根铁丝就能晒衣服。

"后来我搬家了，那两根木头实在没法带走，便留给了房东。不知为什么，当时一点儿也不觉得可惜。又过去了好几年，搬了好几次家，最后打算辞职。我妈说：'你要是离开阿勒泰的话，一定记得把我的木头带回来。'直到那时，才突然间感到愧疚。我告诉她早就没了，她伤心地说：'那么好的木头，那么直，那么长，关键是还那么细，你怎么舍得扔了？'"

这让我想起了每次回老家，老妈都会把她拥有的各种不值钱的东西一样一样给我往车里塞，一小袋玉米渣、几根葱、两根黄瓜、几个西红柿、她晒的一把倭瓜干……不一而足，有一次她居然把她买东西赠送的一个小塑料盆、老爸去集市听讲座人家赠送的一把牙刷都要给我搬到车上来……

用女儿的话说："每次回老家，你都要从我姥姥家'大扫荡'一番。"有些东西拿回来也没吃，多半是放坏扔掉了，比如倭瓜干，女儿就批评我，说我又不吃却非要从姥姥家带到城里来。虽然每次看到最后被我扔掉的东西，都暗下决心，下次再不拿老妈给的东西。但当再次回老家，老妈一如既往地往我的车后备厢放这些东西，一边放一边说"谁叫你有妈有爸呢，没妈没爸就没人给你拿这些东西"时，我仍然无法拒绝母亲心目中的这些"好东西"，我知道，这些东西是爸妈的爱，它们真的是再好不过的好东西。

四、她们的世界之外

在《外婆的世界》中，作者满含深情地回忆了和外婆相处的那段时光，也在用自己所有的思维能力在理解外婆的世界。

　　"大部分时间她总是糊里糊涂的，总是不知身处何地，常常每天早上一起床就收拾行李，说要回家，还老是向邻居打听火车站怎么走。但她不知道阿勒泰还没通火车，她只知道火车是唯一的希望，火车意味着最坚定的离开。在过去漫长的一生里，只有火车带她走过的路最长，去的地方最远，只有火车能让她摆脱一切困境，仿佛火车是她最后的依靠。每天她趴在阳台上，目送我上班而去。回到空空的房间，开始想象火车之旅，那是她生命之末的最大激情。她在激情中睡去，醒来又趴到阳台上，直到视野中出现我下班的身影。

　　"有一次我回家，发现门把手上拴了块破布，以为是邻居小孩子恶作剧，就解开扔了，第二天回家，发现又给系了一根，后来又发现单元门上也系的有，原来每次她偷偷出门回家，都认不出我们的单元门，不记得我家的楼层，对她来说，小区的房子统统一模一样，这个城市犹如迷宫，于是她便做上记号，这几块破布是她为适应异乡生活所付出的最大努力。

　　"我当着她的面把门把手上的破布拆掉，没收了她的钥匙，她破口大骂，又哭喊着要回四川，深更半夜拖着行李就走，我筋疲力尽，灰心丧气。第二天我上班时就把她反锁在家里，她开不了门，在门内绝望地号啕大哭。我抹着眼泪下楼……

　　"每天我下班回家，走上三楼，她拄着拐棍准时出现在楼梯口，那是我今生今世所能拥有的最隆重的迎接。每天一到那个时刻，她艰难地从她的世界中抽身而出，在她的世界之外，她放不下的只有我和赛虎了，我便依仗她对我的爱意，抓牢她仅剩的清明，拼命摇晃她，挽留她，向她百般承诺，只要她不死，我就带她回四川，坐火车回，坐汽车回，坐飞机回，想尽一切办法回，回去吃甘蔗，吃凉粉，吃一切她思念的食物，见一切她思念的旧人。"

　　这些文字，我是带着眼泪读完的。身边没有老人的人很难体会到老人在人生暮年这种独特的人生样貌和情感。

　　婆婆今年八十九岁了，早已不能下床行走，每天最大的活动就是坐起来吃饭，多数时间是在床上躺着的。去年冬天一直和我一起生活，每天上班前她都千叮咛万嘱咐，上班时要告诉她一声，下班回来她都急急地喊我的名字。每天我都能感受到她那种热切的情感，不愿我去上班，盼望我下班，盼望她醒着的时候家里能有人在她身边走来走去。婆婆对时间的感觉异常灵敏，我们上下班的时间像她有生物钟般，准时鸣响。

　　往年春节都是回老家过，今年终于说服了婆婆等开春天暖后再回去，没想到年后受疫情影响，小区和老家都实行了封闭管理，回老家变得遥遥无期。婆婆每天做的事由原来的让我们帮她充电看小播放机，改成了每天无数次反复问哪天能解禁，什么时候能回老家。给老家的孩子们打电话的唯一话题也是哪天能解禁，什么时候能回去。再到后来，想家上火病倒了，饭不会自己吃，大小便失禁，再到后来时而糊涂时而清醒。虽然婆婆清醒时嘴上说愿意和我们一起生活，舍不得我，还没和我处够，但看着婆婆日渐消瘦的骨架，听着婆婆在夜深人静时依然无法入眠的疼痛呻吟，我知道了老家对婆婆生命的意义，婆婆的世界之外应该是除了家乡还是家乡。

"秋天来临的时候，我们的葵花地金光灿烂，无边喧哗，无数次将我从梦中惊醒，却没有一次惊醒过它的故乡。"一本书，几个片段，惊醒了我内心很多的记忆……

<h1 style="text-align:center">平凡日子里的纯净欢喜</h1>

——《致教师》读后感

宋立国

教师安静癫狂地行走在讲台上，总在不经意间看到学生眸子里的自己。

——题记

你是我的太阳

你是我的太阳
黑夜里孤独无助的苦孩子
在绝望沉沦的某个瞬间
看到了一丝丝生活的光亮

你是我的太阳
照在我冰冷僵硬的身体上
温暖从指尖缓缓地向周身绵延
我的神主　我活了过来

你是我的太阳
在我迷茫幻灭的眸子里
映着一汪旖旎湖水的碧绿

我的眼眸　染上了知识的色彩

你是我的太阳
午后刺眼弯曲的直线光
涤荡着内心狭窄阴暗的角落
我的灵魂　为光明而战栗

你是我的太阳
婀娜娉婷的神主歌舞者
飘洒着柔美的风情
轻舞的线条　让我迷醉

你是我的太阳
在夕阳涌动澎湃金黄的时候
岸边多情羞赧的金柳
倒映在柔波似的心胸

你是我的太阳
我虔诚地跪在大地上　祈祷着
目送着你一寸寸地远离
我的心　也随你去了

你是我的太阳
又是一个无情黑暗的来临
我在屋里点上一丁点的光
在光晕里寻到了你的踪迹

你是我的太阳
为了你　我再不做命运的乞怜者
我要站在高高的山巅上
第一个看到你带来的第一缕晨光

你是我的太阳

是我死而复生的恩人
我的生活　我的生命
甚至我的全部　都是你唤醒的

你是我的太阳
在随风飘荡的头发丝尖
在求知若渴的青涩眸子里
在有情人三生三世的心坎上

纯净

春荷在冬天的荷塘里生长
一株一株地冒出绿芽
开出一朵朵粉艳的花
孩子们轻轻地踩着厚厚的冰
争着去抓荷花飘散的春香
累了想要休息休息
就跳到花瓣上静静地睡着了

常留在荷左右温柔的风
浮动着粉艳的花瓣
晃悠悠　晃悠悠
像一个个轻轻跳跃的摇篮
冰冷的柳树也停下匆匆的脚步
捧起双手　捧起双手
为衣衫单薄的孩子们挡风

温暖的阳光倒映在冰面上
为一抹抹粉红轻施一层淡妆
孩子们衣服上多彩的颜色
编织成一条七彩的虹
盛开在清澈如水的冰面上
纯净是那么美　那么美

撑起一个冰冷残破的天地

如果不曾遇见

河堤的春柳绿了又黄
清塘的荷花开了又谢
明媚的正午
暮色的黄昏
时光拉着一辆破旧的老牛车
咯吱　咯吱
一点一点向前挪动
如果不曾遇见
一切都只是老样子

青春在发黄的书纸上流动
记忆在透明的胶片上显现
灵动的身影
多变的色彩
小溪奏响一曲欢快的歌曲
叮咚　叮咚
一点一点吐露心声
如果不曾遇见
一切都只是这样子

粉红色的花谢了
像星星一样铺满大地
青涩的果子悬在枝丫
炫耀着收获的美丽
蔓殊菲儿的笔尖在跳跃
像黑夜里灵动的火苗
照亮了一片狭窄的土地
如果不曾遇见
一切都只是孤独的样子

欢喜

每从绵长的窄缝瞥见你的影
早禁不住这满心的欢喜
一颦一笑　低眉昂头
每个动作都溢散着花的香
这是旧画里侍坐的先生吗
竟真真地掉到生活里来了
恍惚间急于印证的切肤之痛
痛愈浓烈　迷越深厚

你沐在晨曦中温柔缓行
脚尖轻点柔硬的泥土
滴答　滴答
像一个个连缀跳跃的音符
人都是有两只脚的
可偏觉着你是有十只脚的怪物
就如同在黑白琴键上欢腾的十根手指
轻轻地流淌出秋日明亮的私语

你浸润在低缓柔媚的光里
光晕为你修描了一圈金边
你停在晚秋落叶的舞步
细细地看着生命绚丽的美
时间早将唯美的你缓缓定住
任石火光阴　似水流年
也侵不得你一毫半分
岁月是欢喜的　痴望着美

唯有葵花向日倾

——读《遥远的向日葵地》有感

史艳丰

"更无柳絮因风起，唯有葵花向日倾。"向日葵，向往光明之花，总会给人带来美好的希望。当一中党委把推荐给党员的两本书摆在我面前时，我毫不犹豫地选择了《遥远的向日葵地》这本看起来充满阳光和希望的书。

当然，这个题目首先让人想到的还是那个酷爱画向日葵的天才男人凡·高，他充满激情地去画那些面朝太阳而生的花朵，花蕊画得火红，就像一团炽热的火球，黄色的花瓣就像太阳放射出耀眼的光芒一般，仿佛使其中的每一朵向日葵都获得了强烈的生命力。夏季短暂，向日葵的花期更是不长，凡·高亦如向日葵般结束自己短暂的一生，天才的艺术家往往能在某个领域树立起划时代的艺术高峰，后人只能膜拜，绝不可企及。封面上的向日葵，又让我想起二十年前同样以向日葵为封面的另一本书《死亡日记》，身患绝症的作者陆幼青选择用公布日记的方式来度过生命的最后时光，他的平静和坦诚，以及独特而又理性的思考，一时成为公众注目的热点。"这是一次生病与生命的对话，像一场优美的午茶"，他说，"笑脸为形，真色如金，且懂得寻找阳光"，这就是向日葵。

一时兴起后又是在琐碎忙碌的日常中把书束之高阁，直到疫情肆虐的漫长假期，让我停下奔忙的脚步，理理烦乱的思绪，打开这本带着阳光味道的书。

不出所料，李娟的文，一如从前，不世故、不浮躁，带着一股子的浑然天成，使得读者在阅读的过程中，享受着一场有趣、奇妙的文字盛宴。《遥远的向日葵地》离我们很遥远，这片向日葵地在乌伦古河岸的戈壁滩上，是笔者母亲承包耕种的一片贫瘠土地。李娟一如既往用她细腻、明亮的笔调，记录了劳作在这里的人和他们朴素而迥异的生活细节。在她的笔下，新疆似乎还保留着史前文明的气质，现代工业文明的步伐并未影响到那块土地，它依旧饱满。她将那茫茫戈壁描绘得如此令人心驰神往，却从未把这片土地上人们坚忍的性格剥离。那些生长在戈壁的人们，如同扎根在这片土地的向日葵。受尽挫折，却还能萌芽生长，笑着面对阳光。这便是大地最雄浑的力量。向日葵代表着希望与理想，满载着人们内心的希冀与执着。而向日葵远远不止开花时的灿烂壮美，更多的还是等待，也蕴含着到来与离别。李娟笔下书写的向日葵的播种、育苗、生长、歉收或是丰收，其实分别对应着人们的到来、成长、隐忍和离别。这里人们的生活围绕着它来展开,那金灿灿的向日葵背后却有如此令人窒息的负担——生活的重担与理想的破灭。李娟就是真正懂得如何把艰难单调的生活写得有趣的作家。她对生活怀有一种由衷的热忱和动力,对平淡日子里的一蔬一饭都极其虔诚,以此来化解生活的琐碎和苦难,同时获得生命中纯粹的诗意。

这份诗意让我想起了李子柒,全网最红的美丽村姑,青箬笠,绿蓑衣,斜风细雨不须归。她的视频唤起人们对生活的所有美好想象。中国日报曾评价她:"仿若一幅自如闲适的山水画,激发着人们返璞归真的情感共鸣,带有明显的李子柒的个性符号,是她不忘初心、追求美好的真实写照。"在她的视频里,你总能看到世界万物从无到有的过程。蓝印花布和蜡染,从一颗蓼蓝种子的两次收割开始;给奶奶做的一床新棉絮,从挖地播棉花种开始;制作传统手工酱油,制曲、暴晒、提纯,将这历经三千年的非遗文化展示得淋漓尽致……看李子柒的视频,你总能感受到一种莫名的治愈感和赏心悦目的美。李子柒活成了人们心中的白月光,大家都羡慕她这般的心境与生活,对她赞誉有加,而关于李子柒的身世,却让人感到心疼。出身大山,自幼父母离异。父亲早逝,她又遭受继母虐待,与年迈的奶奶相依为命,贫困辍学,外出打工,遭尽白眼,饱经磨砺,奔波生计。后来奶奶生了一场重病,李子柒抛下所有回到奶奶身边,机缘巧合之下,接触了短视频。这种新的谋生方式,让她就此敲开了成功的大门。

泰戈尔说,"你今天受的苦、吃的亏、担的责、扛的罪、忍的痛,到最后都会变成光,照亮你的路。"李子柒生生把眼前苟且的生活过成了诗,过成了很多人心之所向的世外桃源。面对赞誉加身,她淡然回应:"你眼中的生活技能,或许只是别人的求生本能。"这也是她能拥有这么多粉丝的重要原因之一,她的不骄不躁,淡雅素净,似乎与这个快节奏的生活显得格外让人珍惜。在那双粗糙而灵巧的手上,人们看到了匠心,就是在重复的岁月里,对得起每一寸光阴。如果你面对生活极致认真,生活便再也不敢凌驾于你之上。

李子柒并不是唯一一个把乡村生活过得有滋有味并呈现出来的人,有一本叫《乡间的日常》的书,是一对选择在京郊乡间居住的夫妻合著,两人都是做艺术的,丈夫画漫画,妻子拍照片,不工作的时候忙农活,他们在书中记录了季节更替中的乡村生活,也是把日子过成诗。有时,你的选择以及你的视角就是你的日子,境由人造、境由心造。

有时候,住在钢筋水泥构筑的"铜墙铁壁"里的我们真的忘了,我们的根仍然依附于土地。就像忘记在那并不远的过去,我们大部分人还是属于农村。就如同李娟的记忆,是那一大片金灿灿的向日葵地。即使到了现在,还"有无数条通向记忆的那片金色的田野,却没有一条路可以走出"。而正是这些烙在记忆深处的经历，塑造了我们为之奋斗的人生。当向日葵的花开得金黄、当白桦林落得金黄、当牧草堆变得金黄、当你的身上沐浴着金黄，这个世界正在用千姿百态养育着千千万万的众生……

"时代的一粒灰，落在个人头上，其实就是一座山。"恰如当下，一场疫情打乱了我们的生活节奏，每个人都不是局外人。在我看来，它就是一本鲜活而沉重的教科书，值得每个人用一辈子的时间去读懂它。我们的这些梦，美好充盈且刻骨铭心，但是在忙碌、没有方向的生活里，我们越来越丧失了内心的平静，叫嚣着混乱的杂音。面对这种窘境和险境，我们不得不选择放慢脚步，不得不安静下来，暂时放下雄心、野心和虚荣，去和看不见的宵小之辈周旋；不得不暂时放下征服外界的利器而反观自己的内部，去反思检讨，去审视我们曾经严重忽略过的事物。作家海明威说："生活总是让我们遍体鳞伤，但到后来，那些受伤的地方一定会变成我们最强壮的地方。"我们学会自警自省，敬畏自然、敬畏生命。我们学会感恩，感恩生活给予我们的一切。纵然生活苦涩，也要怀揣希望，向下扎根，向阳生长，让生命不断增值、发光。是的，所谓绝境，不过是另一种重生。命运的所有安排，都是恰逢其时。如果事与愿违，请相信一切都是最好的安排。

我亲眼看到，医生们，我的家属，挺身而出勇于担当，成为最美逆行者救死扶伤；亲身感受，老师们，我的战友，拿起课本和耳麦，凝聚智慧激活能量，化身最美主播传道授业。我们也正在用生命呈现给世界一颗向阳之心。

"生活对我来说就是一次艰难的航行，但是我又怎么会知道潮水会不会上涨，及至淹没嘴唇，甚至会涨得更高呢？但我将奋斗，我将生活得有价值，我将努力战胜，并赢得生活。"这是生活在低处、灵魂在高处的凡·高对待生活的态度。对于这位极具个性的超时代画家来说，他悲苦的一生就是与命运抗争、为艺术献身的一生，也是强烈捍卫生命个体尊严的一生。难怪那向日葵，每一个花瓣都用尽全力绽放美，每一个延伸着的敏感触端都指向未知，金黄的色彩从淋漓到疯狂，从灿烂到无以复加。

在你走过一座遥远的山里，

向阳的山坡，

有一段很久没有人走过的田埂，

草丛中，

有一些小小的，

名字叫作向日葵的植物在生长，

笑脸为形　真色如金　且懂得寻找阳光，

让我们入静，意念春光，尽享人生。

愿你，阳光里活得像小孩，风雨里活得像大人。《遥远的向日葵地》告诉我的，我愿告诉所有人。

活成自己的诗和远方

潘晓丽

刚看到书的标题，我不禁就被吸引了，眼前仿佛出现了那一望无际的、金灿灿的向日葵地，鲜活的画面是那样夺目，让我忍不住看下去，深陷其中。

由于我生长在农村，对农村的一草一木都有着深厚的感情，所以读着作者李娟用细腻而明亮的笔调所刻画的农场劳作细节，以及对母亲及边地人民坚忍不拔精神的描写，总是感到亲切。想起自己的父母也是这样的在田间劳作，在风吹雨打中，坚强地抚育我们长大，我的心情跟着文章或喜或悲，那种富有乐趣和尊严的生存体验估计很多同龄人都有着相似的体验。贫瘠的土地养育了艰辛乐观的人们，他们用自己的双手奋斗拼搏，给自己也给家人一片晴天。

在《遥远的葵花地》里我们仿佛闻到了向日葵淡淡的清香，听到了向日葵结籽的声音以及蜜蜂幸福的吟唱，同时也感受到了"向日葵"之外的美丽与沉重。有人羡慕这种诗一样的生活，殊不知作者本人正是这种诗一样的人，就是自己的远方。她看见了我们看不见的美好，满含激情歌颂了这一片美好。她就是诗人，浅唱深吟，把土地写成了诗，而她自己也融进了诗里，成为自己的诗和远方。

很多来自农村的人，艳羡着城市的繁华，苦恼于自己面朝黄土背朝天的生活，抱怨老天的不公，为什么自己偏要出生在这穷乡僻壤，而不是繁华的都市，就像书中所描写的，"沙尘暴来时，地窝子如挪亚方舟漂流在茫茫大海之中，是满世界咆哮唯一安静的一小团黑暗。大家在黑暗中屏息等待，如同被深埋大地，如同正在渐渐生根发芽"。在这样的黑暗之中，李娟却歌唱着自然的恩赐，世界的金色。我们的周围也都是金碧辉煌的，可我们却常常视而不见，焦虑慌张、埋头忧伤，心里想着更加美丽的远方，为了抵达目的地而疾驰在路上。

书中有一段对鸡的描写，让我尤其印象深刻。其实我小时候就对鸡没有好感，想起婶婶家的公鸡，曾经那样霸道地 跳起来啄人，想起母亲为了保全新发的菜芽，让我不停地守候，驱赶那些来偷食的母鸡，对那些到处拉粪、满院乱窜的鸡，我几乎没有什么好感的，可是李娟笔下的鸡，却是那样的悠然自得、那样的可爱、那样的憨态可掬。"鸡最爱草地，整天乐此不疲。一个个信步其间，领导似的背着手。我猜草丛的世界全部展开的话，可能不亚于整个宇宙。鸡如此痴迷，这瞅瞅，那啄啄。有时突然歪着脑袋想半天，再单脚撑地呆若木鸡。它不管看到什么都不会说出去。"在诗人的眼里这些鸡是那么可爱，让人读着读着，不禁莞尔。

生活中有许多的困难，不断打击着我们，好像书中的母亲一样，播种下向日葵种子，期待着美好的收获，然而，现实却是一次次的失败。但于我而言，最令人感动的却是母亲一次次的重新播种，在第四次的时候终于保住了自己的向日葵地。"所谓希望，就是付出努力有可能比完全放弃强一点点。"是的，只要坚持，我们终会有属于自己的向日葵地。北方贫瘠的土地中可以诞生出沙枣、生长出充满激情的向日葵。我们这些平凡的教师，也可以在待遇不高、生源不好、家长质疑等困难中，兢兢业业，不忘初心，守护着自己的这片向日葵地，呵护它。我们的学生就像这一株株的向日葵，而我们用自己的知识灌溉他们，用自己的爱温暖他们，伴他们成长。早晨，我们与他们一起早读，像极了田间的老农，满眼希望地看着自己的田地，在他们中间徜徉，听他们琅琅书声；晚上我们静静地陪他们自习，像一位耕作了一天的老农，衔着烟斗，默默地看着夕阳下余晖里的庄稼地，心中充满了欣喜，想象着这些可爱的花儿结出的丰硕果实。

有人问李娟是否向往远方，她回答："阿勒泰已经这么远了，我不用去远方，我就是远方。"的确，她不用去远方，她就是远方，她的想象力，可以驰骋到比远方还远的地方。很多人都说在繁忙、负重的日子里，也要向往诗和远方，可是李娟自己就活成了别人眼中的诗和远方。同样，近期风靡全球的李子柒，不也是这样一个诗一样的女子吗，生活的坎坷和重压没有把她压垮，却让她有了迸发的力量，活成了别人眼中的远方。我们是不是也要停下羡慕的眼光，活成自己的诗和远方呢？

平凡的力量

马双民

晚上在家收拾屋子，刷碗、擦地的时候，我有听评书的习惯，免费 App 喜马拉雅 FM 时常陪伴着我，学校党委推荐阅读的散文集《遥远的向日葵地》，豆瓣评分 9.0，在喜马拉雅 FM 中由"雪夜潇潇"（网名）主播，她优美的声音结合动人的故事，和单田芳的评书相比，毫不逊色。稍感遗憾的是只有前六集免费收听，后面的就要付费了，于是我又拿起书读了起来，在作者李娟朴实的语句中感受到了平凡的力量。

亲情的力量，温柔而深沉。作者的外婆生活在异乡，对于家的怀念是时时刻刻的。作者认为的好，在外婆看来却不是那么好，因为这不是她想要的，后来作者明白了，外婆却没有机会了。作者心中的自责，一直没有离去。但这种自责，时时刻刻监督着作者，警醒她为人处世，也让她学会了关注他人的感受。

外婆过世后，母亲在心中顶替了外婆的位置。母亲一生颠沛流离、居无定所，婚姻几经曲折，家庭散散合合；母亲性格大大咧咧、任性豪迈、脾气刚烈、精明能干；母亲天性善良，生活再拮据，她也照样养鸡、养狗、养鸭、养兔、养猫；母亲勤劳自强，学农业、当老师、开商店、进牧场、种葵花，甚至捡玉石，样样都能行；母爱感动天地，当她去阿勒泰看望作者和外婆时，一个人带着好几个大包，辗转几趟班车，还带上两根又长又直又细又匀的木棍给女儿当晾衣竿。身处戈壁荒漠，真的不知道她从哪里弄到的这么珍奇的木料？

母亲的感情粗犷而细腻，跟叔叔组合家庭后，再怎么争吵，都少不了牵挂与关心，即使两个人分开南北各种一块葵花地，但他们之间的思念和关心在久别重逢时展露无遗。第三年虽然葵花丰收了，可叔叔中风了。母亲为了照顾叔叔，最后还是不舍地离开那片梦想致富的葵花地。

优秀的儿女来自优秀的家庭。如果说外婆是作者为人的奠基人，那么母亲就是作者为人的参照物。一家三代，百年沧桑，令人感动。我禁不住想到我的母亲，她虽没有经历这么多苦难，但也生性要强，不辞辛劳，为我们兄妹三人的成长付出了巨大的心血。亲情的力量，温柔而深沉。

坚持的力量，平凡而神奇。种地的人对于土地与粮食的坚持，令人惊叹。

天有不测风云，作者的母亲播了三次种，经历鹅喉羚啃食、干旱、虫害、牛啃等艰辛，在贫瘠的土地上收获那微弱的希望。但一次次灾难降临并没有击垮她的母亲，她不信命只信自己，别人帮不了她，她便自己上。在经历起起伏伏之后，终于第四次插苗成功了。

坚持的力量或许就是击败困难那一瞬间，看似平凡，但若坚持，则令人惊叹。就像是长跑，咬咬牙，击败一次次放弃的念头。即使浑身乏力，你的力量依然会爆发，并且一次次超越自己，创造一次次纪录。

生活、工作亦是如此，一次次坚持和努力，或许会让我们感到疲惫。比如一上午上完四节课，送走一届又一届的毕业生，日复一日、年复一年的三点一线，但我们再坚持那么一点点，可能就会收获幸福与满足。坚持的力量，平凡而神奇。

　　生灵的力量，活泼而坚强。丑丑、赛虎、兔子、鸡、鸭，这些生灵为寂静的葵花地增添了不少乐趣。即使是在这干涸的土地，在这个人烟稀少的地方，它们依然过着有滋有味的小生活。它们为戈壁上的人们增添了不少趣味。因为有了它们，人们的生活不再孤寂，无聊。它们的存在，为沉闷的大地增添了一抹鲜艳的色彩。

　　还有葵花，在这土地贫瘠且水源不充足的地方，只要有阳光，只要有那么一点水，它们就能生根发芽，并且茁壮成长，最终开出金灿灿的葵花，熠熠生辉。然后，追随着太阳，肆意生长。生灵的力量，活泼而坚强。

　　梦想的力量，遥远而伟大。作者年轻时随家生活在葵花地，艰苦而迷茫的人生。在那种艰苦岁月里，没有悲观失望，而是脚踏实地，用心生活，始终心怀梦想，长期默默追求。功夫不负有心人，最终取得非凡的成就。人生不在于结果，而在于过程、在于体验。青春不灭，理想不死，倾其所有，无问西东。梦想的力量，遥远而伟大。

　　阅读完此文，我们深深感到乌伦古河南岸荒野环境的恶劣，耕种生存的不易。让我们更加珍惜当前的美满幸福生活。对比作者家人的生活状况，我们还有什么理由来抱怨生活的不顺、责备夫妻的不对、埋怨他人的不是。只有深深地去感受处于生存边缘的挣扎，才明白只要活着就是幸福。

　　阅读完这本书，我明白了什么叫"十年树木，百年树人"。对孩子的教育，要几代人不懈地陪伴与熏陶。从作者的外婆，到作者的母亲，再到作者，他们的家教，很少是说教，而是用行动、用生活在教育。"父母是原件，孩子是复印件"，我们做父母的，唯有努力活出自己的生命状态，孩子才会潜移默化地接受。

　　阅读完这本书，我悟出一个道理：平凡的力量往往蕴含在最普通的生活中。我们无法评价一个人道路的好坏得失，也无法掌握一个人前途的命运顺逆。我们唯一能做的是：用心活，活在当下。

《致教师》读后感

祝凯峰

　　"世界上最复杂的，是人。教师职业面对的是最深邃的世界——人的心灵。"

这是新教育发起人朱永新教授在他的大作《致教师》中所写下的一句话。

"读书的目的是将来挣大钱""教师应该教授孩子如何考出更好的成绩"，这样的话于我们早已见怪不怪——因为这个社会的现实本就是如此。

但是，朱永新教授的这句话，却让我开始反思：作为一名教师，我们更应该教授孩子们什么？

生活在现代社会的人们，通常都会用最功利的角度去看待一切问题，包括教育。而面对着社会上人们的闲言碎语、百般诘责，又有多少教师能够坚持本心、坚持着自己的理想？

这本书最大的作用，不仅仅是教育教师们如何教课，更是教师们的心灵慰藉——它将我们重新从这功利浮躁的现实拖拽出来，带我们来到这能够让我们重新冷静下来，反思自我的一片净土。

与其说这本书是在教我们如何作为一名教师去教育学生，更不如说这本书是在教我们如何去教育自己。

这本书分成了四个部分，每一个部分都是对上一个部分的升华，环环相扣，从一开始为什么要成为一名教师到最后从教育事业上感受到人生价值的满足，都是取之不尽的宝贵精神财富。在此，我不能够穷尽其中所有，只是从几个方面来简单谈一下我个人的感受。

一、教师要进行专业阅读

当我读到"站在大师的肩膀之上——如何进行专业阅读？"这部分时，我是比较有感触的。我以前很喜欢看书，但作为一名高中教师，特别是一名班主任老师，每天学校事务多，除了上课下课，还要备课、批改作业；除了学校里大事小事，下班时间还常常要接听学生家长的电话……怎样在忙里偷闲中进行专业阅读呢，我在书中找到了答案。其实时间是挤出来的，比如早十分钟起床，晚上少看一会电视，少玩一会……每天坚持阅读 30 分钟，总会或多或少地有些许收获。一个知识面不广的老师，很难真正教会给学生什么，更不会给学生人格上的感召力——虽然古人云"弟子不必不如师，师不必贤于弟子"，但在学生的心目中，老师就是要比学生懂得多、老师就是无所不知的。这是学生对老师的期盼，但也是学生给予老师们的压力，提醒着我们不能止步不前。

教师读书不仅仅是为了工作，其实也是为了人生。人生非常短暂，我们来到这个世界上，为什么而来？陶行知先生说，人生有两种风景，自然的风景和精神的风景。行万里路是看自然的风景；读万卷书，是为了看精神的风景。腿不能到达的地方，眼可以到达。自然的风景是有限的，精神的风景是没有边际的，最后会达到无限风光的顶峰。人生真正的财富，是精神上的财富。不管我们所处怎样的生活状态，我们的精神世界一定不能空虚，自己再忙也要读书，让书香浸润心灵。

二、教师要保持经常思考

随着信息时代互联网技术的发展，我们每天面对的学生接受新事物的能力越来越强，同时教学的难度也越来越大。作为一名老师，要学会思考，更要跟得上时代发展的速度。这就要求老师在备课的时候，一定不要敷衍了事，一定要把问题搞得水落石出；同时，教育需要灵活变通，在遇到复杂的教育问题时，要学会敏捷而妥善地处理问题。作为一名老师，如果想超越自我，只有不断地反思生活，才能够在教学过程中不断地创造新的价值——每一节课课前备课思考怎样设计教学，怎样让学生掌握知识点，怎样调动孩子们学习的积极性，怎样加强学生对知识的实际运用；每一节课后的教学反思，也都会让我们更加强大。只有勤于思考，才能发现自身的不足；教育孩子也要学会思考，只有思考才会不断地进步！

三、教师要学会自我调节

选择了老师这份职业，就相当于选择平凡生活。总有老教师说，教师这个行业从入职起，便能一眼望到头。教师和其他职业不一样，一天天守着一间间教室，一道道题讲了好多遍了，还要不断重复；甚至有的老师产生职业倦怠，提不起精神。之前网上有一个河南郑州的老师，她的辞职信引起了大家的议论和转发——一封信只有简单的几个字："世界那么大，我想去看看。"这或许反映了当下教师行业的尴尬局面，有的人选择了放弃，有的人选择向现实妥协。但不管怎样，既然选择了老师就认真坚守这份职业，对得起自己的良心。

因此，无论在工作上和生活上有不开心的事，都要有宽大的胸怀，遇到事情不钻牛角尖。你的胸怀大了，这个世界就小了，任何问题就不是问题了；如果心小了，所有的事情就大了。你用怎样的眼光看世界，世界就有多大。你看到的世界取决于你的视野，你的视野取决于你的心胸。

四、教师要关注问题学生

当我打开《致教师》第 123 页看到"从问题中收获成长的幸福——如何对待问题学生？"时，顿时有了一种找到了知音的感觉。我前前后后带过的班级很多，但无论带哪个班，每个班都会有个别问题学生让我十分无奈：这背后的原因，更多是由家庭的因素导致的——家里重男轻女导致部分女生厌学、家长工作太忙缺乏关爱导致学生自闭、家里经济条件不好导致学生自卑等，都是我们经常需要面对的问题。

虽说学生有成绩好坏之分，但我坚信成绩不是决定学生人品的度量。不管学生成绩如何，不能把他所有一切都否定、不能对他看不起。总之，要把爱给学生，无论他的家庭条件多么不好、无论他长得是否漂亮，都应该给予每一个学生同等的关心和爱。

读完这本书，我受益匪浅，比起一个教授我经验的憨厚长者，它更像是一位能够理解我的知心朋友。它在黑暗中给予我光明，给了我指引和方向，给了我信心和力量，让我有了努力的方向，懂得了解决问题的方法，解开了我心中的疑惑。每一次的阅读，都会使我产生新的思考和感悟。正如书中所说，"挖掘自身的无穷潜力，就能激发不可限量的能量，就会让明天远远超出想象。"

水晶帘动微风起，满架蔷薇一院香
——读《致教师》有感

李 娜

出门打车时，司机师傅说："老师啊，真好，一个月一万多吧？"朋友聚会时，闺蜜说："老师啊，真好，学生们对你毕恭毕敬吧？"亲子夜聊时，女儿说："老师啊，真好，你心里有个故事王国吧？"

在他们眼里，我可能是个"大女子"——家庭经济支柱；可能是个"女王"——班级绝对权威；可能是个"女先生"——博览群书精神富足。实际上，我只是个普普通通的老师，只俯首在自己的一亩三分地里辛勤耕耘，呵护着那些花那些草，待得微风轻拂，迎来满目绿色，一院花香，而这，是我的幸福。

朱永新先生在《致教师》中这样说过人的幸福的三个来源：一是人与外部物质世界的关系；二是人与人的关系；三是与自己的关系。身为教师，幸福感的获得也要如此。

李宗盛的《凡人歌》里这样写道："你我皆凡人，生在尘世间，终日奔波苦，一刻不得闲。"这一针见血地写出了教师奔波于办公室、教室之间的状态。工作的琐碎，时间的熬磨，钱包的"苗条"，让河南实验中学顾少强老师发出"世界那么大，我想去看看"的呐喊；让深圳名师熊芳芳吟咏着"生命无法重来，不愿意生被安排"毅然离开。固然，每个人的选择都值得被尊重，然而，我苦苦思索的是，怎样让自己在目前的处境中过得更精彩？

我很尊敬北师大教授——布鞋院士李小文，因为他是"遥感基础研究领域最顶尖的两三位科学家之一"，更因为他如《天龙八部》中的少林扫地僧般，有惊人天分和盖世神功却如此的低调、沉默，不管春夏秋冬他都穿布鞋，甚至将裤管挽起来，冬天就穿大厚布棉鞋，手里拎着20世纪80年代流行的半圆形黑包，仿佛随时准备下岗插秧一样。更因为他的一心向上，毫不放松的谨严。白天在科研所搞研究，晚上回北师大准备第二天的课，兼任科学网成立以来的首批活跃博主。生活朴素如此，安排有序如此，充实紧张如此，怎么会有时间去抱怨生活呢？孙子有云："激水之急，至于漂石，势也。"让自己身为教师而幸福，那就动起来吧，成为激水。

据传，职场黄金法则有一条是：把别人当别人，把别人当自己，把自己当自己，把自己当别人。转换一下，或许可以看成教师的自我修养：意识到学生是独立个体，不要把自己思想强加于他，但要设身处地去思考，学生需要的是什么。意识到自己的身份是老师，不是春蚕，不是蜡烛；不是一个隐喻与一个标本，更不是灵魂工程师，教师就是教师，每天都在平凡与神圣中穿行，其生命的价值在于"以现在求证未来，让生命幸福完整"。

我们之所以会对孩子有不同的态度，往往是因为我们给孩子贴上了不同的标签。外貌美丽、乖巧听话、聪明能干、沉默寡言、顽皮淘气等词语，都是一个又一个的标签。一旦贴上了就像"牛皮癣"一样难以卸下。这种先入为主的有色看法直接影响教师的态度。每个孩子都是独一无二的天使，作为教师，要给孩子自由，给他时间，给他空间。同时要善于发现学生的特别之处，及时鼓励表扬，也许他们会爆发出我们难以想象的能量。所以当一个特别调皮不听话的孩子，在你的课堂上认认真真，积极参与可课堂活动时，内心的成就感和满足感是无法用言语来表达的。

我是教育路上的行人，是菁菁园地的耕者，有渴望收获的向往，有汗滴土地的辛苦，有漫长等待的疲惫，也有水到渠成的欣喜。在这个过程中，我的幸福就是坚持，就是等待，就是嗅得满院蔷薇花香的心折。

充盈生命　幸福生活

郭　娟

在朱永新先生《致教师》的前言部分，有一首小诗《我是教师》，"教师，不是园丁""教师，不是蜡烛""教师，不是春蚕""教师，不是人类灵魂工程师""教师就是教师，每天都在神圣与平凡中穿行""我是教师/以现在求证未来/让生命幸福完整"……那些平时惯用、看似寻常的比喻被朱老师——否定，目的是想说明，没有必要把教师推向神坛，教师首先要是一个人，一个平凡的、有喜怒哀乐的感情的人，一个不断追求生活充盈、幸福、完整的人。带着这样的认识我认真读了这本《致教师》，感到朱永新先生写得真诚、谈得透彻，文章既有思想上的引领，又有接地气的实例，读来获益匪浅。特别是有关教师生活方式、家庭建设、心理调适等方面的内容，更是引起了我很多反省思考。学校里的工作是我们谋生的方式，我们当然应该兢兢业业，苦心劳志，但是工作不可能是生活的全部，个人的发展、家庭的发展、孩子的教育陪伴等也都需要我们用心经营。只有这样，个人才能精彩，家庭才能和谐，孩子才有榜样，教学才能有底气。

我家小雅今年面临小升初，漫长的"空中课堂"学习阶段，我一直要求她每天早晨给自己的一天做个计划，她常常反问我："妈妈，今天你干什么？"是的，家长的言行都在细微处影响着孩子。如果我一天都追剧网购，她怎么肯一直听课、写作业、练琴、读书呢？我想家长身为成人让自己的日子充实有趣，越来越丰富，越来越有魅力，就不会陷入"四十岁死，八十岁埋"的荒诞境地。我们这个时代最伟大的心理医生斯科特·派克在他的《少有人走的路》中写道："我们对现实的观念就像一张地图，凭借这张地图，我们同人生的地形、地貌不断妥协和谈判。地图准确无误，我们就能确定自己的位置，知道要到什么地方，怎样到达那里；地图漏洞百出，我们就会迷失方向。"想一想，有多少人过了青春期，就放弃了绘制地图，过了中年就自认为地图完美无缺，甚至故步自封，再也没兴趣接受新的信息。只有少数人会不停地探索、扩大和更新自己对世界的认识。所以充盈自己的生命不仅是自己的事，也是孩子的事，也是家庭的事。

在《生活情趣让教育更有趣味》一文中，朱永新老师谈道："作为一名教师，我们生活的全部内容其实都与教书相关，教书之外的生活状态与生命质量对我们的教书有着至关重要的影响，是学校生活的有力支持和重要保障。我们经常说，一个教师其实是用一生的时间在备课，也正是从这个意义上而言。"为什么老师们普遍有一种感觉，只要在课堂上一说"用不着的"，孩子们就听得津津有味呢？我现在想来，大概那些所谓"用不着的"话题里面，更多的是老师的见识、经验、审美、态度。一位教师丰富的阅历、非凡的见地就是其魅力所在。

我至今依然清晰地记得我上高一时那位其貌不扬的教授语文的男老师，他在讲假期与友人同行内蒙古时的眷恋神情和为草原被破坏而深深忧虑。我也对刚刚上班不久，学校党委组织的几次党建活动和班主任培训活动记忆犹新。同事们在潮落潮涨之际蹚过笔架山与陆地之间的狭窄通道，走得不如潮水涨得快，那种被大自然不可抗拒的力量所胁迫的紧张感难以言传。登上兴隆雾灵山山巅海拔 2118 米的燕山山脉主峰，冷风凛冽，云雾迷蒙，目力所及已无高大植物，但也有那柔弱的黄色、紫色、白色小花灿然绽放，令人无比感动。锦州城外的辽沈战役纪念馆记录着勇敢与骄傲，狼牙山下的五壮士纪念馆留存着不屈和顽强。每一次出行都是一次与自然的对话，一次精神的洗礼。

当然，在目前的形势下类似的活动不容易开展了，然而我发现很多老师还是有办法在寻常日子里寻找诗意和丰盈。S 老师常常拍摄美人美景，配以诗文抒情；W 老师每日练字，文墨飘香；L 老师抄写经典，含英咀华；Z 老师刀尺向锦缎，为两个儿子穿针引线，乐此不疲……我自己学习做烘焙，亲手为孩子们调制一份生活的甜美；参与诵读团，力争发展自己的特长，还带着孩子一起参加了线上诗会；试学七弦琴，抹勾挑撮，追慕高山流水；听听理财课，开辟一个新领域，学习一种新思维。我也许没有能力成为哪一方面的专家大师，但是我在探索的路上结识了更多有趣的人，领略了不曾见到的风光，思考了不曾留意的问题，丰富了生活，充实了头脑。我找到了属于自己的一份幸福，也感到更有自信去面对那些刚刚开始探索人生的学子。

朱永新老师发起的新教育实验，倡导过一种幸福完整的教育生活。《致教师》中说："因为幸福完整，教育不再仅仅是一种行业，而是融入生活，成为人生的重要组成部分。因为幸福完整，教师不再仅仅是一种职业，而是激发潜能，在不断成长中绽放自我的光芒。"我会谨记先生的教导，去探索、去追寻，争取充盈生命、幸福生活！

一眼万年

——读《遥远的向日葵地》有感

代保新

看到党委发的散文集《遥远的向日葵地》的封面，我立刻被那浓重的油墨色彩所吸引，炽热的红、耀眼的黄、青翠的绿，不由自主地想起三年前，我在暑假期间去新疆旅行的经历：历经连续多天奔波在戈壁、荒漠之后，突然来到一处恍如仙境的风景优美的地方，我被那些绚烂的色彩所打动，简直禁不住要激动地大喊几声。我想，"向日葵"给人的印象就是绚烂蓬勃的生机，这本书一定是赞美生命的吧。真正读起书来，发现它果然写的是发生在新疆的北部边疆阿勒泰戈壁中的故事，似乎有了那么一点亲近，但又似乎离我的想象很远。

耕种可以有诗意，但前提是辛劳。我本人没有亲自耕种的体验，日常读到的文章里更多的是对田园生活、农家生活简单淳朴、丰收喜悦的描述，中学时背过陶渊明的诗句"晨兴理荒秽，戴月荷锄归"，也带着一丝浪漫的色彩，就像李娟所写到的，似乎"大地上的一切都是理所应当的存在""粮食理所应当从土壤中产出，作物理所应当蓬勃健壮，丰收理所应当属于劳动"。可是在阅读这本书的过程中，我却一次次为这块小得可怜的土地捏一把汗。持续的旱灾、突临的虫灾、驱之又返的鹅喉羚、附近农家的老牛，任何一种因素都有可能造成损失惨重。一遍又一遍地补种、一棵一棵地浇苗、一个花盘又一个花盘地剥籽，这些重复的劳作辛苦单调，只有肌肉酸痛、大汗淋漓陪伴，哪有多少诗意抒情。到最后还是不得不放弃收成前景实在堪忧的一块地。没有任何一种收获是可以毫不费力轻松获得的，耕种辛劳、学习辛劳、备课辛劳、管理辛劳……珍惜每一份土地的出产吧，因为这大地的馈赠凝结着农人的血汗；珍惜我们学习工作的成果吧，毕竟它们摆脱了单调重复，是一种更加富有创造力的心血的结晶。

风景可以被欣赏，但前提是珍惜。老天对新疆是偏爱的，它用大自然的画笔涂抹出最极致的色彩。巴音布鲁克草原是绿，连绵的青山层层叠叠，白云环绕在半山腰，绿草、各色野花，从脚下开始延伸至无边的天际；库姆塔格沙漠是黄，无边无际的沙漠像黄色的大海，太阳照在上面，万点光亮闪耀，在烈日的烘烤下，沙漠上升腾着一股股热浪，叫人连呼吸都觉得困难；赛里木湖是蓝，湖水洁如明镜，每当清晨日出时，这浮光潋滟的湖水，又像舞台上的天幕一样，不断变幻着，时而湛蓝，时而淡黄，时而橘红，给人以置身仙境的感觉；库车大峡谷是红，红褐色的山体群直插云天，在阳光照射下，犹如一簇簇燃烧的火焰……当然，这些景色作者李娟的母亲都无福消受，她只能守着这一块贫瘠的土地，但是丝毫不影响她感受色彩的丰富，秧苗的绿、葵花的黄、天空的蓝，还有水渠中那一点点流水倒映出的变幻的天光。虽然她词汇贫乏，从不赞美，但是没有谁不会被大自然的美丽打动。很多人喜欢去旅游，去欣赏城市里见不到的美景，大自然亿万年沧海桑田的变化塑造的奇观，我们能在生命短短几十年里去欣赏何其有幸！2016年我去过九寨沟，2017年那里就因为地震受到了无法修复的重创。网上曾有人炫耀自己在张掖丹霞地貌上踩脚印，恢复一个脚印需要60年。杭州的网红"粉黛草"花海被游客们三天时间损毁殆尽。这样的例子不胜枚举，虽然屡遭曝光，但还是屡禁不止。更不要说本书的作者对人类过度压榨土地肥力的忧虑："为了在短暂而有限的时间内达到利益最大化，我们只能无视基本耕种原则，无尽地勒索，只到土地死去——要么沙化，要么板结。土壤缠满塑料地膜，农药瓶子堆积地头。"人类只是地球上的过客，但是我们一直以主人自居，为了自己的需要开采、索取、改造。今年发生的一系列自然灾害事件，如澳大利亚的大火、东非的蝗灾，包括新冠病毒的肆虐都给我们敲响了警钟，要珍惜自然，爱护自然。一眼万年，怎可不珍惜？

　　生命可以很绚烂，但前提是顽强。作者感慨："我家地种得最少，灾情最惨，日子还过得最体面。"斥巨资买蒙古包，鸡窝体面，兔舍宽敞，两狗相伴，鸭鹅成群。母亲精心饲养着这么一大群小生物，它们在那片连用水都是奢求的土地上，蓬蓬勃勃、热热闹闹地生长着。我想起了西北的信天游，在同样荒凉广阔的高原上，却有着那么炽烈豪迈的歌唱。我想起了余华的小说《活着》里面的主人公福贵，在社会家庭一个个重创打击下却依然咬紧牙关默默忍受。《平凡的世界》里有一句话："在这个世界上，不是所有合理的和美好的，都能按照自己的愿望存在或实现。"这个世界上，除了湛蓝的天空，还有泥土和大地。即使是已经低入尘埃的芸芸众生，只要他还有梦有行动，在坚持在前行，都值得赞美。假期时网上一张图片引人泪目，一个小学生坐在自家摊位案板下坚持上网课，她的眼里也有星辰大海。抖音上那个发完工资去买了一箱牛奶的小伙任海龙，他的愿望就是能攒够钱，带着把他养大的姑父坐一次飞机，坐一次高铁，做一次轮船，见见大世界，说起这个梦想他嘴角上扬，满脸期待。成年人的生活从来没有"容易"二字，虽然我们也许没有得到世俗意义上的成功，却也都在努力做最好的自己。努力值得被他人尊重，顽强值得被生命奖赏！

　　生命短暂，万物永恒，绽放光彩，一眼万年。

拥有生命的光辉

——《致教师》读后感

安　芳

十八年前，当我走进唐山一中成为一名高中语文老师的时候，曾经在年轻教师演讲比赛中这样说：老师，是一座桥，将学生送上成功的彼岸，然后望着他们的背影笑着为他们祝福；老师，是一支火炬，在荒蛮中播撒文明，直到在清贫中耗尽自己最后一滴能量。教师，是太阳底下最光辉的职业。那个时候的我，意气风发，对未来充满期待。

数年之后，我经历过职业的倦怠期，感觉自己就像西方神话故事里的西西弗斯，他触犯了众神，宙斯为了惩罚他，让他每天把一块巨石推上山顶，巨石非常沉重，然而当他拼尽全力将石头推上山顶时，石头会再次滚落下来。这种周而复始、永无休止的苦役带来的绝望是众神能想到的最残酷的惩罚。

十八年倏忽而逝，我已经不再年轻，对于教师这份职业也有了更丰富的认识和更复杂的情感。我意识到，"少年壮志当拿云"的气魄固然可贵，倦怠时的浑浑噩噩固然可悲，但这都是我在这个职业中必走的弯路，也让我对教师这个职业拥有了一个更清醒的认识。所以，当我看到朱永新老师在《致教师》中的文字时，真的是有一种心有戚戚的感觉。

朱老师说："一味将教师归结为平凡或者神圣，都是片面的。归结为平凡，会认为教师只是一份赖以谋生的职业，会放松对自我的追求，最终在懈怠中迷失。归结为神圣，会过于强调教师的奉献与牺牲，容易导致神话和苛求，动摇了扎根于现实的坚实根基。"

《致教师》的前言，就颠覆了以前对教师的形象比喻，更具人性。在他眼里，教师不是蜡烛，不能以化为灰烬做代价。他说得太好了。多少年来，教师被道德绑架着，仿佛一旦做了教师，就要放弃自己，六亲不认，心里眼里只有学生，只有奉献。但是，如果一个人，连自己都不爱，又怎么能去爱别人，爱学生；如果一个人，连生活都不爱，又怎么能去爱事业，爱世界。这个世界已经不是靠情怀就可以运转的世界了，孩子们的眼睛比以往更挑剔，他们见过的世界比以往更复杂更现实。他们看到老师蓬头垢面，首先想到的不是老师真敬业，而是老师真落魄、真寒酸。趴着的教师教不出站立的学生，正如朱永新老师所说，教师职业的最基本境界，就是做让学生瞧得起的老师。这个"瞧得起"，包括业务立得住，也包括生活得有尊严。

但如果心里只有自己，那么教师也将泯然众人，也将"在倦怠中迷失"。如何把握这个度呢？

朱老师说，教师"每天都在神圣与平凡中穿行"，教师是一个"能够把人的创造力、想象力等全部能量与智慧发挥到极限的、永远没有止境的职业"。教师的幸福"就在创造中，在服务中，在研究中，在分享中"。

一份工作，之所以能够成为事业，归根结底就是我们能从其中找到创造的乐趣，找到探索极限的成就感。最近几年的语文教学，我也在向着这个方向努力。课堂上，我少了一味追求分数的急功近利，我更想教给学生的，是如何品味语文之美，体悟语文传达的智慧。我想让他们知道，秋天树叶飘零，不只因为脱落酸，还有李白的"苔深不能扫，落叶秋风早"；看到天上的月亮，我们可以吟出"思君如满月，夜夜减清辉"，也可以写下"世界在明亮的光晕里倒退"这样轻灵的句子。我会告诉我的学生，我们学习语文不仅是为了高考，还因为在这样一个喧嚣的社会，我们的精神世界也需要一点优美和浪漫的东西。曾经有位网友说过一句话："不读唐诗的确不会损失什么，只是读了会哭。"我不想让我的孩子们错过这份美好。

这个世界上，需要修建城邦的建设者，也需要在路边修篱种菊的美学家。我想做这样的语文老师，通过三尺讲台、一方黑板，为学生描绘江山如画，带学生探索心灵秘境，让孩子们知道，生命有很多种姿态，即便长大后还是要过着按部就班一成不变的生活，但也不会感觉苍白，因为他的生命里，还有我们一起读过的山间岚、松林风，还有梨花般轻盈的月光。

在我从教的经历中，有一个画面始终铭记于心。那是一个春日的午后，我推开教室的门，一个孩子雀跃地告诉我：老师，有一首歌很好听，想跟您分享。她点开音频，旋律果然十分悠扬，听着听着，她轻轻唱起来，然后很自然地，一个接着一个，全班的孩子们都跟着唱起来，春天温暖的风从窗外柔柔地吹过来，将窗帘轻轻吹起，像白鸽的翅膀，我的心充实饱满，感到无比的幸福。

我的能力有限，成不了大器。但是读了朱永新老师的《致教师》，我心中的目标越来越清晰：做一个幸福的人，把幸福的生命密码传递给我的学生，我们共同分享探索世界的喜悦和生命的悲欢，每个人的一生都是一个生命的叙事，愿我们都能在时光中创造那个更好的自己。

《致教师》读后感

刘　燕

寒假放假前，学校发了两本书，其中一本是《致教师》，读过之后，我受益匪浅。作者朱永新教授是新教育发起人，他通过对一个个生动的案例进行有针对性的剖析，将一线教师在教学工作中常见的困惑和疑问进行了详细的阐释，从教十六年来，我在教育工作生涯中遇到的很多问题，都从这本书中找到了答案。

一、切实践行终身学习，专业知识和拓展知识两手抓

工作时间久了，难免会有倦怠，同时教着新旧两套教材，面对两个层次的学生还当着班主任的时候，每天的生活简直充实无比，有时候，还鸡飞狗跳，回到家里别说看书了，脸都懒得好好洗。但是现实情况是，专业知识的更新速度非常快，学生接触到的很多新生事物也是我们当初根本没有流行起来甚至根本没有的，如果没有一个爱好，生活本身也会枯燥乏味。对于一名教师来说，业务不够过硬，讲课、答疑就没有底气，和学生的思想脱节，沟通起来就会有障碍，学生工作无法顺利开展，如果自己的老师甚至自己的班主任都只会守着自己那一亩三分地，其他的一问三不知，本身对学生就不是一个好的榜样。

学习是需要时间的，时间从哪儿来？时间是挤出来的。平时的工作做好计划，提高效率，下班时间少玩会儿电脑、少看会手机，足以腾出一些时间来翻几页书，多了不敢保证，半小时到一小时，应该问题不大。一本书、一杯茶、几滴精油，短时间也许看不出什么，坚持下来就会发现，读书的过程，就是自内而外自我提升的过程，腹有诗书气自华，从来不是空话。

人生有两种风景，自然的风景和精神的风景。行万里路让我们看到自然的风景；读万卷书，则是为了看到精神的风景，也可以让我们更为深刻地认识自然的风景。用知识武装头脑，让书香浸润心灵，这是人生最大的，也是谁都抢不走的财富。

二、不断反思、不断修正、不断进步

我们面对的学生，每一个都是独立的个体，他们智力水平不同、成长环境

不同、思维方式不同、行为习惯不同、家长的素质不同，可以说，老师，尤其是班主任，直接或间接面对的，是相当复杂的对象。在我们传道授业解惑的过程中，学生在成长，老师也需要成长，才能在遇到复杂的教育问题时，敏捷而妥善地处理问题。对我们来说，最实际的做法就是，遇到问题，不要敷衍了事，直到解决为止。备课遇到疑点，要查找资料，做好设计，上课之后要回顾一节课的得失，学生层次不同，授课方式要随之调整，处理学生问题，要有教育随笔……点滴积累，不断反思，才能不断进步。老师的反思、修正和进步，对学生也是非常好的引领。

三、学会自我调适，要努力工作，也要享受生活

教师这个职业，每天都在做着看似重复的劳动，还要随时准备应对各种大大小小的突发事件，老师们，特别是班主任们，如果把每天奉献出来的时间加在一起，一年下来不定相当于多少个八小时工作日。说句实在话，老师干的是良心活，努力是一个样，不努力又是一个样。而认真坚守这份职业，肯定会有很多开心的事情，也免不了会遇到很多让人生气的事情。还记得同事说过的一件事：两个人搭伴去看中医，老中医一把脉，肝火旺心火旺，张口一句"都是当老师的吧"。我自己去体检，医生看着体检报告，一问职业，也会劝一句，不要和不懂事的学生、不懂事的家长真生气。可是但凡当老师的，多年工作下来，哪可能没有在工作中遇到让人心情不好的事情？

工作中会有不开心的事，生活中也会有不开心的事，如果遇事就钻牛角尖，到头来遭罪的只有自己，所以必须要学会自我调适。心胸宽广了，很多问题就不是问题了；心胸宽广了，视野就打开了，视野打开、眼光长远，世界也变大了。

我理想中的状态是，工作上认真努力，遇到问题，积极解决问题，生活中培养自己的兴趣爱好，让生活丰富多彩。努力工作，享受生活，是我们需要终身研究的课题。

四、客观对待学生，特别是所谓的问题学生

《致教师》有一部分内容提到了如何对待问题学生，这简直就是给我量身定制的问题。今年这个班，在最开始的几个月，真的把我变成了"祥林嫂"，遇到谁都恨不得唠叨一番，因为工作这么多年，我没有见过这样的学生，就是当初在华明分校的学生，在学习、习惯等方面也比他们强太多。但是既然接了这个

班，就只能硬着头皮干下去。

这些孩子，大部分都是长期积累的习惯不好，文化课底子太差，家长们对孩子在性格和习惯养成过程中的关注和培养也普遍不够，或者关注和培养的方向不大对头。但是就基本的做人的品质而言，他们没有问题，他们也想做出成绩，也想努力让自己做个普通的高中生，在听到一些贬低他们的话的时候心里也会难受。但长期以来，因为成绩差、纪律差、习惯差所带来的负面影响对他们来说印象太过深刻，就连最开始的自我介绍，都很少有人能够昂首挺胸，甚至有的孩子，表现出了很强的破罐子破摔的倾向。还有一些孩子，因为家境好，没有生活压力，导致了没目标、没追求，吃不了苦，不想学习。

面对这群孩子，指望他们一下子就能加强自我约束、成绩突飞猛进，是不现实的，除了日常的沟通、督促、加强管理之外，我尝试从其他方面，支持他们表现自己，寻求自信。第一次办板报，因为大家没有经验，认为在纸上打底稿浪费时间，结果走了不少弯路，到第二次办板报的时候，不用提醒，大家就先出了设计图，班长不会写艺术字，请家长帮忙打了底稿，他自己临摹到黑板上。做展板，最开始的排版不好看，几个孩子一点点调整，最后成果不错。元旦联欢，从准备服装到组织练习，孩子们都很积极，动作节奏卡不准，也会思考，从最开始看着别人的动作，到跟着音乐的节奏，在有经验的人看来，跟着固定的音乐节奏难道不是常识吗？但是对舞台经验几乎为零的他们来说，这是他们体验、思考之后学到的经验。我陪着他们，听音乐、找节奏、调整动作，只要时间允许，都让他们自己想办法，演出前一天晚上，孩子们还在练习、调整，虽然正式演出时候的动作还很稚嫩，但那是他们发挥最好的一次，没有失误。也许这些活动，会耽误一些学习时间，但精神上获得的成就感，对他们来说是不可替代的。选德育标兵、选三好学生，得票最高的，几乎都是班里综合表现突出的，这说明孩子心里有杆秤，知道真正的学生应该是什么样子。这些，是孩子们的成长，也是我鼓励他们的契机。大部分孩子是知道好歹的，哪怕曾经严厉地批评他们，甚至惩罚他们，但当你带着爱对待他们时，其实孩子们已经感受到了爱。

总的来说，这本书给了我指引和方向，更增添了我教育好学生的信心和力量，学无止境，我会继续努力。

我心中的教育幸福

周艳红

教师的幸福从哪里来？在《致教师》中，朱永新教授列举了左拉、穆尼尔·纳素夫、拉美特利、罗曼·罗兰等人的名言，总结了幸福的基本特征，即幸福应该是在创造中的、幸福应该是在服务中的、幸福应该是在研究中的、幸福应该是与别人分享的。虽然我没有做过什么伟大的事情，然而却非常认同朱教授的观点。在 20 年平凡的教学生涯中，我感到每日的重复带给我的大多是毫无成就的无聊感，反倒是教育教学中的付出与收获会给我带来存在感和幸福感。

一、教育的幸福来自教师的专业成长

教师的主阵地是课堂，一个教不好课的教师根本就无法立足，所以会讲课的教师，才容易得到幸福，受学生爱戴。但是讲好课也不容易，需要我们广博的知识，坚实的专业技能，高尚的情操，超强的自律，不懈的努力。

1. 科学备课，力求改革创新，走出具有教师特色的贴近学生实际之路

教师要首先做一个"让学生瞧得起的老师"。就是要把课上得好一点，上好课的前提是把课备好，怎样才能备好课？当然要熟悉课程内容，教学重点和教学难点。其次就是备好学生。要根据自己的学生特点和需求调整教学内容和教学方法。最后，如果自己的专业知识还不够充足，那么一定要抽出业余时间阅读学习专业书籍、收看名家讲座，努力钻研自己的专业知识技能，并在实践中不断改革创新，以学生的收获为目标，研究出体现教师特色的教学方法。

2. 读书提高修养，扩大见识，走出扎实博学的学者之路

俗话说，给学生一杯水教师就要有一桶水。所以，教师的成长不能仅仅限于专业知识，还要有与学科相关或不相关的其他方面的修养，那么，读书就成为提高自我修养的良好办法。实践证明，万事预则立不预则废，读书前要确立目标和计划，每个学期内给自己规定几本书来读，不管是否写出读后感，读过书与没读过书人的思考深度和广度就会有所不同，不知不觉中，书籍带给我们思想上的塑造，行为上的变化，都会体现在我们日常的教学中。如果是发自内心想读书，那么我们自身就不会感觉到疲惫，反倒自得其乐。我在参加 3E 工作室以后，也制定了自我监督表，每每看到其他老师的每周生活，就会发现自己的不足，于是自我鞭策、自我激励，虽然过去的一年比先前任何时候都工作繁

忙,日程排得满满当当,读了好几本书,写了好多总结,然而,并没有因此而疲劳,反倒精神状态好,幸福指数高。这也改变了我过去遇事爱发愁的毛病,养成了先去查找一些有用的书籍来读一读的习惯。

3. 管理时间,提高效率,走出利用碎片时间学习提升之路

一个人每天的时间是有限的,在原先就相对比较忙碌的工作之余,怎样安排出时间来既读书又做研究呢?我感觉时间管理能力非常重要,我们需要大块的时间备课、判作业、判卷子与学生谈话沟通,那么能够利用的就只有碎片时间来阅读了。比如在买饭来回的路上,在睡觉以前的十分钟,在看自习的路上,在开车上下班的路上,这些小段时间恰好可以用来做自己的小事。我选择用听的方式,去听自己喜欢的英语广播,听一些手机应用上的书籍,听一些育儿知识,用边听边说的方式练习英语语音等。或许我们都习惯了在这些时间段里用手机看公众号或者网络推文,但是在这些移动时间里看就不如听对眼睛友好了。特别是学英语,碎片时间对我们非常重要、非常实用,每天碎片时间合起来可达一两个小时。学到的就是赚到的,能没有幸福感吗?

二、教育的幸福来自和谐的师生关系

对于师生关系的定位,每一位老师的看法都不尽相同,由于年龄、性别、性格、所教学科、个人经历等因素而千差万别,关键在于找到适合自己的那一种方式。我们说教学要有特色,教育学生,不论是班主任还是科任教师,也都应该具有自己的特色,只有符合自己特点的教育方式才容易被学生接纳,也容易使自己得到幸福感。多年的教学实践使我发现学生知识面、心理特征、动手能力、思想状态都在变化,学生与我的心理差距越来越大,我的年龄增长了,对学生的敬畏之心却越来越强,他们逐渐走到了我的孩子辈,于是我与他们的相处之道,源于我对自己孩子的接触和了解,一定程度上,这使得我和我的学生相处变得简单了。但是我知道这些孩子非常敏感,自尊心极强,心理承受力越来越差,极端思想越来越浓,与他们相处越来越难。我可以做的,不过就是给予他们适当的尊重,划出清晰的界限,在一定程度上给予他们关怀和关心。可以说我是把学生们当作自己的孩子来对待的,甚至在与他们相处时,我会不自觉地把他们叫作孩子,而不是学生,这不是做出来的,是发自内心的。所以他们真犯错了,我就会动火,他们做好了,我也会真心地给予表扬。由于这种相处对我而言是真实的表现,没有行为和语言上的做作,我也感受到学生反映出来的共鸣,我们之间的关系越发和谐,这无形中增加了我教育之路上的幸福感。

三、教育的幸福来自教育问题的聚焦研究

教师的工作重复性虽高，但是挑战性很强。每一届的学生有每一届的问题，每一个个体有每一种个性。我以前非常不注重总结和反思，很多教育心得都是辛苦付出后的痛苦的记忆。过去的一幕幕时常浮现在脑海中，我经常后悔处理体育生时的方法单一，不重人情，也会经常心悸于心理崩溃的学生们泪奔的苍白面容，凝滞的眼神，想要冲拳回击的愤恨目光。现在，当我再度担起班主任重任时，我开始了班级管理记录，边写边梳理问题的脉络和重点，思考处理事件的方式方法以及轻重得失。而且，我正在专注于自己设立的小课题研究，主要有以下六类：①个别学生某个表现的原因是什么，如何处理？②上课睡觉的根源在哪里，有几种情况，如何解决？③体育生怎么管理最有效？④叛逆学生怎么对待，与家长怎样沟通？⑤高三了，如何提高班级凝聚力？⑥我的班主任风格到底是什么样的，怎样做到既民主又有度？

迄今为止，让我最有收获的是对学生小小叛逆行为的"暖"处理，即一方面理解学生，温暖内心；另一方面劝解家长，改变教育方式。将近两周的努力后，学生精神多了，家长也两次发微信感谢我的指点，表达喜悦之情。作为教育者，能这么快看到效果，简直是件不可思议的乐事。然而我知道，这些问题都没有彻底解决，还需要进一步跟踪推进，恐怕要到高三毕业才能"研究结题"，由于不确定性和好奇心，我非常想探究答案，这在一定程度上为我的班主任之路设立了目标，让生活更有意义。

四、教育的幸福来自温暖的亲子关系

教师是能够把专业知识最直接用于家庭的职业。我们的专业素养、教育智慧，不仅能够使学生们受益，也会使自己的家人受益，这本身就是一种幸福。同时，由于我的孩子恰好和我的学生同龄，我的育儿经验就可以和学生家长分享，养育中的教训也可以相互吸取了。

我的班主任生涯不算长，但是却教育了五个心理状态不佳的孩子。曾经在学生身上表现的忧愁、痛苦，在家长脸上带着的苦恼、无奈，在午休时间的电话长谈，一连串抱怨、诉说，历历在目、句句在耳畔。这些案例给我机会反思和总结家庭教育。我发现，大体上这些孩子最初都学习优秀，不用大人操心，但是家长却多数独裁、强势，当孩子走入青春期，想要自己的自由空间时，遭遇了强势家长的束缚，于是纷争不断，学生无能回击，就转移到学习上，开始

讨厌家长、讨厌上课、讨厌学校。随着孩子长大，我享受过"甩手"的轻松，但是也遇到了青春期的种种难堪，在不断地交锋后，结合读过的书籍，结合过去的学生的案例，我逐渐学会了处理自己孩子的问题的合适方式，逐渐调整定位自己做合格母亲的样子。

现在的我充满幸福，在课堂上，我尽情挥洒热情，与学生背诵比拼，一片欢声笑语；在班级管理中，我关心每人，严爱相济，亦师亦母；我和孩子的关系很融洽，有话好好说，不再吼叫，不再后悔。每天温馨从容，积极上进，这是我与学生共同的状态。我相信这一切会继续发展下去，就像奔涌向前的小溪，一路欢歌。

致敬师者　大爱无声

周　霞

非常感谢学校党委一直在倡导"教师读好书"的活动，并且还精选书籍，发放到老师手中。由此才有机缘读到了朱永新先生的《致教师》，书名简简单单的三个字，一看就知道是写给老师这个群体的，内心不由升起亲切感。里面会书写怎样的内容呢？带着好奇翻阅书卷，我看到的是一个个真实生动的案例，是先生对一线教师工作、生活中的困惑深刻地思考和剖析，是先生满怀深情的理解和拳拳之心的指引。读书的过程，我分明感受到的是一个教育家对人性的思考和赞叹，对教育工作的神圣和审慎，对教育者如何做到卓越的心灵指引。

朱永新教授是一个扎根于实践的教育理论家，同时也是一个有积极行动的理想主义者。十几年前，他就在思考什么是理想的教育。然后他就做出了"新教育"，并且现在还在路上。"新教育"旨在倡导广大师生过一种幸福完整的教育生活。让学生脱离单一评价机制下学习痛苦、生活失败的情况；让教师摆脱严厉刻板的形象，让一切回归"正常"。因为成长本应是人的本能，它就是生活的一部分。如今，"新教育"在全国各地已有 200 多万参与者，他们相信，理想的学生热爱生活、积极进取、自信自强、善于和人相处、有丰富的想象力、掌握科学的学习方法；他们认为，理想的教师充满激情和诗意、充满爱心、受学生尊敬、追求卓越、勤于学习、关注人类命运、坚韧刚强。而理想的教育，就是去帮助人成为他自己。

开卷有益，书中有太多的话，时不时会引起我拊掌称是和掩卷回味。

书中有这样一句话："教育最重要的事情就是要相信孩子与学生，相信他们每一个人都能够书写自己的精彩；就是要发现孩子与学生，发现他们的潜能与个性，让他们真正地成为自己。"

这不禁让我想起在我挚爱的心理咨询工作中，我们秉承的人生观，有关人性的基本理念如出一辙：每个人都具备使自己快乐成功的资源，没有资源不足，只有对资源的运用不足。每个孩子都有着他们自己的精神内核，每个孩子都可以通过被看见、被懂得、被理解、被接纳、被尊重、被欣赏，而唤醒自己的精神内核，从而激发强大的生命力，追求健康的自我成长，成为真实的自己，成就优秀卓越的自己。是的，每个孩子都自带天赋，有成功快乐的资源，那就是具有无限可能的生命力。生命力，孩子从顺利出生到活下来，到不断在磕磕绊绊中成长起来，在学习生活中，认识自己，调整自己，开发着自己的潜能，形成自己独特的个性，最终走向社会，磨炼自己，成就自己，实现自我的价值。

作为一名有20多年工作经验的心理咨询师，我在工作过程中，见到了太多不快乐的人，在他们或长或短的人生故事里，他们有着不如意的早年经历，造就了他们的低自尊，并且一直以来在生活中无意识进行过低的自我评价，不断地对自己进行否定。对未来的忧虑，让他们的心灵备受煎熬。

回忆前几天做过的几个案例，有一个高一女生，从疫情长假期结束回到学校，恢复了正规的学习节奏后，出现了头疼、胸闷、失眠现象，在人多的环境中心烦、焦躁、不可抑制地想哭，无法在班级坚持学习。妈妈带孩子去医院检查，没有任何的器质性问题，诊断有一定程度的抑郁和焦虑。来到我的咨询室，我看到如此瘦弱的女孩子，竟然端着一个厚厚的肩膀，不由地一阵心疼。果然不出所料，这个孩子内心埋藏着太多的负面情绪，背负着巨大的心理压力，不能宣泄，无处表达，更不会转化。这个孩子非常习惯对自己提出高的标准，甚至超乎人正常心理活动规律，常常因为自己达不成标准，就陷入痛苦自责当中。比如，这个孩子会评价自己不努力、不优秀，原因是上课有时候走神，考试做题总遇到不会的题，做不出来。我很好奇，也倍加关心地问她，走神的频率，走神的时长。她说，每次走神都是2到3分钟，一天平均走神三四次。有时候会因为自己做题没有思路，特别痛恨自己，在家的时候，甚至会摔东西，大哭大闹一个小时才能把情绪稳定下来。无独有偶，在接触这个孩子之后的两天里，我又接触了一个资优的高三女生。和上面的高一女生一样，她也有相同的心理感受和反应。这位高三女生成绩好的时候，可以排到年级十名之内，考不好的时候，可以到年级300名左右，平时总在30—80名震荡。这么一位成绩可上可下的"绩优股"，在考试考出好成绩的时候，会认为不是自己的实力，是考题恰好自己复习得好，恰好适合自己，不适合其他同学，或者其他同学发挥失常，既然考好了是运气,自然担心下次考试会"原形毕露"。考不好的时候会怎样呢?在觉得痛苦失望的同时,又多了几分坦然,认为考不好这才是自己的真实水平。这样的孩子,貌似都是父母和老师眼中的乖孩子,学习很少让父母老师操心费力,孩子自身要强、有上进心,可惜,在要强上进的同时,内心充满了太多的自我否定,自我怀疑,缺乏自我肯定和自我鼓励。在成长的阶梯上,遇到更大的挑战和压力的时候,自己先把自己吓趴下了。缺乏自我肯定的人内心脆弱,恐惧能让一个人奔跑,但也能让一个人瘫倒。到这个时刻作为老师和家长,不知要付出多少担心,又要注入多少鼓励和支持,才能帮助这样的孩子走出"自挖陷阱自己跳"的循环模式。

在咨询室中,我也送往过因为人际关系而苦恼的同学。有的同学是来抱怨他的某些同学们的行为,不够美好,缺乏对他人的关照,因此,给他造成了不好的影响。有的同学前来求助,叙述自己的性格不好、习惯不好、心胸不宽,所以同学关系不好,感到难过烦恼。有些家长前来求助,孩子只知道玩游戏,不爱学习,一提看书写作业就恼,跟父母冲突对抗,没有感恩的心,没有好习惯……有些时候,我会感到在有些家长的眼中,他们的孩子竟然一无是处。真的是这样吗?孩子就没有优点长处,都是缺点不足?如果心中如此认定,怪不得关系不好,怪不得这个人会把自己最坏的一面都拿出来了。心理学中有句话是这样说的:焦点在哪里,能量在哪里,成果就在哪里。焦点盯着负面的角度,没有好感受,没有好关系,没有影响力也是顺理成章的事。心理学中还有一句话说,一个人不可爱的时候,恰恰就是他在呼唤爱的时候。

朱永新教授在书中就有这样一句特别有大爱和智慧的话:"如果不能对学生一视同仁,那么教师最需要关注的,恰恰是那些缺乏关注、不惹人怜爱的孩子。""不可爱"的孩子更需要我们的爱!这恰恰是我们教师的重要教育职责。

我常常对学生们说的一句话是:"谁也不会知道,一个微笑的面具下面是怎样一张流着泪的脸。在一个令人讨厌反感的孩子身上,曾经有过怎样一个痛苦不堪的过去,除非,你对此抱有强烈的好奇心。"

汤普森老师的故事,常常会在我的脑海中浮现。汤普森老师看到泰迪因为失去母亲内心伤痛,由于缺少家人照顾,他衣衫褴褛,上学总是迟到,完不成作业,但老师并未因此嫌弃他,而是用心地观察了解,真诚地喜爱他鼓励他,让泰迪不再自暴自弃,最终成为一名优秀的医学博士。

这个故事之所以感人至深,是因为汤普森老师的慈悲和智慧,慈悲不是怜悯,慈悲也需要智慧。同时,在故事里我还看见了作为平凡的教师的我们的理想。在生活中,在我的身边,总有一群像汤普森老师一样的同事,他们用最朴实、最真挚的爱，关心着学生的人格成长和学业的进步。

作为教师，就是要善于发现学生的特别之处，努力做到看人之大，相信每个孩子内在都有使自己快乐成功的足够的资源。教师一旦选择了生活在"相信"的频道里，就能用欣赏的眼光看到孩子，滋养孩子的精神发展。而孩子一旦发现了自我，找到了自我，他就会爆发出我们难以想象的能量，把旺盛的生命力放在发展自我上，就会回归学习。

唯有爱，可以让一个人改变，唯有爱可以改变一切！

爱，是教育事业中最重要的影响因素。有爱，才能让师生走近彼此的生命，相互滋养。《致教师》是一本关于爱的书，从不同层面指导着广大教师如何在教育事业中，成长自己，发展自己，做学生精神成长的领路人，在培育新人的历程中，活得有意义、有意思，从而过上幸福而完整的教育生活。

遥远的向日葵地，遥远的母性之美

赵丽云

初拿到《遥远的向日葵地》，看着那由火红的天空和那黄绿相间、充满生机大地所组成的封面时，一种生命的热烈和奔放便涌上心头，而那天地夹缝中艰难生存却花开不败的向日葵，让我有一丝莫名的感动。

向日葵，一个象征生命与光明的生灵，历来受艺术家和文学家的钟爱，荷兰画家凡·高的"向日葵"举世闻名，艺术家通过色彩展示其内心的精神世界，表达出对生命、对生活、对艺术的热爱。而这部由李娟所著的《遥远的向日葵地》则是通过细腻、明亮的笔调记录下生活在中国最西北边疆小镇的人们迥异而朴素的生活，呈现出对自然、对生命及对这片贫瘠热土的希望和最深情的爱。

"向日葵地"在阿勒泰戈壁滩草原的乌伦古河南岸，是李娟的母亲和叔叔多年前承包耕种的一片贫瘠土地。而母亲，则是这片向日葵地的主宰者。在李娟的笔下，母性同向日葵一样，倔强、奔放、真诚、唯美。

母性的倔强。为了一片向日葵地，我们看到了一个倔强的母亲，她生活在荒凉的、人迹稀少的大地之间，租种了九十亩的葵花地，而这块地位于万亩耕地的边缘，遇上不幸最先沦陷。葵花苗刚长出十厘米高，就惨遭鹅喉羚的袭击，几乎在一夜之间被啃得干干净净，无奈之下，母亲补种一遍；第二茬青苗刚出头，一夜之间又被啃光，母亲又咬牙补种了第三遍；可第三茬种子重复了前两茬的命运。母亲找林业局说理，可林业局要证据，母亲无奈又忍着补种了第四遍；在稻草人的帮忙下，在狗狗丑丑的追逐下，在母亲的照料下，第四茬种子终于出芽并丰收。在这段内容里，我看到苦难只是暂时的，我们失掉了一切，也不能失去坚持下去的勇气，这是世间多少母亲一生坚守的信念。

母性的奔放。母亲耕种的向日葵地，因严重缺乏水资源，要时而间隔地放水，还要和邻居争夺水资源。平时的饮用水，还要骑车到几千米外的排碱渠打水，而每次也只能打二十升，还要耗费油钱。为此，在炎热的夏季而没有水源的日子里，母亲都是赤身扛锹穿行在葵花地里，晒得一身黝黑，和万物模糊了界限，世间似乎只剩她一个人，任由她一个人展示自己的风采。这样的母亲，何止在"遥远的向日葵地"，不在你我的身边，何止一二！

母性的真诚。母性的真诚源于中国女性这一群体千百年来对土地的热爱和对生活的感悟。在李娟的笔下，母亲对生活永远充满着满足与感激，在有一个承包了三千多亩的老板因葵花绝收而自杀之后，她说："幸亏咱家穷。种得少也赔得少。最后打下来的那点葵花好歹留够了种子，明年老子接着种！老子就不信，哪能年年就这么倒霉？"幽默的语言道出了母亲懂得满足、相信未来的乐观性格。这是几千年来多灾多难的中华民族所孕育出的中国女性特有的坚忍。

母性的唯美。在干涸无际的大地中没有一丝绿色，妈妈干完活回家时，变魔术地从怀里掏出了一束鲜花，这是妈妈去阿勒泰看望李娟，她临走时买了几株花苗，因为害怕冻坏装在暖瓶里带到了葵花地的家中。爱花的人是温柔的，那种温柔是一汪缓缓流过的春水，波澜不惊却可以荡涤心灵。妈妈这束鲜花是最自然的颜色，她用自己的热情构造出一个五彩斑斓的梦境，跳跃的、充满活力的色彩让妈妈不畏艰险、勇敢地追寻自己想要的梦和生活。母亲手中捧着的不仅仅是一束鲜花，更多的是人世间母亲给予儿女的最慷慨的爱，而这种爱是母亲在默默牵挂中所透露出最深重的、无以回报的爱。

贫瘠的土地孕育了李娟朴素的灵魂，她用简单而明亮的文字勾勒出那遥远而陌生的地方，发生的奇妙美丽而又惋惜的故事。她的文字犹如一股清流，润泽着读者的心灵。那种独特的生活体验，敏锐的思考和抓取能力，天然去雕饰的写作技法，成为李娟独特而不可被复制的笔风和成就了她笔下独具个性又普照万千女性的母性之美。

罗曼·罗兰曾说：世界上只有一种英雄主义，那就是认清生活真相后依旧热爱生活。世上岂止是母亲？有很多人便是在这种生活的磨砺中走向了深沉与强大。我们无法评价一个人的道路好坏得失，也无法掌控一个人前途中的命运顺逆，唯一能做到就是用心活在当下。人生不在于结果，而在于过程、在于体验，青春不灭，理想不死，倾其所有，不问东西。

我不知道凡·高的向日葵蕴藏了怎样的生命玄机，是磨难让它解读了向日葵没有眼泪，即使沮丧也朝着阳光，还是表现它不同世俗的向往？是崇拜向日葵自然的泥土气息，还是它太阳般的色调？是执着于太阳的精神，还是天真而充沛的生命力？无论怎样，我想我们应像向日葵一样向太阳永远微笑。收获太阳带给它的温暖，又将这种温暖传递给路人。这就是希望。

争做不老教师
——读《致教师》有感

张玲玲

突发的疫情让 2020 年的寒假无限变长，也让我真正有了能够自己支配的时间。最初的一段时间学校没有安排网课，所以我有了充足的时间做自己想做的事情。虽然很多人抱怨不能出门的日子憋得让人发疯发狂，但我却不这么认为。我把每天的时间平均分配，做家务、锻炼、读书、看英文报纸，感觉每天过得都很充实，甚至自己在家隔离的四十多天里都没有觉得寂寞无聊。正是这段时间的寂静，让我真正静下心来深层次地、完整地阅读了《致教师》。

《致教师》共分四辑，每一辑都是围绕一个共同的主题——如何做一个幸福的教师。书中的内容以书信的形式，由不同阶段、不同年龄的老师写出自己的困惑，朱永新教授做出详细的解答，读起来深入人心，非常接地气。每天我安排阅读的时间是一小时，每一段文章我都是大声朗读出来，朗读的同时细细体味其中朱教授给我们这些教师提出的中肯的建议。步入 40 岁以来，我感觉到了自己的衰老，我与学生的年龄差越来越大，偶然也会产生职业倦怠情绪，觉得没有了以前的激情，但阅读《致教师》时让我很有感触，突然觉得自己还年轻，还有很多时间去做很多事，自己在教育行业中还有很多责任担当，对学生的教育影响真的能够改变学生的一生，所以我决心做一名"不老"教师，全心全意地奉献自己，帮助那些需要我的孩子们。

一、因为魅力所以美丽

"挖掘职业魅力，自然收获美丽。"这是朱教授送给每一位教师的话。在我从事教学的二十五年里，我与学生的关系都很融洽，无论是在教学过程，还是在管理过程，我都会从学生的实际出发，多为他们的未来发展考虑，无论学生在学习中还是生活中遇到任何困难，只要我发现了，我都会及时给予解决和帮助。22年前的一个学生曾经对我说："老师，我记得有一次我肚子疼，您放弃了去车站接男朋友，骑着摩托车把我送到医院，一直陪着我做检查，让我特别感动，一直到现在我都充满感激。"这件事让学生记了二十多年，但说实话，我对此事完全没有了印象，但学生的这番话让我意识到了我们老师的言行举止真的会影响他们很长时间。"你爱学生，学生也才会爱你，也才会让你在和他们的交往中看见成长的美妙，忽略大大小小的烦恼。如果你能够真正地把爱给所有的孩子，真正地用心对待自己的每一次讲课，每一次与学生的沟通，你一定会感受当老师的乐趣、体验做教育的幸福。"是啊，老师的付出学生都能看在眼里，老师的言传身教影响着学生的一生，我们每一位老师都应该尽最大努力为学生着想，为学生服务好，把知识传授给学生，把做人的道理教给学生。正是我们的这种职业魅力，才会让学生们看到、体会到我们的美丽。

二、每个孩子都是天使

朱教授说："亲爱的老师，请记住：只有你不放弃，孩子才不会自弃。只要你还相信，孩子就会自信。所以，如果要是不能一视同仁，那么教师最需要关注的，恰恰是那些缺乏关注、不惹人怜爱的孩子。协助无力的孩子挖掘潜力、协助迷失的孩子发现自我，正是教育的价值，也是教师的意义。"2012年到国际部工作后，我接触了大量中加班的孩子，在大家眼里中加班的孩子们确实"与众不同"，有打扮得花枝招展的、很另类的、抽烟喝酒打群架的、玩起游戏不要命的、不服管教与老师打架的，这些孩子管教起来非常有难度，真的能把老师们"气死"。但如果我们耐心与他们进行交流，在日常管理中以德服人，在他们遇到困难挫折时给予他们温暖的帮助，特别是在教学管理过程中做到一视同仁，对这种另类的孩子不歧视、不放弃，慢慢地你会发现，这些孩子身上也有很多闪光点。比如在我上课时，学生会为我准备一瓶水；在我嗓子不舒服时，学生会送上咽喉片；课间我走进教室看他们时，他们会递上好吃的零食；在看到我拿起笤帚扫地时，他们会接过笤帚帮我打扫。所以只要老师们能够调整好心态，给予学生们更多的关爱，我们就会发现，真的正如朱教授说的那样，每个孩子都是天使，每个孩子都有无限的潜能，每个孩子未来都可能成为最好的自己。

三、重返"童心"世界

随着年龄的增长，我与学生不仅仅存在年龄的差异，思想上、观念上也越来越明显存在很大的不同，有时候我感觉学生们说的某些词语自己都没听说过，有些听不懂了。为了跟上时代的步伐，方便与学生的沟通；为了走进学生的心里，读懂他们的想法，正如朱教授说的那样"要想走进孩子们的世界，首先你自己要成为一个孩子"。虽然对于我来说变成一个孩子难度着实很大，但我尽可能多地去了解孩子们的喜好，如他们爱吃的零食、喜欢的电视剧、崇拜的明星、网络常用语言，等等，一有机会我就会和我的学生们聊天交流，在交流的过程中向他们学习；或者是浏览网页，了解最新消息动向，关注现代网络用语；同时我会和不同性格的学生交朋友，多与他们接触，多了解他们的所思所想。

年龄的增长是我们无法抗拒的，但为了更好地教书育人，为了完成我们做教师的光荣使命，为了给予我们的学生更多正能量，最大限度去培育祖国的花朵，我会逐渐忽略与学生的年龄差，调整好自己的心态，争取做一个永远"年轻"的老教师。

走出困惑的良方
——读《致教师》有感

王卫国

这本朱永新先生的《致教师》，我已读完多日。至今，仍放在案头。遇到"如何"，时常翻翻，便可找到解决"如何"之良方，这是一本给"为师者"解惑的书，这大概也就是该书一再印刷的缘由吧。从 2015 年 8 月出版，到 2019 年 7 月止，已经印刷 24 次，这类似从教者的工具书、必备书，是我们的《现代汉语词典》。读过后，自然就把它放在案头，遇到困惑时，及时查找，按方行进，就会走出一片新天地。

这本书由四部分组成，其中前三辑，都是朱先生回答一线教师提出的 46 个问题。这些问题是由《教师月刊》的林茶居主编收集老师们提出的问题，之后原原本本发给朱先生。问题是从我们为师者从教困惑中来的，朱老师又有二十余年推动新教育实验的经验，结合他的研究，给了我们非常接地气、非常有见地的"良方"。让我们读起来亲切，用起来顺手。因此，这本书你可以不用从头到尾去读，可以在困惑时，找来读读相关的篇章，如你不知道"如何写论文"，可以翻到第二辑，找到"在游泳中打造学海方舟——如何写论文"，文中会告诉你：如何进行文献检索，怎样提出问题，如何找到可行的方法，等等，让你有路径可寻，有方法可鉴。当然，也可以完整地读一遍，有一个总体的把握、认知，心中有数，以后遇到问题可以精准查询。四个部分之间也有逻辑连接，有了做教师的理由,有了职业认同感。首先,就要学做好教师,要有一双慧眼,学习在研究状态下行走,进行教育创新,形成独特的教学风格;其次,处理好与自己、与他人、与社会的关系,让生活丰富多彩,书写生命传奇;最后,达及理想的境界——让我们过一种幸福而完整的教育生活,朱先生《我的教育理想》为我们勾勒了理想的教育的图景。同时,他也告诉我们实现理想仰仗的精神元素,即拙诚、善良、勤勉、专注、认真、坚韧等,播下一粒种,追寻一个梦。弄清了书中结构,选择一种喜欢的方式阅读,不求一气呵成地读完,之后束之高阁;希望能遇到困惑时,想到它,常翻常新,日读日进。

对其有了总体感悟后,我从中选择三篇文章,和大家分享一下读之感悟,以期达到激起同伴读此书之兴趣,以期达到读完此书把其置于案头之行动。

书中的第三篇文章,题为《先做个让学生瞧得起的老师——如何抵达教师职业的四重境界》。朱永新先生在文中对教师职业提出了"四境界说":第一,是让学生瞧得起的老师;第二,是让自己心安的老师;第三,是让学校骄傲的老师;第四,是让历史铭记的老师。这四个境界,也是四级阶梯,是连贯的、递升的。第一级也是为师的底线,陶行知说:"学高为师,身正为范。"做一个有真才实学的教师,做一个为学生提供行为样板的老师,这是为师底线,这样才能被学生瞧得起。之后通过我们的真诚施教,我们的智慧而为,做一个让学生一辈子记住、一辈子怀念的老师,做到无愧我心、心安理得。通过自己富于创造性的工作,把我们的工作做到极致,助力我们的学校持续前进、跨越发展,成为一个让学校感到荣耀的人;努力把自己炼成一块好钢,创造自己的故事与传奇,成为历史铭记的大师。

教师的职业生涯在这样的描述下,不再过于神圣化,而是一个有清晰发展路径、可为可至的历程。因而,我们有了对幸福完整的教育生活的渴望,产生了前行的不竭的动力。

书中第二辑的第五篇,题为《与未来的自己为伍——如何选择前行的伙伴》。文中谈道:专业发展共同体是教师专业发展的重要途径之一。基于教研组的,或本校的、校际的,以及利用网络的各种专业发展共同体,大家源于"尺码相同",为了一个共同愿景聚到一起来,大家同心同向,遵守共同的"契约",相互观课和议课、相互评议和批注教育作品等,携手共进,奔向美好。这样的共同体,会让我们走向教师境界的高级阶梯,会让学生因为遇到我们感到幸运、让学校因为有我们而感到光荣、让祖国因为有我们而充满希望。

书中第三辑的第七篇,题为《健康是教师的第一财富——如何走出亚健康?》。文中谈道:"管住嘴,迈开腿"是最基本的健康生活方式。"管住嘴",

就是合理安排膳食。要早吃饱、午吃好、晚吃少；有一句谚语，"早饭要和自己吃，午饭要和朋友吃，晚饭要和敌人吃"；类似说法，"早餐吃得像皇帝，午餐吃得像平民，晚餐吃得像乞丐"等都是讲进餐习惯，要按时进餐、坚持吃好早餐、睡前不饱餐、咀嚼充分、吃饭不分心、保持良好的进食习惯等。"迈开腿"就是要适当运动。最简单的运动就是快步走，我身边好多人坚持走路至少一万步，今天朋友圈中就有近百人达到万步以上，秦皇岛的一位石师兄走了3.9万步居榜首，好习惯成就好未来。今天下午，我还在微信上看到一个健身保养功法（韩美林大师一直用的方法），即早起拉筋—侧身吹出浊气—太极搓脸—捏耳朵—敲大椎穴—梳头，坚持不懈，必有奇效。健康是1，1立其余才有意义。再忙，也别忘了锻炼，做一个阳光灿烂健美幸福的教师！

分享至此，你一定很想读读此书了，别再犹豫了，立刻行动起来。读完此书，你会感到：自己不是读了一本好书，而是读了一个本很好的书。

遥远的温情
——读《遥远的向日葵地》有感
胡彦慧

我家的电视墙是一面整幅的向日葵壁画，金色的花盘从屋顶绽开，伸向整个客厅，当初，我从淘宝惊喜地发现这幅壁画，不顾家人的反对，果断地买下，当它绽放在客厅时，我婆婆嘀咕着"怎么把大葵花盘放家里了"；我对向日葵的钟情，不仅是一幅壁画，那些我从布头市场、赵庄早市淘来的被罩、枕套，总能找到向日葵的影子，因为向日葵地是我梦里奔跑、找寻的地方，就像那片《遥远的向日葵地》寄托了作者李娟的牵挂、期冀、纠结、茫然、疑虑……

累了一天，快11点才上床，周围终于静下来，只有这段时间是属于自己的，一页页地读下去，好像自己就站在乌伦河南岸，广阔的高地，远远望着耕作在广袤大地上的母亲，天和地好像要连在一起，母亲在天地之间就要缩成一个点，这景象生生把我拽回童年，刚过正月十五的张家口，寒意未退，春尚早，来自西北的风沙似乎一点去意也没有，迷得人眼睛总是睁不开。母亲扛着镐头，在大地尚未消融的土地上，一镐头一镐头地刨下去，此时的黄土地除了母亲看不见任何生命的迹象，可是对于母亲，这一镐头下去，就是在为新的生命孕育筑巢，那时的我还是七八岁的光景，去地里找我妈，隔着八九亩地，我远远望见她的背景，马上感觉好踏实，又感觉她离我这么远。李娟的母亲耕作的是将近 90 亩的葵花地，如果 90 亩的葵花同时绽放，浓密的喧嚣，金光四射，何等壮观，但是对于西北的戈壁滩，那是何其艰难，常见的旱年，再加上鹅喉羚的袭击，毁了一茬种一茬，所谓的"希望"就是付出努力比完全放弃强一点，就像我的家乡。每年西伯利亚的寒流早早侵入，到了夏季，人和庄稼都渴望一场透雨时，可那片会下雨的云彩又被八达岭的山脉挡在了山那头，整日听大人念叨雨，可是飘来的云彩又飘走，我都感到很沮丧，但是我看见我的祖辈、父辈一面抱怨着，一面顶着日头，挖渠、抽水、灌溉，似乎不论夏天有多么不如意，秋天有多么让他们失望，这份坚韧的基因从远古的祖先承继下来，又延续给了一草一木、一锄头、一镐头，还有一份执着的等待：坚信大地最雄浑的力量不是地震，而是万物生长。

作者笔下的向日葵地并不是一块水美肥足的土地，可能对于过惯了优渥生活的人看来，更多的是沉重，但是我在作者的字里行间却品出了母亲在劳动中过着有滋有味的生活，这种味道来自草木、人，来自和自己朝夕相处的牲畜、家禽。出于悲悯之心，作者母亲收购了因为严冬冻掉了鸡冠子、爪子和鸡毛的村民的鸡，用破床单烂窗帘给光屁股的鸡做了花花绿绿的衣服，当这群身着红黄蓝绿，缺冠少眼，一瘸一拐、左摇右晃的鸡出现在村民面前时，大家惊呼："真主啊，这是什么？"作者的母亲不仅给鸡做过衣服，为了给狗避孕，给狗缝过裤衩；为了给小牛断奶，给牛缝过胸罩，就像一个不富裕的家长，拉扯着一群不省心的孩子，有操不完的心，也有别人想不到的法子。就像小时候我家有只鸡总是拉稀，精神不好，看着鸡越吃越少，我妈着急了几天，最后狠心，拿出剪刀、缝衣针、土霉素、蜡烛，给鸡做了个消化科的手术，她根据"头疼医头，脚疼医脚"的原理，坚信是鸡屁股出了问题，我们都认为我妈太无知了，胆子也太大了，没想到经过消毒、破肠、清洗、缝合，我们认为已回天无力的鸡好了。

尽管作者在书的最后写道"向日葵有美好的形象和象征……总是与激情和勇气有关，我写的时候，也想往这边靠，可是向日葵不同意。种子时的向日葵，秧苗时的向日葵，刚分叉的向日葵，开花的向日葵，结籽的向日葵，向日葵最后残余的秆株和油渣——统统不同意""它远不止开花时节灿烂壮观的面目，更多的还有等待、忍受与离别的面目"，但是母亲的温情，对这片向日葵土地的温情、对家人的温情、对狗的温情、对鸡的温情，对一草一木的温情，悄悄地温暖了这片土地，温暖了向日葵。

2021 年第十二届推荐书目：
《中国共产党简史》《我喜欢生命根底里的宁静》

简介：

《中国共产党简史》充分吸收党史研究最新成果，以史论结合的形式，重点叙述和评价重大历史事件和重要历史人物、重大方针政策和重要战略部署、重大理论创新成果及其发展历程；深入阐释中国共产党为什么"能"、马克思主义为什么"行"、中国特色社会主义为什么"好"的道理；着力弘扬中国共产党人的崇高革命精神和风范；深刻解读历史性变革中蕴藏的内在逻辑，历史性成就背后的道路、理论、制度、文化优势，文风朴实、通俗易懂，是全党，特别是基层党员干部学习党的历史的重要读物。

简介：

　　本书是哲学家、散文作家周国平的散文精选集。全书分为九辑，除了对自我与价值、欲望与超脱、爱与孤独、苦难与幸福等经典人生问题的探究，更在《伤痛三记》《生命考卷》中，用细腻、动人的笔触描写了史铁生、邓正来、于娟等友人不被世俗与肉身束缚的生命意志，令人感慨动容。周国平用既关切又超脱的眼光，在观人观己的过程中，以诚实的笔触，写下自己对人性、对生命的觉悟。告诉我们，人只有回归内在平静，才能活出生命的高品质和真境界。

宁静的状态

周艳红

由于新工作的紧张和压力，现在的我经常失眠，普通的安神补脑液已经不能满足我的需求，更不用说听音乐、喝牛奶了。一天我偶然看到书架上《我喜欢生命根底里的宁静》，都已经不记得是何时从学校拿来后放到这里的，书名中的"宁静"是我现下最求之不得的境界，于是我希望读读书让自己静一静，摆脱那一连串的问题，让大脑皮层得到片刻的安宁。

翻翻开头几页，发现是作者多年来的书籍自序和短小精悍的感悟之作，开始时多少有点失望，可是读着一篇篇小短文，我发现每篇文章又都充满哲理，令人自省。

在"怎样确定一个职业是否适合自己？"的问答中，周国平说，应该符合三个条件：第一，有强烈的兴趣，甚至到了不给钱也一定要干的程度；第二，有明晰的意义感，确信自己的生命价值借此得到了实现；第三，能够靠它养活自己。

我认为这三条里面最难做到的应该就是第一点了。"强烈的兴趣"，使我突然想到了英语组卢凤玺老师，他所表现出的对英语学科的热爱——几十年如一日的诵读、模仿、读书，使得他全身散发着儒雅的学者之气。反观自己，我虽然也是因为热爱英语才走上了高中英语的教学之路，也曾经自费参加口语培训、新东方教师培训，也圆满结束了东北师大的研究生进修课程，而且因为羡慕卢老师的美妙英文，敬佩他的自律，模仿过他的朗诵，但是终究持久性不足，现在 3E 工作室，大家集体学习，共同进步，在大环境中我才可以形成良好的自律和自修，越发热爱英文。幸运的是，走过 21 年教学之路，自己还没有因为厌倦英语而打退堂鼓，加之对责任感的坚持，依然可以充满激情地站在讲台上。

"确信自己的生命价值借此得到了实现"，是何等高远的定位。我把它理解为是否感到自己的工作有意义，体现了自己的存在价值。如果在一年前我理解这一点，一定和现在不一样，因为过去的自己是因为喜爱英语而从事高中教学。而当我来到偏远的曹妃甸，培育着一群分数远低于一中学生、面对各种问题生的来临、各种行政事务缠身时，我不断"裂变"着。同时，我学会了从多个角度考虑问题，体会了低分学生的存在状态，越发感到教师职业的伟大。我也懂得了怎样对待自卑但高傲的十几岁少年，体会了民办学校教师的复杂需求。我曾经因为大把大把地掉头发而伤心，也因为失眠心口疼痛血压上升，曾经几度自问："我来这里干什么？为了什么？"上学期分班前有几波学生找到我，请求道："老师，您还教我们吗？教吧，我们这些人都等您！"还有家长联系我，希望我能继续带她们的孩子。更有班主任坦白地说：学生们很喜欢你。其实这些都只是让我看到自己在教学方面的价值，不足称道。让我动容的是，最难管理的艺术班学生见到我后，行为有所收敛甚至有些学生变得彬彬有礼，也会对我嘘寒问暖，等我走进混乱的教室，问他们："老师希望听到什么？"他们高声整齐地回答："琅琅读书声！"这时的我，不仅有了一丝丝欣慰，在私底下还有了些许的成就感，或许我就是被安排来和这些几乎没学校可上的孩子们做伴的。

周国平还说："人最宝贵的东西，一是生命，二是灵魂。人生最美好的享受，一是生命的祥和，二是灵魂的安宁。"在这里，我可以不夸张地说，一个年级只能找到几个想学习、懂礼貌的可爱的学生，其他的大多有点不足，在这里，爱和投入必须是最无私的、无偿的、无限的。付出辛苦与爱，使我的内心没有愧疚，坦然面对这世界，我找到了灵魂的安宁。

建党百年风华正茂　思政育人使命在肩
——读《中国共产党简史》有感

贾俊杰

又一年的读书交流，又一次的书目推荐，我相信很多老师都会选择《我喜欢生命根底里的宁静》洗涤心灵诗意栖居，但我没有，作为一名思政课教师，我选择了《中国共产党简史》，一是专业所需，二是兴趣使然。初读此书，和大多数人读政治类读物的感受一样，此书略显枯燥，难以进入，硬着头皮往下看，居然越来越有意思，这本书以史论结合的形式，吸收了党史研究最新成果，重点叙述和评价了重大历史事件和重要历史人物、重大方针政策和重要战略部署、重大理论创新成果及其发展历程，全书共十章，70 节，洋洋洒洒 28 万字，我读完感觉颇有收获，感悟如下。

一、建党百年，风华正茂

在人类社会发展的历史长河中，中国曾长期走在世界文明的前列，但是，在 17 世纪中叶以后，西方一些国家先后爆发资产阶级革命，建立资本主义制度，相继完成工业革命，实现机器大生产。当时的清政府对内实行专制统治，对外采取闭关锁国政策，社会发展几乎停滞。落后就要挨打，1840 年，英国发动了侵略中国的鸦片战争，用坚船利炮轰开了古老中国的大门，其他列强接踵而至，中国陷入半殖民地半封建社会的深渊，面对苦难，中国人民没有沉沦、没有屈服，而是挺起脊梁、奋起抗争，以百折不挠的精神进行可歌可泣的斗争，无数仁人志士前仆后继，进行了各种各样的尝试，但终究未能改变当时中国半殖民地半封建社会的社会性质和中国人民的悲惨命运。1921 年，中国共产党诞生，这是中国历史上开天辟地的大事变。为中国人民谋幸福，为中华民族谋复兴，是中国共产党人的初心和使命。从此，中国人民在斗争中就有了主心骨，看到了解决中国问题的出路和希望。有比较才有鉴别。在近代中国三种政治力量所提出的三种方案中，中国共产党的方案在历史和人民的检验中脱颖而出，最终成为唯一正确的选择。中国共产党领导是历史的选择，人民的选择。中国共产党团结带领人民进行艰苦卓绝的斗争，推进革命、建设、改革的伟大事业，使中国大踏步赶上时代的发展，目前，正阔步走在实现中华民族伟大复兴的路上。

建党百年，风雨历程，充满了苦难与辉煌、曲折与胜利，没有共产党就没有新中国，这不是一首歌、一句话，而是实践已经证明了的真理，《中国共产党简史》虽简，但其历史不简、背景不简、党的执政能力不简，值得我们细细读来，回望来时路，不忘初心，牢记使命，不断提醒自己前路漫漫，唯有奋斗！

二、思政育人，使命在肩

中国共产党为什么"能"？历史已经给了我们答案，中国共产党何以能执掌好政权，尤其是长期执掌好政权，尚需我辈努力。党的执政地位不是与生俱来的，也不是一劳永逸的。我们必须居安思危，增强忧患意识，在当下纷繁复杂、疫情肆虐的国际形势下，党面临的执政考验、改革开放考验、市场经济考验、外部环境考验是长期的、复杂的、严峻的，共产党要不断提高自身执政能力建设，方能始终走在时代前列，成为人民衷心拥护的、勇于自我革命的、经得起各种风浪考验的、朝气蓬勃的马克思主义政党。而每一个党员好比党的肌体的细胞，每个细胞都健康，党的整个组织就坚不可摧，发挥共产党员的先锋模范作用，永葆党的创造力、凝聚力和战斗力，是党不断取得胜利的坚强保证。时代不同，我无法像革命先辈一样冲锋陷阵，但我想，作为一名党员、作为一名中学思政教师，我应该立足自己的本职工作，发出自己的光和热，勇于承担时代重任，讲好党的故事。

1. 善用事例，讲好党的故事

2021年5月22日，袁隆平院士去世，举国悲痛。晚饭的时候，婆婆感慨：袁隆平这一辈子，做出多少贡献！言语之间那种崇拜、敬仰油然而生，我忽然想到政治课上的一个知识点"生命的价值在于奉献"，平日讲课的时候，我总是觉得政治理论过于空洞、不接地气，袁隆平的一生，是多好的例子啊，用我们身边的故事讲解课本上枯燥的理论，又能在这个过程中，实现学生三观的培养，我们总在强调立德树人，这就是立德树人，习近平总书记说：培养什么人，怎样培养人。我想每个政治老师每天都要回答这个问题，培养高尚的人、奉献的人，为国家和社会做贡献的人！

2. 与时俱进，应对善变的教材

思政课教师的最大苦恼莫过于教材总换、提法总变。同样是换新教材，别的学科小打小闹，略有增减；思政课本，大刀阔斧地直接加了一本书。必修1《中国特色社会主义》，砍掉了原教材中生活化的内容，加入了很多理论化的知识，让理论修养本就薄弱的学生更感困难，这也对思政教师的教学提出了更高的要求，思政教师要不断地与时俱进，并且精研历史，它山之石，可以攻玉，《中国特色社会主义》和《中国共产党简史》有着惊人的相似，从不同的角度阐释同样的历史进程，都说政史不分家，想来真是很有道理，读历史、学历史，可破思政教改之困境。

3. 立德树人，牢记使命在肩

"青少年阶段是人生的'拔节孕穗期'，最需要精心引导和栽培"，习近平总书记去年3月18日主持召开学校思想政治理论课教师座谈会时指出，思政课教师要给学生心灵埋下真善美的种子，引导学生"扣好人生第一粒扣子"，学校要贯彻落实习近平总书记关于深化新时代学校思政课改革创新的意见，努力培育出一批政治要强、情怀要深、思维要新、视野要广、自律要严、人格要真的师资队伍，充分发挥思政课铸魂育人的功效，引导青少年树立正确的人生观、价值观和世界观，培养能够担当民族复兴大任的时代新人。

重温党史　奋力前行

马双民

2021年是中国共产党成立一百周年，百年征程，波澜壮阔，百年初心，历久弥坚。习近平总书记在党史学习教育动员大会上强调学史明理、学史增信、学史崇德、学史力行。作为一名高中思政课教师，学好党史，既是责任，又是使命。感谢学校党委及时提供《中国共产党简史》，这本书记录了中国共产党一百年来团结带领人民进行革命、建设、改革的光辉历程，充分反映了我们党为实现国家富强、民族振兴、人民幸福和人类文明进步事业做出的历史功绩，系统总结了党和国家事业不断从胜利走向胜利的宝贵经验，集中彰显了党在各个历史时期淬炼锻造的伟大精神，深入阐释中国共产党为什么"能"、马克思主义为什么"行"、中国特色社会主义为什么"好"的道理。

读这本书，我提炼了四个关键词。

关键词一：初心使命。纵观中国共产党的发展史，无论是处于顺境还是逆境，都始终围绕"为中国人民谋幸福、为中华民族谋复兴"这一初心使命前行。我们最伟大的校友李大钊就是践行共产党人初心和使命的典范。他是信仰坚定、对党忠诚的表率，是坚守初心、为民造福的表率，是勇于担当、敢为人先的表率，是敢于斗争、善于斗争的表率，是清正廉洁、品德高尚的表率。每次在校园看到李大钊先生的汉白玉雕像，敬佩之情油然而生。作为普通党员教师，我的初心和使命就是要上好每一节课，教育好每一个学生，为党育人，为国育才。

关键词二：实事求是。无论是党的自身建设历程，还是党领导中国人民进行的革命事业历程，无不说明，实事求是是中国共产党的一贯作风。是实事求是解决了王明的"左"倾错误，是实事求是解决了人民内部矛盾，是实事求是催生了拨乱反正，是实事求是衍生了改革开放……实事求是，指引着中国共产党从弱小走向强大，引领着中国共产党的事业从平凡走向昌盛，引领着中国人民从站起来走向富起来、强起来！我们在教学和班级管理中，也应该坚决贯彻这一原则，比如根据孩子的实际情况适当降低教学起点和教学难度，根据孩子的性格特点采取不同的教育策略，做到因材施教。

关键词三：人民群众。一百年党史告诉我们，江山就是人民，人民就是江山。人民群众始终是中国共产党的根基。人民群众在党的事业中发挥重要作用的事例，不胜枚举。没有人民群众的拥护与支持，就没有中国共产党的发展与壮大，就没有中国共产党领导下的蒸蒸日上的中国特色社会主义伟大事业！学校也是一样，唐山一中是我家，我们都爱她。学校的每位老师、每个学生都是学校发展不可或缺的一分子，学校的发展离不开每一个人的辛勤付出。

关键词四：中国特色。中国特色社会主义一方面要坚持马克思主义的基本原理，走社会主义道路；另一方面必须从中国的实际出发，不照抄、照搬别国经验、模式，而是走具有中国特色的路。中国特色社会主义是由道路、理论体系、制度三位一体构成的。中国特色社会主义道路是实现我国社会主义现代化的必由之路。中国特色社会主义理论体系是马克思主义中国化最新成果。中国特色社会主义制度符合我国国情，集中体现了中国特色社会主义的特点和优势，是中国发展进步的根本制度保障。作为百年名校，唐山一中的发展绝不能照抄照搬其他学校的模式，我们应遵循教育发展规律，精细管理、科学谋划、苦练内功、立德树人，为学生终身发展奠基。

捧读《中国共产党简史》，我的收获不仅有了解了中国共产党发展壮大和领导中国人民由胜利走向胜利的艰辛历程，还有丰富知识、陶冶情操、磨砺斗志、思考未来，实是对自身党性和精神的一次洗礼。

新时期我们仍需《愚公移山》精神

孙 江

在庆祝中国共产党百年华诞的重要时刻，在"两个一百年"奋斗目标历史交汇的关键节点，在以美国为首的帝国主义亡我之心不死，或明或暗，或单挑或群攻，导致我们国家外部生存环境严重恶化，大有乌云压城城欲摧之势。危急之时，面对国内外形势，为了进一步团结和带领全国各族人民，激发全国各族人民建设社会主义强国的激情和斗志，外抗强敌、内提凝聚，万众一心众志成城，以习近平同志为核心的党中央高瞻远瞩，在全党部署开展党史学习教育，具有十分重大的现实和历史意义。

《旧唐书·魏徵传》提到，夫以铜为镜，可以正衣冠；以史为镜，可以知兴替；以人为镜，可以明得失。

时间的长河总是在不断轮回，反反复复，个人在这历史的时光中就像一粒尘埃，我们无法改变历史，但是可以通过读史，知道这个国家的历史，寻找其中的规律，明白其中的道理，以便扬长补短，少走弯路，更快向前。

作为一名共产党员，通过认真系统学习党的发展历史，进一步牢记党的宗旨、遵守党的章程、牢记党的纪律，增强继承和发扬党的优良传统自觉性。要团结在党中央周围，认真学习党的有关理论，学习党的方针和政策，不断增强自己的理论基础和党性意识，树立大局意识，自觉维护党的权威领导，要带头响应党的号召，要做群众的带头人和主心骨，要坚持党的原则，要敢于同党内外不良作风和习气做斗争。战争年代，要冲锋陷阵，要舍身炸碉堡。而在和平年代就要坚守好工作岗位，牢记自身职责所在，方能体现初心，才能把平凡的工作干出不平凡的业绩。

在党史的学习中我重点学习了毛泽东三篇光辉的著作《愚公移山》《为人民服务》《纪念白求恩》，读后思考，收获很多。现就我学习的《愚公移山》这篇著作的收获和大家分享。

首先大家一起重温毛泽东主席的《愚公移山》文章中的片段：

中国古代有个寓言，叫作"愚公移山"。说的是古代有一位老人，住在华北，名叫北山愚公。他的家门南面有两座大山挡住他家的出路，一座叫作太行山，一座叫作王屋山。愚公下决心率领他的儿子们要用锄头挖去这两座大山。有个老头子名叫智叟，他看了发笑，说是你们这样干未免太愚蠢了，你们父子数人要挖掉这样两座大山是完全不可能的。愚公回答说：我死了以后有我的儿子，儿子死了，又有孙子，子子孙孙是没有穷尽的。这两座山虽然很高，却是不会再增高了，挖一点就会少一点，为什么挖不平呢？愚公批驳了智叟的错误思想，毫不动摇，每天挖山不止。这件事感动了上天，他就派了两个神仙下凡，把两座山背走了。现在也有两座压在中国人民头上的大山，一座叫作帝国主义，一座叫作封建主义。中国共产党早就下了决心，要挖掉这两座山。我们一定要坚持下去，一定要不断地工作，我们也会感动上天的。这个上天不是别人，就是全中国的人民大众。全国人民一齐起来和我们一道挖这两座山，还有什么挖不平呢？

愚公移山原本是出自《列子·汤问》中的一个寓言故事，在我国可以说是家喻户晓，愚公移山精神也激励着一代又一代奋发向上的华夏民族。毛泽东赋予了这个寓言故事新的内涵和时代精神。《愚公移山》是在抗日战争即将夺取最后胜利，中华民族面临着何去何从的关头发表的。在这种紧要关头，毛泽东以这种大智若愚的"愚公移山"精神，提出要"下定决心，不怕牺牲，排除万难，去争取胜利""我们宣传大会的路线，就是要使全国和全国人民建立起一个信心，即革命一定要胜利"。文章发表后，极大地激励了全国人民，鼓舞了人民的斗志。在中国共产党领导下，团结带领全国各族人民树立信心、克服困难、一鼓作气，取得了抗日战争的最后胜利。

今天当我再一次捧起毛泽东的这篇《愚公移山》，久久不能平静。前有古人愚公凭着勤劳、勇敢，以一颗虔诚、执着的心感动了上帝移走了太行王屋二山，让他们看到了北山阻隔千年的柔和阳光和一片开阔、温润的沃土；现有革命领袖借用愚公精神，树立起自尊、自信、自立、自强的民族志向，推翻了压在中国人民头上的帝国主义和封建主义两座大山，最后夺取全国的胜利；那么在科技高度发达、社会快速发展的今天，我们重温毛主席的愚公移山，领会其精髓，这是不是过时呢，是不是有点可笑呢？不是的，因为事实上在我们生活工作中也存在着很多"山"，有些山甚至是高不可攀，阻碍我们前进，制约我们的发展。那么在这些"山"的面前我们应该采取怎样的态度对待它？是妥协得过且过，是通过"搬家"来避开它，是找领导请求帮助，还是像愚公一样知难而上，凭自己的力量勇敢面对克服困难？

作为一名教育工作者我认为，"愚公移山"精神并不过时，新时期新年代我们仍需"愚公移山"精神。

首先我们有必要学习愚公直面困难、求真务实的精神和坚忍不拔、自强不息的毅力。目前我们确实存在很多困难，在工作方面，我们的工作性质需要我们大量的投入，5+2、白加黑、备课、上课、辅导批改作业，与学生谈话、与家长沟通，接受各种常规检查，参加各种培训，撰写论文，申请科研课题，等等，还有面临家长、学生的不理解、不配合。每一次考试其实不仅仅在考学生，也在考老师，我们甚至比学生还紧张。我们会为自己的班级成绩好而高兴，也会为自己班成绩不理想而沮丧；在生活方面，我们没有时间去看电视、去逛商场、去遛街和郊游，我们无暇去陪伴我们的父母、妻子（丈夫）等。这就是我们教师的现状。但是这种现状目前来看，看不到改进的希望。我们感到迷惑、无助，在这种情况下，我们怎么办？这时我们就需要用愚公精神来面对。其实我们纵观历史，历朝历代，社会的发展就有这种特点，都要有一批人默默付出，犹如长城虽伟大，受到人们称赞，却是由一块块默默承受风雨侵蚀的砖来奠基。选择教师，就是选择了辛苦。但是正是我们的辛苦，小的方面成就一个学生发展，大的方面推动社会进步，人类灵魂工程师，精神上是最好的荣誉。

其次，我们有必要学习愚公吃苦耐劳、敢想敢干、累并快乐的精神。我们的工作平凡和枯燥：备课，上课，辅导，谈话，一天天，一月月，一年年，一届届，学生心痛地说：我们在学校时是"有期徒刑"，而老师你们却是"无期徒刑"。的确，从消极的角度看确实是这样，但是从积极的角度看，通过我们的信念和行动，通过这一天天，一月月，一年年，一届届的工作，我们培养出了千千万万优秀的毕业生，彰显一种为人类发展的高远境界——我们洒下的是汗水，消耗的是青春，换得的是社会发展的栋梁。

再次，我们还要学习愚公一家为共同目标努力的团结协作精神。移山一事，并不是愚公一人的功劳，而是全家乃至附近村民共同努力的结果。而我们教育系统任何成绩的取得，虽然离不开某些个人的努力，但更不能离开众人的协力。一个班是如此，一个学校也是如此。因此，我们不仅认识到愚公的可贵之处，更要领悟到"众人拾柴火焰高"的道理；我们在褒扬愚公精神的同时，也不要忽视集体的智慧和力量，两者应并举携手同进，共创和谐未来。

最后，我们也会感动上天，这个上天就是我们国家千千万万个家庭成员，其中就包括我们，办人民满意的教育，这个目标实现就能感动人民这个上天。让人民满意是我们教育工作者一个伟大的奋斗目标。虽然让人民满意的教育在不同阶层有不同的解释，比如安全教育、公正均衡教育、优质高效教育等。但站在国家的角度，办好人民满意的教育，就是要面对"培养什么人、怎样培养人、为谁培养人"这一根本问题。我国是中国共产党领导的社会主义国家，这就决定了我们的教育必须把培养社会主义建设者和接班人作为根本任务，培养一代又一代拥护中国共产党领导和我国社会主义制度、立志为中国特色社会主义奋斗终生的有用人才，这是历史赋予我们广大教师神圣的任务。完成这些任务无疑会有很多困难，这些困难也许像山一样陡峭、崎岖、严峻、坚固，然而我们需要发扬愚公移山精神，要敢于向他挑战。相信落下的汗水终会滋润出一片绿荫，而摧毁山峰的人只有我们自己。因为，我们自己就是千千万万的愚公。

我们唐山一中的发展也需要愚公精神，我们面前也有很多的大山，比如外部的兄弟学校强势发展、政府政策的制约、内部的我们的干部教师队伍高水平战斗力的提升问题，如何建设我们的课堂省时高效教学问题，加强我们学校生源吸引能力问题，具有唐山一中特色的竞赛优势，如何适应竞赛政策的变化的问题，翔云中学校址建设问题，还有我们教学设施陈旧老化等，这些我们都不能也不允许坐等期待，我们需要发扬愚公精神，在以学校王书记为核心的校党委正确领导下，殚精竭虑，发奋有为，主动行动，每天挖山不止，挖走挡在我们面前的这一座座大山，再创百年一中辉煌。

愚公精神并不过时，新时期新年代我们仍需"愚公移山"精神。让我们团结起来，克服困难，争取更大的胜利！

没有共产党就没有新中国
——读《中国共产党简史》有感

王品娜

我花了近两个月的时间读完了《中国共产党简史》，随着那些文字，我徜徉在历史和回忆的长河里，有建党初期的艰辛历程，有战争年代的血雨腥风，有中华人民共和国成立时毛主席那荡气回肠的一句："中国人民从此站起来了！"有社会主义道路的艰难探索和曲折发展，还有和平年代全国人民奔向小康的憧憬。这一幕又一幕，便是中国共产党一百年的征程。在中国共产党发展的一百年中，我亲历了其中的44年，读党史的过程，也是忆苦思甜的过程；读党史的过程，让我更深刻体会了"没有共产党就没有新中国"这句话的真正意义。

在我很小的时候认为，共产党是一个不能时刻拥有父母陪伴，父母随时都会被工作叫走的代名词。我的父母亲都是共产党员，很小的时候我就记下了父母经常挂在嘴边的话："是共产党员，那就得往前冲。"所以小时候的记忆便是经常没有父母陪伴的周末，只有我和姐姐孤零零地待在家，吃着邻居的百家饭长大，现在回想起来仍不免心生自怜。上小学后，"共产党"三字变成了一个个跳动的音符，因为那首耳熟能详的《没有共产党就没有新中国》几乎是每年"七一"庆祝活动必唱的曲目，每次唱起，我的心中便充满了自豪和斗志，似乎那托起炸药包炸碉堡的人变成了我。那时候的记忆便是唱这首歌能带给我力量。

如今，我已步入不惑之年，1977年出生的我，随着改革开放走过了四十几年，亲眼见证了祖国的变化，见证了中国共产党带领中国人民走向富裕、奔向小康、过上幸福生活的漫漫征程。

我在1994年考入天津的一所大学，那个时候交通没有这么便捷，坐绿皮火车的话，最少要三四个小时，坐长途汽车就更不用提了，要颠颠簸簸七八个小时。那时候，哪能想象得到，坐上高铁，半个小时就能到达天津，这段距离不再遥远；现在的小朋友们又如何能想象得出，这段半个小时的路程曾经需要那么漫长的"跋涉"。

那个时候，和家里打一个电话需要排队等上一小时，时不时踮起脚向前张望，好不容易等到了，看到身后焦急等待的眼神，只能报个平安就匆匆放下。那个时候，哪能想象得到即使和亲人远隔万里，拨一个微信视频，家的温暖便能环绕左右。

那个时候，买书都要到市中心的新华书店，装着十几块钱的小包被我紧紧抱在怀中，挑来选去，看完这本又拿起那本，最后恋恋不舍地都放下，拿起一本，将钞票推给人家；现在只需一部手机，网上商城随便逛，琳琅满目的书随便挑，只需按几个按钮，没过几天，快递直接送到家里了。那个时候，哪能想象得到，就买书来说，竟然能够实现财务自由。

我读着这本书，重温这一百年的历史，回顾着自己这四十多年的生活，由衷体会到如今这幸福生活的来之不易；也更让我们坚信在中国共产党的领导下，到中华人民共和国成立一百年时，建成富强民主文明和谐美丽的社会主义现代化强国的第二个百年奋斗目标一定能够实现！

学党史，念党恩，勇担当

于四川

近期，学校党委号召党员学习《中国共产党简史》，我拿来书细细品读。重温百年党史，数次热泪盈眶。我深深体会到如今的美好生活是中国共产党领导全党和全国人民筚路蓝缕、艰苦奋斗得来的，每一步前进都凝聚着无数人的心血。在学习党史中，我更加坚定自己的信念和初心，为自己是一名共产党员而自豪！

《简史》让我重温了太多的英雄事迹，使我感慨颇深，不禁潸然泪下：

方志敏在狱中写下了《可爱的中国》《清贫》，发出"敌人只能砍下我们的头颅，决不能动摇我们的信仰"的铮铮誓言，期盼"中国一定有个可赞美的光明前途"，"生育我们的母亲，也会最美丽地装饰起来，与世界上各位母亲平等地携手了"。江姐面对敌人的严刑拷打，坚定地说："竹签子是竹子做的，共产党员的意志是钢铁。"还有毅然投入冰冷的乌斯浑河的东北抗联8名女战士，腹无一粒粮的杨靖宇，大雪山穿着单薄旧衣服被冻死的军需处长，重伤被俘、自己咬断肠子的三十四师师长陈树湘，"头可断，血可流"的陈赞贤，"只有站着死，绝不跪下"的陈延年，"砍头不要紧，只要主义真"的夏明翰……还有我们抗美援朝中"最可爱的人"：毅然抱起炸药包与敌人同归于尽的杨思根，用胸膛堵住枪眼的黄继光，烈火焚烧岿然不动的邱少云，跃入冰河以生命换得朝鲜少年安然无恙的罗盛教……他们身处恶劣而残酷的战场环境，抛头颅、洒热血，让敌人胆寒，让天地动容！

我们学习党的历史，重温党的光辉历程，就是要始终牢记党的理想信念，不断升华人生追求，努力做好本职工作，走好人生路，实现人生价值。作为一名基层党员，我们要坚定信念跟党走，不怕艰苦、敢于拼搏、扎实工作，以求真务实的工作作风和坚韧不拔的顽强意志，从实际出发谋划工作，我坚持用自己的言行来教育学生，感染学生：当看到楼道里有纸屑、塑料袋时，我就弯腰捡起来扔到垃圾箱里；白天看到楼道的灯还亮着，我就随手关上；水房有漏水声，我就走过去及时关好水龙头；看到学生耍闹，我就及时上前制止；对待学生平等公正，严爱结合，耐心开导……

在学习党史的交流研讨中，通过思考、讨论，深刻认识一代人有一代人担当的本质内涵。宿舍管理中，针对个别学生犯错后不以为然，而且语言刻薄，有嘲讽、鄙视意味，更有甚者，表现出玩世不恭、怨天尤人、游戏人生的态度，很令我担心。这时我总跟班主任结合，也主动找学生谈心，但我深深地意识到现在的高中学生的世界观、价值观已基本形成，改变他们的想法非常困难，也使我深深地感到德育教育任重而道远。

"为世界进文明，为人类造幸福，以青春之我，创建青春之家庭，青春之国家，青春之民族，青春之人类，青春之地球，青春之宇宙，资以乐其无涯之生。"大钊校友的名言，一直铭刻在心，时刻鞭策我不断努力、不断进取，为教育事业贡献终身。在我面前机遇与困难同在，我应该更乐观、更积极、更勇敢地去面对，用我的勤奋和智慧，去赢得学生的认可，赢得同事的理解。

"为什么战旗美如画，英雄的鲜血染红了它。为什么大地春常在，英雄的生命开鲜花。""为什么我的眼里常含泪水？因为我对片这土地爱得深沉。"无数优秀的共产党员、中华民族的好儿女，用生命谱写了惊天地、泣鬼神的雄壮史诗，他们伟大的爱国精神、誓死不移的共产主义信念，必将跨越时空、历久弥新，必将永续传承、世代发扬！

我更愿意是我自己

李艳华

《我喜欢生命根底里的宁静》，看书名就知必属心灵鸡汤一类，读进去也确实发现满书鸡汤。以往经验，被鸡汤投喂，偶尔喝点还行，喝多了则让人疲惫，甚至生厌。周国平的这本随笔集却能把我喂得很饱，依然还算喜欢。

一、满书鸡汤无矫饰，一语天然耳目新

你最喜欢异性身上的什么特点？"温柔聪慧，善解人意，单纯一些，不要太功利，女人一功利就特别俗，让我觉得不像女人，当然我摆脱不了男人的偏见，还喜欢女人漂亮。""还喜欢女人漂亮"，只此一句，就让我有了喜欢这本书的理由——说实话、讲实情，不虚伪、无矫饰。

再细读，里面的这段文字引起了我的深思。怎样确定一个职业是否适合自己？应该符合三个条件：第一，有强烈的兴趣，甚至到了不给钱也一定要干的程度；第二，有明晰的意义感，确信自己的生命价值借此得到了实现；第三，能够靠它养活自己。

我曾无数次地问过自己，如果上天给我一次重新选择的机会，我是否还愿

意选择做教师？答案是肯定的。因为靠当老师养活自己应该没有问题，对生活我没有过高要求，只过平淡日子，这些年一路过来也证明了这一点；有强烈的兴趣，这点我自认为还可以，和孩子们在一起的日子是单纯而幸福的，看书品诗的生活是我渴求而得到的；明晰的意义感，确信自己的生命价值借此得到了实现，如果说以前还只是一种很淡的感觉，2021 届高三（7）班的孩子们却让我深切感知到了明晰的意义。

二、故人不散时光缓，你是温暖逆光来

从去年接手到今天，不知不觉间，我和这届孩子一起学习生活了近一年。重温这段岁月，虽有生活的挑战和工作的辛苦，但体会更多的是孩子们带来的暖。

1. 华华和红配绿

语文课上，我讲季羡林的散文《三个小女孩》，讲到里面一个小女孩叫华华，孩子们齐声说："老师，你也是华华。"然后教室的每个角落都飞出孩子们爽朗愉快的笑声。

下课了，一个女孩笑眯眯地走过来，双手托腮，用一种甜美愉悦又有点俏皮的声音对我说："老师，今天你红配绿了呦！"我笑答："我知道你说的是什么，红配绿赛狗屁，但红配绿在大自然里是最佳配色，所以红配绿下面还可以接的是'最美丽'哦！"孩子见我和她开起了玩笑，她开心地走开了。你也许很难想象，这样一个主动来和老师开玩笑的孩子，开学初却是一个不愿交流、要拒所有人于她的生活之外的"小刺猬"。

2. 专属茶歇

"今天是泡胖大海菊花茶，味道可能有些奇怪——但对嗓子有好处！""今日自助：俄罗斯进口公主果茶，口味青提，日期 3.17""配料：黑豆黑藜麦，芝麻核桃仁，奇亚籽牛奶，健康好身材，作者 ZTA""今天自助：百香果鲜打蜜桃乌龙茶，哈哈，名字有点长。日期 3.22"，每天的语文课，我都享受着这贵宾般的待遇，课间成为我的专属茶歇时间。自主复习开始了，周日下午休息时间，我又收到了这个孩子的微信提醒："老师，之前的小壶脏了，我买了一个粉色的小水壶。下周，泡酸梅汤、柠檬水喝。我听说老师们都在楼道讲题，那我泡好就放在外面，你渴了的话，可以自取哦。"这是一个非常有爱的孩子，我小心呵护着这颗爱心。她的暖瓶打碎了，我就把自己的暖瓶拿去给她用；对于孩子给予的暖，我回赠卡片"数九夏阳暖，品茗茶一杯。大海菊花味，齿颊香气美"，表达感动；她的摘抄本丢了，我就送她一个折子本；她在教室摆放毛毛草，我在

私密空间记录下她欣赏到的美。

她的母亲和我交流孩子的教育时写下了如下文字："闺女和我说你这当老师的比我们这些家长还体谅她们，不跟家长一样总是关心成绩、压榨她们；班里孩子们有什么心里话都主动找您倾诉去，说有时候说完了就像卸了包袱一样。说得我也直反思自己，真是觉得最爱孩子们却没平等地看待过她们；总是催促她们学习，却没像你那样以身作则、把学习当成一辈子的事情；她跟我说：你要晚上临睡前总看看我们老师朋友圈，你就知道不老的优雅气质不是化妆品和衣品能够粉饰出来的。她说老师刚做完手术都舍不得休息就到班里坚持讲课让她们也都很感动，说要是成绩提高不上来都没脸面对你对她们的这片心思。"

3. 告状和年级第一

见一个女生和我聊天回去，一个男孩子过来问我："老师，张铭钰是不是找你告我状了？"我反问他："你是认为自己有做得不好的地方值得别人来告状了，那你说说吧，你认为张铭钰是来告你的什么状？"他告诉我他学习时总是要把文字读出声，对其他同学的学习有影响，就应该是状告这事。我告诉他如果那个女生真是来告状，并且是因为这事，他应该感谢人家，让他早早认识到学习上的毛病，早早改掉。我开始和他算时间账，一分钟阅读（300—1000）和出声读（200）的效率差异，每天按 12 小时计算，少学多少知识；再和他算考试，就拿语文来算，试卷 8477 字，2000 字的书写量，总用时长大约 130 分钟，出声读着答题时间够不够用。最后他心服口服，一点点改变了原来的习惯。

"把优秀当作第一目标，而把成功当作优秀的副产品，这是最恰当的态度，有助于一个人获得成功，或者坦然地面对不成功。——周国平。让我们共勉，李艳华，徐嘉鸿收，2021.5.30"孩子看到我写给他的卡片开心地笑了，会心地点头。他曾因为考过一次年级第一，后来几次考试都未能再考第一而一蹶不振。

她妈妈前段时间的几次短信："老师，嘉鸿又烦躁了，想待一天。""老师，嘉鸿焦虑的情绪又上来了，这回六连考大家考得又都挺好的，他还是没起色原地踏步，一下又茫然无助了。""老师，愁死我了，本来他想七连考都不考了，一直待到周日晚上上晚自习的，被我制止了。"我多次和孩子交流，谈人生、谈未来。家长会和家长交流沟通，会后她母亲又发来这样的短信："儿子问了我昨天都跟您聊什么了，我说聊你的学习状态，他说我们老师怎么说的，我说老师说这也未必是坏事，说明你在成长，当你走出自己的阴影就证明你长大了。然后嘉鸿说，嗯！这就是我们老师的好，她从不光看当下和问题的表面，总是把眼光放得长远，和看问题背后所反映的问题。"

4.《烟波蓝》和红风衣

最近一个孩子向我推荐她喜欢的一本书——简嫃的《烟波蓝》。她说我特别像里面的女主角，孩子最近作文突然会写了，连续几次的强化训练都得了高分，是因为我那次作文课突然让她开悟了，并进而有了自信。这是一个智商高、学习底子也很好，但由于心理压力过大导致身体经常出现健康问题的孩子。闲聊中我知道她喜欢反思生活，出现归因错误问题，常常感觉怎么就自己这么倒霉，总是出现这样那样的问题。我告诉她任何事情都利弊共存、得失共存时，她突然问我："老师，我爱生病，有啥好处？"我告诉她生病的坏处大家共知，但它的好处却少有人关注，生病本身是身体自我调整适应环境的过程，经常生小病的人不容易得大病，反而更容易长寿；生病还可以让人放慢前行的脚步，有时间来思考人生，接下来的人生路可以走得更快、更平稳。孩子说聊完天后的感觉是从没这么高兴过，现在我们是无话不谈的朋友。

自主复习动员大会结束，我的红色风衣忘拿了，想起时，发现它已稳稳地搭在了语文课代表的胳膊上，原来孩子一直在想着我的风衣。她特别细心、懂事、乖巧，做事认真、有条理，但心理压力大、不自信，觉得自己一无是处，有段时间学不下去了，孩子很苦恼。我和她一起分析她身上的优点，让她知道自己除了学习成绩暂时不理想外，其他方面都非常好。我知道她喜欢语文，我将她送给我的笔和笔芯摆成图案，拍成照片，并配上这个情境的古诗，打印成图片送给她，孩子特别开心，觉得老师很重视她，心情好了，其他方面的问题也一点点地解决掉了，百日誓师她代表学生发言，我听到了一个孩子的心路历程和成长，很为她高兴。

我曾抄过这样一段话："愿时光能缓，故人不散，你是温暖，逆光而来。"回想起和这届孩子走过的点滴，那感觉恰如这几句话：你是温暖，逆光而来；愿时光能缓，我们不散。

三、有味人生寻雅趣，最美修行品书香

周国平说：我相信，每一个人降生到这个世界上来，一定有一个对于他最合宜的位置，这个位置仿佛是在他降生时就给他准备了的，只等他有一天来认领，我还相信，这个位置既然仅仅对于他是最合宜的，别人就无法与他竞争，如果他不认领，这个位置就只是浪费掉了，而并不是被别人占据了。

对我来说，这个最合宜的位置应该就是当老师吧。当然，我也知道这种很安静的生活适合于我，未必适合于别人。一定有人更适合过一种轰轰烈烈的生活，他们不妨去叱咤风云、指点江山、一展宏图。人的禀赋各不相同，相同的

是，一个位置对于自己是否最合宜，标准不是看社会上有多少人争夺它、眼红它，而应该去问自己的生命和灵魂，看他们是否真正感到快乐。

周国平在这本书中给我们讲了这样一个故事："我曾和一个五岁男孩谈话，告诉男孩，我会变魔术，能把一个人变成一只苍蝇，他听了十分惊奇，问我能不能把他变成苍蝇？我说能。他陷入了沉思，然后问我，变成苍蝇后还能不能变回来？我说不能，他决定不让我变了。我也一样想变成任何一种人，体验任何一种生活，包括国王、财阀、圣徒、僧侣、强盗、妓女等，甚至也愿意变成一只苍蝇，但前提是能够变回我自己，所以归根结底，我更愿意是我自己。"

真的，我也更愿意是我自己，是做老师的这个自己。

此心安处是吾乡
——《我喜欢生命根底里的宁静》有感
史艳丰

捧起《我喜欢生命根底里的宁静》，是因为生命里并不宁静，生活中的一地鸡毛使我的一颗心无处安放。周国平是大师，我一直这么觉得，可能经历了太多，他总给人带来看透世事的力量和心境，走近大师，只为浮躁的心能被阳光照耀。

我从教十六年，当班主任近十年，时常感到重复单调、琐碎烦扰，力不从心而又倦怠拖沓，周国平先生说，"一个适合自己的职业，需要有强烈的兴趣，有明晰的意义感，能够靠它养活自己。在自己感到困顿的时候，能主动应对自然好；不能，则忍受它，等待它过去。"其实，兴趣是我曾经有过的，意义也是我时常会感受到的，只是常常在生活冗长的叹咏中忽视了，而忍受变得有些漫长而被可以强化夸张了一些。一个人要拥有自己明确的、坚定的方向。也要有一颗从容的平常心，不让自己处于一个内心焦躁、行动忙乱的困境中。

我一直有些小庆幸，因为自己的性格还算颇具包容性，我外向开朗，喜欢与人交流，也喜欢与不同性格的人打交道。周国平先生对自己性格的形容"敏感、忧郁、怕羞。拙于言谈，疏于功名，不通世故，不善社交"，也可能正因为如此，周先生才有更多的空间来思考、沉淀，用文字表达内心。其实，性格无所谓优劣好坏，关键是否让生命回归单纯。人活着就是一个价值观，不同的价值观，造就不同的人生。但是周国平先生说，人最宝贵的东西，一是生命，二是灵魂。保持生命的单纯，珍惜平凡的生活，积累灵魂的财富，注重内在生活，灵魂一旦被点亮，人生就有了明灯和方向，便是幸福圆融。

周国平在书中向我们传达：生命本质的意义，在于人的内在的觉醒。人生总是面临各种选择和决定，会遭遇疑惑、困难、挫折，皆需要力量的支持，而这些力量，都需要觉醒，需要生命的觉醒、自我的觉醒、灵魂的觉醒。让人特别感触的是灵魂的觉醒途径：信仰与智慧。通过信仰，用灵把魂照亮，才能真正拥有灵魂。用智把人与物识别开来，又超越物与我，将智上升到慧，拥有智慧。

话说当年达摩祖师到中国来弘扬佛法，慧可到少林寺拜谒达摩祖师，请求开示，并请为入室弟子。达摩面壁静坐，不予理睬，于是慧可在门外等候，时值风雪漫天，过了很久，雪深到膝。达摩还是闭着眼睛，如如不动。慧可为表示自己的诚心，把自己左胳膊砍断，拿着供养老和尚。达摩说："你这是为什么？"慧可说："我求大师安心，我心不安，求大师安心。"达摩祖师伸出一只手，说"你把心拿来，我替你安，心拿来，我替你安。"慧可法师想了半天："我觅心了不可得。"意思是我找不到我的心。达摩祖师说："于汝安心竟。"意思是我把你心安好了。达摩祖师在这里采用的解决方法是借力打力，让二祖在一念反观之际发现心其实无形无相、了不可得，于是慧可当下大悟！禅学玄妙，一如此言。千年前的苏学士释怀："此心安处是吾乡。"也一如此境吧。

或许，用我凡人的智慧，真的难以达及超越物我，但至少拜读此书，周国平先生用干净的文字在从容告知：其实，我们的内心的种种痛苦、种种的不安，病根正在于这颗心本身，我们总是执着于自己内心宁静与否，却不知真正的宁静只有在我们不再执着、不再分辨自己是否宁静这个问题时才会悄然到来。这本书充满睿智和哲理让我不禁思考自我的境遇，思考我的人生，思考自己的灵魂，老天给了每个人两样最好的东西，一是生命，二是天赋，人生的意义，也在于能否好好使用和享受着这两样东西，虽然天赋有高低，但是要努力成为一个可以平凡，但不可以平庸的人。我喜欢生命根底里的宁静，因为"此心安处是吾乡"。

做原创的自己
——读周国平《我喜欢生命根底里的宁静》有感
赵 宇

我们每个人生下来都是原创，但是因为不知道为什么活着活着就变成了山寨和盗版。不知从何时起，我们渐渐迷失自己，名声、财产、地位成了我们为之奋斗的对象，我机械地做着一些事情，言不由衷地说着一些话。静下心来发现亲人、朋友虽然就在身边，但我们之间的距离却越来越远，有多久没有和父母开怀捧腹了、有多久没有和朋友畅谈理想了、有多久没有陪孩子阅读一本有趣的书了？因为这个世界太喧嚣，喧嚣到我们再也看不见自己，再也听不到自己内心的声音。

直到读了周国平的《我喜欢生命根底里的宁静》，我感受颇多。封面上有这样一段话："生命，原本是单纯的。可是，人却活得越来越复杂了。"这句话吸引着我将整本书读完。合上书，闭目静思，突然顿悟：社会，让它变得复杂好了，人却要活得单纯起来。

一、"让生命回归单纯"

周国平在书中谈道："在今天的时代，让生命回归单纯，这不但是一种生活艺术，而且是一种精神修炼。"我们都是自然之子，我们要做的、我们能做的就是和自然和谐相处，时刻保持清醒，不被时代的风气绑架。回归真我，从爱情、亲情、师生情之中得到满足。说简单点就是当好一个妻子、妈妈、女儿和老师。这种"精神修炼"我们可以从童年找到答案，为什么童年对人的一生影响会很大？就是因为单纯。童年是记忆里最温柔的美好，它可以是在妈妈梳妆镜前的打扮、可以是自己在院子里搭起的秋千架、可以是任性扎起的不用顾及他人目光的朝天辫……这样的美好为什么不可以在成人的世界里回归呢？生活中多陪陪家人，听听父母的唠叨，找好友谈谈孩子谈谈家庭，组织学生共同探讨一个话题……

二、"有一个好状态"

周老师说："人生真正重要的不是目标而是状态，只要状态是好的，就不必在目标问题上追根究底了，或者就可以说目标是对的。目标的价值不在理论上，而在实践上，就是为了让你的人生有一个好的状态。"作为一个女人，最好的状态是怎样的呢？是事业有成，一个人简直就要活成一支队伍的强大吗？是有婚姻保驾护航，儿女双全那种美满吗？我有两个儿子，是不是就注定奔波操劳，没有理想的生活状态呢？但其实状态没有那么复杂。温柔、有趣、不必太激烈，三餐、四季；不必太匆忙；教室、学生，不必揠苗助长……不疾不徐地，把自己活成一道美景，还给生活最美好的样子，这就是一个女人最好的样子。人生最美是清欢，这就是最好的状态。

三、"认真对待生命"

"如果你想到世上只有一个你，你死了，没有任何人能代替你活；你只有一个人生，如果虚度了，没有任何人能够真正安慰你——那么你还有必要在乎他人的眼光吗？"周老师如是说。世界上只有一个我，于茫茫人世中我可能如同草芥，可是于家庭我是全部，我有老人要照顾，有孩子要抚养，一切的一切没有任何理由让我轻视生命。当然每个凡人都会疲惫，都有困惑，可是该放下的就要放下，把每一个平凡的日子，梳理成诗意，用微笑将生命点亮，远离生活的阴霾，明媚向暖，如此，才能接近幸福。

最后引用周老师的一句作结："在现代社会里，忙或许是常态。但是，常态之常，指的是经常，而非正常。倘若被常态禁锢，把经常误认作正常，心就会在忙中沉沦和迷失。"做最好的自己，保持原创的状态，这样才能找寻到生命根底里的宁静。

弱势意识，历史意识，成功之道
——百年党史给我们的启示：读《中国共产党简史》有感

王凤春

正值中国共产党百年诞辰之际，我拜读《中国共产党简史》，深受启发，总结如下：

中国共产党的历史，耳熟能详。中国共产党的成就，有目共睹。所以，在中国共产党成立百年之际，对党史的学习，就不做大事编年或者成就罗列。而是从百年党史中，总结一些启示，尤其是对我们普通人的处世为人，言谈举止而言的一些启示。

一

对党史（包括政治），我反复思考的问题是，怎样使党史有人听、使人想听、使人爱听？就必须讲出大家想知道的。正如陈佩斯先生在指导喜剧班时所说，一个节目要想成功，就得让观众产生预期值，并且抓住观众的预期值，让他们有所期待。就必须走到人们之间，从大家的生活入手，建立党史与大家日常生活的联系。

不是所有人，甚至只有极少数人的日常生活与政治时刻紧密相关，所以，他们认为党史离他们太远。其实，对于其他政党可能如此，但中国共产党可能是个例外。因为中国共产党的奋斗史，就是普通老百姓对美好生活的追求史，甚至是普通人走向成功的奋斗史。由此看，党史是与我们普通人的日常生活有关的，起码是有启发性作用的。

另外，很多人认为党干的都是大事。我们党当然干的都是大事。但我们读党史，学党史，讲党史，仅仅停留在这个层面，显然就会由于遥不可及，高不可攀，而很难留住眼球。另外，从我们党的历史看，只讲大事本身，在一定程度上，脱离了我们党鲜活的历史全部。因为，从历史看，我们党是一个既胸怀高远，又脚踏实地的党，是在一个一个的实际的具体小事中，实现大事的。没有着眼细节，就不可能开创大局。比如，毛主席当年在宣传革命思想的时候，针对农民的认知水平，就把"打倒帝国主义"巧妙地改成了"打倒洋财东"，一下子，农民就听懂了，随后就动员起来了。

二

说到底，中国共产党的百年，是艰苦奋斗、取得成功的百年。那么，为什么中国共产党能够成功？尤其是对中国近代史有所了解的朋友都会知道，面对半殖民地半封建、多灾多难的中国，多少阶级阶层努力过；多少志士仁人奋斗过，太平天国，轰轰烈烈；洋务运动，如火如荼；义和勇士，感天动地；戊戌变法，大笔如椽；辛亥革命，烈焰冲天，但结果怎么就都失败了？为什么只有中国共产党最后成功了？要知道，论装备，中国共产党，是小米加步枪；论地区，中国共产党，是柴堆草垛柳树趟；论人员，是高粱花铁屑渣；论形势，是敌军围困万千重。至今如此，所有的反动派，都会咒骂、诋毁我们共产党。我们做了，有人说我们不行。我们不做，有人说我们不对。但是，我们一直在头顶压力，咬牙坚持，负重前行。

中国共产党为什么行？因为她抓住了全面国情这个诊疗对象！

中国共产党为什么行？因为她抓住了全面分析中外古今治疗方案这个巨人之肩！

中国共产党为什么行？因为她抓住了最大多数人民群众的利益这个力量之源！

中国共产党为什么行？因为她抓住了经济建设这个建筑之基！

中国共产党为什么行？因为她抓住了人民的军队这个卫国之剑！

中国共产党为什么能始终做到上述这些？

说到底，就在于一是中国共产党始终有一个弱者意识，二是始终重视对历史的反思。

（一）

知道自己是个弱者，才有动力去全面深入地、持续冷静地分析自己的环境，这是我们办事要把握全局的启示。中国共产党的成功，离不开对全局，也就是国情的把握，从中共二大制定民主革命最低纲领，到中共八大制定经济建设方针，到中共十一届三中全会做出改革开放伟大决策，再到中共十九大对中国社会主要矛盾新变化的分析，处处都离不开对国情的实际把握。

有了对国情这个总体的把握，才有了制定正确的对己、对友、对敌的方针策略，而且有了理论上的关于区分己、友、敌的自觉性。这就是毛泽东主席提出的"谁是我们的朋友，谁是我们的敌人，这是革命的首要问题"（《毛泽东选集》第一卷第一篇《中国社会各阶级的分析》）。

在力量上，于己，就要加强自己的力量；于友，就要在鉴别中扩大朋友圈，维护朋友圈；于敌，就要分化、瓦解、削弱敌人。

于己，始终高度重视党的自身建设，革命年代，建设时期，都是如此。纯洁党员队伍，监督党员言行。延安时期，提出重视共产党员的自身修养（刘少奇《论共产党员的修养》）。中华人民共和国成立之初，坚决惩处开国第一贪刘青山、张子善。十八大以来，洗洗脸、出出汗，"老虎苍蝇一起打"，扭转了党风，澄清了民风，树立了正风。

知弱，才能认真衡量自己的力量。比如毛主席曾生动地说，革命年代，中共与国民党相比，就好比"乞丐和龙王比宝"。中华人民共和国成立以后，"现在我们能造什么？能造桌子椅子，能造茶碗茶壶，能种各种粮食，还能磨成面粉，还能造纸，但是，一辆汽车、一架飞机、一辆坦克、一辆拖拉机都不能造。"

于友，才会不断扩大朋友圈，不断地强化朋友圈，比如在抗日战争中，对国民党集团、开明地主、民族资产阶级，就是在斗争中求团结的。不断地听取朋友的意见。对意见，才能不带有色眼镜。而是广开言路。不论是谁，只要说得对，对人民有好处，我们就照你说的办（毛泽东《为人民服务》）。

于敌，才会如实、深入地分析敌人，采取多样、灵活的分化、瓦解、削弱、消灭敌人的政策。比如在1940年创办于延安的日本工农学校，这是一所史无前例、绝无仅有的敌军战俘学校。它先后接收了900多名日军战俘学员。这些学员在中国共产党统一战线政策和优待俘虏政策的感召下，逐渐觉悟，积极开展多种形式的反战活动，和中国抗日军民一起，谱写了反对日本帝国主义侵华战争和世界反法西斯战争史上新的篇章。

在策略上，于地区，就要选择好、维护好自己的根据地；于手段，就要选择、制定、执行正确的战术，不能硬碰硬，不要怕打破瓶瓶罐罐，不要计较一城一地之得失（毛泽东《中国革命的战略问题》）。不要怕失败，改错了再回来（邓小平《南方谈话》），等等。

在态度上，取得成绩，才不会骄傲，革命成功了，不过是"万里长征的第一步"。遇到困难，才不会气馁。长征途中，知道我们现在是不足的，只有走下去才有希望，只要走下去就有希望。英勇的工农红军正是怀着这样的雄心，挑战了自然和生命极限，完成了人类历史上绝无仅有的壮举。

在方向上，才不会迷失。在历史的重大关头，我们党总能够咬定青山不放松，不论是白色恐怖笼罩关头的八七会议，还是长征途中生死存亡的遵义会议，不论是在井冈山，毛主席提出"星星之火，可以燎原"，还是在解放战争时期，毛主席提出"一切反动派都是纸老虎"，不论是"文化大革命"结束后的十一届三中全会，还是东欧剧变之后的南方谈话，都体现了我党在方向上的坚定性。

（二）

知自己是个弱者，才会去反思历史。二者是有联系的，始终有弱者意识，才会不断加强学习，学习的唯一向度就是向历史学习，这是一个普遍的规律。作为我们学习对象的只能是已经发生了的，不可能是未发生的，很难是同时发生的。

始终重视对历史的反思、对中国史的反思，革命年代，借助唐朝黄巢起义，明确游击战的重要性，坚定根据地的必要性，决不能无后方地作战，决不能犯流寇主义的错误（毛泽东《关于纠正党内的错误思想》）。借助项羽的失败，明确提出要将革命进行到底，绝对"不可沽名学霸王"。借助李自成的失败，明确提出在中华人民共和国成立前后，要有"赶考"意识，牢记"两个务必"，防止"糖衣炮弹"。有对世界史的反思，如向社会主义过渡时期，1953年，中央决定组织党员干部学习《联共（布）党史简明教程》第九章至第十二章，要求全党系统了解苏联建设社会主义的经验和教训。如改革开放时期，借助苏联解体的教训，明确提出在建立和建设市场经济的时候，必须坚持社会主义的根本方向。

也有对党史的反思，最著名的就是革命年代的1945年《关于若干历史问题的决议》和改革开放初期的1982年《关于建国以来党的若干历史问题的决议》。重视对党史的反思，不仅体现在集中的文件上，更体现在观点、政策的调整、探索上。如毛泽东的《中国革命的战略问题》《论十大关系》，如邓小平的既要防止左，也要防止右，关键就是防止左的论断，即是对新中国成立以来党史的经验教训的总结基础上提出来的。

（三）

回顾百年党史，总是正视自己的不足，进而在反思历史中，弥补自己的缺陷，才一步一步不断地超越自己，战胜困难，取得成功。承认不足，这首先是个态度问题，能从根本上解决骄傲的态度问题。反思历史，是个方法问题。一切智慧的来源都在于此。不仅党是如此，我们每个人不也应是如此吗？

从态度上说，如果没有承认不足的谦虚态度，总觉得自己干什么都行，到最后最有可能的只能是不行，只有吹牛行。因为总是觉得自己行，就不会有更新的热情、动力。曾经的英国就是个例子，早期殖民时代，确立了日不落帝国的地位，蒸汽革命后，英国更是如日中天，不可一世。觉得自己行了，一览众山小了就没有，或不像之前那样，对技术的更新那么热衷了。在19世纪末20世纪初，电力革命以来，就被美国超过了，就被德国赶上了。

要想真的做到知道正视自己的不足，党史可以给我们很好的启示。比如，毛泽东思想。很多人认为是战争年代的事情，如今是和平时期，那么，毛泽东思想就用不上了。实则不然。毛泽东思想对于我们日常生活依然是有用的，有启发的。比如我自己的亲身经历。

在读高中的时候，数学是我最弱的科目，从高一到高三，按满分150分算，我的数学平均分在50分左右。所以，数学成为我高考时的瓶颈。在补习的那年，我偶尔读到了毛泽东的《中国革命战争的战略问题》，受到很大启发。联系到自己，我知道，历史、政治（尤其是哲学部分）、地理等文科科目是我的强项。当时，我的估计是，即便我一年不念这些科目，最后成绩也不会少于我的第一次高考。而我的数学呢？如果不倾尽全力，那么，我的"高四"就等于白念了。所以，我搞了个"战略退却"——放下政史地，只攻数学，"不要计较一城一地之得失，不要怕打破瓶瓶罐罐"——不计较名次，只看自己全力进攻的科目有无进展。这就是所谓"战略退却"。此后，我每天保证八个小时学数学，到高考前一天的晚上，我还做了四个小时数学。这样我第二年的高考，文综最后成绩是250分，这也是我第一次高考的文综成绩。而我的高考数学成绩呢？比我第一次高考，足足涨了60分。

我举自己的例子，不是给大家具体做法上的示范，这仅仅是我自己的经历。只是想说，党史不是与大家无关的，也不是高不可攀的。它不是政治说教，对我们是有启发的。关键在于我们怎么学习。为人处世，要知道自己的不足，并且提醒自己永远都有不足之处。

不仅要有知道不足、正视不足的意识，更要有分析不足、改变不足的方法。在这方面，党史也是我们很好的教材。

怎么做呢？那就是经常反思过去。用胡适的话说，就是要不断盘点。知道不足是重要的，清楚不足到底在哪里则更为重要。每到高考前，总有同学出现情绪上的波动，他们焦躁、紧张。为什么呢？一定程度上是认为自己的目标高不可攀，更大程度上是自己的实力距离自己的目标到底有多远，自己并不清楚。再直白地说，其实是自己到底有多大实力自己不知道。所以，要想克服考前焦虑综合征，最好的办法就是彻彻底底地反思一下自己的历史，盘点一下自己的实力。搞清楚自己到底会多少，会什么，会到什么程度。会得很多，就不用紧张了，会得不多，那也不用紧张了。

善于学习，在读书中学，在实践中学。毛主席说"要善于学习，在战争中学习战争"。

我们相信，只要我们党始终立足弱者，反思历史，就始终立于不败之地。同样我们只要每个人，始终有不足观念，不断盘点，就终将会取得属于我们自己的成就。

读《我喜欢生命根底里的宁静》有感

王丽晶

本书是哲学家、散文作家周国平的散文精选集。全书分为九辑，除了对自我与价值、欲望与超脱、爱与孤独、苦难与幸福等经典人生问题的探究，更在《伤痛三记》《生命考卷》中，用细腻、动人的笔触描写了史铁生、邓正来、于娟等友人不被世俗与肉身束缚的生命意志，令人感慨动容。

叔本华说："欲望不满足就痛苦，满足就无聊，人生如同钟摆在痛苦和无聊之间摆动。"周国平用既关切又超脱的眼光，在观人观己的过程中，以诚实的笔触，写下自己对人性、对生命的觉悟。告诉我们，人只有回归内在平静，才能活出生命的高品质和真境界。

读首语时一个"却"字道遍了无奈与叹息，可若能坦然面对现实的复杂，人是不是能活成单纯的个体，从淤泥中抽身？这个问题的答案我并不知晓，但我期盼着如此。人人都能回归"看山又是山"的平和心境，从纷纷扰扰中觉醒，坦然面对人的进步与发展一步步铸造成的复杂局面。我所期盼的正是这样的社会与未来，人人都可以拥有宏观的超脱与处世智慧，"昔人静极而动，我们动极而静"，而哲学不再是时代的弃妇。可这连科幻小说里也不常见，人们的话语、话题琐碎而单薄，哲理仍然被束之高阁。

文中让我恍然大悟的是这样一段话："人生真正重要的不是目标而是状态，只要状态是好的，就不必在目标问题上追根究底了，或者就可以说目标是对的。目标的价值不在理论上，而在实践上就是为了让你的人生有一个好的状态。"把优秀当作第一目标，而把成功当作优秀的副产品，这是最恰当的态度，有助于一个人获取成功，或者坦然地面对不成功。我突然发现可以换一个角度来看待我们的整个人生，以及对未来的认知。在我相处的人当中，我总是喜欢靠近那些睿智的人，喜欢与宽容、博学、洒脱的学者相处，在他们面前展现出一个无知但好奇的自己，在他们的面前，我看到了自己人生想实现的状态，如果能成为这样的老者，我的人生也便不留遗憾。

人最宝贵的东西，一是生命，二是心灵。把命照看好，把心安顿好，人生即是圆满。想得太多，做得太少，是没有用的，只会徒增焦虑。做自己喜欢的事，和自己喜欢的人在一起。人生漫长，要以何种心态来应对生活的外在遭遇？首先，保持一颗平常心，在可支配的方面好好努力。至于结果，顺其自然。其次，保持一颗从容心。不能得过且过，不能及时行乐，不能分秒必争。最好是不去管时间，按照自己舒服的节奏走，享受欣赏沿途的风景。即使要忙，也要忙得愉快、忙得有分寸。如此才能戒骄戒躁，远离焦虑，从而静心做事，安心度日，从从容容活在当下。最后，要保持一颗不较劲之心。多看看自己的优点。尊重他人，亲疏随缘。人生的一个重要原则是节省感情，不把感情浪费在不值得的人身上。

虽然这本书有的文章略微平淡，虽然很多观点耳熟能详，但当这些文字重新出现在你眼前时，你仍然会感到一种冷水泼上身的刺骨与清醒，哪怕清醒只有一个片刻，那跳出俗世与烦恼的一个片刻仍然给人带来别样的超脱感，尤其是翻开此书的人，或许内心都有对宁静的渴望。我们创造了太多的概念、穿上了太多的堆积物，堆积物逐渐取代本体组成了一个牢不可破的虚假的世界，越来越复杂的生活方式离生命的本真越来越遥远，物质的增长既是一种便利，也是一种陷阱，容易让人沉湎于安逸、丧失了勇气、精神变平庸，人"丧物于己"又"失性于俗"，最终陌生于本来独一无二的自己和人生。书中还有很多耳熟能详却又发人深省的文字值得去发掘和对照，常读常新，常思常省。

绽放幸福的花朵，花开不败

——读《我喜欢生命根底里的宁静》有感

杨　薇

惭愧地说，我不是一个坚持读书的人，虽然知道读书有益身心，但是总会因为各种借口而缺乏执行力。其实懒惰才是根源。这次学校推荐的书目是一本散文集，不需要像读小说那样争出整块的专注的时间一气呵成。很适合作为枕边书，闲暇之余，我选择自己喜欢的章节，品读欣赏。拿到此书，一下子被题目所吸引——"我喜欢生命根底里的宁静"。在纷繁复杂的快节奏的生活里，每个人或许内心都有对宁静的渴望。

作者围绕自我、价值观、爱、幸福、苦难、精神高度等人生关键词，以诚实的笔触，写下自己对人性、对生命的觉悟。读完此书，我深刻感到人只有回归内在的平静，才能活出生命的高品质和真境界，才能感受到平凡中的各种小幸福。

幸福是忙碌中保持从容。在现代社会里生活，忙也许是常态。但是，常态之常，指的是经常，而非正常。警惕到常态未必正常，在忙碌中保持心的从容，这是一种觉悟，也是一种幸福。对于忙，我们应该有界限。一是要忙得愉快，二是要忙得有分寸。虽然我自己经常教育学生要合理安排时间，提高学习效率，劳逸结合，但自己对时间的管理却不够科学，缺乏执行力、恒心和毅力。在身边有很多值得我学习的榜样。他们工作时全身心投入，高效完成；闲暇时，学会生活，放松身心。校园里时常看到走步、跑步的身影，体育馆、球场上活跃的不仅是年少的学生们，还有可爱的老师们。在百忙之中，我们要尽力抽出时间锻炼身体、静心读书，愉悦身心。从容淡定，忙而不乱，这是一种幸福。

幸福是做自己人生的主人。怎样才算做了自己人生的主人呢？第一知道自己想要什么，第二知道自己能够要什么，做什么最适合自己的性情和禀赋。不受环境舆论等支配、不随波逐流，为自己的理想坚持不懈。所有理想的实现，都需要不断地付出，坚持的心，和在奋斗中长久地等待。84 岁高龄的安东尼·霍普金斯凭借《困在时间里的父亲》拿下了第 93 届奥斯卡金像奖，成为史上年龄最大的影帝。他在 52 岁时因《沉默的羔羊》中的吃人狂魔一角为人所熟知，耄耋之年，斩获奥斯卡奖，真是让世人惊叹。真正活得精彩的人一定不是急于求成，其共同点是对自己的兴趣和能力有足够的认知。知道自己的路在哪里，因而能够从容地走在这条路上，也从容地享受途中的收获，这是一种幸福。

幸福是所做即所爱。一个人若能做自己喜欢的事，并且靠这养活自己，是幸福的。看到这，不禁想起了师傅卢老师。记得他曾说过，自己感到幸运和幸福的是，自己的爱好和职业融为一体。英语是其终身所爱，教授英语是其终生的职业。这种完美结合，让我们看到了一个德艺双馨的 Lu Sir，一个心静如水又激情满怀的 Lu Sir，一个永远年轻快乐的 Lu Sir，而且这种快乐也在感染着周围的人。如果我们没能达到所做即所爱，也应该努力做到爱我所做，享受做事的快乐，把自身的潜质发挥到极致。因为喜欢，心就会宁静，行动就会从容，所以事情会做得更好，这是一种幸福。

幸福是参与一个生命的成长。本书中作者不仅谈了人生哲学，也谈到生活中的细节，特别是关于记录年幼孩子的点滴变化，让初为人母的我颇有同感。手机里被大量照片和视频占满了内存，即使有很多照片都是重复的，却一张也不忍删掉。宝宝什么时候解锁翻身，什么时候萌出第一颗牙齿，什么时候开始牙牙学语，任何细微的变化都会让人欣喜不已。这是新手妈妈的真实写照。孩子年幼的这段时光，生命初期的奇妙景象，是一笔宝贵的财富，而且这段时光稍纵即逝。保留这笔财富，长大后，把这份记录交到孩子手中，那会是怎样的欣喜。养育孩子是劳累的，更是快乐的。某种意义上，小孩子是拯救成年人的天使。当青春的星光渐渐黯淡，琐碎的生活使人心生疲惫的时候，有一个小生命活泼地成长，永远生机盎然，我们不得不跟随孩子的目光，跟板凳说话、同饭碗商量，整个世界忽然变得新鲜又生动，这是一种幸福。

幸福是欣赏不同的年龄风景。记得中学老师说过这样一句话：少年是艺术的，一页一页地创造；中年是建筑的，一页一页地雕琢；老年是历史的，一页一页地翻阅。人生在不同的年龄阶段，会有不同的风景。周国平先生写道："如果有时光机器，如果你问我希望回到人生的什么时候，我告诉你，我不想回到任何时候。"人生一切美好经历的魅力就在于不可重复。走好人生的每一段里程，过好每一个年龄段的自己。不辜负岁月，也不辜负自己，这是人生最大的幸福。

愿我们历经千帆后仍能保持一颗宁静的内心，做简单的人，把平凡的生活真正过好，让幸福的花朵绽放，花开不败。

中流击水，浪遏飞舟

——读《中国共产党简史》有感

胡彦慧

"历史的道路，不全是平坦的，有时走到艰难险阻境界，这全靠雄健的精神才能够冲过去"。翻开《中国共产党简史》，从1921年到2021年，中国共产党走过的百年奋斗史，在艰难险阻面前，处处彰显着这一雄健精神，"四一二"反革命政变，1927年4月6日李大钊被捕，在狱中写下"钊自束发受书，为功为罪所不暇计"；湖北省委常委夏明翰身陷牢狱，给妻子的家书中写下"坚持革命继吾志，誓将真理传人寰"。红军第五次反围剿失败，方志敏在狱中写下"敌人只能砍下我们的头颅，绝不能动摇我们的信仰"；1934年10月中央红军主力806万人，踏上战略转移漫漫征程，开始了人类历史上前所未有的壮举。中华人民共和国成立初期，社会主义道路在艰难探索和曲折中发展，"文化大革命"之后拨乱反正，党的十一届三中全会实现伟大转折。现如今，在全面建设小康社会向第二个百年目标前进的途中，稳妥地应对着各种风险"政治安全风险，意识形态安全风险，经济发展风险，科技安全风险，社会稳定风险，生态安全风险，生物安全风险，外部环境风险，党的建设面临风险，重大公共卫生风险……"洪流中包裹着暗流，胜利中暗藏着危机，但是这一切阻挡不了中国共产党人前进的步伐，因为中国共产党人在百年的征程中铸就了"迎难而上"的雄健精神。

生活在和平年代的我从事着在别人眼中最稳妥的职业——教师，似乎雄健精神难以在我们身上找到，我们应该是"悄悄燃烧，默默奉献，润物无声"，其实今天的一中人也在接受着前所未有的考验，受到多方面因素的影响，生源质量下降，老师一遍一遍讲，学生一遍一遍地忘，内存不够。覆盖式学习，让老师几乎无语，家校矛盾时有发生，还有社会的不理解与质疑。或许这些困难在我党百年征程，经历的艰难险阻面前太微不足道了，但是正是党百年征程中铸就的雄健精神，深深地浸润到了每个今天在普通岗位上工作的中国人的血液当中，才有了在疫情下在坚守在一线的医务工作者、公安、社区服务人员，也包括今天的一中人，"当年选择一中，至今不忘初心"。

好不容易等到周日早晨八点起床，打开手机，在"高三全体教师群"里，满满的全是高三早早来到班级辅导的班主任和课任老师，其实他们每个人身后也都有一个家，有家中需要爸爸妈妈陪伴、辅导的中考生，也有需要照顾的、年迈多病的父母，还有盼了很久、想和爸爸妈妈去南湖放风筝的孩童，可是教室里面也有一群孩子，高考的日子越来越近，渴望多些陪伴、多些指导的一中学子，他们背后也是一个个家庭满满的期待。放下小家，顾大家，"你多学一会儿，我多陪一会儿"，也许我们的声音不是铿锵有力的，也许我们的步伐不是落地有声的，但是我们的骨子里同样有一种雄健的精神，我们相信我们共同努力，一中会越来越好，孩子们会越来越好。

有次晚自习，同学们问题多，我走得晚了，就遇上了马庆华老师。马老师家就在天桥对面，可是她却提出陪我走一段路，当时的时间已经很晚了，我劝她赶快回家，她却告诉我，"其实我不陪你，也不能现在回家，因为这个时候家中孩子刚刚睡着，现在回去容易吵醒她，所以每次下了晚自习我都在外面溜达到十点半才回家。"听完之后我的眼泪直在眼眶里打转，十点半也许在夏天有"荷塘月色"，但是也有秋天的月高风清，冬天的寒风瑟瑟，我心里有无限为师者的感动，也有为人母的心酸。

今年的春天风沙格外大，六层办公室的窗户关不上，还有些坠落的危险，阅卷到晚上十点钟的我们实在受不了呼呼往进灌的风沙，抱着试试看的想法给刘卉主任发了条信息，没想到不到十分钟，维修师傅就赶到办公室开始维修；高三三模，最后一场考完，送完卷子已经是六点半，教师食堂已无饭，接下来还要集体备卷、阅卷，拖着疲惫的身体，迎面遇到佘校长，我们不禁抱怨几句，佘校长二话不说，直接要亲自带着我们到学生食堂那儿用餐，反而让我们觉得有些不好意思。

这些人，这些情，着实让我为之感动。困难总是有的，但是想到这些，我们就有了前行的力量，阅卷阅到深夜也无怨，被学生问到12点半也无悔。一百年前，中国共产党这艘大船在千万群众的推动下，乘风破浪，为救亡图存的中国开辟了一条光明大道。如今，在党的光辉下，生而平凡的我们，努力做好自己身边的每一件事情，在困难面前保有这种雄健的精神，同样"中流击水，浪遏飞舟"。

倾听内心的声音

——读周国平《我喜欢生命根底里的宁静》有感

潘晓丽

初读周国平先生的书，打开第一页，有一段话深深地吸引了我，"市声尘嚣之中，生命的声音已经被遮蔽，无人理会。让我们安静下来，向自己的内部倾听，听听自己的生命在说什么"。不禁问自己，每天在学校、家庭之间两点一线，在工作、学习、生活里奔波，有多久没有停下来，去听一听内心的声音了？读罢全文，思绪万千，只就文中几个小章节谈谈我的感触。

爱，这一个理由已经足够——《宝贝，宝贝》序

我自己也是一个两个孩子的妈妈，很显然，我没有记录孩子的生活点滴的习惯，老大已经悄然长大，想做一点补救，只能从老二开始了。周先生详细记录了他女儿在小学前的点点滴滴，这段时期是一个孩子最精彩纷呈的时期。他们在不断地探索、发现，你每天都会发现孩子突然知道了很多，或是突然冒出了每个金句。这一时期，对于孩子和父母都是一笔无价之宝，如果我们能记录下来并在孩子成人之后送给他们，将是天下父母给孩子的最好礼物，没有比这更珍贵的了。我非常赞同作者的观点，暗下决心从现在开始记录孩子每句有意思的话、每件做过的有趣的事情，虽然晚了点，但是迟做总比不做好。"妈妈，你今天的睡衣好漂亮！"孩子的某句小赞扬可以让我开心入眠；"我的好妈妈，下班回到家，劳动了一天，多么辛苦啊！"孩子随口的童音清唱就让我一天的疲惫顿消；还有擦地时，那个小小男子汉，拿着大墩布，替妈妈干活的身影，真是让我感慨不已。学会记录，真的能留住每一个美好的瞬间。

少儿时代是我的良师——《周国平寄小读者》序

让我印象最深的五句话：

1. 成为你自己——我愿他不受外界时尚和潮流的支配，有真实的自我；

2. 爱使人富有——我愿他的心，不在社会的竞争中变得冷漠，有丰盈的爱心；

3. 向教育争自由——我愿他能抵御现行教育的弊端，做学习的主人，有活泼的心智；

4. 生命中不能错过什么——我愿他的真性情不被物欲污染，保持本色的生命；

5. 人的高贵在于灵魂——我愿他做人有道德，处事有理想，有高贵的灵魂。

这是他对青少年朋友的希望，也是我的希望，我多希望我的孩子、我的学生成为这样保持自我、有爱心、活泼、有高贵灵魂的人啊，虽然我自己已经长大，但我多希望在我的少儿时代有人曾经跟我说过同样的话，给我启迪，指引我的方向。如今，作为一名教师，我有教书传授知识的责任，我更应有育人树立品德的重担。师者，传道授业解惑也，知识的海洋，生活的路上，我多希望自己能给孩子们最好的、正确的指引，为他们的未来助力。

其实周国平的这本《我喜欢生命根底里的宁静》充满了哲理和对生活的反思，每一个章节都能让人受益匪浅，你像是在聆听一位智者、一位长辈在和你分享他的经历、他的体会，亲切而又自然。他写"伤痛三记"，回忆了史铁生，追思了邓正来，还写到自己的受伤记，无不让人心生悲情和伤痛，感叹亲情、友情，让我们珍视生命中重要的人，关爱自己。拼命为工作和生活打拼的时候，都要想想"可爱的于娟"，除了工作，还有生命中更重要的东西，珍惜当下，不与人攀比，"与爱的人在一起，蜗居也温暖"。他在《愿生命从容》序里写道"让听到我的声音的人安静下来"。我觉得，他做到了。

清修内心，寻得宁静

张晶晶

性情使然，看到书名《我喜欢生命根底里的宁静》的第一眼我就被深深吸引。淡雅朴素的封面，宁静而安详。品读哲学散文大师周国平的文字，朴素且睿智，真挚而动人，浅显易懂却蕴含哲学韵味。如果一本书读来让人心里舒适，引发共鸣，那它就是一本好书。

一、真爱孩子

"培养孩子的人生智慧和独立精神，不是给孩子准备好一个现成的未来，而是使孩子将来既能自己去争取幸福，又能承受人生必有的苦难。"

什么样的孩子能最终收获人生幸福？我想是内心富足的孩子。内心富足的孩子，首先是爱自己的，能够看到自己的优势，也能平和地接纳自己的不足，不会一直纠结自己哪里比不上别人，因此不屑于攀比、嫉妒；内心富足的孩子，思想更独立、眼界更开阔，能够坚定地朝着自己的目标努力奋进，不随波逐流、人云亦云；内心富足的孩子，有足够的心理能量和底气，能够淡然地看待挫折与失意，对人生总是充满自信和希望；内心富足的孩子，精神世界丰富充实，会给予他人爱和关怀、能够付出、懂得承担，会收获很好的人际关系、情感体验。

成长这条路，走过才会懂得。家长总是喜欢用过来人的经验告诉孩子该怎样做。殊不知，我们的引导固然使孩子少了坎坷、少了磕绊，同样失去的却是孩子自己宝贵的独特经历和体验，他们听来的道理和自己的切身感悟永远是两回事。对于孩子的成长，我们家长需要放手，路要他们自己走，经历了摸爬滚打，一路体验、一路思考，生活才不单调，收获才更丰富。生活的意义并非不犯错误、不摔跟头。生命的体验也不是因为顺流直下，而在于曲折前进。父母一定要培养孩子一颗丰盈有力量的心，让他未来不管在何种境况下，都有能力过好每一天，体会人生中的幸福感。

二、善待自己

"在平时的匆忙中，我们的那个最本真的自己往往遭到了忽视和冷落，甚至可能迷失了，那么让我们把它找回来，让我们亲近它、爱护它，带着它重新上路，从此不再把它丢失。"

有人说："女人一辈子其实挺难的，二十年的公主，一天的皇后，十个月的贵妃，一辈子的保姆，女人就这样老了。"为人女，为人妻，为人母，为人师，仿佛身上有很多标签，却唯独忘记了我自己。毕淑敏说过，女人要学会好好地爱自己。女人到了一定年龄要学会多给自己一些时间和照顾，好好爱自己。这里的爱自己不是非给自己名牌加身、金饰点缀、山珍养胃……它更多来自自我认知，愉悦身心，思想独立，脊梁挺直，灵魂洁净。

爱自己，就要学会放下外在的纷扰，修一颗清宁的心，专注当下。爱自己，就要学会清理心理的垃圾，让内心清静且从容。爱自己，就要给自己减负，不要强加给自己世俗的负担。爱自己，就要给自己足够的、舒适的空间，关注自己，了解自己，取悦自己，成长自己。

聪明的女人首先要爱自己，然后兼爱别人，这样才能活出自己的价值，生活得滋润而幸福。

三、感恩的心

"如果你是一个善良的人，你得到了别人的善意对待和帮助，心中会产生一种自然的情感，这种情感就叫感恩。"

为生命感恩，感恩赐予我们生命的父母。父母的爱无私伟大、温暖绵长，在它的照耀下，我们生命底色是明亮的，平凡的小事情，渗透着他们浓浓的爱意。一路走来，父母给我们的帮助和鼓励是最多的。从来到这个世界开始，父母就是一道光，照亮我们前进的路。为了儿女的岁月静好，他们愿意付出所有。年少时，不解父母的辛劳，一路成长，一路依靠。直到自己为人父母之后，才了解了父母的操劳和不易。唯有经历后，才知道其中艰辛。这世上，从来就没有什么感同身受，唯有亲身经历，才能真正理解。

当我们渐渐长大，父母却已经白发苍苍，无论我们多么爱自己的父母，也不及父母爱我们深。无论身在何处，父母就在不远处，爱着你，永远不会变。

岁月的长河，因为父母的爱我们幸福满满。漫长的生活，因为父母的惦念我们不再孤单。父母是我们这一生最不能辜负的人。

为爱感恩，感恩给予我们关爱的人们。人性的善良是真诚、是包容、是理解、是体谅、是支持。生活嘈杂，但一个暖心的小举动，往往可以成为透过雾霾的第一道光。那束光，照亮他人，亦温暖自己。别放弃选择温暖，也别放弃感受温暖。把心思投在喜欢的人和事上，让心愉悦、有温度，如此就更容易生出善良，选择善良。

为生活感恩，感恩生活的酸涩与苦难。我相信在每个人的生活中，都曾遇见过这样的心境：青春年少时的困惑与迷茫，刚刚成家立业时的困苦与挣扎，情感的累、成长的痛、工作的难、带娃的苦……每种经历，都需要我们面对，需要我们体会。请相信每个人都会有崩溃的时候，尽管原因不同；请相信没有我们世界不会改变什么，毕竟我们不是为改变世界而来；请相信所有的痛都会过去，我们要勇敢地熬着。放下，放下悲喜、放下得失、放下一切不如意；关注，关注自己、关注自己的心、关注身边的美好。终于，都熬过来了。再回头时，一切早已风轻云淡。经历是财富，即使经历的苦难亦是如此。生命给予我们的，不是那些艰难，而是成长，是学会举重若轻，是将曾经无法释怀的那些过往，统统放下。学会释怀，坦然心境，顺其自然；苦非苦，乐非乐，只是一时的执念而已。

杨绛说："我们曾如此渴望命运的波澜，到最后才发现，人生最曼妙的风景，竟是内心的淡定和从容。我们曾如此期盼外界的认可，到最后才知道，世界是自己的，与他人毫无关系。"烦乱的，永远不是生活，而是一颗不能安静的心。将生命和灵魂妥善安放，心静了，世界就安静了。愿每一个被生活追逐的人，都能在内在世界中寻得宁静。

跋 读书，让我们繁花似锦

王卫国

国庆期间，党办的老师把我校党委已经开展的十二届读书交流活动中获奖的作品进行了整理，准备编辑一本小集子，便于大家学习借鉴。

木星绕太阳一周约需十二年，故古称十二年为一纪，一纪一轮回。我们大多数教书育人的时间也就是三纪左右，因此看一纪已经是一个很长的时间单位了，有停一停、温故知新的必要了。我们的读书活动已经坚持了一纪，在新的一纪开启时，我们回顾过往，远眺未来，为的是握紧现在，为的是让我们每位同仁成为"十足的读书人"，以我们的好读书带动学生们读好书，让我们百年一中书香氤氲、书声琅琅！

一个人的阅读史就是他的精神发育史，一个团队的共读史就是这个团队的成长史。看着书橱里那排我们共同读过的书——《关键在于落实》《把信送给加西亚》《爱心与教育》《爱国四章》《一个人的村庄》《改变你的服饰，改变你的生活》《梁家河》《致教师》《遥远的向日葵地》《可见的学习》《观课议课的理念与实践策略》《做最好的教师》等，读读同侪们写的读后感，我感到岁月不饶人，我们也未曾轻饶岁月。

想当初，我们为什么启动这项读书交流活动？

我们是为了建设学习型党委，靠我们每位党员的好读书，带动周围的老师爱读书，通过老师们喜爱读书，带动我们的学生走进经典，以期达到北大钱理群描绘的教育场景，即教育就是爱读书的校长和一群爱读书的老师带领一群孩子一起读书。

当然，我们读书也是为了我们自己。费尔巴哈的一句名言：人是他自己食物的产物。无疑，这不仅仅是就身体而言的，人的精神更是如此。人是一种追求精神并从精神上享受愉悦的动物，要愉悦精神，就需要"啃食"经典。张鸣教授认为：阅读是对一种生活方式、人生方式的认同。人们可分为读书和不读书两类人，这中间是一道屏障、一道鸿沟，两边是完全不一样的气象。捧书而读者的那面草长莺飞，繁花似锦，云蒸霞蔚；弃书不读者的那面枯枝败叶，荒凉寂寥，黯淡无光。《玫瑰之名》的作者、意大利作家安伯托·艾柯说："不读书的人只过了一生，读书的人过着 5000 种生活。"他所言也讲了读书人有丰富安静、气象万千的精神生活。热爱读书，就是热爱生活。读书人是拥有过去、现在和未来的人。人居陋室，品读经典，跨越时空，与先贤哲人交流，和有趣的灵魂对话，思接千载，心驰八荒，贯通古今，关联东西。粗缯大布裹生涯，腹有诗书气自华。我们读书是为我们自己的精神"化妆"，是为了改变我们的容颜。

还有，我们读书也是为了我们的学生、我们的课堂。我们是教书人，教书人就应该是读书人，教书就是教人读书。读书是教师最美的姿态，教师要做学生读书的先行者；读书是教师最雅致的示范，教师要做学生阅读的同行者。钱理群先生讲："教师的责任就是训导学生读书，牵着学生的手，把他们引导到巨人的身旁，让他们与创造历史的人、与创造未来的人对话，为他一生的发展打下坚实基础。这样的一种功能，归结到一点就是建造人的精神家园。"读书是世界上门槛最低的高贵，读书也是教师最好的备课，当今时代知识更新迅猛，要想自己的课堂鲜活灵动，教师须臾也离不开读书。作为教师，读书，每天不间断地读书，跟书籍结下终生的友谊，就是一种真正的备课。读书是出自内心的需要和对真知的渴求，读书是最好的修炼，是对人生的最好备课。

我昨天读了徐飞写的《读书——教师的第一修炼》，书中的第四篇文章《读书，是一场破冰之旅》中转述了一个故事；恰好，我刚刚读过唐山图书馆公众号推送的张鸣教授的文章《阅读是一种信仰》，瑞典作家马丁也在和作者聊天中讲了这个故事；这也是两篇文章的"交集"，我也复述一下这个故事——

有一户人家很穷，家里两个儿子。老大为了减轻家里的负担，主动弃学打工，也就是说未发生读书行为。几年过去了，老二则因为家庭经济情况得到改善，有条件上学，也就是说，发生了读书行为。后来，一个科研机构对兄弟俩的大脑进行了细致的科学测试，结果发现，那个不曾发生读书行为的老大的大脑，发育是不完善的；而弟弟的大脑则要完善得多。

专家们得出结论：读书从根本上讲是一种人道主义行为。读书如此重要，我们定要将读书进行到底，生也有涯，读书不止。

那么，我们该如何读书，读哪些书呢？

身为教师，尤其是大钊母校的教师，我们要把读书作为一种素养、一种修养、一种信仰、一种行动自觉，在每天生活中适时嵌入，在每天工作中定时融入，做一个终身学习者，自觉践行"日读经典三十分，不辞长作一中人"。大家一定要把此口号落到实处，我上月底参加培训时，介绍了学校读书活动，提到这个口号，当时北京的吴欣歆教授就问我，"能不能把这个口号落到实处？"她还算了一下，正常阅读速度每分钟500字，一天读三十分钟看1.5万字，15天读22.5万字，这大概就是一本常规书的容量，一个月能读两本书，一年读24本书，我们唐一人能把这个口号落实到位吗？请自觉践行之，让连绵不断地读书潜移默化地涵养我们清素清新气质，让我们与书为伴，与经典同行；我们既读有字书，也读无字书，亲近自然，感悟生活，体验成长，发现美丽。

我们还要不断优化我们的读书交流活动，在活动中融入大家喜欢的元素，如朗读经典片段赏读、听名家大咖解读、定期沙龙辩读、每日打卡赛读，等等；另外，我们读书还要和行走结合起来，学思结合，知行统一；让人生有意义的时光在读书觉悟爱与信仰中度过，让我们把天下第一等好事做好。

怀特海将人的智力发展归结为浪漫、精确和综合运用三个不同阶段。怀特海的"智力发展三阶段说"中，隐含着一种与教师专业阅读发展过程相契合的特征。我们需要在浪漫期注意积累，在精确期关注概括，在综合运用期注重生成。我们无论处在哪个阶段，都需要读几本打下精神底色的书，固牢精神之基，如《诗经》《论语》《老子》《庄子》《传习录》等；读几本教育类的书，涵养教育情怀，如《理想国》（柏拉图）、《爱弥儿》（卢梭）、《民主主义与教育》（杜威）、《给教师的建议》（苏霍姆林斯基）、《教育的目的》（怀特海）等；读几本文学类的书，厚实人文底蕴，如《哈姆雷特》（莎士比亚）、《堂吉诃德》（塞万提斯）、《大卫·科波菲尔》（狄更斯）、《战争与和平》（托尔斯泰）、《月亮与六便士》（毛姆）等；此外，我们还需读些本专业的书、专业的期刊，让自己时刻与同伴同频；还要读些写学生和学生写的书，要有永葆儿童视角、永葆童心。我们需要专业阅读和非专业阅读并行，在读书中提升自己、丰富自己、完善自己。更好地引领学生，驾驭课堂，为党育好人、为国育好才。同伴们，读书吧，为生悦己，让这一幸福的行为成为一种习惯！

　　同伴们，读书吧，为校为国，让我们沉浸书海，享受福流！

　　同伴们，读书吧，自动自发，让我们的世界繁花似锦！

2020-10-05